나는 22년간
늑대의 젖을
먹고 살았다

나는 22년간
늑대의 젖을
먹고 살았다

초판 1쇄 인쇄일 2013년 11월 4일
초판 1쇄 발행일 2013년 11월 13일

지은이 이영아
펴낸이 양옥매
표지디자인 박무선

펴낸곳 도서출판 책과나무
출판등록 제2012-000376
주소 서울특별시 마포구 월드컵북로 44길 37 천지빌딩 3층
대표전화 02.372.1537   **팩스** 02.372.1538
이메일 booknamu2007@naver.com
홈페이지 www.booknamu.com

ISBN 978-89-98528-73-7 (03810)

「이 도서의 국립중앙도서관 출판시도서목록(CIP)은 서지정보유통지원시스템 홈페이지
(http://seoji.nl.go.kr)와 국가자료공동목록시스템(http://www.nl.go.kr/kolisnet)
에서 이용하실 수 있습니다. (CIP제어번호 : CIP2013022510)」

나는 22년간 늑대의 젖을 먹고 살았다

이영아 지음

책과나무

들어가며

文 文

문득 글을 쓰고 싶다는 생각이 들었다.

이런 생각은 어릴 적 글쓰기를 좋아했던 아련한 기억을 꺼내게 만들었고, 몇 날 며칠 엉덩이에 쥐가 나도록 컴퓨터 앞에 앉아있는 내 자신을 발견하고 아~ 끝까지 글을 마무리 할 수 있겠구나 하는 자신감이 들었다.

처음에 글을 쓰기 시작하면서 10원짜리만 하게 생긴 원형탈모가 글을 마무리 하고나니 500원짜리 동전 두 배 정도로 퍼져있었다.

아무튼 머리가 아닌 가슴으로 쓰기 위해 나름대로 고생한 것 같다.

진 자의 변명, 끝까지 노력하지 못한 자의 변명이라는 메아리가 돌아오지 않을까 적잖이 겁이 나기도 했다.

그러나 내 이야기가 세상 밖으로 나가기를 바라는 마음이 압도적이었다.

여러분들이 어떤 꿈을 꾸든, 진정으로 바라건 데 성공하는 님들이 보다 많기를 간절히 응원한다.

참고로 여기에 등장하는 사람들의 이름은 실명이 아님을 밝혀둔다.

목차

엄마의 삶

엄마를 바라봤다.

엄마 몸에서 마술처럼 빠져나간 살들. 뼈만 앙상하게 남은 엄마의 손등 위엔 온통 주삿바늘 자국들로 시퍼렇다. 이토록 하늘은 파랗고, 장독대 옆 사철나무도 잘 자라고, 바우도 제법 커서 꼬리를 흔들어대는데, 우리 엄마는 이 모든 것들과 이별 연습을 하는 것만 같다.

"영아야 바우 밥 굶기지 말고 사철나무 물은 너무 자주 주면 안 되고, 학교 갔다 오면 뭐라도 꼭 챙겨 먹고, 닭집 도리도리네 십만 원 받아 놨다가 아무에게도 말하지 말고 필요할 때 쓰고……"

엄마는 마루를 짚으며 방으로 들어갔다. 그리고 힘에 겹도록 토한다. 나는 큰소리로 말했다.

"엄마, 난 결혼 같은 건 절대 안 할 거야. 아빠 같은 사람 만날까 봐. 아님 커서 누굴 만나든지 저 윗집 다맞혀 철학관에 데리고 가서 이놈이 손 지검을 할 것 같으냐, 노름을 할 것 같으냐, 바람피워 마누라를 버릴 것 같으냐, 물어보고 한 가지라도 떨떠름한 대답이 나온다면 걷어 차 버리고 말 테야! 엄마 진짜라고!"

나는 경북 풍기에서 2남 3녀 중 막내딸로 태어났다. 막내라는 이유로 엄마에게 더 사랑받았고, 엄마에 대한 애착심이 다른 형제들보다 남달랐던 것도 사실이다.

아빠에게 이유 없이 맞고 사는 엄마. 나는 늘 엄마 옆에서 떨어지지 않으려 했다. 아빠를 말려야 엄마가 덜 맞는다는 생각만이 전부인 어린 시절이었기에. 교회에 나가 기도 올릴 때는 아빠가 차라리 죽어 없어졌으면 좋겠다고, 고사리 같은 두 손을 모았던 적도 있었다.

일찍이 사회의 일원이 되어 집을 떠난 언니 오빠들. 그래서 내 바로 위의 언니와 엄마, 나 이렇게 셋이 늘 한방에서 잘 때가 많았다. 하나뿐인 솜이불의 중간 자리를 나에게 양보해 주는 언니와 엄마는 내 전부였다.

막내라는 특권으로 유치원에 입학하는 행운이 생겼다. 나는 새로 산 구두를 머리맡에 올려 두고 머리도 일찌감치 감고 이불을 깔았다. 이날 밤 아빠가 집에 왔지만, 엄마를 때릴 기색은 아니어서 방문 쪽에서 자라며 아빠 이불도 깔아줬다. 엄마 가슴을 만지작거리던 나는 도저히 잠이 안 왔다. 벌떡 일어나 불을 켰다. 엄마는 눈을 반쯤 뜨고,

"왜 이러노, 불 안 끄나."

"엄마, 나 내일 유치원 가서 부를 노래 지금 연습 한 번 해 보고 잘라고. 응? 한 번만."

누워 있던 아빠도 일어났다.

"그래, 한 번 해 봐라. 허허"

나는 건넌방 서랍에 넣어 두었던 넥타이를 꺼내 와 허리춤에 묶었다. 아빠가 낡았다며 버렸던 넥타이다. 머리빗을 마이크 삼고 깔아 놓은 이불 위에 서서 가수처럼 한쪽 팔을 허공으로 들어 올렸다. 엄마와 아빠가 동시에 웃더니 엄마가 말했다.

"그건 언제 주워 놨어? 허리에 그걸 왜 묶노?"

난 킥킥 웃으며 말했다.

"응, 이건 가수 패션이야. 가수들은 치렁치렁한 거 입고 나오잖아. 그래서 내가 개발한 아이디어야. 엄마, 나 가수 같지?"

나는 이은하의 밤차를 부르기 시작했다.

"멀리 기적이 우네……"

엉덩이를 흔들고 손가락을 하늘 높이 찔러 가며.

엄마 아빠는 잘한다 잘한다 하며 계속 웃었다. 나는 더 열심히 흔들었다. 내가 기억하는 웃음 중 가장 소박했지만 가장 행복한 웃음이었다.

다음날 나보다 더 들뜬 엄마 손을 잡고 집에서 그리 멀지 않는 유치원으로 달려갔다. 그리고 연습한 대로 엉덩이를 흔들고 팔을 좌우로 찌르며 이은하의 밤차를 불렀다.

집 앞 골목길에서 친구들과 공기놀이나 핀 따 먹기를 하다가도 하나둘씩 동네 아이들이 모여들기 시작하면, 나는 바로 가수가 되어 길바닥에서 노래 불렀다. 한나절 땅바닥과 씨름해서 딴 두 주머니에 불룩한 머리핀 따위는 노래 부르는 즐거움에 비교될 수 없을 만큼, 나는 동네가 떠나가라 노래 불렀었다.

그런데 유치원에서는 내 또래의 반짝이는 수많은 시선, 선생님들, 부모님들, 많은 관중이 날 더 팔딱팔딱 뛰게 만들었다. 지금껏 동네 골목에서 노래 불렀던 일, 이 년을 다 합쳐도 유치원 강당에 모여 있는 사람들의 반도 안 된다. 신나는 일이었다.

엄마의 유일한 낙은 라디오였다. 라디오에서 흘러나오는 조미미의 노래를 듣고 따라 부르며 가끔씩 행복에 젖은 표정을 지었다. 나도 엄마를 따라 노래 불렀다. 가사의 내용은 전혀 이해할 수 없었지만, 그저 따라서 흥얼거렸다. 표정도 엄마를 따라 하다 보니 행복해지는 것 같았다.

바람이 매섭게 몰아치는 어느 해 3월, 가슴팍에 내 얼굴보다 더 큰 손수건 한 장을 달고 초등학교에 입학했다. 다른 아이들이 믿는 것에 대한 반문이 더해지고 갈등하는 시간의 시작이기도 했다.

엄마를 향한 주먹질에 일찍부터 아빠와 끝없이 불화했다.

"엄마, 일어나! 일어나! 인삼 깎으러 갈 시간이야."

새벽마다 역 앞 인삼 가게로 인삼을 깎으러 다니는 엄마의 품앗이 일에 언제부턴가 난 앞장섰다. 한번은 내가 잠든 사이 엄마가 나 몰래 혼자 인삼을 깎으러 갔기 때문이다. 그 뒤부터는 자는 둥 마는 둥 항상 엄마보다 빨리 일어나서 옷을 챙겨 입었다.

"일어나, 엄마! 늦겠다. 오늘 왜 이렇게 오래 자?"

엄마의 이불을 걷었다.

피, 흐린 불빛이었지만 분명 붉은색 피였다. 깔고 자던 이부자리 아래 군데군데 피가 묻어 있었다. 순간 놀란 것도 놀란 것이지만 고개가 바빠졌다. 이쪽저쪽 돌아보며 아빠의 흔적을 찾으려고 눈이 휘둥그레졌다. 하지만 건넌방에도 뒤안에도 아빠의 모습은 보이지 않았다.

조금 부은 듯한 얼굴로 상체를 들어 올리는 엄마의 엉덩이 밑으로 붉은 피가 선명했다. 놀란 나를 바라보는 엄마의 눈동자엔 알 수 없는 흔들림이 가득했다.

"엄마, 무슨 피야? 어디가 아파?"

엄마는 급하게 이불을 둘둘 말았다. 나는 방문에 기대서서 이불을 치우는 엄마의 손끝만 좇았다.

"아무것도 아니야. 여자는 한 달에 한 번씩 피가 나온다고 엄마가 말해 준 적 있지? 그거야. 우리 영아가 조금만 더 크면 엄마가 상세하게 얘기해 줄게. 그러니 엄마 아픈 거 아니니까 신경 쓰지 마."

엄마는 내게 걱정하지 말라고 해 놓고 안색이 굳어졌다. 언제부턴가 마당 빨랫줄에 엄마가 차는 면 기저귀가 보이지 않아서 내가 물었던 걸 까맣게 잊었나 보다.

"엄마, 요즘 왜 아기가 차는 면 기저귀가 보이지 않아?"

"이제 기저귀 차는 일이 영원히 끝났어."

"왜?"

"나이가 들면 자동으로 없어지거든."

"엄마 나이가 자동으로 없어지는 그때야? 지금이?"

"그래."

이렇게 얘기해 놓고선……. 멈췄다가 자동으로 한꺼번에 또 나오나.

몇 달이 지났다. 요즘 엄마는 자꾸 아빠를 찾는다. 며칠 전 역 앞 진주 다방에 올라갔을 때 아빠는 우리에게 벌겋게 달아오른 연탄집게를 내던졌다. 그리고 배달 전화를 똑바로 받지 못한다는 이유로 엄마에게 심하게 욕을 퍼부었다.

"무식한 년! 전화를 그렇게 받으면 누가 배달을 시키노!"

아침부터 엄마를 다방으로 불러올려 청소해라, 뭐해라, 힘든 일을 다 시켜 놓고 타박을 하는 아빠가 못마땅해서 대꾸했다.

"엄마가 다방 배달 전화를 첨 받아 보는데, 아빠 왜 자꾸 뭐라고 그러는데!"

엄마는 한쪽 구석 테이블을 짚고 서서 울었다. 이때 다방 문을 열며 들어서는 한 뚱뚱한 아줌마와 눈이 마주쳤다. 꽃무늬 원피스에 붉은색 립스틱, 손톱은 귀신처럼 꼬부라져 길었다.

"이 거지 같은 행색들은 뭐야!! 정말 꼴불견이군. 여기가 어디라고 애새끼까지 달고 와서 난리야!"

나는 뚱뚱한 아줌마 앞으로 걸어갔다.

"거지라니, 아줌마! 여긴 우리 아빠 다방이야!"

엄마 손에 이끌려 집으로 내려오는 길, 뚱보의 얄미운 얼굴이 눈에 아른거렸다.

"엄마, 아까 그 뚱뚱하고 심술궂게 생긴 아줌마가 우리 보고 거지래. 왜 아빠는 그 여자 혼내 주지 않고 우릴 집으로 가라고 말했을까? 엄마도 꽃무늬 원피스 입고 화장도 하고 그러자!"

엄마는 마치 이 세상 기쁨, 슬픔 모두 삼켜 버린 듯한 표정으로 아무 말 없이 잡은 내 손을 한 번씩 채근할 뿐이었다.

엄마가 또 아빠를 찾는다. 다방으로 전화해 보라는 엄마 말을 못 들은 척했다. 나는 엄마를 때리는 아빠가 싫기만 한데, 가끔씩 아빠의 빈자리를 느끼는 듯한 엄마의 모습이 보였다. 나는 아무것도 묻지 않았다. 오늘 밤도 아빠가 열고 들어오지 못하도록 방 문고리에 숟가락을 끼울 뿐이다.

아빠는 얼마 전 역 앞에 다방을 차렸다. 노름은 끊었는지. 오늘도 겨울바람은 야수같이 매섭고 우리 집 마당에는 양동이들이 날아다닌다.

희미한 전깃불을 켜 놓고 마당 수돗가에서 엄마가 닭털을 열심히 뽑고 있다. 한참을 멀뚱멀뚱 쳐다보고 있는데 참고 있던 말이 욱하고 올라왔다.

"엄마, 닭은 왜 잡는데? 난 아빠 오는 거 싫단 말이야. 생일잔치는 다방에서 하라 그래. 우리도 그날 이후로 다방에 안 갔잖아."

늘 그렇듯 엄마는 대답이 없다.

낭떠러지처럼 안방과 부엌의 경계선이 내 키보다 높은 우리 집. 닭 삶을 물을 끓이느라 오늘 안방 아랫목은 다른 날보다 훨씬 뜨끈뜨끈하다.

와장창 대문 걷어차는 소리가 크게 들려왔다. 곧이어 엄마 머리채를 독하게 휘감아 끌며 아빠가 방으로 들어왔다. 신발도 벗지 않은 채 또 악마처럼 엄마를 휘둘렀다. 나는 부들부들 떨고 서 있다가 미친개처럼 날뛰는 아빠를 물어뜯으려 죽기 살기로 아빠 등에 올라탔다.

"죽어! 아빠 죽어! 우리 엄말 때리지 마! 불쌍한 엄마 때리지 말라고!"

쓰러져 있는 엄마 주위를 빙빙 돌다가 나는 서럽게 울며 소리 질렀다.

"악! 우리 집에서 나가! 나가라고! 아빠 제발 집에 오지 마! 우리 엄마 때리지 마!"

닭똥 같은 눈물이 방바닥으로 이리저리 뚜두둑 떨어져 내렸다. 이제껏 죽음을 본 적은 없지만, 이러다가 엄마가 죽게 될지도 모른다는 불안감에 방구들이 내려앉도록 펄쩍펄쩍 뛰었다. 그러다 그만 부엌으로 떨어졌다.

"아…… 악…… "

그 바로 아래는 돼지 한 마리쯤은 한 번에 숨죽일 더운물이 큰 가마솥에서 펄펄 끓고 있었다.

"엄마, 너무 아프고 따가워. 살이 녹아내리는 것 같아. 나 이제 죽는 거야?"

온몸의 반이 가마솥에 빠졌다. 너무나 고통스럽게 내 살들이 타들어 갔던 기억이 어렴풋이 스쳐간다.

엄마의 눈물이 그때부터 더 잦아졌고 밤새 뒤척이는 모습도 나보다 더 많아졌다. 날마다 나를 어루만지며 미안하다는 말을 끝없이 반복했다.

엄마 얼굴에서, 내가 노래 부를 때 간혹 보이던 그 연한 웃음마저도 내 상처가 앗아갔다.

정작 나는 누구도 원망스럽지 않았다. 그날 밤 엄마를 죽일 듯 하던 아빠의 기세가 나로 인해 한풀 꺾였다는 안도감에 내 상처가 눈물겹게 슬프진 않았다. 정말로.

온몸의 반을 붕대로 감은 채 꽤 오래 지냈다. 딱히 똑바른 치료는 받지 못했다. 찬물 찜질, 된장, 소주, 이런 것들이 내 몸에 하루 종일 들락날락거렸다. 그렇게 나를 힘들게 했던 시간들은 어느 정도 지나갔다.

"엄마, 난 요즘 너무 좋아."

"뭐가?"

"아빠가 나 가마솥에 빠진 이후로 엄마를 한 번도 안 때렸잖아. 며칠 전 새벽에도 잠시 왔다 갔지만, 엄마를 때리진 않았잖아. 나 자주 부엌에 떨어질까 봐. 그래야 엄말 지키지."

엄마는 나를 껴안고 또 울었다.

나는 여름을 좋아하지만, 장맛비는 싫다. 을씨년스럽게 불어대는 장터 바람이 추위를 더 실감나게 하는 겨울도 싫고.

내가 좋아하는 여름에 내가 싫어하는 장마가 끼어드는 것이 짜증난다. 마당과 마루 사이가 야트막하게 낮은 우리 집. 비가 많이 오는 날엔 빗물이 마루를 넘어 안방까지 들어오기 때문에 비를 싫어하게 된 것이다.

집에는 화장실이 없다. 골목을 돌아 나가면 바로 장터인데, 한쪽 후미진 곳에 공동 변소가 있다. 10원을 들고 우리 동네 사람들은 다 줄을 서야했다. 참 번거롭고 싫은 시간이었다.

화장실 때문에 자는 엄마를 깨워 밤새 보초를 서게 만든 날들이 숱했다.

화장실에 쪼그리고 앉아 볼일을 보면서 엄마를 수도 없이 부르며 대답 소리를 들으려 애썼다. 화장실 가는 일은 어린 나뿐만 아니라 동네 사람 모두에게 큰 곤욕이었고 지긋지긋한 가난의 물음표였다.

허술한 칸막이로 다섯 칸이 비좁게 서로 붙어 있는 구질구질한 변소. 10원을 받고 화장실로 들여보내는 털보 아저씨는 늘 자기 눈을 피해 누군가 돈을 내지 않고 볼일을 보진 않을까 하루 종일 혈안이 되어 있었다. 역한 냄새가 나고 더러운 바닥을 기어 다니는 구더기들이나 죽은 쥐들이 사람들 발에 밟히는 것 따위에는 전혀 관심이 없는 듯 했다.

장이 서는 날 변소 앞은, 서커스단의 여장을 한 남자와 우스꽝스러운 원숭이 쇼를 보기 위한 구경꾼 이상의 인산인해를 이룬다. 그러다 보니 변소 앞에서는 웃지 못할 광경들 또한 자주 벌어졌다.

돈을 내지 않고 늘 들어가려는 김 씨 아저씨와 양철로 만든 돈 통을 몸에 딱 붙이고 보초 서는 화장실지기 털보와의 몸싸움은 이랬다.

"돈 내라고, 김 씨!"

"왜 이래~똥통지기! 난 변소 복도에서 신문지를 깔고 볼일을 볼 테니 10원 받을 생각일랑 하지 말라고!"

늙은 화장실지기 털보 아저씨의 악다구니는 번번이 젊은 김 씨에게 밀렸다.

눈을 떴다.

이부자리 밑이 또 뜨겁다. 나는 황급히 전깃불을 켜고 이불을 걷어 올렸다. 검은빛이 도는 핏물이 이불에 또 묻어 있었다. 엄마 엉덩이 밑에서 흘러내렸음은 의심할 여지가 없었다. 불길한 예감에 소리를 지르며 역 앞 진주 다방으로 달려갔다.

"아빠 문 열어! 문 좀 열어 봐! 아빠가 맨날 엄말 때려서 엄마가 지금 억수로 아프단 말이야!"

진주 다방 앞에 두 시간이나 그렇게 서서 문을 두드렸다.

병원 복도에서 두 손을 모으고 초조하게 왔다갔다 하는 난 겁에 질려 있다. 제발 엄마에게 아무 일이 없길 기도한다. 사실 나는 기도의 방법을 모른다. 다만 내 얘기를 할뿐이고, 내 부탁을 할 뿐이고, 내 부탁을 들어 달라고 다시 얘기할 뿐이다.

얼마나 지났을까? 난감하다는 표정을 지으며 나온 의사가 두리번거리며 아빠를 찾는 듯했다. 나는 후다닥 그 의사 앞으로 다가갔다. 머리가 희끗희끗한 할아버지 같은 의사는 내 머릴 쓰다듬더니 딴소릴 한다.

"몇 학년이니?"

그러고는 넋을 놓고 서 있는 아빠를 향해 눈짓을 했다. 의사의 입모양만을 바라보는 내 눈빛은 간절하고 간곡했다. 의사도 그 눈빛을 읽었는지 어린 나에게 충격이 될 그 이야기를 차마 하지 못 하겠는지 뜸을 들인다. 나는 뒷걸음으로 의사에게서 약간 물러섰다.

"많이 늦은 것 같네요……"

순간 아빠와 의사를 번갈아 노려보며 의사 앞으로 다시 쪼르륵 다가섰다.

"뭐라고요? 우리 엄마가 늦었다고요? 뭐가 늦었는데요? 이제 병원에 왔잖아요. 지금부터 고쳐주면 되잖아요. 우리 엄마 아픈 건 아빠가 맨날 때려서 그래요."

나는 힘없이 늘어져 있는 아빠의 팔을 잡아당기며 병원 복도를 뒹굴었다.

"아니야! 우리 엄마 살려 내, 살려 내라고!"

아빠는 자궁암이라는 단어를 내 귀로 흘려보냈다.

"영아야, 엄마 나을 수 있어. 걱정하지 마. 수술하면 아무렇지도 않은 병이야."

나에게 가장 만만한 대화 상대는 늘 하나님이었다. 항상 내 이야기를 듣기만 하는 상대였지만.

수술을 받고 엄마가 퇴원한 날은 찬바람이 살을 에는 듯한 겨울이었다.

엄마는 토한다. 나는 엄마가 부여잡고 있는 깡통 안을 매번 들여다봤다. 이젠 거의 내용물이 없다. 먹는 게 없으니 아무것도 나오지 않는다. 그렇게 먹고 싶어 하는 귤 하나 넘길 수 없다는 현실은 차라리 너무나 섬뜩한 무서움이었다.

인생을 파란색이라고 말했던 누군가에게 따지고 소리치고 싶다. 인생은 칙칙하고 아주 고약한 색깔이라고.

엄마가 검은 알약들을 한 움큼 입에 털어 넣는다. 처음에 퇴원했을 때는 한두 알 먹던 것을 지금은 한 움큼씩 털어 넣는다. 이 약이 말기 암 환자들에게만 처방되는 아편이라는 사실을 먼 나중에 알게 되었다. 더 이상 엄마 병을 치료해 줄 그 어떤 약도 존재하지 않는다는 걸 까맣게 모른 채 저 아편이 병을 고치는 유일한 약이라고 믿었었다.

역 앞 진주 다방에 들렀다.

시골 다방 풍경은 늘 진한 화장을 한 아가씨들이 영감들을 끼고 앉아 야살스러운 눈웃음으로 소란스럽다. 영감들의 쌈짓돈과 맞바꿀 그 무엇인가를 팔기 위해 젖은 잇몸을 드러내고 위장한 채 엽차잔과 커피 잔을 내놓는다. 지금 생각해 보면 그것은, 그 짓은, 그들의 목숨이었다.

다방 안엔 서너 명의 아가씨들이 모여 앉아 화투를 치고 있었다. 카운터에서 표독스러운 인상으로 날 노려보며 담배 연기를 내 얼굴로 내뿜어대는 저 여자는, 그때 엄마와 나를 거지라고 해대던 그 뚱보가 확실했다.

문을 열고 서 있는 내 앞으로 담배를 씹은 채 다가왔다.

"너 왜 왔니?"

"아줌마는 누군데요?"

"난 이 다방 사장님 와이프야."

눈이 소복이 쌓인 이른 아침이다. 밤새 많이도 내렸다. 마루 위 파란색 보자기? 나는 그것을 풀어헤쳤다.

사과즙 두 통. 며칠 전 엄마가 조금 덜 토하던 날, 나는 엄마 눈치를 보며 말했었다.

"엄마, 중학교에 올라오니 다들 선생님께 선물을 주더라."

그러고 보니 밤새 부엌에서 강판에 뭘 가는 소리가 났었다. 아픈 몸으로 사과즙 두 통을 내려면 엄마 팔이 떨어져 나갈 만큼 힘들었을 텐데…….

방문을 슬며시 열고 들어가 잠자는 엄마 머리맡에 앉았다. 양손이 온통 강판에 갈려 벌겋게 갈라져 있다. 그리고 어젯밤보다 양이 쑥 줄어 있는 엄마 약 봉지. 엄마는 고통을 느끼는 듯 몸을 뒤척거렸다. 망할 놈의 암! 엄마가 깰세라 눈물을 꿀떡꿀떡 삼키며 마당으로 나왔다.

잠시 후 방문이 열렸다.

"영아야, 사과즙 선생님 갖다 드려. 나중에 더 좋은 걸로 선물해 드리자."

발목까지 올라오는 하얀 눈밭에 눈물이 뚝뚝 떨어졌다.

11월이지만 한겨울이나 다름없는 맹추위가 며칠째 이어지고 있다. 검은 먹구름이 태양을 가려 오전이라 믿기 어려운 어둠이 서려 있던 날.

"모든 장기로 다 전이되었습니다. 안타깝지만, 집으로 가서서 준비를 하시는 게, 병원보다는……."

엄마를 집으로 데리고 가서 마지막 남은 며칠을 준비하라고, 의사가 말했다. 나는 가끔씩 기적이 일어난다는 교회 기도원으로 허겁지겁 달려갔다. 하루를 꼬박 큰 폭포 앞에 무릎 꿇고 하나님께 매달렸다. 기적이 나를 꼭 비켜 가야 할 이유가 없다고 생각했다. 그러나 기적은 날 비켜 갔다.

집 온 마당이 교회 신자들로 북적거린다. 나는 장독대 위에 덩그러니 넋을 잃고 앉아 있다. 상복을 입은 언니 오빠들의 얼굴엔 검은 그림자가 드리워져 있다.

어제, 엄마가 임종하기 직전 나는 내 허벅지를 수도 없이 꼬집었다. 엄마가 없다는 사실은 나에겐 꿈일 수밖에 없는 이야기라서……….

마당에서는 교인들의 기도 소리가 끝없이 이어졌다. 언니 오빠들은 이쪽저쪽 처박혀 오열하고 있다. 마음이 급해졌다.

"엄마, 엄마, 소풍 갈 때 신으라고 사준 꽃무늬 스타킹 맘에 안 든다고 가위로 자른 일, 학교 운동회 때 예쁘게 해서 오지 않았다고 신경질 냈던 일, 인삼 깎아 모은 돈 학교 육성회비 내야 한다며 거짓말 쳐 찐빵 사 먹은 일, 가마솥에 빠져 오랫동안 엄마 고생시킨 일, 노래 가사 1절 2절 섞어 부른다고 핀잔줬던 일…… 엄마, 내가 다 잘못했어. 다……."

울음 섞인 주기도문은 점점 크게 들려 왔고, 마음은 더 급해졌다. 맨발로 뛰쳐나가 목사님에 바짓가랑이를 잡아 당겼다.

"살려 주세요. 울 엄마 살려 주세요. 하나님은, 당신의 자식은, 영원히 죽지 않는다고 하셨잖아요! 죄 없는 엄말 살려 주세요……"

목사님은 침통한 표정으로 성경책만 읽는다. 이번에는 전도사님 바짓

가랑이를 잡고 매달렸다.

"전도사님 우리 엄마, 불쌍한 우리 엄말 살려 주세요. 엄마와 전 교회에 열심히 다녔잖아요."

역시나 성경책을 읽으며 전도사님은 안경을 밀어 올리고 젖은 눈가를 훔쳐 내린다. 세상이 지금 거꾸로 도는 것 같고, 우리 엄마가 죽을지도 모르는데 모두들 하나님만 불러댄다.

"씨팔 다 꺼져! 난 다시는 교회 따윈 안 갈 테니까 다 꺼지라고!"

방으로 뛰어들어갔다.

"엄마……!"

교인들이 우르르 방안으로 몰려들었다.

"하늘에 계신 우리 아버지 이름을 거룩하게 하옵시며……"

엄마는 그렇게 세상에서 가장 힘든 이별을 말하고 내 곁에서 홀연히 떠났다. 엄마가 죽고 난 후 모든 것이 정지되었다. 내 마음은 나도 알 수 없는 암흑 같은 공간으로 숨어 들어갔다.

엄마가 내 곁에 있을 때 바라봤던 하늘은 도무지 보이지 않았다. 멍하게 마루 끝에 앉아 기억 속에서 계속 엄마를 꺼내 들 뿐이었다. 잠들기가 무서웠다.

눈 떴을 때 엄마가 없다는 충격을 도저히 감당할 수 없어 뜬눈으로 뒤척이다 마당으로 나갔다. 엄마랑 들고 다니던 인삼 소쿠리, 엄마 몸뻬 주머니에 늘 들어 있던 인삼 깎던 칼을 만지작거리며 숱한 밤을 보냈다.

내가 싫어하는 여름 장마가 시작되었다. 그래, 비가 오는 날엔 노래가 딱이다. 어설프게 오빠에게 매달려 가까스로 배운 기타를 꺼내 들고 노래를 불렀다. 내친 김에 엄마와 함께 자주 불렀던 곡도 불러 본다.

"사랑해선 안 될 사람을 사랑하는 죄이라서……"

이때 양철 대문이 열렸다. 껌을 째각째각 씹으며 걸어오는 여자는 뚱보였다. 긴 치맛자락을 펄럭이며 마치 제집처럼 들어왔다. 나는 기타를 마루 위에 내려놓고 일어섰다.

"왜요? 우리 집에 왜 왔는데요?"

아빠도 따라 들어왔다. 여자에게 '우리 영아랑 오늘부터 친해져야 한다'고 아빠가 말했다. 그리고 아빠 눈길은 허공을 향하며 이번엔 나에게 말했다.

"영아야, 이제부터 엄마라고 불러라."

뚱보는 입을 삐죽거렸다.

"이년아, 뭘 쳐다봐. 누가 뭐래도 난 니 엄마야."

순간 오빠가 애지중지하던 기타를 마당 삽자루 기대 놓은 곳까지 던져 버렸다.

"엄마 같은 소리하고 자빠졌네. 당장 우리 집에서 나가! 아빠도 집에 오지 마! 우리 엄마를 죽게 만든 장본인은 저 아줌마와 아빠야! 둘 다 나가!"

아빠는 엄마가 돌아가시고 많이 변했다. 집에는 작은언니와 나 단둘일 때가 많았는데, 그래서인지 아빠는 집에 와서 내 눈치 아닌 눈칠 보고 가는 횟수가 잦아졌다.

"왜 자꾸 오는데…… 때릴 엄마도 없는데…… 집 뒤안에 변소나 좀 만들어 줘. 엄만 내 볼일 다 볼 때까지 공중 변소 앞에 지키고 서 있어서 귀신 나올까 봐 무서웠던 것도 잘 참았는데 언닌 변소 앞까지만 같이 오고 날 기다려 주지 않는다고."

장마가 지나가자 가뭄이 지독한 날의 연속이다. 잡초들은 먼지처럼 부서지고, 대지는 이글거리며 쩍쩍 갈라진다. 풍기역 앞은 인삼 가게가 즐비하다. 풍기 사람들 목숨 부지의 원천이 인삼이다. 거기에 사과 농사, 그리고 인견 공장.

엄마가 돌아가시고 인삼 깎는 일은 중단되었고, 언니를 따라 집 앞 인견 공장에서 밤을 새우는 날이 많아졌다. 혼자 있는 밤이 무서워 언닐 따라 나섰다.

늘 인삼 소쿠리와 칼을 챙겨 들고 어두운 마당을 왔다갔다하는 날 보고 언니가 매번 놀려댔다.

"또 소쿠리에 칼을 챙겼나. 인삼 깎는 게 아니고 공장에 가는 거잖아, 바보야."

언니와 나는 소쿠리를 덮어 쓰고 한참을 웃었다.

고교시절 여러 가지 문제들로 머릿속이 어지럽기 시작했다. 여느 애들처럼 윤동주의 시를 좋아하며 멋을 알게 되고 ,슬픈 노래에 빠져 들고, 떨어지는 낙엽만 봐도 가슴이 울렁거리는 감수성을 경험하게 되었다.

역 앞 진주 다방에는 전국 각지에서 수많은 사연을 품고 온 아가씨들이 많게는 열 명도 더 우글거렸다. 커피를 파는지 몸을 파는지 정확히 알 순 없었지만, 그들은 질 떨어진 향수를 뿌리고 인삼 판 노인네들의 두둑한 지갑에 혈안이 되어 있었다. 아빠는 그 굴레에서 행여나 내가 삐뚤어질세라 모든 신경을 나에게 곤두세우고 있었다.

어떤 일요일. 눈을 뜨자마자 내가 제일 먼저 취하는 행동은 방문을 발로 밀어젖히는 것이다. 마루 위에 한가득 쌓여 있는 과일. 이모가 왔다 간 것 같다. 이모는 예전부터 우리 집에 와도 방까지 들어온 적이 한 번도 없었다. 항상 마루에서 엄마와 얘기했고, 엄마가 나오지 못하면 방문을 열어 둔 채 마루에 걸터앉아 그렇게 대화했었다. 우리 집 장판이 더러워서 안 들어 온 건지, 신발 벗는 게 번거로워서인지 아무튼 희한하게 마루에만 걸터앉아 있다 가곤 했다.

어릴 적 기억 하나가 떠오른다. 우리 엄마는 다섯 남매 중 장녀였다. 그날, 우리 엄마의 슬픈 울음소리는 하늘을 가르고, 바다를 가를 만큼 컸던 걸로 기억된다.

우리 외갓집은 풍기에서 30분 거리에 있는 산골 마을 하촌리 희뜨재였다. 높지 않은 산들이 아담하게 마을을 둘러싸고 있고 마을 입구 산 중턱엔 인간사 모진 풍파를 오랫동안 지켜봤음 직한 소나무 숲이 울창하게 자리 잡고 있다.

그야말로 전형적인 촌마을이다. 소나무 숲 옆 세 번째 집이 우리 외갓집이다.

초등학교 2학년 때로 기억된다. 엄마는 뛰고 또 뛰었다.

해가 산중턱으로 서서히 기울어가는 초가을.

"엄마, 엄마, 같이 가!"

엄만 들은 척도, 뒤를 돌아보지도 않은 채, 죽기 살기로 뛰었다. 입고 있는 치마를 양손으로 들어 올려 속 고쟁이만 입고 뛰는 줄 알았다. 비탈길 크고 작은 돌들도 그냥 타 넘으며 뛰었다.

영문도 모른 채 엄마를 따라잡겠다고 큰 돌부리를 타 넘다 앞으로 처박히길 여러 차례. 바지는 양쪽 무릎이 다 찢겨졌고 손바닥에는 잔돌들이 박혔다. 손을 불어 가며 산 중턱 소나무 숲 가까이까지 헉헉거리며 올라왔을 때 엄마 신발 한 짝이 저만치서 나뒹굴고 있었다.

엄마의 모습은 이미 보이지 않았다. 나는 엄마 신발 한 짝을 주워 들고 외갓집으로 들어갔다. 여느 때와는 다른 풍경이었다. 항상 바삐 소여물을 챙겨 주고 맷돌을 갈던 할매의 모습은 보이지 않았고, 삼촌의 지게는 텅 비어 있었다. 패다 만 장작이 반쯤 갈라진 채 서 있고, 어딜 갔는지 삼촌도 보이지 않았다. 굴뚝에 연기도 오르지 않고 가마솥에서 숭늉 냄새도 나지 않았다. 외양간의 소들만이 눈을 껌벅이며 빈 여물통을 혀로 쓱쓱 핥고 있을뿐.

잡초가 온 마당에 무성하고, 정적이 감도는 이상한 날이었다.

외갓집은 네모반듯하니 대문 입구 좌측이 할매 방이고, 건너편이 삼촌 방, 중간이 마루, 마루 중간 방은 사촌 오빠들 방이다. 할매 방 마루 아래 있던 엄마의 신발 한 짝이 눈에 들어왔다.

"엄마!"

방문을 급하게 열었다. 반듯하게 천장을 보고 누워 있는 할매는 알몸이었다. 비녀를 뺀 할매 머리는 할매 키보다도 훨씬 길게 늘어져 있고 얼굴은 해골에 가까웠다. 나는 놀라서 소리를 질렀고, 엄마는 노래진 나의 눈을 가리며 사촌 오빠 방으로 떠밀었다.

"이 방에서 절대로 나오면 안 돼."

엄마가 식은땀을 흘리며 삼촌 방으로 가는 듯했다. 나는 삼촌 방으로 또 따라가 방문을 열었다. 배가 불룩하게 나온 삼촌이 상체를 옆으로 구부린 채 피를 토해내고 있었다. 엄마는 번개같이 삼촌 입에서 나오는 피를 받아냈다.

나는 또 소리를 질렀다. 소리 지르는 날 본 엄마는 한손으론 피바가지를 들고 다른 한손으론 내 눈을 가리며 다시 사촌 오빠 방에 밀어 넣었다.

"엄마가 나오지 말랬지! 여기 가만히 있어. 꼼짝하지 말고!"

엄마는 정신이 반쯤 나간 것처럼 보였다.

도대체 무슨 일이 일어나고 있는 건지. 한 지붕 아래 엄마와 아들이 각자 따로 방에 누워 다른 신음소릴 내며 왜 아파 하는 거지?

나는 어렸지만 모든 것들은 심각했다. 바깥에서 더 많은 발소리가 들려오고 흰 문풍지를 뚫고 들어오는 황혼의 햇살은 점점 연해지고 있었다. 다시 할매 방문 앞으로 갔다. 건너 외삼촌 방안에 사람들이 더 많이 모여 있다는 것을 들려오는 울음소리로 알 수 있었다.

할매가 아파 삼촌도 아파졌나? 삼촌이 아파 할매가 몸져누웠나? 내 머릿속은 이상한 산수로 어지러웠다.

하늘은 점점 검게 변해가고 바로 앞 언덕 위 소나무 숲들이 외갓집의 슬픔을 말없이 내려다보고 있는 것만 같았다. 내 바지 주머니에는 엄마 신발 한 짝이 반쯤 밖으로 나온 채 아직도 들어 있다.

엄마는 흘러내리는 눈물을 훔치지도 않으며 맨발로 정신을 놓고 할매 방과 삼촌 방을 들락날락했다. 나는 마루 밑에서 뒹굴고 있는 엄마 신발 나머지 한 쪽을 마저 주워서 바지 주머니에 넣었다. 그리고 엄마가 내는 울음소리를 따라 이 방 저 방 앞을 기어 다녔다.

그날 외갓집에서 우리 엄마가 울다가 기절할 만큼 무서운 일이 생길 것만 같다는 생각이 들었다.

외사촌 오빠들의 얼굴은 온통 눈물 콧물로 뒤범벅되어 퉁퉁 부었다. 오빠들은 큰 울음소리를 안 내려고 수건으로 입을 틀어막고 마당에 각목을 세우고 천으로 지붕을 만들었다. 외양간 소들도 이런 얄궂은 상황을 아는 듯 빈 여물통에 머리를 박았다가 다시 머릴 들어 올려 큰 눈망울들만 껌뻑거린다.

엄마의 떨리는 목소리가 들려 왔다.

"모두들 잘 들어. 엄마가 눈을 먼저 감아도 복선이에겐 엄마는 괜찮다고 말하고, 복선이가 눈을 먼저 감아도 엄마에겐 복선이는 괜찮다고 얘길 해야 돼. 꼭!"

어려운 얘기 같았지만, 복잡한 내 산수가 그제야 풀렸다.

"그래 할매와 삼촌이 동시에 죽음을 맞이하고 있는 거야. 누가 먼저인지는 모르지만 둘 다 이 세상에서 사라진다는 건 틀림없는 사실인가 봐. 어떻게 이런 괴물 같은 이야기가 있어? 저승사자 심술이 너무 고약하잖아. 지금 우리 외갓집 뒤 안 어딘가에 숨어 누굴 먼저 데려갈까 염탐하고 있는 거 아냐? 그건 안 돼! 너무 끔찍한 일이잖아. 정 누군갈 데리고 가야 한다면 한 명만 데리고 가. 울 엄마 슬픔이 반으로 줄게. 누굴 먼저 데려갈까 나에게 묻진 말았으면 좋겠어. 할매도 삼촌도 둘 다 날 예뻐했으니. 한날한시 엄마와 아들을 데려가는 게 어딨어? 순서대로 한다면 내가 사랑하지만 그래도 할매가 먼저야. 할매가 훨씬 오래 살았으니. 내 말이 맞지 저승사자야. 부탁인데 한 명이라도 살려 줘. 우리 엄마 눈물이 너무 서럽잖아."

어둠으로 뒤덮힌 하늘엔 팔 떨어지고 코 삐뚤어진 유령들이 외갓집 지붕 위를 빙빙 돌고 있는 것만 같았다. 별들의 반짝임도 보이지 않았다.

나는 할매 방과 삼촌 방의 중간 마루에 서서 더 큰 울음소리가 나는 방으로 귀를 기울였다. 삼촌이 힘들게 물었다.

"엄마는?"

우리 엄마가 생전 처음 하는 거짓말을 들었다.

"엄마는 괜찮으니까 걱정하지 마."

얼마나 지났을까?

삼촌 방에서 울음소리가 들려와 찢어진 문풍지 사이로 한 쪽 눈을 갖다 댔다.

아까 저승사자에게 할매부터 데려가 달라고 말했던 내 이야기에 귀신은 코웃음 쳤다.

삼촌이 먼저 죽었다. 엄마가 수건으로 입을 틀어막고 할매 방으로 건너 갔다.

내 귀가 엄마를 따라갔다. 우리 엄마의, 세상에서 제일 슬픈 두 번째 거짓말이 들려 왔다.

할매가 힘들게 물었다.

"선이는? 선…… 이…… 는 괜찮……나?"

"응, 괜찮아. 약 먹고 이제 정신을 차렸어."

잠시 후 엄마의 울음소리는 외갓집이 내려앉을 듯이 크게 들려왔다. 그리고 더 이상 숨죽인 울음소리는 없었다.

모두들 입을 틀어막고 있던 손을 떼고 이 방 저 방 흩어져 대성통곡한다. 나는 찢어진 손바닥에 낀 돌들을 그제야 후벼 파내며 더 이상 사람들의 울음소리에 귀를 따라 보내지 않았다.

하늘에 유령들은 불꽃놀이라도 시작한 듯 별들이 촘촘히 검은 하늘을 뒤덮었다. 그때 우리 외갓집에 줄초상이 난 이후로 가뜩이나 없는 엄마의 웃음이 더 말라 갔다.

당시 철부지 아이였지만, 엄마에게 너무 슬퍼하지 말라는 위로 따위의 말은 하지 않았다. 나도 우리 엄마가 없으면 살 수 없을 것만 같았기 때문이다.

할머니와 삼촌이 죽고 난 뒤 어느 날 아빠가 엄마에게 크게 소리 질렀다.

"이런 제기랄 암 덩어리들로 꽉 찬 집구석 같으니라고!"

아빠의 역정은 몇 시간이나 이어졌었다.

야간 일을 하는 언니를 따라 나섰다. 베틀 돌아가는 소리 때문에 그 안 에서는 대화가 거의 안 된다. 길쭉하면서 볼록하게 생긴 핀에 인견 실을 두툼하게 감아야 하는 작업이다. 사람 손으로 인견 실을 다 감는 것은 무리라서 기계와 사람 손이 어우러져 실을 감아야 했다. 핀에 실을 손으로 연결해 놓으면 기계가 자동으로 돌아 가득히 실을 감고 선다. 이때 사람 손이 필요하다. 기계를 멈추지 않은 채 실이 다 감긴 핀을 빼 내고 새것으로 갈아 끼워야 한다. 많은 사람이 필요하지는 않았다. 그러나 사람 손길이 없어서도 안 되었다. 한 사람이 다섯 대 이상의 기계를 맡았던 것 같다. 재미없고 지루하기 짝이 없는 일이었지만, 언니는 열심히 묵묵히 이 공장에서 일을 했다.

나는 이 베틀 공장에 열심히 따라다녔지만, 단 한 번도 기계를 무난히 돌린 적이 없었다. 매번 따라왔다가는 후회하고 다시 집에 갔다가 공장으로 되돌아오곤 했다. 차라리 엄마랑 인삼 깎으러 다녔던 일이 훨씬 재미있었다.

공장 일은 한 마디도 꺼낼 일이 없어 따분하고 인내심이 필요했다. 그래서 늘 크게 노래 불렀다. 아무리 크게 소리 내어 불러도 누구 하나 듣는 사람, 나무랄 사람도 없었으니 목청껏 노래 부를 수 있는 공간이기도 했다.

인견 실을 감은 핀이 마이크였다. 어릴 적 머리빗이 내 첫 번째 마이크였으니 핀은 두 번째 마이크인 셈이다. 공장 안 기계 사이, 좁은 길은 나의 독무대였다. 기차 소리처럼 칙칙폭폭 철커덕 철커덕거리는 기계 소리들은 내가 부르는 노래 반주였고, 구석구석 쌓여 전깃불에 하얗게 반사되던 인견 실들은 나만의 조명이었다.

혹독하게 추운 겨울, 엄마 제삿날이었다.

마당의 수도가 얼어붙어서 물 한 방울 나오지 않았다. 낮부터 바람은 귀신소리를 낸다. 아침에 몇 명의 교인들이 왔다가 기도 준비를 하자는 약속을 하고 갔는데 아빠와 뚱보가 제사에 올릴 장을 봐 가지고 왔다.

"아빠, 오전에 교회 사람들이 왔다 갔어. 예배를 드리자고 했어. 제사는 필요 없대."

아빠는 헛기침 두 번을 하고는 마른 마당에 비질을 했다. 이때 엉성한 손놀림으로 조기 비늘을 벗겨 내던 뚱보가 담배 한 개비를 조기 비닐이 달라붙은 손가락 사이에 끼워 든다.

"예배 같은 소리 하고 있네. 하나님이 밥을 주나 떡을 주나. 우린 제사를 지내니 예배는 딴 데 가서 하라 그래."

"그래도 울 엄마 산소가 교회 산에 있잖아요. 교회 산에 있으니 우리가 교회를 따라야 하는 게 맞잖아요. 제사를 지낸다면 목사님이 무척 불쾌하게 생각할 거라고요."

나는 아빠가 들을 수 있도록 크게 말했다. 아빠는 빗자루를 들고 골목으로 나간다. 그냥 별 할 말이 없는 것이리라. 교회 산에 엄마를 묻을 때 목사님과 약속했던 부분을 기억하고 있을 테니까.

하나님의 자식들 산소이니 만큼 제사 따위나 잡동사니 종교들을 섞어 신성한 교회 산소를 어지럽히지 말아 달라고, 목사님이 아빠 손을 잡고 부탁했었다. 뚱보는 한 시간이 지나도록 조기 한 마리를 다 손질하지 못하고 불난 집구석처럼 담배 연기만 가득 뿜어내고 있었다.

"이년아, 예배는 니 혼자 성경책 들고 나가서 따로 해."

나는 내심 걱정이 되었다. 잠시 후면 목사님, 전도사님 모두들 몰려오실 텐데…… 제사 음식을 차려 놓고 절을 올리는걸 보면 얼마나 황당해하실까. 엄마가 돌아가신 날 내 종교도 끝났다고 생각했지만, 그래도 마음속에 다른 종교가 들어와 있진 않았다.

날이 어둑어둑해졌다. 혹독하게 추운 겨울밤은 우리 집을 통째로 빙하처럼 만들고 있다. 제사상이 방 한쪽 귀퉁이에 차려졌다.

뚱보는 우리 엄마 영정에 대고 연신 형님 형님하며 불러댄다. 인간이 성품을 타고난다는 성선설과 성악설의 기로에 선 시간들이다.

목사님과 교인들 몇몇이 마당으로 들어섰다. 목사님의 검은색 뿔테 안경은 코와 입을 막은 목도리 때문에 뿌연 김이 서려 있었다. 같이 오신 신도님들의 옷차림은 그야말로 이불 한 채씩을 둘둘 말고 서 있는 듯했다.

안경 너머로 보이는 목사님의 눈빛이 착잡함을 담고 있다. 제사상 때문이라고 생각했다. 마음 같아서는 마루에서 기도를 올리자고 말씀드리고 싶었지만, 입이 떨어지질 않았다. 뚱보는 삐딱하게 앉은 채로 목사님께 불쑥 내뱉었다.

"예배는 무슨 예배예요. 우린 우리 식으로 할 테니 그리 알고…… 귀신이 그래도 먹을 게 있어야……"

목사님께 방으로 들어오시라고 해 놓고도 민망스러웠다. 제사상 때문인 것도 있지만, 엄마가 돌아가신 뒤 성경책을 덮었고 교회도 가지 않았다. 목사님은 알고 계셨지만, 나 스스로 하나님을 찾길 원했는지 왜 교회 나오지 않느냐고 묻진 않으셨다.

우리는 방에 원을 그리고 앉았다. 방 한쪽에는 제사상. 그리고 또 한쪽에서는 예배를 올리기 위해 펼친 성경책. 가시방석이 따로 없다. 이때 대문 열리는 소리가 들렸다.

제사 준비가 다 될 때쯤 온다 하고 나갔던 아빠가 온 것 같았다. 그런데 방문을 열지 않았다. 아니 아무런 기척도 없다. 옆에 잠자코 있던 뚱보가 잠시 흐르던 침묵을 깬다.

"안 들어오고 뭐해요? 제사상 다 차려 놨는데…… 빨리 제사 지내야죠."

아빠는 대답이 없었고, 모두들 약속이나 한 듯이 풍보를 돌아봤다. 지난 시간들 교회는 나가지 않았지만, 오늘만큼은 두 손 모아 기도 올리고 싶어졌다. 다음 생에는 엄마와 날 일찍 갈라놓지 말고 좀 더 긴 시간 동안, 오래도록 볼 수 있게 해 달라고.

가수의 꿈

고3 겨울 방학이다.

빨리 어른이 되고 싶었고 나와 뚱보 사이에서 무척 힘들었을 아빠의 주름진 얼굴을 볼 때면 빨리 자리를 잡고 편안하게 아빠랑 마주하고 싶었다. 그렇기에 내 성인으로서의 로망은 다른 아이들보다 더 간절했다. 대학 진학을 놓고 아빠와 나의 실랑이가 계속 이어졌지만, 결국 아빠의 바람에 따르지 않고 내 길을 선택하기로 했다. 그 길은 노래였다.

광고지를 주워들고 겁 없이 경주의 모 나이트클럽에 전화를 걸었다.

"여자 싱어를 구한다는 광고를 보고 전화했어요."

"나이는요? 경력은요?"

나는 나이도 속였고 무대 경험도 꽤 많은 것처럼 대답했다. 클럽에서 급하다며 당장 와 달라고 하자 적잖이 겁도 났지만, 지난해 언니가 시집갈 때 입으라고 두고 간 원피스 몇 벌을 가방에 쑤셔 넣고 도망치듯 경주로 향했다.

달리는 택시 안에서는 아무 생각도 하지 않았다. 아니 오만 가지 생각이 떠오를까 봐 삐뚤어지는 눈썹을 계속해서 덧바르며 간혹 창밖을 멍한 표정으로 쳐다볼 뿐이었다. 나이트클럽 앞에 도착했다. 어둠이 내려앉은 낯선 도시의 밤은, 설렘과 두려움이 동시에 날 눌렀다. 나는 택시에서 머뭇거리며 창문을 반쯤 내리고 턱을 쭉 뺀 채 우리 집보다 더 커 보이는 술집 간판을 쳐다봤다. 마치 호기심에 가득 찬 어린아이처럼. 그리곤 다시 고개를 내려 내 모습을 훑어보니 적어도 겉은 성인이었다.

삶이란 예측 할 수 없는 것이 분명한 듯하다. 초등학교 때 아픈 엄마를 바라보며 이 다음에 커서 꼭 간호원이 되리란 꿈은 중학교를 올라가면서 상고를 나와 우리 동네 최고 부잣집 경성 한약방에 취직해서 엄마 한약을 원 없이 지어드리리란 다짐으로 바뀌었다. 또 고등학교에 올라가서는 탄탄한 직장을 잡아 멋진 커리어 우먼이 되어 뚱보의 눈치를 보면서 용돈을 뒷주머니로 쑤셔 넣는 환경에서 벗어나겠노라 다짐했었다. 그런데 지금, 나는 맥주로 물들인 갈색 머리와 어른을 흉내 낸 어설픈 화장과 하이힐로 나를 포장하고 있다. 가수를 향한 겁대가리 없는 야망을 뿜어내며 들판에 아무렇게나 피어난 야생화 같기만 하다.

그동안 내가 꿈꿔 왔던 반듯하고 착한 미래는 결국 잠재의식 속에서 결코 기죽지 않고 버티고 있었던 가수라는 바람에 어떤 이유들도 내밀지 못한 채 너무나 쉽게 꺼져 버렸다. 잠시택시 안에서 주춤거렸지만 곧 기분이 바뀌었다. 택시에서 사뿐히 내렸다. 뜸들이고 앉아 있었던 내가 짜증스러웠는지 택시는 쏜살같이 내게서 멀어져 갔다.

다시 네온 간판을 올려다봤다. 세상이 내 코 아래 있다는 스스로의 최면은 나를 자신감 있는 걸음걸이로 이끌었다.

나는 어깨를 펴고 긴 파마머리를 좌우로 살짝 흔들어가며 클럽 문을 열었다. 고막이 터질 듯한 음악 소리가 내 귀와 몸을 흔들어댔다. 꽉 찬 담배 연기 수많은 사람들이 부대끼며 흘린 칙칙한 땀 냄새가 비릿한 맥주 냄새와 섞여 입과 코로 확 들어왔다. 조금 전까지 당당하던 자신감이 한

풀 꺾이는 느낌을 받았다. 스물스물 구석 벽에 가서 붙어 섰다. 약간은 놀라고 겁먹은 얼굴로 고개가 정신없이 돌아갔다. 넓은 홀! 하늘에 닿을 듯한 천장. 미간을 찌푸려야 보이는 사람들 모습……. 어둡다. 정면으로 보이는 높고 화려한 무대에는 파운데이션을 발랐지만 늙어 보이는 남자 가수가 흰색 양복을 입고 노래 부른다. 형형색색 쏟아지는 현란한 조명은 늙은 남자 가수가 입고 있는 흰색 양복 위로 둥글고 반짝이는 무늬를 만들어 준다.

춤추는 사람들의 표정은 슬픔이나 힘겨움이 전혀 없는 듯이 즐거워 보인다. 부지런히들 춤춘다. 마치 일곱 난쟁이들이 줄줄이 일하러 나가는 것처럼 좁은 테이블 사이사이로 걸어 나가 음악에 몸을 맡긴다. 홀 중간중간에는 원형 테이블이 높게 올라가 있다. 그 위에서는 무희들이 간신히 젖꼭지만 가린 브래지어를 하고 낯 뜨거운 춤을 춘다. 간혹 알 수 없는 웃음을 지어 보이며 남자들 머리통 위에다 가랑이를 벌린다. 엉덩이에 걸쳐진 한 줄의 끈 팬티는 아슬아슬해 보였지만 이곳이 술집이라는 것을, 이곳이 조금은 위험할 수도 있는 험악한 향락의 나락이라는 것을 대신 말해 주는 듯했다.

갑자기 싸아한 슬픔이 올라왔다. 당차게 입술을 깨물며 달려왔건만. 나는 흔들리는 머릿속으로 뚱보의 얼굴을 그려 넣었다. 엄마의 고통스러웠던 그 마지막 몇 달마저 뚱보는 아빠의 발길을 집으로 향하지 못하게 붙잡았고, 엄마는 그렇게 외롭게 떠나야만 했다. 관용은 치유를 남기고, 복수는 상처를 남긴다고 하지만, 뚱보를 향한 관용은 죽을 때까지 생기지 않으리라는 확신만 더해질 뿐이다.

신은 착한 사람에겐 복을, 악한 사람에겐 벌을 내린다는 맹목적인 어릴 적 믿음이 전혀 근거 없었음을 저 뚱보를 만나는 날 알게 되었는지도 모른다. 잠시 만감이 교차했지만, 고개를 저으며 그만하자고 나를 다독였다. 별 탈 없을 거야. 지금부터 시작인데 이깟 안을 술집 보고 바보처럼 얼어 버리는 게 무슨 가수를 하겠냐고, 나는 다시 자신에 찬 걸음걸이로 영업부장을 찾아갔다.

낯선 숙소에서 밤새도록 뜬눈으로 뒤척이다 아침에 잠깐 눈을 붙였다. 이곳 업소 사람들은 내게 이것저것 묻지 않았다. 저녁에 부를 레퍼토리 몇 곡을 낮에 연습하고 첫 출근을 했다.

언니의 원피스를 입고 무대로 올라 선 나는 완전한 아가씨였다. 애송이 고교생이 집을 나와 뛰어든 밤무대라고 생각하는 사람들은 없었다.

노래 경력이라고는 고작 소풍가서 친구들 앞에 삐죽하게 서서 불러 보고, 학교 체육 대회 날 응원가를 목이 터져라 불러 본 게 다 아닌가? 그러나 다행스럽게도 내 등 뒤에서 연주하는 밴드의 음악 소리에 내가 부르는 노래가 자연스럽게 스며들었다.

정말로 밤무대를 몇 년 뛴 경험자처럼 말이다.

처음 받아 보는 낯선 조명에 감탄이 저절로 나왔다. 나는 흥분했다. 모든 것은 새로웠다. 더 이상 내 인생에 절박한 어둠은 없을 것처럼. 내 열아홉 해의 숨 가빴던 지난 순간들이 거짓말처럼 노래 속에 묻혀 쏟아져 내린다. 구름 한 점 없이 맑은 어느 날 마룻바닥에 걸터앉아 무료함을 달래기 위해 기타를 치며 막연하게 불러 보던 노래가 아니었다. 엄마가 내 곁에서 사라진 다음날 밤부터 그 무서운 밤을 밀어 내려 고래고래 소리 지르며 부르던 노래에도 이토록 신기 어린 슬픔과 많은 생각들이 내 입 밖으로 실려 나오진 않았으니까. 내 열아홉이 축복처럼 고마워진다. 뚱보에게서 벗어나고, 빗물이 스며드는 집 마루에서, 눈보라가 안방 방문을 쥐었다 폈다 하는 냉한 방바닥에서, 영원히 도망칠 수 있을 것만 같은……. 그렇게 스무 살을 향한 시간에 자꾸만 안달나면서 행복해진다.

타임이 끝났다. 살짝 큰 언니의 하이힐이 복사뼈를 자극했지만, 태연한 척 대기실로 들어갔다. 끝자리에 앉아 코언저리 땀을 닦아내며 디제이가 틀고 있는 음악 소리에 춤을 추듯 열렸다 닫혔다 하는 대기실 문을 초점 없이 바라봤다.

이때 원형 테이블에서 춤추던 무희들이 몰려들어 왔고 그들은 브래지어 끈을 스스럼없이 풀었다. 살쪄 보이는 가슴은 한 쪽도 처짐 없이 마치 똑같은 고무풍선을 달아 놓은 듯 봉긋했다. 핏줄이 선명하게 튀어 올라온 팔뚝엔 노란색 고무줄이 팔찌처럼 치렁치렁 감겨 있었고 그들의 목소리는 남자처럼 굵었다. 두터운 분을 바른 턱 위로 거무튀튀하게 올라온 것은 수염 같아 보였다. 난생처음 보는 해괴한 모습에서 눈을 뗄 수가 없었다. 말로만 듣던 게이 인 듯했다.

남자는 아니 여자는, 여자는 아니 남자는, 팬티 끈을 스스럼없이 풀어 내렸고 굵은 팔목에 감고 있던 노란 고무줄을 촘촘히 손가락으로 감아 돌리더니 사타구니 사이에서 뭔가를 꺼내 매만진다. 그것은 놀랍게도 남자의 성기였다.

나는 흠칫 놀라서 얼른 다른 곳으로 고개를 돌렸지만, 저걸 어떻게 숨기고 여자처럼 춤췄을까 궁금해서 견딜 수가 없었다. 외면했던 고개를 슬그머니 다시 돌려 바닥으로 시선을 내리고 안 보는 척 곁눈질했다. 그들은 얼굴을 사타구니에 처박듯이 상체를 굽혔다. 손가락에 끼워 든 노란 고무줄로 쪼그라든 성기를 돌돌 감아 뒤로 힘들게 밀어 넣었다. 다시 팬티를 입었다.

그리곤 파운데이션을 뚫고 올라온 턱수염을 감추기 위해 다시 겹겹이 그 턱 위로 분을 덧발랐다. 마치 가면을 덮어쓴 듯, 그들이 짓고 있는 표정조차 읽을 수 없을 만큼 두꺼운 화장이 무거워 보였다. 그들은 옭아맨 성기가 완벽하게 숨어 있는지 거울을 보며 확인했다.

이해할 수 없었다. 아니 저들의 절망적인 선택을 온전히 받아들이기엔 아직 어린 것만 같았다. 순간 망연자실한 소녀의 표정을 짓고 있는 자신을 발견하고는 나는 자리에서 벌떡 일어났다. 이때 담배 한 개비를 피워 물고 여유 있게 나를 쳐다보며 말을 걸어 온 사람은 그들 중 가장 여자처럼 보이지 않았다.

"아가씨 몇 살? 아직 어려 보이는데……"

나는 두어 번 눈을 껌벅거렸다.

"스…… 스무살요……"

나는 왠지 우울하게 대답했다. 그리고 대기실에서 나왔다. 처음 본 바깥세상이 갑자기 두려움으로 밀려왔다. 사회생활 첫발에 저들은 적잖은 상실감을 안겨 주었다.

보름이 넘도록 무사히 가수짓을 하고 있다. 몇 날 며칠 깊은 잠을 이루지 못한 탓에 충혈 된 눈알이 튀어 나올 것만 같았다.

진짜 가수가 된 것처럼 무대 위에서 심장이 요동쳤는데, 오늘은 식은땀마저 짝짝 흐른다.

입구 큰 기둥 앞을 어슬렁거리며 의미심장한 눈길로 날 쳐다보고 서 있는 저 남자가 솔직히 구역질난다. 손등 위에 빽빽한 문신, 저 사람의 등장에 코가 땅에 닿도록 허리를 굽혀 인사하는 웨이터들.

저 남자가 이 나이트클럽의 지배인이라는 것을 말해 주었다. 오늘 출근할 때 클럽 입구에서 나에게 말을 걸어왔었다. 내 어깨 위로 슬그머니 손

을 올리더니 입 술사이로 브릿지한 이빨이 징그럽게 드러났다

"오늘 마치고 소주 한잔 어때? 아직 정식 인사도 안 했잖아."

"전 술 못 해요."

"이 바닥에 술 못 하는 건 없지. 일 끝나면 요 앞 포장마차로 와."

명령하듯 내뱉는 말투에 당황스러웠고, 일을 마치고 당장 집으로 가야겠다는 생각은 극심한 초조함으로 이어졌다. 자꾸만 시계를 보면서 노래를 불렀다.

초저녁 출근길에 연한 눈보라가 흩날리듯 뿌려졌었다. 홀 안으로 들어서는 손님들의 머리 위로 소복이 쌓인 눈은 불현듯 쓸쓸함을 안겨 주었다.

12월의 끝자락.

낯선 이방인들은 마지막 달력 한 장의 아쉬움을 술로써 풀며 또 달래려는 듯 클럽 안으로 들어섰으리라. 오늘만은 그렇게 보인다. 딱딱해 보이는 양복 어깨 위로 솜털처럼 내려앉은 눈을, 몸을 흔들어 털어대며 무대가 잘 보이는 자리를 찾느라 사람들이 서성거렸다.

나의 십대가 꿈결처럼 영원히 사라져 가는 올해의 12월은 나에게도 의미가 남다른 시간임에 틀림없다. 이 학창 시절 마지막 겨울 방학은 멋지고 근사한 미래를 이야기하며 꿈 같은 밤을 보내자고 친구들과 약속했었는데, 나는 벌써 밤무대 가수가 되어 급하게 어른의 자리로 이동해 있다. 돌아보면, 살아오면서 내가 하고 있는 지금의 이 행동보다 더 확실한 행동을 해 본 기억이 없다. 노래 불러야겠다는 집착은 고교 시절 3년 동안, 내 안에서 끊임없이 꿈틀거리고 있었음을 지금이 말해주고 있으니.

그러나 저 브릿지 이를 드러낸 하이에나는 내가 여기 온 첫날부터 반갑지 않은 눈길로 나를 끝없이 불편하게 만들었다. 노래를 부를 수 있어 좋

고, 돈을 벌어서 좋고, 왠지 가수가 빨리 된 것만 같아서 좋은데, 역시 양지와 음지는 한 몸인가 보다. 오늘밤에 도망쳐야겠다는 생각은 무대에서 몇 번의 실수로 이어졌고 팀 마스터에게 안 좋은 소리를 듣고 마지막 무대에서 내려왔다. 새벽, 뽀얗게 내린 눈으로 뒤덮여 있는 세상은 날 강아지처럼 팔짝거리게 하지 않았다. 콜 택시 기사에게 웃돈을 얹어 준다고 해도 선뜻 출발할 것 같지 않을 만큼 눈은 움직이는 모든 것들을 정지시켜 놓았다. 업소에서 늦도록 마시고 비실비실 취해서 나온 사람들 몇몇이 바지 주머니에 손을 쑤셔 넣은 채 소복한 눈밭으로 다리를 크게 들어 올리고 발을 내딛는다. 나는 잠시 하늘을 올려다봤다. 쉽사리 그칠 눈이 아니었다. 내일 기차 편을 알아봐야겠다고 마음을 바꿔 먹었다.

맞은편에서 담배 연기를 내뱉으며 수그리고 걸어오는 남자. 남자가 입고 있는 검정색 양복바지의 가브라를 보니 지배인이었다.

나와 눈이 마주치자 실실 웃었다.

"내가 안주를 시켜 놓고 데리러 왔지."

"전 술 못 한다 했잖아요. 그냥 퇴근할게요."

"누구 맘대로!"

양팔을 벌려 동작을 과도하게 부린다. 나는 이 순간을 어떻게 넘겨야 무사히 숙소로 들어갈 수 있을지 눈앞이 깜깜해졌다.

"왜 그러세요 저에게? 진짜 술도 못 먹을 뿐더러 전 피곤해서 숙소로 가야겠어요."

흠칫하면서 남자가 굳어졌다.

"아직 새파란 게 어른한테 말대꾸를 꼬박 꼬박하네. 난 오늘 너랑 한잔하고 싶은데!"

지배인은 내 팔을 낚아채듯 잡고 포장마차로 끌고 들어갔다. 먹다가 남긴 말라비틀어진 닭발이 올려져 있는 테이블에 나를 밀어 넣듯이 앉혔다.

지배인은 음산한 기운을 싣고 나를 쳐다본다. 한쪽 입술 끝을 올린 채 웃음도 아닌 무표정도 아닌 먹이를 앞에 둔 뱀같이 실눈을 뜨고 나를 요리조리 보았다.

"오늘밤 눈도 오고 분위기 좋은데 만리장성을 한번 쌓아 보자. 이 생활 능수능란하게 헤쳐 나가려면 사장, 밴드…… 다 필요 없다. 실세가 누군지 분위기 파악을 잘해야지……"

나는 두려웠지만 호랑이굴에서도 정신을 차리면 살 수 있다는 생각에 속내를 들킬세라 혓바닥 밑으로 공포를 애써 구겨 넣은 채 웃음 지었다. 속에서는 두려움이 가슴을 옭죄는 것만 같았다. 내 불 같은 청춘의 화려한 외출. 아직 뜨거운 불을 지펴 보지도 못했는데 한낱 밤업소 뒷담벼락에 붙어 젖은 지폐를 입에 물고 사는 저 늑대의 하룻밤 꼭두각시가 되고 난 후 스무 살을 맞이한다는 건 분해서, 미치도록 분해서 뒤로 자빠질 일이기 때문이다.

나는 자리에서 벌떡 일어났다.

"전 먼저 갈게요."

펄럭거리는 포창마차 천 쪼가리를 들추고 밖으로 나왔다. 눈보라가 내 걸음을 휘청거리게 만들었다. 그래도 뛰어야 했다. 뛰고 있는 내 뒤에서는 먹잇감을 놓치지 않으려는 늑대의 발광 소리가 우우 들려왔다.

"천천히 가라. 자빠질라…… 어차피 우린 만나. 난 숙소를 알고 있거든."

숙소로 들어온 나는 문을 잠갔다 풀었다 다시 잠그기를 몇 번이나 확인하고 방으로 들어왔다. 옆방 무대팀들은 잠들었는지 조용했다. 나는 비스듬히 누웠다. 벽에 기댄 등으로 파고드는 찬바람은 뜨거운 눈물을 끌어냈다.

"문 열어! 문 열어!."

탕탕거리며 문을 걷어차는 소리. 지배인이다. 나는 팀 아저씨들이 있는 옆방으로 총알처럼 건너갔다. 무대 위에는 다섯 명이지만 세 명이 골아 떨어져 있었다. 잠든 그들 머리맡에 서서 발을 동동 굴렸다.

"바깥에 클럽 지배인이 문을 두드려요…… 좀 도와주세요…… 예?"

이때 팀 마스터 아저씨가 눈을 번뜩이며 일어났다.

"무슨 말이야?"

"그러니까 업소 지배인이 여기까지 따라와서 문을 두드려요…… 저…… 저더러…… 오늘밤……"

팀 마스터 아저씨는 점퍼를 걸쳐 입으며 내 어깨를 토닥였다.

"괜찮아. 내가 나가 볼 테니까. 따라 나오지 마라."

잠시 후 욕하는 소리가 들려 왔고, 손찌검하는 소리가 이어졌다.

내가 움찔하며 방문을 열고 나가려 하자 자는 줄 알았던 기타 아저씨가 나에게 앉으라는 손짓을 했다. 그리고 '쉿' 하며 손가락으로 입을 다물라는 시늉도 했다.

잠시 후, 한쪽 뺨을 양손으로 감싼 채 들어서는 마스터 아저씨는 지배인에게 맞았다. 회색 체육복 바지에는 흙 묻은 구두 발자국이 선명했다. 그것도 몇 군데씩이나. 나는 머리를 숙이고 일어났다. 미안함을 넘어 죄스러운 눈빛으로 말했다.

"죄송해요. 저 때문에…… 정말 죄송합니다……"

팀 마스터는 벌러덩 드러누웠다. 그리고 벌게진 볼을 아무렇지 않다는 듯 손바닥으로 슬슬 비볐다.

"앞으로 너한테 저 양아치가 찝쩍거리는 일은 없을 거야. 그러니 일을 그만둔다는 둥 다른 생각 하지 마. 내가 진작 저놈에게 내 마누라라고 말했어야 하는 건데…… 신경 쓰지 말고 빨리 가서 자."

나는 한참이나 어정쩡하게 서 있었다. 내 방으로 밀어 넣어준 것도 역시나 마스터 아저씨였다.

"다른 생각 하면 안 된다. 지금 연말 성수기라 여자 싱어가 없다는 건 말이 안 되거든. 지배인이 더 이상 너한테 치근덕거릴 일은 없으니 내 말 알겠지? 잘 자라."

절뚝거리며 나가는 뒷모습을 보자 울화통이 치밀었다. 나도 모르는 사이 희뿌연 푸름이 환하게 밀려와 방을 비추었다. 왜 저 사람이 맞아야 하지? 왜 맞고도 아무 말 못 하고 바보처럼 있어야 되지? 왜 나이 많은 오르간 아저씨를 저 깡패가 이유 없이 때리지? 도대체 하이에나 같은 저들의 정체는 뭐지? 생각하기를 잠시, 나는 천연덕스럽게 잠들었다.

다음날 눈은 얼어붙었다. 빙판길은 예상했던 대로 사람들과 바퀴달린 모든 것들을 슬로우비디오로 움직이게 만들었다. 출근했다. 어젯밤 마스터 아저씨가 보여 준 의리를 배신할 마음은 전혀 없었다.

아무렇지 않게 무대로 올라갔다. 마스터 아저씨 한쪽 뺨에 생긴 멍 자국을 보지 않으려고 출근해서 눈을 한 번도 마주치지 않았다. 지배인은 오늘 보이지 않는다.

손님들은 썰매를 타고 왔는지 우르르 몰려들었다. 연말이라 봇물처럼 업소는 터져 나간다.

열한 시가 다 되어 간다.

홀 입구에서부터 무대 앞까지 한 줄로 넓게 길이 트여 있다. 그러니까 문을 열고 들어서면 무대가 한 눈에 들어오는 구조로 되어 있는 클럽이다. 내 시선은 거의 입구 쪽을 향했다. 들어오는 손님들의 모양새를 보는 것이 재밌었기 때문이다.

슬로우 노래 1절이 끝나고 간주가 나가고 있었다. 누군가 씩씩하게 그러면서도 두리번거리며 빠른 걸음으로 들어왔다. 혼자 들어온 남자는 무대 쪽으로 손짓을 하면서 다가왔다. 테이블에 앉을 기색은 없어 보였다. 약간 나이가 들어 보였고 저 걸음걸이라면 나와 악수를 하기 위해 무대 앞쪽으로 걸어오고 있는 것이 분명했다. 간혹 나이 많은 아저씨들이 내미는 손을 뿌리치지 못해 폼 나게 덥석 잡았다가 무대 밑으로 떨어질 뻔한 일이 몇 번이나 있었다. 이상하게 남자들은 악수한 손을 젠틀하게 바로 놓지 않고 무대 밑으로 잡아당기거나 오래도록 붙잡고 흔들어댔다.

사람들은 서로 부둥켜안고 한 해의 끝자락을 아쉬워하며 끈적끈적한 블루스를 추었다. 나는 2절을 다시 불렀다. 아까 무대 쪽으로 씩씩하게 걸어오던 남자는 어느새 무대 가까이까지 다가왔다. 어디선가 본 듯한 얼굴. 그러나 노래 부르는 뇌가 누구인지 쉽게 기억을 내어 주지 않았다. 너무나 낯익다.

순식간이었다. 무대 밑에 서 있던 나이 든 남자는 무협지에 나오는 무사처럼 한걸음에 무대로 뛰어 올라왔다. 그리고 내 머리채를 잡아당겼다. 눈 깜짝할 사이에 벌어진 일이었다. 나는 머리끄덩이를 잡힌 채 고개를 치켜들었다.

아빠였다! 오 마이 갓. 음악은 멈추지 않았다. 나는 무대 밑 사람들이 지금 어떤 표정으로 무대 위 나를 쳐다보고 있을까 생각하니 너무나 부끄럽고 창피해서 돌아버릴 것만 같다. 순간 모든 것은 엉망진창이 되었다. 아빠는 필사적으로 내 머리채를 잡고 흔들었다. 나는 제발 좀 놓으라고 말했지만, 부르다만 노래 반주가 내 말을 삼켰다. 아빠는 내 마이크를 뺏어 들었다. 한손으론 내 머리채를 힘껏 거머쥔 채로.

"이년이 내 딸이시더. 대가리 피똥도 안 뺏겨진 년이……"

아빠는 마이크를 휙 집어 던지고 무대 밑으로 나를 질질 끌고 내려갔다. 누구 하나 뛰어오는 사람, 말리는 사람도 없었다. 음악 소리도 멈추지 않고 빵빵 터져 나갔다. 다행이다. 아무렇지 않은 듯 돌아가는 클럽이 나에겐 차라리 감사하고 고마울 따름이다. 음악이 끊기고 사장이 끼어들고, 그래서 내가 집 나온 학생이라는 것을 알게 되면 일이 더 커질 테니까.

아빠는 단숨에 나를 끌고 밖으로 나왔다. 흐트러진 머리 사이로 아빠의 얼굴을 훔쳐봤다. 이마에 맺혀 있는 땀방울. 훅훅 거리는 숨소리. 기도 안 찬다는 듯한 표정에 금방이라도 눈물을 쏟아 낼 듯한 눈망울이 보였다.

나를 어떻게 찾아냈을까 궁금하진 않았다 .아빠는 돈 떼먹고 도망간 아가씨들 찾아내는 데 선수였으니까. 호흡이 가빠서 주저앉을 지경이 되어서야 내 머리카락을 쥐고 있던 손을 놓았다. 발이 시리다. 언니의 하이힐은 어디론가 실종되었다. 목덜미로 스며드는 냉기가 뽑혀 나간 머리보다 더 시큰거렸다. 아빠는 저만큼 걸어갔다. 도로 뒤편 강둑. 눈에 파묻히다시피 주저앉았다. 문득…… 내가 뭘 어쨌길래?

언니 옷을 훔쳐 택시를 타고 오던 날 초저녁을 되짚어 보지만, 죽을 죄를 지었다는 생각이 들진 않았다.

그렇다. 어릴 적부터 나는 아가씨들 속에서 자연스럽게 성을 팔고 돈을 받는 그들을 보게 되었다. 내가 가수로 그럴싸하게 포장해서 들고 나가 스펀지가 물을 흡수하듯 아주 자연스럽게 밤업소의 퇴폐와 향락을 받아들여 마약 같은 유흥에 발을 담글까 봐, 아빠의 걱정은 그것이었다. 지금 다방가로 흘러들어 온 아가씨들도 처음부터 다방 레지를 하려고 한 것은 아니었을 테니까. 이리저리 흐르고 돌고 돌아 결국은 쉽게 벌고 쉽게 사는 방법이 이것 밖에 없다고 결론 내리기까지 그들도 적잖은 유흥의 밑바닥을 혀로 다 핥아 보았음을 아빠는 알고 있을 테니까. 마치 아빠 인생의 마지막 숙제처럼 톡톡 튀어오르는 날 지켜야 한다고, 애초부터 막을 쳐야 한다고, 아빠가 시름 하고 있다는 것을 나는 알고 있다.

그러나 아빠의 걱정이 쓸데없는 노파심이라고, 속으로 늘 큰소리치며 꽃보다 더 고운 처자로 자라서 부잣집에 시집가 떵떵거리며 사는 모습을 보여 주리라 자신했건만.

아빠는 속을 조금 쓸어내렸는지 피우던 담배를 눈밭에 꾹 꽂아 넣고 다시 걸어왔다. 나는 바로 고개를 떨어뜨리고 죽을 죄를 지은 사람처럼, 그래서 죽도록 반성하는 사람처럼 흐느꼈다.

"니는 오늘 뒤지도록 더 맞아야 돼. 이년아, 이 구덩이가 어디라고 겁대가리 없이!"

아빠는 다시 역정을 냈다. 클럽 문 앞을 뚫고 들어갈 기세로 세워 놓은 트럭에 나를 쓸모없는 짐짝처럼 처박아 밀었다. 나는 양손을 모아 허벅지 사이에 끼우고 눈을 감았다.

뭐라고 변명 아닌 변명이라도 해야 될 것 같은데, 두 번 다시는 술집에서 노래 부를 일은 없을 것이라고 빌어야 할 텐데……. 이러쿵저러쿵 긴 변명하기가 싫다. 그저 빨리 이 순간을 넘기고 싶을 뿐이다.

"니가 술집엘! 대가리 피도 안 마른 것이 술집에서 홀러덩 벗고 쇼를 해!"

"내가 언제 홀러덩 벗었어! 난 가수야, 가수라고! 옷 다 입고 노래 부르는 가수라고!"

아빠는 분명 내가 옷을 다 입은 채 노래 부르는 걸 보고서도 억보를 씌운다.

"이년아 가수고, 술집 년이고, 춤추는 년이고, 다 똑같아!"

경주에서 풍기까지 거리가 천리만리다. 아빠의 손과 발은 잠시도 가만히 있지 않았다. 결국 코피가 터졌다.

"나도 엄마처럼 맞다가 병들어 죽으면 되겠지."

아빠가 멈칫하더니 손동작을 멈추었다. 더 이상 아빠의 손과 발은 내 등과 머리로 날아오지 않았다.

차에서 반 기절한 나를 아빠는 덜렁 들어 올려 집 마당에 내팽개쳤다. 내 얼굴은 풍선처럼 부어올랐고 뽑힌 머리숱은 술술 흘러내렸다. 입고 있던 원피스는 달랑 들려 올라가 팬티와 맨땅이 맞닿았다. 어느새 왔는지 뚱보가 마루 위에 서서 마당에 널브러져 있는 날 내려다본다.

"저년 당장 산부인과에 데려가서 밑구멍을 확인해야겠어! 몇 놈 하고 붙어 처먹었는지."

안방까지 뛰어 올라간 것은 순간이었다. 나는 뚱보의 입속으로 양손을 집어넣었다. 그리고 엄마와 내가 곱게 기르던 화초와 난들은 마지막 날이 되었다. 뚱보는 화분에 맞은 머리통을 움켜쥔 채 부엌으로 내려가서 흰 눈동자를 번뜩이며 다시 방으로 들어왔다. 손에 부엌칼을 쥔 채. 나는 보았다. 이날 뚱보의 눈에 세상에서 가장 잔인한 악마가 들어 있었음을. 아빠에게 칼을 빼앗기고도 뚱보는 한참을 약 먹은 개처럼 날뛰었다.

"저 갈보 같은 년! 자궁을 찢어 버리겠어!"

죽이고 싶었다. 죽여 버리고 싶었다. 뚱보는 밤이 늦도록 날뛰었다. 이 기회에 눈엣가시인 내가 영원히 아빠 곁에서 사라지길 바랐던 것 같다.

처마 끝에 나일론 줄로 간신히 만들어 놓은 내 빨랫줄에 걸린 메리야스를 훔쳐 내려 팽하고 코를 푼다.

언니가 시집가면서 준 스웨터를 걷어 내려 머리에 엉겨 붙은 흙을 턴다.

마룻바닥 가장자리에 난 큰 구멍이 눈에 거슬려 그 위에 장식처럼 올려 놓았던 내 곰 인형을 깔고 앉아 눈알을 짓이긴다.

내가 들고 다니는 가방을 거꾸로 들어 마당에 쏟아 부으며 콘돔이라도 찾아낼까 독 오른 눈알을 돌린다.

안방 천장에 내 목숨처럼 걸어 둔 울 엄마 사진들을 솥뚜껑 같은 손으로 깨 부신다.

엄마와 내가 닳을세라 쓸고 닦던 문지방에 올라서서 축복받고 태어난 내 영혼을 갈기갈기 짓밟는다.

내 천진난만했던 어릴 적 웃음소릴 약을 먹이듯 천천히 울음소리로 바꾸었다.

뚱보가.

해가 바뀌고 내가 성인이 되는 스무 살하고도 이주일이 지난 날 밤이었다. 한 달도 안 되는 밤무대 가수짓을 한번씩 떠올리며 혼자 히죽거리는 일이 잦아졌다. 다시 느껴 보고픈 기분이라고 끝없이 마음속에서 가수를 부추겼다. 빨리 졸업식이 왔으면.

풍기 겨울바람 소리는 안 들어 본 사람은 상상조차 할 수 없다. 어딘들 겨울이 안 춥겠으며 매서운 바람 없겠느냐만 풍기는 유별스럽다. 겨울이 추워서라도 그저 다 찌그러진 이 집에서 벗어나고 싶다. 천장에서 흙이라도 떨어질까 나는 방 가장자리로 가서 이부자리를 깔았다.

그날 밤도 어른 울음소리 아이 울음소리 동물 울음소리가 섞인 듯한 바람소리가 거친 밤이었다. 골목을 휩쓸던 바람이 담을 넘고 들어와 마당의 언 흙들을 쓸어 올리려 윙윙거렸다. 이불로 얼굴을 다 덮어쓰고 잠을 청해

보지만, 이번엔 방 문짝이 누가 잡아당긴 듯이 덜컹거렸다. 어렵사리 잠이 든 줄 알았는데, 끼워 둔 숟가락이 심하게 덜그럭거리는 소리가 또렷이 들려왔다.

"학생, 학생, 문 좀 열어 줘……"

꿈이 아니었다. 끼워둔 숟가락을 급히 꺼내자 방문이 자동으로 열렸다. 순간 깜짝 놀라 비명을 지르고선 등 뒤에 고무줄을 매달아 놓은 것처럼 방 안쪽 벽으로 튕겨져 나갔다. 귀, 귀신? 마루 위에 오들오들 떨며 서 있는 여자. 실낱같은 달빛이 비쳤다. 나는 겁에 질린 채 전깃불을 더듬거리며 켰다. 여자는 알몸이었다. 비틀거리며 울고 서 있다. 그의 알몸을 간신히 덮고 있는 것은 푸른색 커피 싸는 보자기. 보자기를 꽉 움켜쥔 두 손은 경련하듯 떨어댔다.

여자는 나와 눈이 마주치자 더 크게 소리 지르듯 울었다. 헝클어져 내려온 머리 사이로 검은 눈물이 보였다. 방으로 뛰어 들어오는 여자의 양쪽 다리 사이에서 흥건한 액체가 흘러내렸다. 나도 모르게 악 하는 비명이 또 나왔다. 벽에 붙어 서서 여자를 조심스레 봤다. 전라도에서 온 진주 다방 막내였다. 나보다 두 살 많다던……. 그래서 언니라고 부르라던 그 여자였다. 흙투성이의 맨발로 이불 속을 파고 들었다. 술 냄새와 지린내가 섞여 멀미할 것처럼 속이 울렁거린다. 조금 전 다리 사이로 흘러내린 것은 오줌이었다.

뒤숭숭한 꿈을 꾸는 것처럼 머리가 어지럽다. 나는 머리만 내밀고 마당 구석구석을 살펴보고 방문을 닫았다. 그리고 숟가락을 문고리에 다시 끼웠다.

"엄마, 엄마……"

어린 아이처럼 엄마를 찾으며 여자가 운다. 서럽게 운다.

발바닥에 달라붙은 흙이 내 이불로 옮겨 붙었다. 한밤중에 발가벗고 뛰어 들어온 여자가 몰고 온 것은 검은 눈물과 지린내만은 아니다. 세찬 겨울바람, 오줌, 썩는 듯한 알코올, 이놈저놈의 탐욕 섞인 침 냄새, 거기에 한 가지 더, 피워 보지도 못한 채 시들어가는 여자의 처량한 청춘에 가장 심한 악취가 나는 것만 같았다.

또 한 차례 세상에 대한 배신감이 심장을 뛰게 만든다. 화가 난다 웃음을 팔고 돌아다니는 저들이 그저 어른이라는 사실에 부러운 시선을 던진 적이 간혹 있었다. 그 시선을 거둬 드리는 밤이다.

나는 부엌으로 나갔다. 초저녁부터 연탄불 위에 펄펄 끓고 있던 물을 세숫대야에 담아 방으로 들고 들어갔다. 아침에 머리를 감으려 했는데…… 그 사이에 여자는 내 베개에 얼굴을 파묻고 큰 숨소리를 낸다. 한 주먹씩 엉킨 파머머리 끝자락에 대롱대롱 매달려 있는 머리핀. 여자는 꼽추처럼 구부리고 잠들었다.

나는 수건을 물에 적셨다. 그리고 이불을 걷어 올렸다. 그러자 여자의 다리가 벌어졌다. 벌어진 다리 사이에서 코를 쏘는 비릿한 냄새. 그것은 오줌 냄새가 아니었다. 물에 적신 수건을 허벅지에 갖다 댔다. 여자의 밑에서 뭔가 흘러나왔다. 투명하면서도 희멀건 액. 나는 주춤거리며 이불을 다시 덮어버렸다. 전깃불을 껐다. 한참이나 머리를 양팔에 처박고 쪼그리고 앉아 있었다. 세상 밖이 그리 화려할 것 같지만은 않을 것이라는 두려움에 밤은 설다.

뒤척거리던 여자가 입을 열자 술 냄새가 다시 심하게 퍼졌다.

"추하니, 나? 그래 내 육신은 더럽혀졌지만, 내가 선택한 이 짓에 후회는 없어. 난 먹고 살아야 하니까. 다만 원치 않는 성교를 다 받아들이기엔 난 아직 어린가 봐. 학생 나이에 난 엄마가 되었고, 애 아빠는 누군지 몰라 좆도. 어릴 적 빨리 어른이 되고팠던 시절이 있었는데…… 막상 어른으로 산다는 거 쉬운 일이 아니네. 그것도 몸 팔며 사는 어른……"

대화라기보다는 혼잣말이었다.

"이봐, 학생. 난 초등학교 4년 다닌 게 다라서 학교생활이 어떨까 궁금해 죽겠어. 선생새끼들이 정말 학생들을 개 패듯이 팬다는 게 맞을까? 남선생이 여학생의 허벅지를 더듬거려 보고 가끔 밤늦게 자기 자취방으로 가자고 한다던데, 진짜일까? 남녀 공학엔 임신이 수두룩하다는데 영아도 경험 있을까? 선배에게 졸라 맞고 후배에게 화풀이 한다는 그 깡패 같은 학교 얘기 좀 해 봐…… 응? 학교 얘기 말이야……"

여자는 몇 번 뒤척이다 또 스르르 오줌을 쌌다. 난 이불 한쪽 끄트머리를 여자의 벌어진 가랑이 위에 휙 던지고 발로 밀어 올렸다.

지랄하고 있네. 그래. 임신에다가, 수업 시간에 담 넘고 멀리 잔디밭에 가서 짝짝꿍 나뒹굴고, 구더기 이글거리는 좁은 변소 안에 서너 명씩 담배꽁초 들고 들어가, 연기며, 똥 쿠린내며 같이 들이마시고 핑 돌아 교실로 들어가고, 일진 선배랑 우연히 눈 마주치면 졸라 터져야 되고, 밤이 되면 어설프게 립스틱 바르고 나이트 갔다 걸리면 다음날 퇴학, 또는 학생과장이 사람 병신 만들기도 하지. 됐냐? 이게 학교 얘기다!

나 역시 혼잣말이었다. 그리고 벽에 기댄 채 잠들었다.

다음날 아침, 눈을 떴을 때 여자의 흔적은 커피 싸는 보자기가 전부였다. 오후가 될 때까지 여자 모습이 머릿속에서 사라지지 않았다. 사라지지 않는 기억은 나를 다방으로 무작정 달려가게 만들었고, 다른 날처럼 주춤거리지 않고 문을 세차게 열고 들어갔다.

구석 자리, 어젯밤 내 옆에 누워, 썩은 알코올 냄새 풍기며, 오줌을 싸던 여자가 앉아 있다. 붉은 립스틱, 단정하게 꼽혀 있는 머리핀. 늙은 영감 무릎 위에 앉아 웃고 있다. 마치 밤새 행복한 꿈을 꾸고 일어난 사람마냥 깔깔 웃는다.

어젯밤을 잊은 걸까? 오늘을 받아들인 걸까? 여자의 젖통을 오늘은 저 구린내 나는 영감이 쩍쩍 갈라진 손으로 주물럭거린다. 여자를 오래 쳐다보고 있어선 안 될 것만 같았다. 나는 슬퍼할 여자를 상상하며 달려왔는데.

아랫동네 개장수 아저씨 옆에는 온 다방 아가씨들이 다 달라붙어 천박한 잇몸을 드러내고 있다. 난 고개 저었다. 들고 간 보자기를 카운터 위에 던졌다. 다방문을 닫고 나왔다. 그리곤 그냥 걸었다. 걷다 보니 웃음이 나온다. 그것은 나 또한 이해하지 못할 웃음이었다. 제기랄.

눈발이 조금씩 휘날리더니 빠른 속도로 떨어진다. 굵고 흰 함박눈이다. 올겨울 유난히 눈이 자주 내리면서도 날은 춥다. 눈 많은 겨울은 덜 추운 겨울이 있었는데……

작은언니 시집가던 날, 아빠가 혼수를 많이 해 줄까 봐 종일 집에 들락날락하는 풍보와 불편한 눈싸움을 해댔다. 언니가 시집가던 날 서럽게도 울며 철없이 매달렸다. 나랑 좀 더 살다가 시집가면 안 되냐고.

그리고 며칠 전 졸업식날 밤.

내가 훔쳐 신던 언니 구두보다 훨씬 예쁜 구두와 화장품을 사 가지고 언니가 집에 왔다.

"영아, 강해져야 해. 이제 넌 성인이야. 지금부터 너가 하는 일에는 책임이 따른다는 걸 잊지 마. 너가 사회에 나가 노래를 하든 어떤 직업을 가지든 너 인생은 너가 책임져야 한다는 걸 잊으면 안 돼. 후회하지 않을 꿈을 펼쳐 봐. 난 널 믿으니까!"

언니가 사 온 구두를 신고 초코파이로 만든 케이크에 밝혀 둔 촛불이 다 타들어 갈 때까지 모델처럼 마당을 몇 바퀴나 돌았다.

"언니, 난 화려한 가수가 될 거야, 언젠가는! 지금 아빠가 아무리 내 발목을 잡고 내 뒤를 물귀신처럼 물고 늘어져도 결국은 나는 내 길로 갈 거야. 꼭! 우중충했던 내 어린 시절의 보상은 가수야! 가수!"

졸업을 하고 무작정 집에 있다가는 불완전한 생활이 될 것만 같았다. 발길 닿는 대로 걸어간 곳은 진주 다방이었다. 홀 안에 커피향이 찐한 날이다.

아가씨들은 강시처럼 곱게 분을 바르고, 껌을 질겅질겅 씹으며, 치맛자락을 휘날리며, 분주했다. 풍기 장바닥에서 산 분과 가짜 미제 립스틱을 덕지덕지 바르고, 아무에게나 '아빠, 아빠' 목을 감으며 콧소리에 과한 아양을 떨어댄다.

피우다만 청솔 담배가 카운터 위에서 천천히 타들어간다. 생리대는 아무렇게나 흐트러져 있다. 나는 담배를 주워 들고 재떨이에 쑤셔 넣었다. 아빠도 풍보도 보이지 않았다.

"어이, 거기 키 큰 아가씨! 성이 뭐야? 새로 왔나? 싱싱해 보이는데 …… 이리 와, 차 한잔해."

나는 돌아보지 않았지만, 아랫동네 개장수라는 것을 대번에 알 수 있었다. 장난기가 생겨 말을 받아쳤다.

"네, 미스 리예요. 새로 왔고요. 전 냉커피로 마실게요."

개장사의 웃음소리가 바로 들려왔다.

"거 목소리 한번 시원하구만. 냉커피 두 잔 가지고 와. 미스 리 허허 ……"

웃음이 나오는 것을 참으며 나는 아가씨들에게 눈을 깜빡였다. 뜨거운 커피 잔에 얼음을 한 조각씩 넣어 두 잔을 들고 개장수 테이블로 재빠르게 들고 갔다. 구레나룻이 얼굴을 반이나 덮고 있고 일부러 풀어 헤친 와이셔츠 사이로 삐쩍 마른 가슴뼈가 앙상하게 드러나 있다. 한 손은 한복 입은 주 양의 오른쪽 젖가슴에, 다른 한 손은 금방 일하러 온 박 양의 허벅지 밑에 두고, 낮짝은 반달처럼 웃음을 띠고 있다.

"잘 마실께요."

내 장난기가 발동이 걸렸다.

개장수는 싱글벙글 입가에 흰 거품이 일었다.

"그래, 마셔 마셔. 더 마셔. 오늘, 모두 올 티켓이다!"

이때 주 양이 자신의 젖가슴을 쥐고 있는 개장수의 손목을 부드럽게 쓸어내렸다.

"어머, 자기 멋져! 언제 나갈까 우리?"

"야 이년아, 새로 온 영계 아니 미스 리한테 먼저 물어보고. 늙은 년은 입 닥치고 가만히 있어!"

나는 입을 막고 웃었다. 그런데 같이 웃고 있던 주 양과 박 양의 얼굴이 갑자기 굳어졌다.

"내 이년을……! 야 이년아!"

아빠였다. 무료한 시간을 보내기 위해 잠깐 장난친 것뿐인데, 맞을 짓을 골라 한 꼴이 되었다. 다방 안에는 손님들이 북쩍 거리는데, 난리가 날 것 같았다. 나는 아빠 쪽으로 고개를 돌리지 않고 슬며시 돌아서 다방 구석으로 가서 섰다.

순식간에 물방울 커피 잔, 찌그덕 거리던 테이블, 금붕어 두 마리 들어 있던 수족관이 공중에서 날아다니기 시작했다. 개장수는 쫓겨났고, 나는 이날 또 개처럼 맞았다.

　다음날 자고 일어나니 방문, 부엌문 다 잠겼다. 윗목에 요강이 덩그
러니 놓여 있다. 아빠가 나를 못 움직이게 하는 가장 완벽한 안전장치가
이것이다.

　오늘은 가요제가 열리는 날인데! 큰일이다. 다방으로 전화를 걸었다.

　벨이 한번 울리자 냉큼,

　"진주요!"

　뚱보 목소리가 전화선을 타고 들려왔다. 나는 바로 말을 못 하고 몇 번
이나 목을 가다듬었다.

　"빨리 말해! 바쁜데 왜 전화를 붙들고 있어?"

　"그러니까 문 좀 열어 줘요. 오늘 가요제가 열리는 날이라 내가 꼭 나
가야 하거든요."

　"염병하고 자빠졌네! 왜 언 놈이 그리로 커피 배달 시켰든?"

　철커덕.

　나는 전화기를 내던지고 벌떡 일어섰다. 방안을 빙빙 맴돌며 시계를 쳐
다보니 지금 나가지 않으면 본선에 참가하지 못할 것 같았다. 할 수 없이
작은언니에게 전화했다.

　나는 오토바이를 타고 가요제 장소까지 죽을 힘을 다해 달렸다. 도착해
서 보니 참가자들 의상은 그야말로 밤무대를 연상케 할 정도로 번쩍거렸
다. 내 모습을 거울에 비춰 보니, 고무슬리퍼, 형편없이 무릎이 나온 체
육복, 머리는 산발……

　아차 했을 때 무대에서 내 이름을 불렀다. 난 여유 있는 척 걸어 나갔다.

　"그대의 그림자에 쌓여 이 한세월……"

노래…… 내 희망…… 나는 둔탁한 걸음으로 한 발 한 발 관객 쪽으로 다가섰다. 행복해진다. 노래를 불러서 행복해진다. 노래가 끝났다. 행복에서 벗어나는 순간이다. 나는 뒤로 조금 물러서서 코가 땅에 닿도록 인사했다. 박수소리가 다시금 크나큰 행복감을 가득 실어다 주었다.

쏜살같이 오토바이를 타고 집으로 돌아왔다. 언니가 방망이 같은 열쇠꾸러미를 들고 마당에 서성거리고 있었다. 나는 방으로 들어갔고, 언니는 문을 잠그고 갔다. 팔을 베고 누워 조금 전 노래 부르던 무대 위를 되짚어 보았다. 입술이 실룩실룩 올라갔다.

잠시 후 오토바이 소리가 들려왔다.

"야! 야! 영아야! 일등이라고 일등! 빨리 가자 빨리. 상 타야지! 노래 부르고 집에는 왜 와 있는데?"

친구 상열이었다.

"뭐 내가 일등? 정말 진짜?"

"그래. 근데 방문에 큰 자물쇠는 뭔데 이거?"

"그게…… 그러니까…… 상열아, 그거 좀 망치로 좀 부숴 봐. 응? 돌이라도 들고 좀 깨 보라고!"

상열이의 오토바이는 곡예 수준으로 달렸다. 노래와 내 삶이 연결되는 순간이었다. 다시 앙코르 곡을 불렀다. 한 손에 금빛 트로피를 쥐고.

졸업 후 방황

내 첫 번째 사회생활은 대구에서 시작되었다. 일단 집에서 빠져나오는 길은 직장을 잡는 것이었기에. 아빠는 탐탁지 않아 했지만, 대구역 뒤쪽에 방까지 얻어 주며 내 첫발을 인정해 주었다.(백화점 점원으로 취직이 되었으니까.)

"술집에서 노래 부르는 일은 까맣게 잊어. 넌 소중한 내 딸이야."

간단한 이력서 하나만으로 백화점에 취직했지만, 1층에 자리 잡은 양말 코너가 도대체 마음에 들지 않았다. 간단한 교육 과정이 끝나고 본격적인 매장 매니저로서 역할을 해 나가는데 적잖은 불만들이 쌓여 갔다.

"손톱이 이게 뭐야? 천박해 보여. 그리고 너무 길어. 싹둑 자르고, 머리도 단정한 단발이면 좋겠어. 내일 머리 자르고 출근해!"

첫 조직 생활의 떨떠름한 경고였다. 나는 긴 머리를 자르고 싶지 않았다. 빨간색 매니큐어도 그대로 두고 싶었고 긴 손톱을 원했다. 아빠는 이틀이 멀다 하고 먹을 것들을 차로 실어 와서는 매장 식구들과 나눠 먹으라 하고 이마에 맺힌 땀방울을 훔치며 올라갔다.

지금 생각해 보니 내 점원 생활이 아빠를 향한 아주 간단한 효도였던 것 같다. 난 그때 부모에게 자식이 할 수 있는 효도란 하늘만큼 땅만큼 크나큰 무언가가 있어야 하는 줄로만 알았다.

"밤에 먹는 밀가루는 위장에 좋지 않으니 퇴근길 역 앞 우동도 날마다 먹진 말아라. 우리 영아가 백화점에 취직해서 일하고 있으니 내가 살맛난다. 여기서 시집갈 때까지 착실히 일하는 걸로 해."

나는 양말 코너하며, 긴 머리를 자르는 것, 매니큐어도 못 칠하는 이곳이 싫어 죽겠는데, 시집갈 때까지 있으라니.

"아빠, 미안해. 다음에 이곳에 내려왔을 때는 난 아마 일을 때려치웠을 거야."

울며 겨자 먹기로 출근하며 지냈다.

"머리~ 화장~ 손톱~ 하나도 바뀐 게 없잖아!"

"전 그만두겠어요. 머리를 길러야겠거든요."

한 달도 못 채우고 백화점을 그만뒀다.

며칠을 방구석에 처박혀 고민하다가 아빠에게 들키기 전에 다른 직장을 잡아야 했기에 동성로 거리로 나갔다.

거리에는 온통 젊은 연인들 물결이다. 유행의 1번지답게 아가씨들의 치마 길이는 더 이상 올라갈 곳이 없었다. 길 양편에 즐비하게 늘어선 옷 매장들. 매장 밖 스피커에서는 판타지 보이가 흘러나왔다. 길 복판을 가득 메운 리어카 상인들의 입과 손이 바쁘기만 하다. 아! 생동감 넘치는 거리! 매년 돌아오는 크리스마스 이브날 밤은 이 길을 걸어야 할 것 같았다. 젊음이 넘치는 이 길을 말이다.

나는 밤무대에서 노래 부르고 싶었지만, 적어도 아직까지는 아빠와 부딪히고 싶진 않았다. 백화점에 있는 나를 원했으니, 옷 가게라도 취직해야 했다. 종일 동성로 긴 길을 왔다 갔다 하던 중 '타운 1번가 ○○ 모집'

문구가 눈에 들어왔다.

나는 서슴없이 넓은 매장 안으로 들어갔다. 간단한 이력서 한 장에 짧은 면접을 끝내고 다음날 바로 출근했다. 큰 보세 매장에는 나까지 포함해서 종업원이 열 명도 넘었다. 나는 반나절을 매장 구석구석 살피며 점원들이 손님을 붙잡고 한 벌이라도 더 팔려고 입에 땀이 나도록 지껄이는 것을 유심히 보고 들었다. 끝없이 이어지는 음악 소리. 매장 안팎으로 큰 스피커가 몇 대씩이나 걸려 있었다.

내 눈이 매장 끝 중심에 자리 잡은 아담한 디제이 박스가 있는 곳에 멈춰 섰다. 그리고 박스 앞으로 가까이 다가갔다. 엘피판이 빼곡했고, 그 속에 콧날이 오똑하고 피부가 흰 남자가 헤드폰을 낀 채 고개를 까딱까딱 흔들며 노래를 따라 부르고 있었다. 얼마 후 나와 눈이 마주쳤다. 나는 얼떨결에 고개를 돌리고 매장 입구 쪽으로 다시 걸어왔다. 아침부터 틀어대던 음악 소리가 잠시 그쳤다.

"오늘은 제가 한 곡 부르고 싶어지는 날입니다 노래 제목은 김만수의 영아입니다."

깜짝 놀라 박스 쪽으로 고개를 돌렸다. 왜 하필이면 영아지? 저 노래를 좋아하나? 영아……

첫 출근이었지만, 그럭저럭 매장 분위기를 파악하고 퇴근하는 길. 길게 늘어선 공중전화 박스로 향했다. 파카 지퍼를 바짝 올리며 수화기를 들었다.

"아빠는요?"

"뭘 더 얻어 처먹고 싶은 거니? 독한 년이 안 어울리게 백화점은 무슨 얼어 죽을 백화점! 니년이 술집에서 몸을 파는지 백화점에 다니는지 알게 뭐야!"

철커덕. 뚱보는 전화를 끊었다.

"학생…… 아니 아가씨, 전화카드 이천 원이나 남았는데……?"

칠성 시장 뒤 내 자취방은 여러 집이 중간 마당을 중심으로 동그랗게 원을 그리며 옹기종기 붙어 있다. 여섯 채가 다 똑같이 생겨 처음에는 내 방 옆 혼자 사는 귀남이 할머니네 방문을 열고 들어간 게 한두 번이 아니었다. 독거노인인 귀남이 할머니는 불편한 몸 때문에 방안에서 모든 것을 해결할 수 있게 온갖 잡다한 가재도구를 발 디딜 틈 없이 가득 두었다. 몇 해가 지난 약 봉지들이며 벗어 놓은 팬티들 위로 바퀴벌레들이 지나 다녔다. 팔 남매가 있다고 했지만 단 한 명도 할머니를 찾아오는 것을 본 적이 없다고, 사람들은 혀를 차며 말했다. 그런데도 자식들이 바빠서 그렇다고 한번씩 두둔하며 맏아들 돈 버는 자랑을 할 때면 할머니는 연신 침을 튀겼었다. 우리네 삶 밑에 깔려 있는 인생의 부조리를 느끼는 순간이었다.

사회 초년생의 출근길은 이제 막 걸음마를 뗀 아이처럼 부드러운 호기심과 설렘으로 가득 찼다. 아침 일찍 서두른 출근길, 매장 앞 스피커에서는 이선희 노랫소리가 흘러나오고 인심 좋게 생긴 사장님은 내 출근을 푸근한 미소로 반겨 줬다. 친절함이 밴 종업원들의 웃음 또한 보세 매장에 금방 정을 붙일 수 있을 것만 같았다. 사장님은 종업원들에게 진열되어 있는 옷을 자유자재로 입을 수 있는 특권을 주었다. 입고서 많이 팔라는 얘기였다. 나 역시 마음을 쏙 뺏어 간 갈색 정장을 차려입고 옷 정리를 시작했다.

"안녕하세요, 최민규입니다."

등 뒤에서 들려왔다. 나는 몸을 돌려 멀뚱멀뚱 그를 바라봤다. 어제 디제이 박스 안에 있던 남자였다.

"아…… 네. 안녕하세요……"

내 멋쩍은 인사를 눈웃음으로 가볍게 받으며 그는 디제이 박스 안으로 들어갔다. 향긋한 스킨 냄새…… 박스 안으로 들어가는 남자 뒷모습에 내 고개가 따라갔다. 이때 나와 나이가 같은 미영이가 슬그머니 옆으로 다가왔다.

"쟤 멋있지? 우리보다 한 살 많고 ○○대 영문과생인데 잠시 휴학하고 여기서 알바하고 있어. 옷도 얼마나 잘 입는지 귀티가 줄줄 흘러. 내가 콕 찜해 놨으니 그리 알아!"

미영이는 디제이 박스 쪽을 쳐다보며 손을 흔들었다. 나는 붙임성 있는 미영이와 금방 친해졌다.

점심시간. 다방으로 전화했다.

"아빠……"

"그래, 잘 지내고 있지? 그렇잖아도 이번 주에 내려가려던 참이었다. 뭐 필요한 건 없나? 힘들지?"

나는 목소리를 최대한 밝게 하려 보이지도 않을 입술 끝을 최대한 올렸다.

"아빠, 나 사실은 백화점 관뒀어. 너무 자유로움이 없고 숨이 막히더라고. 그래서 새로운 직장을 구했어……"

역시나 말이 떨어지기 무섭게 버럭 질러대는 아빠 목소리는 내 귓구멍을 찔렀다.

"뭐가 어쩌고 어째! 고단새 일을 때려치웠다고?"

"내 얘기 덜 끝났어. 들어 봐. 지금 일하는 직장이 나한테는 딱이야. 큰 보세 옷 매장인데 종업원도 많고, 분위기도 좋고, 내가 파는 만큼 인센티브도 지급되고, 일하는 게 즐거워. 아빠가 와서 보면 알게 될 거야."

아빠는 아무 말 없이 전화기를 들고 있다가 약간 수그러든 말투로 이야기했다.

"내일 갈 테니…… 거기가 어디냐?"

아빠는 다음날 번개처럼 매장으로 왔다. 그 후로도 풍기에서 대구까지 결코 가깝지 않은 길을 먹을 것을 가득 싣고 달려와, 점원 생활을 하는 나를 흡족해하셨다. 물론 옷 가게 종업원이 흡족해서 미소를 지어 준 것이 아니라는 사실을 알고 있었다. 다만 유흥으로 들어서지 않음에 대한 안도였다는 것을.

토요일 오후! 매장문을 활짝 열고 쇼윈도에 디스플레이를 하면서 잠시 바깥을 바라봤다. 동성로 거리가 그야말로 물밀듯 밀려든 사람들로 아스팔트가 보이지 않았다.

거리 상인들은 진열대 위에 귀걸이가 걸어 놓기 무섭게 팔려 나감에 의자 위 불어 터진 국수가 아깝지 않은 듯했고, 복음성가를 크게 틀고 배와 안쪽 허벅지로 딱딱한 아스팔트를 걸어야 하는, 그들에게 던지는 사람들의 동전 인심은 후했다. 내 파릇파릇한 청춘에 더할 나위 없이 따스한 햇살이 내려앉는 날들이었다.

민규의 눈이 디제이 박스 안에서 종일 나를 쫓고 있다는 것을 여우처럼 눈치 챘다.

매장 안쪽 화장실 옆에는 수선실이 있고 그 모퉁이에 직원들의 작은 휴식 공간이 있다. 목이 긴 스테인리스 재떨이와 나무 벤치가 전부지만.

퉁퉁 부운 다리를 잠시 여기서 쉬게 해 주기로 했다.

"점심 같이 먹으러 갈까? 영아 뭘 좋아해?"

민규다. 영아라니? 내 이름을 밝힌 적 없는데. 민규는 긴 재떨이를 다리 사이에 끼우고 앉았다.

"교동 시장으로 가자. 다양한 음식들이 많아."

"아니 전…… 아직 배가…… 근데 제 이름을 어떻게? 그리고 말이 짧네요?"

"에이, 편하게 지내자. 나보다 한 살 어린 거 알고 있거든…… 영아도 편하게 말 놔."

"내 이름을 어떻게 알았냐고요."

"첨 매장에 들어와 이력서 내밀 때 난 매장 안에 있었어. 빨간 목도리를 감고 청미니스커트를 입고 들어오는데 한눈에 내 스타일이라고 생각했지."

"그래서?"

"가고 난 뒤 이력서를 봤지. 나이 20세 이름 이영아 고향 등등……."

"그랬군요…… 근데 왜 휴학했어요?"

"글쎄, 음악도 하고 싶고 군대도 가야 하고…… 난 유명한 디제이가 되고 싶거든."

디제이가 꿈이라는 이 남자. 나와 같은 음악을 꿈꾼다는 사실에 눈을 크게 뜨며 물었다.

"디제이?"

"응, 디제이. 영아는 꿈이 뭐야?"

"음…… 우리 밥 먹으러 가요. 내 꿈은 비밀!"

"말 놓으랬지! 한 살 차이니까 친구처럼 지내자."

민규는 활발해 보였다. 걱정 없이 부잣집에서 응석받이로 자란 것처럼 귀티가 흘렀다.

여름 장마가 시작되었다. 거리의 아가씨들처럼 미소 짓던 마네킹은 매장 안에 둥지를 틀었고 대구에 온 지도 반년이 다 되어 갔다. 민규가 불러 주는 노래, 틀어 주는 노래를, 들으며 매장 생활에 익숙해져 갔다. 게다가 4개월째 판매왕 자리를 지키고 있는 베테랑 점원이기도 했다.

장마철 쌀쌀한 날씨에 오늘 내가 입은 얇은 원피스는 몸살감기로 이어지기에 충분했다. 오후가 되자 몸이 부들부들 떨려 왔다. 좀 쉬라는 사장님에 배려로 약을 먹고 휴게실 나무 벤치에 새우잠을 잤다. 눈을 떴을 때는 매장 안이 고요했다. 체크무늬 남방이 이불처럼 나를 덮고 있었다.

"오래 주무셨습니다."

등받이가 없는 의자에 오래 앉아 있었던 듯 민규는 팔굽혀펴기를 하며 말했다. 나는 민규 남방을 걸쳐 입었다.

"지금 몇 시야? 다들 퇴근한 거야? 왜 안 깨웠어?"

민규는 웃으며 일어났다.

"이영아 씨가 너무 곤히 주무셔서 그냥 있었지요. 퇴근 준비하세요. 수선실에서 주무시는 누님도 깨워야겠어요."

"재봉사 언니도 자고 있나?"

"응. 너 일어나면 문 걸고 간다고 기다리다가 잠든 것 같아."

옆 수선실로 가는 민규의 뒷모습이 늠름해 보였다.

"자, 나갑시다. 영아는 내가 바래다 줄게요."

재봉 언니의 목소리가 들려 왔다.

"어머 몇 시야? 세상에…… 빨리 가자. 나 오래 잤니?"

종일 내리던 장맛비는 그쳤고 끈적끈적한 공기가 몸에 달라붙었다. 대구역 앞 공사 현장을 지나는 흙탕길이 정글을 연상케 했다. 나는 뒤꿈치를 들고 발 빠른 민규를 뒤쫓아 걸었지만, 걸음은 느리기만 했다. 민규가 걸음을 멈추었다.

"업혀 봐."

"……."

민규는 두 팔로 나를 힘껏 들어 올렸다. 민규의 턱 바로 아래서 우리의 수줍은 눈맞춤이 이루어졌다. 뭐라 말할 수 없는 야릇한 느낌이 꿈결처럼 밀려왔다. 내 속에서, 민규의 눈 속에서. 나는 민규의 시선에서 눈을 떼지 않았다. 민규의 턱선이 내 얼굴 가까이로 내려왔다.

거칠어지는 숨소리…… 나는 눈을 감았다. 찰나의 망설임도 없이.

또, 굵은 빗줄기가 와르르 떨어지며 하늘 깨지는 듯한 소리가 들려왔다. 민규의 등에 업혀 목을 감았다. 우리는 역 대합실로 들어갔다.

"자, 따뜻하게 목 축여."

민규가 내민 것은 생강차! 한여름 밤, 김이 모락모락 올라오는 자판기 생강차. 나는 종이컵을 만지작거리며 잠시 생각에 잠겼다. 사랑? 지금 이것이 사랑? 설마?

피어오르는 내 첫 젊음의 불같은 사랑? 내 안에서 고개 젓는다. 내 어린 시절 외로움에 대한 보상? 내 안에서 또 다른 내가 고개 젓는다. 고향이 아닌 객지에서 잠시나마 그저 그렇게 기대고 싶은 상대? 나는 종이컵을 입에 갖다 대고 살짝 깨물었다. 복잡하게 머리를 스스로 들쑤시지 말자고. 불같이 뜨거운 사랑이 아니면 어떻고, 애절하게 매일 입술을 부딪치지 않으면 어때. 어차피 만났고 어차피 지금 내가 민규를 속에서 밀어내고 있지 않으니, 딱 부러지는 감정이 아니라도 뭐가 문제란 말인가. 나는 잠시 생각을 정리하고 민규를 바라봤다. 양손을 깍지 끼고 땅을 내려다보고 있던 민규는 의자에서 일어났다.

"우리 기차타고 어디로든 가 볼까?"

"아니, 내일 출근해야 하잖아."

"그럼 여기서 동대구역까지라도 갔다가 다시 돌아오자."

우습지만 우린 동대구역까지 기차를 타고 갔다. 다시 동대구역 대합실에 앉아 대구역까지 가기 위해 또 기차를 기다렸다. 지루하지 않은 시간이었다. 마치 상처 받은 심신을 달래는 듯한 시간. 그러나 내 속에서 또다른 얼굴의 내가 민규를 밀어내고 있다. 나는 내 찬란한 가수의 꿈을 이루기 위해 잠시 움츠리고 있을 뿐, 누군가를 사귀고 사랑하고 언니들처럼 결혼하고 아이를 낳고…… 절대 아니다. 나는 찬란한 가수가 되어야 하니까. 민규에게 선을 그어야 했다.

얼굴을 차창 밖에 붙이고 밖을 내다보지만, 별 경치는 느껴지지 않았다. 대구에서 대구니까. 하품하는 내 입을 민규가 장난스레 막았다.

"영아 너 정말 꿈이 뭐니? 니가 바라는 거 말이야."

"행복해지는 거. 단순히 행복해지는 거."

"어렵다……"

"아니, 간단해. 내가 하는 일이 행복하면 저절로 행복해지니 어려울 거 없어."

"그럼 지금 옷 가게 생활 행복하나?"

나는 절레절레 고개를 흔들었다.

"아니 전혀, 재미는 있어. 그치만 행복하진 않아. 난 역마살이 있는 거 같아. 조선팔도를 다 돌아다니며 살고 싶어. 정착하는 거 재미없어."

민규는 이야기를 이어가고 싶어 했다. 동시에 여장을 준비하라는 안내방송에 나는 일어섰다.

멈추지 않는 장마가 지겨워졌다. 햇살이 간절해지는 토요일 오후.

매장 안은 다른 날과 다르게 조용했다. 종업원들이 각자의 시간을 보내는, 드물게 여유로움이 찾아온 날이기도 했다. 나는 가장 안쪽 구석 자리에 신문지를 깔고 부은 다리를 주무르며 시간을 죽이고 있었다. 딱히 이 매장 안은 우리가 점잖을 빼고 쉴 만한 공간이 없다. 손님이 없을 때 아무 구석 자리에 털썩 엉덩이를 붙이고 앉아 있거나, 어지럽혀진 티셔츠를 개거나, 넓은 화장실에 둘씩 들어가 수다를 떨거나 하는 게 다다.

가끔씩 미영이와 함께 교동 시장에서 사 온 김밥을 들고 화장실에 들어가 먹을 때가 종종 있었다. 다른 사람의 눈을 피해 한입씩 베어 먹는 김밥 맛은 한마디로 끝내줬다. 물론 하루에 열두 번도 더 청소하는 화장실은 밥상을 차려도 될 만큼 깨끗했다.

민규가 슬픈 노래를 종일 틀고 불렀다. 노래도 곧잘 한다. 영아 노래가 서너 번씩 나오는 날에는 주위를 살펴야 했다. 눈치가 보였으니까. 오늘이 그 눈치를 또 봐야 하는 날이다. 저놈의 영아는 벌써 세 번째 부르고 틀어재끼고 있다. 눈치 없게 시리. 유리에 떨어지는 빗방울을 바라보며 노래를 따라 불렀다. 아빠 얼굴이 떠올랐다. 이미 그리움이 되어 버린 엄마도 떠오르고 엄마의 빈자리를 메워 준 언니 얼굴도.

뜬금없이 슬픔에 쌓이려는 내 감정에 씩씩한 보람 같은 것이 욱하고 올라왔다. 잘 참으며 열심히 옷 가게에 적응하고 있는 나에게. 이 흐뭇한 생각들 위로 뚱보가 했던 말이 떠올랐다.

"니년은 성인이야. 집에 들어와서 빈둥거릴 생각일랑 하지 말라고. 고등학교까지 시켜 줬으니 돈을 벌란 말이야."

대구로 내려오던 날 짐을 싸고 있는 내 등에 대고 지껄이던 뚱보의 말에 난 아무 대꾸도 하지 않았다. 그래, 돈 많이 벌어 낯짝에 뿌려 줄 때까지 우리 아빠 옆에 제발 붙어살아라. 늙은 아빠 버리지 말고.

잠깐 느슨한 휴식을 취하려던 것이 그만 생각이 깊어졌다. 다시 밖을 바라보며 민규가 들려주는 노래에 빠져들었다.

　"영아야, 왜 이러고 앉아 있노? 여긴 의자가 없나?"

　두 달 만에 만나는 아빠였다.

　"이 빗길에 어째 내려왔어? 연락도 없이."

　"너 얼굴이 왜 이렇게 헬쑥하노? 밥을 안 먹는 거야?"

　"아니, 아빠야말로 왜 비를 맞고 왔어? 우산 없이?"

　아빠는 매장을 둘러보며 젖은 머리를 손으로 쓸어내렸다.

　"밥 먹으러 나가자. 니가 좋아하는 고기 먹으러."

　나는 큰 우산을 챙겨 들었다. 민규가 디제이 박스 안에서 아빠와 나를 보고 있다. 나는 박스 쪽으로 고개를 돌리지 않았지만, 민규가 들려주는 노래가 말해 주었으니까.

　〈나 어릴 땐 철부지로 자랐지만, 지금은 알아요. 떠나는 것을. 엄마 품이……〉

　아빠와 함께 우산을 쓰고 걷는 동성로 거리. 멀게만 느껴지던 아빠와의 간격이 좁혀지는 순간이었다. 내친 김에 아빠와 팔짱을 꼈다. 아빠는 정신없는 거리를 두리번거리며 들고 있는 우산을 거의 나에게로만 받쳐 주었다.

　"무슨 옷 가게에 노랫소리가 음악다방 뺨 치노? 저렇게 시끄럽게 해야 옷이 더 잘 팔리나?"

　"응, 옷 가게마다 경쟁하듯이 음악을 크게 틀어. 여긴 젊음의 거리잖아, 아빠."

　"젊음의 거리라…… 그래, 늙은 놈은 옷 사 입으러 가면 클 나겠네?"

아빠가 웃는다. 주름진 눈가가 내려온다. 아빠가 또 웃는다. 주름진 입가가 올라간다.

아빠는 고기 한 점을 내 밥그릇에 올려놓았다. 나는 아빠가 올려놓은 고기보다 더 큰 고기를 한 점 집어 아빠 밥그릇에 올려놓았다.

"영아야, 일이 힘들지는 않나? 힘들면 언제든지 집으로 와라."

"아빠, 내 걱정은 하지 마. 난 여기서 판매왕이라고. 내 일은 내가 알아서 해. 아빠 건강이나 챙겨. 참 그리고 그 여자 아니 그 아줌마 아니 그……"

아빠 앞에서 늘 뚱보를 아줌마라고 불렀었다. 오늘 이 좋은 자리에서 아줌마 소리는 빼야 할 것 같았다.

"거…… 바우를 굶겨 죽일 수도 있으니까 아빠가 개밥 좀 신경 써 줘. 전라도에서 온 막내 언니에게도 안부 전해 주고."

아침 여덟 시부터 밤 아홉 시. 13시간 꼬박 이어지는 매장 생활은 피로가 누적되기에 충분한 시간 이었다. 그러나 인내해야 했다. 노래 부르고 싶었기에 참아내야 했다. 어느 정도 시간이 흐른 뒤 아빠와 타협하고 싶었으니까.

비가 그친 오후. 하늘은 다시 바람을 내보낸다. 비, 바람, 어둠, 잿빛, 푸름, 늘 변화무쌍한 하늘. 왠지 하늘 닮은 인생을 살게 될 것만 같았다. 그냥 하늘 닮은 인생.

하루는 눈 몇 번 껌뻑이면 총알처럼 지나가는데, 나는 다람쥐 쳇바퀴 돌듯 같은 자리를 반복해서 빙빙 돌고만 있는 것 같다. 내게서 꽉 차 있던 하루가 도무지 무엇이었는지 소중하게 은혜롭게 내 살들로 보태지지 않는다. 무거운 돌덩이가 몇 날 며칠 명치끝을 누르고 있는 듯한 무게감.

그토록 어른이 되어야만 했던 이유가 한낱 옷 가게 점원은 아니었는데, 이러다가 내가 소망했던 꿈이 신기루처럼 사라져 가는 건 아닐까. 간절한 꿈이 불안해진다. 잃어버린 엄마가 존재했으니까, 내 간절한 꿈을 이루어야 한다는 보상 심리, 그것을 누가 비웃을 수 있단 말인가.

나는 담담하게 나를 달래며 위로해야 했다. 내가 가야 하는 그 길이 얼마나 오래 걸릴지 도무지 점 칠 수 없지만, 나는 꿈을 품고만 살아갈 수는 없다. 나는 꿈을 풀고 살아가고 싶었다.

대구역 광장 내 단골집 우동 가게로 들어갔다. 오늘도 땀을 비질비질 흘리며 낡은 냄비에 가득 담긴 천 원의 행복에 아줌마의 미소가 즐거워 보였다. 후다닥 우동 한 그릇을 비우고 난 뒤 갓 구워 낸 토스트에 눈길이 머물렀다. 가끔씩 옆방 할머니에게 건네주었던 토스트. 할머니는 진수성찬을 받은 듯 뚜각거리는 틀니로 잘도 먹었다.

토스트를 사 들고 들어선 집 마당. 여름이라 밤늦게까지 마당에 북적거리던 아이들이 오늘은 일찍 잠든 것 같았다. 김 씨 아저씨 방 문풍지 색깔이 푸른빛을 띠며 얼룩거린다. 텔레비전을 밤새 틀어 놓고 자는 걸로 알고 있다. 각 방 문턱 앞에는 정리되지 않은 신발들이 이리저리 뒤섞여 있고 중간 마당 수돗가 푸른색 물통에는 꼬마아이의 샌들 한 짝이 풍선처럼 둥둥 떠 있었다.

대문을 열자마자 보이는 첫 번째 덕이 아저씨 집. 아이들은 여섯 명이다. 그중에 자기 신발을 가지고 있는 아이는 세 명뿐이다. 그 옆방은 신혼부부가 세 들어 온 지 며칠 되지 않았다. 내 옆방이기도 하다. 밤마다 숨넘어가는 신음 소리가 난다. 처음 며칠은 그 소리를 더 크게 들으려 방문을 살짝 열기도 했었지만, 지금은 별 재미없다. 그래서 매일 이어폰을 끼고 잠든다. 건너편 수미네 집. 아침 출근 준비를 할 때면 수미네 집 살림살이들이 종종 마당으로 쏟아져 나온다. 며칠 전에는 금성 텔레비전 한 대가 내동댕이쳐져 박살났다. 모두들 그러려니 한다. 메리야스 바람으로 나대는 수미 아빠를 쳐다보지 않으며 제각기 혀를 찰 뿐이다. 수미는 밤마다 이집저집 기웃거린다. 자기가 보고 싶은 프로가 나오는 방으로 뛰어 들어가기 위해.

화장실 옆방 김 씨 아저씨는 백정이다. 혼자 사는 걸로 알고 있다. 마누라는 집 옆 나이트클럽 웨이터와 바람이 나서 김 씨 아저씨가 쓰던 칼을 모두 훔쳐 달아났다고 한다.

나는 귀남이 할머니 방문을 두어 번 두드리고 문을 열었다. 늘 나는 냄새였지만, 오늘은 퀴퀴한 냄새가 더욱 심하게 코를 찔렀다. 잠귀가 밝은 할머니는 내가 문을 열면 꼭 누워서도 '왔나' 하고 말을 건넸는데 아무 반응이 없었다. 약 봉지들이 이불 위, 베게 위, 곰팡이 핀 빵 조각 위에 아무렇게나 흐트러져 있었다. 요강에 꽉 찬 오줌도 흘러 넘쳐 있다.

나는 방으로 들어가면서 할머니를 불렀다.

"할머니, 할머니, 토스트 사 왔어요!"

"할매! 할매!"

다시 불렀다. 이불을 슬쩍 걷어 올려도 아무런 미동이 없다. 어깨를 흔들며 할머니를 쳐다봤다. 힘없이 떨어지는 할머니 머리. 양쪽 팔은 쥐고 있던 모든 것들을 한꺼번에 내려놓은 듯 때가 얼룩진 장판 위로 역시나 툭 떨어져 있다.

나는 뒷골이 써늘해졌다. 금세 겁에 질린 눈으로 바뀌었고 소리 질렀다. 귀를 막고 눈을 감고 소리를 질렀다. 그리고 뒷걸음질 치며 바깥으로 뛰쳐나와 또 소리 질렀다. 이미 사람들이 방문을 열며 움직임을 보였지만, 나는 미친 듯이 머리통을 흔들며 계속해서 비명을 질렀다. 한 지붕 사람들이 마당으로 모두 쏟아져 나왔다. 앰뷸런스 소리가 밤의 정적을 깨뜨렸다. 그 후 할머니는 집으로 돌아오지 않았다.

뼈를 깎아 내는 듯한 외로움을 두 눈 가득 담고 있었던 할머니. 결국은 그 고독과 외로움이 할머니를 데리고 영영 떠난 것이었다. 한동안 비어 있던 할머니 방은 깨끗이 도배를 하고 다시 그 누군가로 채워졌다. 그리고 할머닌 그렇게 잊혀졌다.

아스팔트를 녹여 내리던 대구의 여름은 그 기세가 한풀 꺾였다. 아직 한낮의 태양빛은 강렬했으나 매장 안 분위기는 벌써 가을로 옷을 갈아입었다. 늘 계절을 앞서가야 하는 옷 가게였으니까. 갈대와 단풍 조화로 가득 찬 페인트1번가는 의심할 여지없이 완연한 가을이었다.

오늘은 이별 노래가 몇 곡째 흘러나왔다. 그저 민규의 기분이 꿀꿀하려니 하고 말았다. 그런데 민규는 중간 중간 손님들 바람 잡는 추임새나 멘트 따위를 전혀 곁들이지 않고 우울한 얼굴로 매장 안을 바라보고 있다. 나와 눈이 마주치자 수심 가득한 얼굴로 손짓했다. 나는 디제이박스 가까이로 걸어갔다.

"영아야, 마치고 소주 한 잔 어때? 할 얘기도 있고……"

"근데 오늘 당번이라 옷 정리며 디스플레이며 할 일이 많은데……"

"그럼 가게에서 간단하게 소주 한 잔 하자."

나는 고개를 끄덕였다.

민규는 등을 돌린 채 유리 너머 부산스레 지나다니는 사람들을 바라보며 서 있다. 하나둘씩 네온이 꺼진 건물들은 마치 화려하게 치장했던 화장을 지운 듯, 차가운 시멘트빛 본연의 모습을 드러내고 있다.

나는 벽에 걸려 있는 옷들을 내리고 다른 옷들을 걸기 위해 사다리를 벽에 붙이고 압정꽂이를 팔목에 끼웠다.

"민규야, 오늘 일이 너무 많아. 우리 내일 얘기하자."

나는 민규를 쳐다볼 겨를도 없이 사다리를 타고 천정 가까이로 올라갔다. 민규가 별 망설임 없이 불쑥 내뱉는 말. 아니 오래 생각하고 말했을지도 모른다.

"영아야, 나 영장 나왔어. 군대 가."

나는 순간 멍청해졌다. 입에 물고 있던 압정을 나도 모르게 깨물었다. 민규는 말을 잠시 끊었다가 내가 언제냐고 묻자 다시 말을 이었다.

"모레 가. 올해 내가 군대 간다는 걸 알고 있었지만, 그래서 멋지게 군 생활 하리라 독하게 마음도 다잡고 있었지만, 너 만나고부터 너 만나고부터 말이야……"

민규는 또 말을 끊었다. 나는 사다리에서 내려오며 물고 있던 압정을 뱉어 냈다.

"나 만나고부터 어쨌다고…… 나 만나도 군대는 가야 하는 거고, 안 만나도 가야 하는 거고…… 그런 거잖아……"

기분이 땅 끝으로 떨어졌다. 별난 추억을 쌓은 것도 애절한 사랑을 한 것도 아니지만, 또 그렇다고 아무 감정 없이 지내 온 시간들도 아닌데……. 나는 슬픈 표정도 상심한 표정도 짓지 않았다. 퉁명스런 목소리로 내 기분을 내비쳤다. 아니 냉정을 찾으려 어쩌면 더 쌀쌀맞게 이야기하려 했는지도 모른다. 나는 매장 입구에 서 있는 머리가 가장 긴 마네킹에 시선을 고정했다.

"잘 갔다 와. 우리 아빠가 그러는데 남자는 군대 갔다 와야 비로소 진정한 남자가 되는 거래. 방위보단 훨씬 위대해 보이니까 마음 독하게 먹어."

마음에도 없는 소리를 지껄여 보지만 기분이 더러웠다. 그래도 내 첫 객지 생활에 의지 아닌 의지가 되었던 민규인데, 나는 마네킹에 머물렀던 시선을 팔목에 낀 압정꽂이로 다시 옮겼다. 이럴 때는 어떻게 말해야 하는 건지 알 길이 없었다. 호들갑을 떨며 슬퍼해야 하는 건지, 민규의 손을 잡아 줘야 하는 건지, 도무지 감이 오지 않았다.

민규가 다가와 뒤에서 힘껏 날 껴안았다.

"영아야, 미안하지만 진짜 미안하지만 3년이란 세월 마음먹기 따라 길고 짧아질 수 있는 거잖아…… 기다려 줄 수 있나?"

사실 이 말이 나올까 봐 조마조마했다. 연속극에서 보고 듣던 이야기, '기다릴 수 있니?' 이 말 말이다. 내 대답은 물론 '아니'였다. 더 정확히 말한다면 기다리고 자시고 할 게 없었다. 기다려서 결혼하자고? 아님 기다리고 있다가 나오면 피 끓는 사랑을 이어 가자고? 아니다. 나는 앞으로 죽도록 민규를 사랑할 마음도, 면회를 다니면서 기다릴 마음도 없다. 그냥, 그냥, 내 피할 수 없는 일상에 부딪혀 온 한 이성이 나를 향해 던지는 그런 야릇한 미소가 싫지 않았던 것, 결국 그게 다였다. 내가 원하는 미래, 내가 꿈꾸고 갈망하는 일이 산처럼 가득 쌓여 있는데 벌써 한 남자의 여자가 된다는 것은 내가 그려 놓은 내 삶의 설명서에서 완전히 빠져 있는 그런 이야기인 것이다.

나를 안고 있던 민규의 팔에 힘이 더 들어 갔다.

"말 좀 해 봐. 기다릴 수 있다고! 아니 기다려 줘! 니가 화낼까 봐 말 안 했지만, 우리 부모님이 두 번씩이나 매장에 와서 널 보고 갔어. 내가 그랬거든. 한 여자애가 있는데 걔랑 함께한다면 군 생활도 나머지 영문학 공부도 모두 다 잘할 수 있을 것만 같다고……"

늘 어쭙잖게 건방을 떨며 콧노래를 흥얼거리고 다니던 민규였다. 그러던 민규가 진심을 다해 늘어놓는 이야기들은 끝내 나를 동요시키지 못했다. 늦은 밤 집으로 향하는 발길은 서로가 무겁기만 할 뿐이다.

이날 밤, 나는 민규와의 어떤 이야기를 그려 넣으려 생각에 잠겨 쉽게 잠을 이루지 못했지만, 결론은 그냥 '잘 가' 이 한마디였다. 결혼은 불같은 사랑의 끝이며, 특별할 것 없는 일상의 시작이 될 것이라는 이야기를 어디선가 듣고 또 일찍 결혼한 언니, 오빠들을 보며 얌체같이 깨우치고 있었는지도 모른다. 물론 많은 날을 누군가를 그리워하며 보내는 것도 내가 어른이 되었기에 기쁘게 받아들일 수 있는 선물이 될 수도 있겠지만, 내 작은 마음에 민규를 채워 넣을 공간은 아무리 찾아봐도 없다. 민규에게 순정을 주었을까? 나는 벌떡 일어났다. 본래 순정 따윈 준 적이 없었다고. 너무 일찍 만난 것이 탈이었다. 다시 누웠다. 이불을 머리 끝까지 뒤집어썼다.

다음날 출근길. 비는 억수같이 퍼붓는다. 천둥이 친다. 여기저기 천둥소리들은 서로의 뒤통수를 후려치듯 으르렁거리며 그 뒤를 쫓는다. 나는 뛰었다. 하늘이 통째로 떨어져 깨질 것 같은데 고고하게 걸어서는 안 될 것 같았다. 푸석한 얼굴로 출근해서 안 푸석해 보이려고 화장품 가방을 열었다. 그러나 민규를 어떻게 달래서 마음 편하게 보낼 것인가에 온 신경이 쏠려 립스틱만 슬쩍 바르고 다시 가방을 닫았다.

오전 시간은 한가롭게 흘러갔다. 점심시간 즈음에 민규가 큰 가방을 하나 들고서 매장으로 들어왔다. 나는 눈으로 그의 출근을 반겼지만, 민규는 여느 날과 달리 힘없는 걸음걸이로 디제이 박스로 들어갔다. 가방 속에 주섬주섬 엘피판을 챙겨 넣었다. 곧이어 마이크 켜지는 소리가 났지만, 힘 있던 민규의 목소리는 온데간데없었다. 맥없이 축 처진 목소리가 들려왔다. 가만히 바라보자니 가여움을 누를 길 없었다. 적어도 이땐 그랬다. 어디 죽으러 가는 것도 아닌데 우리들이 울며 웃으며 부딪치는 인생길에서 군대란 그 사람의 몇 년을 가만히 정지시켜 버리는, 뭐 그런 쇠 사슬로 옥죄는 듯한 세월을 가리키는 것만 같았다.

동성로 거리 지하 나이트클럽 밴드들이 오랜만에 매장에 들렀다. 이들은 나를 찾는 단골손님이었다. 항상 화려하고 특이한 옷들을 찾는 이들을 위해 늘 최선의 코디를 해 주었다.

오늘도 어김없이 남들 눈에 띄는 디자인을 찾는다고 귀띔했다. 나는 한 시간을 매달려 그들이 원하는 몇 벌의 옷을 골라 주었다. 드럼을 연주한다는 아저씨의 바지 길이를 재느라 거울 앞에 서 있는 그의 앞에 핀을 입에 물고 앉았다. 바지가 마음에 쏙 들었던지 흡족한 얼굴로 말했다.

"아가씨, 무대에만 서 있어 줘도 이 매장에서 몇 날 며칠 받을 일당을 하루 만에 줄 수 있겠는데……"

일행들과 나는 순간적으로 눈이 마주쳤다. 나는 일어나서 조금 물러섰다. 일행 중 한사람이 나를 아래위로 훑어보더니 대뜸 말했다.

"아가씨, 우리 팀 여자 싱어가 오늘 사정이 있어서 못 나오는데 무대에 하루만 서 있어 줄 수 없을까? 보수는 충분히 줄 수 있어."

내 입이 순식간에 귀에 걸렸다.

"부담 가질 건 없고 노래는 우리가 부르면 되니까 그냥 서 있기만 하면 돼. 어쩌다 한 번씩 나타나는 사장인데 오늘이 업소에 들르는 날이거든."

드럼 아저씨는 바지를 쓸어내리며 거울에 비친 나를 보고 이야기했다. 순간 번뜩 스치는 생각. 그래, 오늘 밤 민규와 특별한 이별을 하는 거야. 내 노래를 들려주며 하는 이별!

"네! 무대복을 준비할게요. 노래 불러도 되죠?"

"노래도 부른다고?"

그들은 출근 시간을 서너 번씩 일러 주며 다짐 받고 돌아갔다. 마음이 바빠진 퇴근 시간. 재봉사 언니의 도움으로 멋진 원피스를 차려입고 민규의 손을 잡고 동성로 거리를 달렸다. 영문도 모르고 내 손에 이끌려 뛰던 민규가 계속 물었다.

"어디 가는데? 옷차림은 왜 그래? 그 키메라 같은 화장은 또 뭐야?"

"묻지 마. 가 보면 알아. 우리의 이별을 특별하게 준비했어. 난 널 위해 오늘 노래 부를 것이고, 넌 오늘을 추억하며 군 생활을 씩씩하게 해 나가는 거야!"

민규의 어리둥절한 모습에 까르르 웃음이 터졌다. 나이트클럽 앞. 민규가 놀란 토끼눈을 하고 입을 들썩거리려 하자 민규의 입을 틀어막았다.

"쉿! 오늘 하루만 여기서 노래 부르기로 했어. 난 몇 달 동안 니가 불러 주는 노래, 틀어 주는 노래만 들었잖아. 오늘 특별한 선물을 준비했어. 내가 널 위해 불러 주는 노래 말이야." 민규는 뭐가 뭔지 모르겠다는 듯이 양손을 펼치며 클럽 입구를 두리번거렸다.

쿵쿵거리는 음악 소리. 손님을 낚아채려 떼 지어 나와 있는 웨이터들. 아마도 언니 주민증일 텐데 죽어도 본인이라 우기는 학생. 거기에다가 야한 속옷에 그 속옷이 다 비치는 얇은 가운을 걸친 스트립걸이 담배를 입에 물고서는 발을 동동 구르며 욕지거리를 해댄다.

"개새끼! 내 그곳을 만지고 팁을 십 원도 주지 않고 가 버렸다고! 갈 때 줄게, 갈 때 줄게, 할 때 알아봤어야 하는 건데! 에이 퉤퉤"

피우던 담배꽁초를 던지고 그녀는 들고 있던 가발을 아무렇게나 덮어 쓰며 클럽으로 들어갔다. 문을 열고 들어서자 불현듯 경주의 밤이 떠올랐다. 그곳에서 아빠에게 끌려온 후 처음으로 서게 되는 무대. 번뜩번뜩 폭죽이 터지는 듯한 짜릿함. 나는 민규에게 무대가 잘 보이는 앞자리에 있으라 말하고 준비해 온 레퍼토리를 들고 대기실로 들어갔다. 긴장되었지만,

사람들 앞에 서서 노래 부른다는 것은 크나큰 설렘으로 다가왔다.

무대로 성큼성큼 올라갔다. 슬로 음악에 맞춰 끈적하게 붙어 있던 남녀가 쿵쿵 드럼 소리에 떨어졌다. 마이크 선을 타고 내 노랫소리가 클럽 양쪽 모서리에 있는 스피커를 통해 크게 울려 퍼졌다. 가수가 된 것만 같았다. 처음에는 강렬한 조명 탓에 민규를 찾지 못했지만, 조금 지나자 무대 아래가 환하게 눈에 들어왔다. 민규는 무대 앞자리에 팔짱을 낀 채 서 있었다. 놀란 눈빛과 울먹이는 눈빛, 진지한 눈빛, 모두 뒤섞인 두 눈으로 민규가 조심스레 무대 앞쪽으로 발을 옮겨 다가왔다. 노래 부르고 있는 지금이 꿈만 같다. 아직은 서툴고 아직은 부족한 나지만, 난 상상한다. 결국 가수가 되리라.

민규에게 고정되었던 시선을 슬그머니 반대 방향으로 돌렸다. 분명 어딘가로 시선이 갔지만, 마주하고 있는 시선은 없었다. 나는 그저 리듬에 맞춰 노래 불렀다.

〈행복했어. 정말
오늘은 내가 널 위해 첨이자 마지막인 노래를 불러.
비록 이별 노래지만 슬퍼하진 말자 우리.

살다 보면 더 많은 이별과 슬픔이 우리들 앞에 득실거릴 테니까
우리 강해지는 연습을 하자.
이건 어린 날의 불장난일 뿐이야 단지.
함께 일하면서 서로에게 힘이 되었던 걸 그냥 감사하기로 하자.
민규야 잘 가.〉

나는 눈썹에 매달린 눈물을 달고서 다시 민규 쪽으로 고개를 돌렸다. 민규는 앞 테이블에 앉아 있었다. 놀란 눈빛과 진지한 눈빛들은 이미 사라졌다. 연거푸 술잔을 입으로 가져갔다. 내 눈썹에 달려 있던 눈물이 기어코 떨어져 내렸다.

민규와의 이별 때문은 꼭 아니었다. 노래를 부르니 슬퍼졌다. 노래를 불러 기뻐진 것처럼. 다시금 확인하는 믿음이었다. 꼭 무대에 서서 멋지게 노래 부르는 가수가 되겠다고. 음악과 술, 미친 듯 흔드는 몸짓들이 산만하게 번지고 있는 이 동성로의 밤이 샐 때까지 노래 불러도 좋을 것만 같았다.

무대에서 내려와 물 한 모금 마시지 않고 바쁘게 인사하고 나가려는 나에게 드럼 아저씨가 따라 나왔다.

"아가씨, 이거 하고 싶어서 옷 가게 어떻게 있었능겨?"

민규는 맥주 서너 병을 비우고 있었다. 발그스레한 얼굴로 가까이 다가서는 나를 올려다보았다.

나는 들고 있던 민규의 술잔을 뺏었다.

"나가자. 그만 마셔" 민규의 손을 잡고 밖으로 나왔다. 떠들썩하던 동성로는 잠들어 있었다. 깊은 밤의 도시는 마치 전쟁을 치르고 난 듯한 공허함과 황폐함까지 맴돌았다. 드문드문 거리를 배회하는 청춘남녀들은 서로의 옆구리를 휘감은 채 머리를 붙이고 걸어간다.

한동안 아무 말 없던 민규가 걸음을 멈추고 섰다.

"잊지 못할 선물이었어. 우리 영아 노래 잘 부르는데!"

이날 민규는 기다려 달라는 말을 다시 하지 못하고 많은 눈물을 흘리기만 했다. 드리운 발밑으로 많은 생각들이 내려앉았지만, 당장 아무 약속도 할 수 없는 나는 기분을 바꾸고 잡고 있던 민규의 손을 놓았다.

"민규야, 여기서부턴 혼자 갈게……"

민규는 허탈하게 하늘로 머리를 올렸다.

"영아야……"

"갈게!"

달빛과 가로등, 희뿌옇게 밀려오는 미명, 길은 결코 어둠만을 안고 있진 않았다.

나는 뛰었다. 민규가 제자리에 있을까? 내가 사라질 때까지 바라보고 있을까? 거리에 주저앉아 고개를 떨군 채 아침을 맞이할까? 그러나 나는 뒤돌아보지 않았다.

민규가 떠나고 난 바로 그 다음날 친하게 지내던 미영이는 매장 일을 그만두었다. 씁쓸했지만 미영이 집으로 찾아가진 않았다. 민규가 없는 매장은 이미 정이 떠났을 것이라 알고 있었기에 내가 출근하자고 말하는 것은 의미가 없다고 생각했다. 민규의 자리를 채울 디제이가 새로 왔고 더 이상 영아 노래는 들을 수 없었다. 자취방으로, 가게로, 민규가 보내는 편지들은 시간 지나 쌓이는 신문지 뭉치처럼 쓸모없이 부풀어 올랐다. 겉봉투가 뜯기지 않은 편지들은 내 손길을 죽어라 기다리는 듯 때론 가여워지기도 했지만.

싸락눈이 내린다. 겹겹이 껴입은 외투를 찬바람은 송곳처럼 뚫고 들어왔다. 호주머니를 들추어 마스크를 찾아 썼다. 출근길 어디선가 껑껑 개 짖는 소리. 눈발은 굵어졌다.

한가한 오전 시간. 옷 정리를 하고 난 뒤 멍청하게 창밖을 보고 서 있었다. 아무라도 들어와서 마음에 드는 옷을 골라 입고 흡족해했으면, 하는 바람 끝에 누군가 매장으로 들어왔다. 사오십 대로 보이는 아줌마 아저씨였다. 걸음걸이가 차분한 아줌마는 곱고 교양 있어 보였다. 나는 상냥하게 그들 앞으로 다가가 인사했다. 그들은 매장을 한 바퀴 천천히 돌고 난 뒤, 뒤를 따라 걷고 있는 나에게 불쑥 말했다.

"이영아……"

아줌마가 미소 지었지만 방긋 웃음은 아니었다. 나를 아느냐고 반문하지도 않고 얼떨결에 바로 대답했다.

"네"

그러자 눈썹이 진하고 콧날이 오똑한 아저씨가 말했다.

"잠깐 시간 좀 낼 수 있을까요? 나 민규 아빠예요. 지금 조용한 것 같은데……"

아줌마는 찻잔 손잡이를 잡고서 무뚝뚝하게 나를 바라보고 있다. 나는 두 손으로 감싸듯 찻잔을 잡고 언 손을 녹였다. 그리고 왠지 부담스러운 아줌마의 시선을 피해 창밖으로 고개를 돌렸다. 아저씨는 근심 가득찬 얼굴로 차를 마셨다. 누군가 먼저 말을 꺼내야 할 정도의 어색한 시간이 지났다.

아줌마가 찻잔을 내려놓았다.

"우리 민규 말이야…… 지금 군 생활이 그렇게 좋아 보이지 않아. 매일 날아오는 편지엔 아가씨 얘기가 한 번도 빠지지 않아. 그래서, 그래서 말인데……"

잠자코 있던 아저씨가 아줌마의 말을 바로 이었다.

"오늘 민규에게 면회 가는 길이거든. 어려운 부탁인데 같이 가 줄 수 없을까? 민규가 왠지 불안해 보여. 그 자식 꼭 아가씰 데려와 달라고 떼를 쓰니 이거 참……"

이때 아줌마가 일어나 내 옆자리로 와서 불쑥 손을 잡았다.

"아가씨 일하는데 찾아와서 정말 미안해요. 딱 한 번만 우리 민규를 만나 주면 안 될까? 내가 이렇게 사정할게……"

민규 부모님들 앞이라서일까. 죄 지은 사람처럼 미안함이 생겼다. 아무것도 아닌 내가 뭐라고 저들이 목소리를 낮추고 내 눈치를 보며 말을 더듬거려야 하는지. 그래 그깟 면회 한 번 갔다 오는 게 무슨 대수라고. 나는 사장님에게 그럴싸한 핑계를 대고 강원도 철원으로 따라 나섰다. 물론 가는 내내 벙어리였다.

비탈지고 도로 군데군데 큰 돌이 위험하게 버티고 있는 험악한 길이었다. 매섭고 혹한 날씨. 바람은 차창 밖을 날카롭게 두드렸다. 머릿속에서 두 가지 생각이 심하게 싸우고 있다. 용감무쌍하게 따라 나섰지만 왜 가는가? 아니 한 번쯤 가 보면 어때? 토할 것 같은 멀미를 참아 가며 도착했다. 황량한 바람은 차문을 열고 내리자마자 내 몸을 거세게 밀었다.

면회장으로 들어가는 길은 운동장처럼 넓고 길었다. 말로만 듣던 강원도 최전방의 겨울 날씨는 내 고향 추위는 저리가라였다. 흙바람은 사람처럼 서서 빙글빙글 돌아다니고 광이 나는 철모를 덮어 쓴 군인들의 발걸음은 빠르고 강인해 보였다. 추위를 전혀 못 느끼는 것처럼.

입으로 귀로 들어온 흙먼지를 뱉어 내고서 군인의 안내를 받으며 면회실로 들어갔다. 연탄난로가 있었지만 화력이 약해 얼어붙은 몸을 데우진 못했다. 작은 매점도 보였다. 매점 벽에 붙은 '멸공통일'이라는 문구가 눈에 들어왔다. 아, 여기가 군대지 참. 왔다 갔다 하는 군인들은 표정이 없었다. 멸공통일을 위해서인지, 저 군복을 입고 웃으면 안 되는 건지, 모두들 경직되어 보였다.

민규를 기다리는 동안 몇 명의 아가씨들이 소란스럽게 들어왔다. 고무신을 절대 거꾸로 신지 않으리라는 약속의 징표처럼 보였다. 민규 부모님은 매점으로 들어갔고, 나는 성에 낀 창밖 너머 흙바람이 땅을 치고 공중으로 돌아다니는 묘기를 바라보고 서 있었다.

잠시 후,

"일병 최! 민! 규!"

힘차고 우렁찬 목소리가 들려왔다. 천천히 고개를 돌렸다. 어느새 매점에서 나와 있는 부모님들에게 거수경례를 하는 민규는 진짜 대한민국을 지키는 군인처럼 보였다. 부모님들과 반가움의 포옹을 하고 난 뒤 창가에 서 있는 나와 눈이 마주쳤다.

멈칫 멈칫하더니 민규는 환하게 웃으며 단걸음에 달려와 나를 껴안았다. 민규에게서 나던 향이 짙은 스킨 냄새는 없었다. 그저 남자 냄새다. 나는 나무토막처럼 서 있었다. 민규의 목소리는 조금 쉬어 있었다.

"영아야, 와 줘서 고맙다. 그동안 잘 지낸 거지? 아픈 데는 없지? 일은 잘하고 있는 거지? 내 편지는 매일 받았지?"

"하나씩 물어. 근데 목소리는 왜 그렇게 쉬었는데?"

"훈련받고 하다 보니 그렇네."

민규는 가래를 뱉어내듯 음음 목을 가다듬었지만 더 쉰 소리로 말했다.

"근데 내 편지 받았어? 답장은?"

"우리 그런 거 약속한 적 없잖아. 건강해 보여서 다행이야."

민규는 나를 안고 있던 팔을 풀었다. 부모님들은 어느새 입구 쪽으로 걸어 나가고 있었다.

"민규야…… 너 부모님 좋아 보여서 따라왔지만 내 진심은 아니야……"

"그 얘길 꼭 해야 하는 거가……"

부모님과 함께 부대 앞 동네로 나왔다. 동네라고 해 봐야 여인숙 간판이 몇 개, 허름해 보이는 식당 서너 군데가 다였다. 그중 가장 깨끗해 보이는 국밥집으로 들어갔다. 민규 엄마는 준비해 온 음식들을 좁은 테이블 위에 펼쳐 놓았다. 그러자 민규가 말했다.

"엄마, 다시 담아. 이따 저녁에 먹어도 돼! 나 오늘 외박할 수 있어!"

말이 떨어지기가 무섭게 민규 부모님은 나를 쳐다봤다. 난처했다. 신경질을 낼 수도 없고 버스 타고 혼자 가려니 어디가 어딘지 모르겠고, 그저 앞에 놓인 국밥을 푹푹 떠서 입으로 퍼 넣었다.

겨울 낮은 짧았다. 날이 어둑어둑해지자 동네 몇 안 되는 네온들이 켜졌다. 우리들은 닳고 닳은 여인숙 간판 앞에 손을 호호 불어 가며 섰다. 휘몰아치는 바람에 여 자와 인 자는 날아가고 숙 자만 간들간들 매달려 있었다.

아들 면회 온다고 바리바리 음식을 준비하고 건강을 눈으로 확인하고 안도하는 부모님 때문이라도 입을 다물기로 했다. 여인숙 방은 네 명이 안 움직이고 가만히 앉아 있기만 한다면 하룻밤을 지낼 수 있는 그런 좁은 방이었다. 낮은 천장 위로 쥐새끼들이 떼 지어 몰려다니고 여름 장마 때 벽을 타고 올라간 빗물들은 곰팡이로 변해 얼룩져 있었다.

나는 한 시간째 한마디도 하지 않고, 저려오는 팔과 다리를 주무르며 어색한 재회를 피해 나가고 있었다. 간혹 민규 엄마와 민규의 대화가 부러워지기도 했다. 나도 엄마 생각이 났기 때문이다. 얼마나 지났을까, 민규의 목소리가 잠에 취한 나의 귓전을 두드렸다.

"영아야, 내가 저쪽 벽으로 더 붙을 테니 다리를 좀 뻗어 봐. 내 다리 위로."

"아니 괜찮아."

민규 부모님은 앉은 채로 머리가 오르락내리락 했다.

"민규야, 니가 좀 자. 난 이러고 있을게."

민규는 초조해 보였다. 사회생활과 다른 군 생활에 적응을 잘 하지 못하는 걸까? 입술은 갈라져 피가 맺혀 있고 곱던 손엔 굳은살이 박여 있다. 헤어 무스를 바르고, 이어폰을 끼고, 찢어진 청바지를 입고 노래 부르던 민규의 철철 넘쳐흐르던 끼는 사라졌다.

민규는 두 손으로 내 한 손을 감싸듯 잡았다.

"영아야, 나 제대할 때까지만 기다려 줘…… 편지 답장은 안 해도 괜찮아. 내가 매일 쓰면 되니까. 그렇게 해주면 안 되겠나? 사회에 나가 실망시키지 않을게. 난 꼭 제대하고 너와 결혼할 거야."

"민규야, 그만해. 우린 아직 어려. 니가 느끼는 그 감정이 꼭 사랑만은 아닐 거야. 조바심내지 말고 군대 생활 잘해. 나는 하고 싶은 일들이 너무나 많아. 오늘 비록 너 부모님을 따라 이 먼 곳까지 왔지만 내 마음은 아니야 그러니……"

이때 바깥에서,

"저기 뭐시냐, 그러니까 이방에 이영아라고 있소이? 이영아……"

나는 내 귀를 의심하고 재차 물었다.

"누구요?"

"거시기 이영아 말이오"

민규는 놀란 토끼 눈으로 후다닥 밖으로 나갔다. 나는 열린 방문 뒤에 숨어 조심스럽게 머리를 내밀었다. 어두운 마당. 검은 그림자.

민규 뒷모습에 가려졌지만 누군가 서 있었다. 그 순간 그림자가 바로 민규의 따귀를 내려쳤다. 나는 밖으로 뛰쳐나갔다. 아빠였다. 뺨을 맞은 민규는 무릎을 꿇고 머리를 조아렸다. 아빠는 양 주먹을 쥐고 눈에 불을 켜고 민규와 나를 번갈아 가며 노려보았다.

민규가 절박하게, 그러면서도 강하게 말했다.

"아버님, 죄송합니다. 그치만 영아를 사랑합니다!"

아빠는 기가 막힌다는 듯이 한 번 웃더니 바로 소리쳤다.

"내 이것들을! 어린 년 놈들이 벌써 여인숙 방에서 노닥거려? 내 오늘 이것들을 당장!"

부라린 눈을 내게로 돌렸다.

"야 이년아! 옷 가게 취직해서 이쁘다고 오냐 오냐 해 줬더니 연애질이나 할라꼬 옷 가게 있었나! 여기가 어디라고 기 와 있노! 내 오늘 이년 달구 몽다리를 안 분지르면!"

아빠 손에 질질 끌려 나가면서 뒤를 돌아다보았다. 민규 부모님이 신발도 신지 않은 채 쫓아 나와 허탈하게 서 있었다. 민규의 울음소리가 나지막이 들려왔다.

칠흑 같은 어둠을 동반한 비탈지고 험한 길. 아빠는 가는 동안 나를 때리지도 윽박지르지도 않았다. 다만 비포장 길 큰 돌을 피하지도 않았고, 도로로 뛰어드는 짐승들을 살리고픈 마음이 전혀 없는 듯 달렸다.

집에 끌려오고 내 옷 가게 점원 생활은 막을 내렸다.

스무 살의 겨울이 지나갔다. 그리고 다음해 봄. 봄이라고 하지만 나에게 뚜렷한 봄은 아직 어디에도 없었다. 간간이 나른해지는 오후 햇살이 잠깐씩 일깨워 주는 정도가 전부인 그런 삼월 중순.

진주 다방 숙소 수리가 시작되었다. 열 명 가까이 되는 아가씨들 숙소는 당분간 우리 집이 된다고 해서 나는 대충 어설픈 짐들을 치우고 청소를 했다.

없어서, 가난이 싫어서 집 나왔다는 아가씨들의 짐 보따리들은 천장에 닿을 것만 같았다. 막내 언니는 아직도 다방에 머무르고 있었다. 밤새도록 대문 삐그덕거리는 소리에 잠을 이룰 수가 없었다. 나는 아예 대문 한 짝을 떼어 뒤안으로 옮겨 놓았다.

　아침 일곱 시쯤 집을 나설 때는 모두들 숫기 없이 갓 시집온 새댁들 같았고, 자정이 되어 갈 때 즈음이면 술에 취해 하나둘씩 고함을 지르며 또는 노래를 부르며, 각자 따로 따로 들어왔다. 오늘밤에는 그 누구의 기척도 없이 쥐죽은 듯 집은 조용하기만 하다. 그들에게 내 주었던 안방에 이부자리를 깔고 몸을 눕혔다. 적막을 깨는 노랫소리. 진주 다방에 제일 오래된 마담 박 양 언니의 목소리였다. 그 뒤를 따라 한복을 즐겨 입는 민 양 언니의 코맹맹이 소리가 들려왔다. 쨍그랑거리며 소주병 부딪히는 소리도 함께.

　"영아야, 너도 한 잔 마실래?"

　벽에 붙이고 있던 엉덩이를 그들이 깔아 놓은 술판 앞으로 밀며 다가갔다. 웃풍이 심한 방. 민 양 언니는 속옷만 입고 이불로 몸을 둘둘 말았다. 취기 오른 얼굴로 나에게 잔을 권했다. 그러자 마담 박 양 언니가 물컵에 소주를 가득 부어 나에게 곧장 들이밀었다. 나는 떠듬떠듬 손을 내밀었다. 코를 막고 다 마셨다. 몸으로 들어간 알코올은 내 몸의 기운을 서서히 빼 내며 정신을 몽롱하게 만들었다. 저들 특유의 신세 한탄은 그칠 줄을 모른다. 민 양 언니의 알몸을 감싸고 있던 이불이 스르르 방바닥으로 떨어지며 처진 뱃살이 드러났다. 낮에 그 야살스런 웃음들은 어디로 간 걸까. 이들이 참으며 지내 온 숨 가빴던 삶의 무게는 생각보다 무거워 보였다. 직업에 귀천이 없다고 하지만, 스스로들 직업이 귀하고 천하고를 단정하고 사는 듯 보였다. 두 언니 모두 마흔이 넘었으니.

　다방 생활이 몇 년이란 말인가. 박 양 언니도 술기운이 오르는지 브래지어를 벗어 휙 집어 던졌다.

　"불쌍한 영아. 다들 불쌍해. 나도 불쌍하고 너도 불쌍하고 모두 불쌍해……"

박 양 언니가 방 문고리에 걸려 있던 숟가락을 꺼내어 빈 소주병에 끼우고 입에 갖다 댔다.

"영아 너 노래 잘한다고 그러던데, 어디 노래 실력 한번 볼까? 허스키한 목소리로 노래 부르면 캬…… 뭇 남성들 그냥 줄줄 싸겠는 걸!"

언니가 내 손에 숟가락이 든 소주병을 쥐어 주었다. 그래, 오늘 못 마시는 소주도 한 잔 쫙 땡겼겠다 정신도 해롱해롱하겠다 내친 김에 언니들의 신세 한탄에 끼어들어야겠다.

나는 숟가락 끼운 술병을 입에 갖다 댔다.

〈오동잎 한잎 두잎 떨어지는 가을밤에……〉

박 양 언니가 눈을 감고 미간을 찌푸리며 말했다.

"야야 슬퍼 죽갔다. 열여섯 살 때 날 따먹고 입 쓱 딱았던 그놈 생각도 나고, 내 청춘 다방가에서 속절없이 밑구멍만 허벌창 나며 지나온 세월들도 서러워지고……"

운다 다들. 나도 엉겁결에 따라 울었다. 박 양 언니가 숟가락 든 소주병을 뺏어 들고 뒤를 이어 노래 불렀다.

〈고요하게 흐르는 밤의 정막을 어이해서 너만이 싫다고 울어대나……〉

광창 너머 큰길가에서 들려오는 찹쌀~떠어억 소리. 밤은 점점 처량하게 깊어간다. 나는 비몽사몽간에 언니들의 한스러운 노래를 들으며 소주병들과 함께 꼬꾸라지듯 잠이 들었다. 얼 만큼 잤는지 알 수 없었다. 쌕쌕거리는 소리가 가까이에서 또는 멀리서 들려왔다. 한 쪽 눈을 억지로 떴을 때는 아직도 어둠은 전혀 옅어지지 않고 있었다.

누군가의 등짝이 희미하게 보였다. 나는 그것을 확실히 보려 다시 눈을 비볐다. 그리고 내입을 틀어막았다. 돼지비계처럼 두툼한 엉덩이가 아까 옷을 벗고 있었던 민 양 언니 배 위에서 징그럽게 오르락내리락 하고 있었다. 한 쪽 팔은 젖통을 움켜쥔 채.

개새끼 낑낑거리듯 놈은 정신없이 언니를 탐하고 있었다. 대문이 없는 우리 집. 밤낮으로 아가씨들이 왔다 갔다 하는 집. 우라질 집구석! 깡소주를 들이키던 박 양 언니는 세상모르고 코까지 곯아가며 나가떨어져 있다. 밑에 깔린 민 양 언니는 저놈이 언니 몸에 기어 올라가서 저 짓을 하고 있는 걸 아는지 모르는지 뒤척거리는 동작만 몇 번 있을 뿐. 저항하는 소리가 들려오지 않았다.

나는 어느새 내 옆에 널브러져 있는 소주병을 쥐고 있었다. 그러나 소리를 지르지는 않았다. 소주병을 든 내 손이 사시나무 떨듯 떨었다.

"내려와. 말로 할 때 내려와."

놈은 놀랐는지 고개를 돌렸다. 문풍지로 뚫고 들어오는 빛은 놈의 얼굴을 선명하게 비춰 주지 않았다. 다만 정수리 부분이 반짝거렸고 동물의 왕국에서나 봤음직한 짐승의 소리 비슷한, 웃음소리를 냈다. 소름이 돋았다.

"헤헤. 조용히 해. 다 되어 가. 넌 못 본 척 하고 그냥 디비 자. 이년도 몸에선 날 거부하는 느낌이 전혀 없어. 아그야, 자거라."

놈은 다시 고개를 돌리고 그 짓을 멈추지 않았다.

"내려와. 이 병으로 니 대가릴 날리기 전에 내려와!"

"이년이 겁 대가리 상실했구나?"

놈은 언니 배 위에서 엉덩이를 돌리며 대가릴 다시 내게로 돌렸다. 나는 순간 놈의 뒤통수로 병을 날렸다.

"윽!"

놈은 퍼드득 거리며 언니 배 위에서 떨어졌다. 언니 둘 다 화들짝 깨어나 방에 불을 켰다. 병에 맞은 놈의 대가리에서는 피가 흐르지 않았고 깨지면서 흩어진 병조각들이 내 머리를 스쳤다. 머리에서 뜨끈뜨끈한 액체가 얼굴을 타고 목으로 방바닥으로 떨어졌다. 언니들은 조금 전 그 짓을 당한 것보다 내 머리에서 흘러내리는 피를 보고 놀라 그제야 소리를 질렀다. 놈은 바지를 주워 들고 한 손으로 맞은 대가리를 비벼가며 기어 나갔다. 숫 개 같은 놈.

따르릉 따르릉

수화기를 들었다.

"여보세요?"

"안녕하십니까? 여긴 ○○ 부대 소령 박태섭입니다."

정확한 발음이었지만, 수화기에서 들려오는 목소리에는 다급함이 담겨 있었다.

"그런데요?"

"이영아 씨 집입니까? 계십니까?"

"전데요, 누구신가요?"

"혹시 최민규라고 아십니까?"

뜻밖의 전화에 당황하며 대답했다.

"네, 아, 아는데요……"

"오늘 이영아 씨에게 전화 오지 않았습니까?"

"네, 안 왔는데요. 왜 저한테 최민규를 찾는데요?"

소령은 머뭇거리며 말을 잊지 않았다. 내가 다시 물었다.

"말씀을 하세요. 왜 이 시간에 최민규를 저에게 묻는 건지."

소령은 또 머뭇거리더니 말했다.

"혹시 최민규에게 전화가 오면 이영아 씨가…… 음…… 먼저 어딘

나는 22년간 늑대의 젖을 먹고 살았다

지…… 위치를……"

무언가 급한 일이 있는 것 같은데, 소령이 말을 잊지 못하고 더듬거리자 답답해졌다.

"도대체 왜 그러시는데요? 알아듣기 쉽게 말씀하세요. 지금 시간에 민규를 왜 저에게? 휴가를 나왔나요?"

한숨 비슷한 소리가 짤막하게 들려왔다.

"최민규 오늘 아침 탈영했습니다. 이영아 씨가 도와주셔야 할 것 같습니다. 총을 소지하고 탈영한 것으로 파악됩니다. 그곳 경북으로 간 것 같습니다. 이영아 씨 가까운 곳으로……"

경직된 소령의 목소리. 심각함이 묻어나는 어투. 나는 내 귀를 의심했고 수화기를 다른 귀로 옮겨 얼굴에 딱 붙이고 재차 물었다.

"넷? 탈영이라니요?"

그때 나는 그 일이 군 부대에서 그토록 심각한 일인지 잘 몰랐었다. 그저 군인이 탈영하면 안 된다는 것, 꽤 큰 벌을 받을 수도 있다는 것, 그 큰 벌이란 상사에게 심하게 얻어터지는 것, 그 정도가 다였다. 탈영병 하나를 잡기 위해서 많은 군인이 사회로 나와서 초조한 시간 싸움을 벌이며 핏대를 곤두세워 잡고 난 뒤에는 군대 감옥으로 보내고 하는 그런 끔찍한 일인지를 정말이지 까마득히 몰랐었다.

소령은 민규에게 전화가 오면 다른 것은 묻지 말고 꼭 위치를 파악해 달라는 부탁을 거듭 강조하며 전화를 끊었다. 머릿속이 실타래 엉키듯 복잡해졌다. 왜? 왜? 나는 민규의 애인도, 아무것도 아닌데…… 스스로 급한 변명이 생기기 시작했다. 젠장, 지 때문에 붙잡혀 와서 옷 가게도 관두고 몇 달째 방구석에서 백수로 지내고 있는데 뭐 탈영이라고? 나는 혼잣말을 하면서 화가 머리끝까지 치밀어 올랐다. 탈영해서 어쩌자고?

무인도라도 가자고?

내 머릿속에서 무언가가 정리도 되기 전 다시 벨이 울렸다. 바로 수화기를 들었다.

"여보세요?"

"…… ."

민규라는 것을 직감했다. 그러나 태연한 척 해야 했다.

"여보세요, 말씀하세요."

"여…… 영아야…… 나 민규야……"

민규는 말 그대로 떨고 있었다. 목소리에 불안감이 가득했다. 나는 전화기를 손에 받쳐 들고 방을 빙빙 돌았다. 나 또한 초조하고 불안했으니.

"민규야, 오랜만이야. 어디니? 부대야? 잘 지내지? 휴가는 언제 나와?"

민규는 아무 말도 하지 않았다. 이대로 전화를 끊어 버리면 어쩌나 덜컥 겁이 났다. 시간을 끌어야 했다. 민규의 위치를 소령에게 꼭 알려줘야 한다는 생각에 필사적으로 민규에게 상냥한 말을 이어 나갔다.

"민규야, 왜 말을 안 해? 휴가 언제 나와? 보고 싶은데……"

나는 입이 바짝바짝 타들어 갔다. 북적대는 사람들 소리, 빠른 걸음으로 걸어가는 듯한 발자국 소리, 대합실 그래 대합실.

"민규야! 민규야!"

주위의 소음 하나라도 놓치지 않고 들으려 수화기를 귀에 쑤셔 넣을 듯바짝 붙였다. 민규의 숨소리가 거칠게 들려 왔다.

"영아야, 지금 영주역 공중전화 박스야……"

나는 수화기를 틀어막고 그제야 긴 한숨을 내쉬고 다시 목소리를 가다듬었다.

"그래? 휴가 나왔구나? 진작 말하지 왜 그렇게 뜸을 들여."

"지금 역 공중전화 박스로 와 줄 수 있나?"

"그래, 지금 바로 갈게. 거기 있어."

점퍼를 주워 들고 뛰어나갔다. 아, 소령, 전화. 다시 신발을 신고 방으로 들어가 소령에게 전화했다. 소령은 안도하는 듯했고, 나는 확인하고 싶었다.

"자기 발로 다시 군대로 들어가면 괜찮은 거죠? 제가 타일러서 군대로 돌아가면 벌을 안 받을 수 있나요?"

"그건 안 됩니다. 어쨌든 탈영은 탈영이니 벌은 받아야 합니다. 아무튼 이영아 씨가 잘 구슬려서 별 탈 없이 복귀할 수 있게 민규를 만나 시간을 좀 벌어 주십시오. 그럼 이따 영주역에서 뵙겠습니다. 참 아까 말씀 드렸지만 최민규 총 가지고 있습니다. 이점 유념하시고……"

택시를 타고 영주역으로 가는 시간은 천년만년이다. 겨우 십여 분 거리가 이토록 길게 느껴지다니. 영주역 공중전화 박스가 기찻길만큼 길게 늘어져 있다.

나는 택시에서 내려 뛰다가 일렬로 선 전화박스 앞에서 숨을 죽이고 발소리를 낮추었다. 전화박스 오른쪽에서 두 번째 칸 푸르스름한 색깔의 옷이 보였다. 이 순간 내 이기심은 극에 달했다. 입영 전날 그를 위해 가슴으로 노래도 불러 준 나였는데. 민규가 불러 주는 영아 노래를 들으면서 첫 사회생활이 그렇게 칙칙한 것만은 아니었는데. 처음 집을 떠나 홀로서기 시작에 민규의 웃음은 힘이 되었는데. 나는 왜 그의 손을 잡고 기다릴 테니, 군 생활 끝나는 그날까지 기다릴 테니…… 아니 지구가 지구를 하나 더 만들 때까지라도 기다리겠노라 말하지 못한 것일까. 아마도 허황된 약속은 하지 않던 내 성격 탓이었을 것이다.

어느덧 전화박스 문에 내 얼굴이 마주하고 있다. 민규는 쪼그리고 앉아 있다. 양팔 위로 머리를 떨구고. 나는 문을 열었다. 들어갔다. 사랑이 아닌 사람이 들어갔다. 민규는 고개를 들지 않았다. 일어서지도 않았다. 내 양쪽 다리를 두 팔로 안았다. 박스 유리 너머 검은 하늘에는 저토록 많은 별이 서울 야경처럼 반짝거리는데, 이 봄날 내 발 밑에는 서리가 으스러지도록 밟히는 것만 같고, 내 몸은 얼음장처럼 굳어만 간다.

화려한 음악을 틀며 도도한 노래를 부르고, 건방진 걸음을 걸으며 스모키의 이야기를 들려주던 민규는 어디 갔을까. 그저 한 여자를 목 놓아 부르는 도망친 어느 군인의 초라한 몸짓뿐.

"민규야, 일어나 봐……"

민규는 몸을 반쯤 일으켰다가 다시 주저앉았다. 눈을 들어 나를 바라본다. 생기가 없는 민규의 눈동자에는 특이한 빛이 감돌았다. 초조와 불안, 슬픔 그러면서도 끝없는 그리움을 품고 있는 듯한 눈동자, 거기에 외로움이 가장 커 보였다.

민규에게 섣불리 두려움을 느끼게 해서는 안 될 것 같았다. 나는 내 다리를 잡고 있는 민규의 두 손을 잡고 좁은 공중전화 박스 바닥에 주저앉았다. 지금쯤 군인들이 독 오른 눈으로 전화박스쪽을 향해 어쩜 총 머리를 겨누고 있을지도 모른다고 생각하니 머리끝이 삐쭉 섰다. 그 사이에 내가 서 있으니.

둘이 엉겨 붙은 채로 얼마의 시간이 지났다.

"민규야, 너 몸을 녹여야겠어. 마실 거라도 사 올게."

민규는 그제야 눈에 초점을 넣고 전화박스 밖을 두리번거렸다.

"영아야, 일단 차표를 끊어 와. 여기서 제일 먼 곳으로. 기차를 타고 멀리 떠나자. 가면서 다 말해 줄게. 아주 멀리로 가자……"

나는 22년간 늑대의 젖을 먹고 살았다

"민규야……"

"암말 말고 차표를 끊어 와. 기차 타고 가면서 이야기해……"

민규는 주먹으로 박스 유리를 두 번 내리치더니 양손으로 자기 머리를 거머쥐고 흔들었다. 민규가 탈영병이라는 사실이 불처럼 머릿속에 확 번져 오는 순간 천천히 일어섰다. 그리고 좁은 박스 안에서 한 발짝 정도 뒷걸음질했다. 민규가 다시 내 두 다리를 와락 잡았다.

"영아야, 나 바보 같냐…… 그래 나 쪼다 새끼야…… 남들 잘도 견디는 군 생활 적응도 잘 못하겠고, 거기다 나 싫다는 여자 하나를 못 잊어 이렇게 비참한 꼴로 도망친 병신 새끼야 난. 그치만 너와 함께라면 어떤것도 두렵지 않아, 진짜야……"

갈라진 목소리로 내뱉는 민규 이야기는 내 귀에 하나도 들어오지 않았다. 어서 여길 벗어나고 싶을 뿐이다.

"이 다리 좀 놔 봐. 음료수 사고 기차 시간도 알아볼게."

나는 전화 박스 문을 열었다. 순간 민규가 내 발목을 잡고 '못 가!' 하거나 총을 머리통에 겨누고 '같이 죽자!' 이렇게 나온다면 어떡하지. 나는 이런 끔찍한 생각들을 안고 그것을 확인이라도 하려는 사람처럼 고개를 돌렸다. 민규의 눈은 아까보다 열 배 백 배 지쳐 보이고 불안으로 흔들렸다.

"민규야……"

민규를 부르는 내 목소리도 흔들렸다. 민규의 얼굴은 온통 눈물로 뒤범벅이다.

날 슬프게 본다. 날 슬프게 한다.

"영아, 빨리 표 끊어 와. 먼 곳으로 누구도 찾지 못할 먼 곳으로 가자. 세상에서 제일 먼 곳……"

나는 공중전화 박스 문을 닫았다. 걸었다. 최대한 느린 걸음으로. 마치 내 두 발목에 큰 돌 덩어리들을 매달아 놓은 듯이 천천히 걸었다. 마음속으로는 어쩌면 이 지구상에서 가장 빠른 뜀박질을 하고 있는 것은 아닐까. 나는 뒤를 돌아보지 않았다. 민규의 눈이 무섭게 나를 쫓아오고 있다는 걸 느끼며 걷는 발걸음은 뒤뚱뒤뚱, 중심을 잃을 것만 같았다. 그러나 내 걸음은 민규가 절대로 따라올 수 없는, 세상에서 가장 빠른 걸음이었다. 공중전화 박스에서 스무 발 정도 멀어졌을 때였다.

"최민규, 최민규, 포위됐다. 총을 버리고 나오라."

"최민규, 양팔 올리고 나오라. 나오라."

바람이 분다. 허물을 벗은 바람이 분다. 허물을 다 쓸어 갈 것만 같은 바람이 분다. 나는 고개를 돌렸다.

탕! 탕! 탕!

민규가, 민규가 전화박스 세대를 갈겼다. 총성은 그야말로 어마어마했다. 아스팔트가 나를 싣고 지구 밑으로 꺼져 내리는 현기증. 전화박스가 초전 박살났고, 역 광장은 벌떡 일어섰다.

오가던 사람들은 괴성을 지르며 뛰기 시작했다. 영화였다. 다시 총소리가 이어졌다.

탕! 탕! 탕!

전화박스는 총을 맞고 그대로 또 내려앉았다. 주위에 건물들은 약속이라도 한 것처럼 동시에 불이 켜졌다. 유리창 밖으로 애어른 할 것 없이 사람들 머리가 빈틈없이 다 튀어 나왔다.

"뭐야? 전쟁 났어?"

"어머머! 간첩을 잡은 게야!"

"무슨 영화촬영이야?"

사람들은 놀란 가슴을 가눌 길 없는 듯 뛰고 엎어지고 자빠지고.

어디론가 멀리 멀리 여기서 도망쳐야만 할 것 같은데 내 다리는 움직이질 않는다.

내 놀란 동공들이 정신없이 흐트러지는데도 나는 이 순간 시치미를 뚝 떼고 입술을 두어 번 깨물 뿐이다.

민규는 미친 듯 전화박스를 무너뜨렸다. 민규는 이성을 잃고 발버둥을 치고 있다. 그런 민규를 열댓 명 되는 군인들이 총 머리를 일제히 민규에게 겨냥하고 무섭게 달려들어 제압했다.

민규는 땅에 엎드린 채 뒤로 수갑이 채워졌다. 땅 밑에서 고개를 양쪽으로 절레절레 흔들며 끌려갔다. 그랬다.

모든 것은 순간에서 순간으로 이어지며 끝났다. 나는 그 순간속에 서 있었고 죽어도 잊지 못할 한 남자가 지나갔다.

놀란 가슴을 쓸어내리는 사람들 틈바구니에 나는 아직도 서 있다. 경찰들이 몰려와 박스 유리 잔해 주위를 살피며 맴돌았다. 사람들이 내 옆을 스치며 지나간다. 한 아줌마가 구겨진 인상을 더 구기며 말했다.

"여자 때문이래. 애인 만날라고 탈영했다는구먼. 쯧쯧 하여튼 기집년들 때문에, 불여시 같은 년들 때문에 얼 띤 남자들이 저래 사고를 친다니깐…… 오늘 잡혀 간 저놈은 아마 군대 영창으로 들어가 콩밥깨나 먹어야 될 거구먼 쯧쯧……"

저만치 군복을 입은 한 남자가 뚜벅뚜벅 다가왔다.

"이영아 씨?"

나는 멈칫 뒤로 물러섰다.

"네?"

"소령 박태섭입니다."

그가 장갑을 벗으며 손을 내밀었지만, 나는 그의 손을 잡지 않았다. 소령은 멋쩍은 듯 손을 내리며 고맙다고 말했다. 나는 고개를 살짝 구부려 인사하고 택시를 탔다.

언젠가 세월이 흐르고 흘러 민규가 기억하지 못하는 시간 속, 어디쯤, 내가 살아가고 있을 것이다.

빈둥거리는 시간들이 너무나 무료했다. 무언가 내 일을 갖고 싶어지는 마음이 간절해진다. 밤무대 얘기를 꺼내려 진주 다방에 갔다가 매번 맛도 모르는 쓴 커피 몇 잔만 마시고 그냥 돌아 나오기 일쑤다. 뚱보의 눈을 피해 받는 용돈이 지긋지긋하다. 자존심 상한다. 차라리 내가 벌어 쓰고 말지. 자립이 필요했다.

온 천지 우거진 푸른 신록이 내 맘을 설레게 했다.

내 마음을 설레게 하는 이 계절에 나는 두 번째 술집 가수를 다시 선택했다.

가수 행세를, 아니 가수짓을 하고 사는 게 그 어떤 직업보다도 나에게 가장 잘 어울린다고, 아니 더 잘할 수 있는 것은 없다고 나는 굳게 못 박았다.

낮은 밤에 밀려 자연스럽게 사라졌다. 나의 서툰 밤이 찾아왔다. 좁은 동네에서 내가 술집에 나가 노래 부른다는 사실이 아빠 귀로 전해지기까지 오래 걸리지 않을 것을 알면서도 이미 나를 조절할 수 있는 그 어떤 것도 상실했다. 동네 쌀전 거리 아줌마들의 눈초리가 집중될까 여간 신경 쓰이는 일이 아니었다.

여름날.

나는 입은 무대 복 위로 가마니떼기 같은 희끄무레한 외투를 하나 걸치고 버스 정류장으로 걸어갔다.

무대.

노래 부른다. 슬픈 가사에 멋도 모르고 나는 울었다. 경쾌한 가사에 멋도 모르고 나는 웃었다. 내 인생을 무대에 송두리째 걸리라 독하게 다짐했다.

내가 가고자 하는 길에 누군가(그 사람이 아빠일지라도)그것을 다스리려 하고 있다는 것 따위에 좌지우지 당하지 않으리라는 확신은, 붉은 인주를 묻힌 도장이 어딘가에 꽝 하고 내려찍고야 마는 힘처럼 솟아오른다. 뒈져 봐야 저승인 줄 알 테니까.

새벽 네 시. 집으로 들어와 짧은 잠을 자고 일어났다. 기지개를 펴며 방문을 열었다. 룰루랄라 콧노래가 저절로 나오는 오전. 밤새 처발랐던 화장을 지우지 않고 그대로 잠을 잤으니 얼굴은 돌을 얹어 놓은 듯 무겁다.

삐그덕, 대문을 열고 들어서는 사람은 아빠였다. 도둑이 제 발 저린다더니 나도 모르게 차렷 자세로 벌떡 일어섰다.

초췌한 모습에 담배 찌든 냄새가 진동했다. 아빠는 마루에 걸터앉으며 양말을 휙 벗어 던졌다.

"아빠, 이 시간에 어쩐 일로?"

아빠는 내 이야기에 아랑곳하지 않고 이번엔 점퍼를 벗어 역시나 아무 곳으로 집어던졌다.

"너 어디 가나? 이 시간에 어에 화장을 그래 곱게 하고 있노." 팔베개를 하고 마루에 누운 아빠가 나를 힐긋 보고 한 말이다.

"그게 아니고 어제 한 화장을 안 지우고……"

"한 시간 후에 깨워라."

아빠는 방으로 들어갔다. 금세 코고는 소리가 들려왔다.

나는 쭈뼛하게 얼굴을 만지고 거꾸로 던져 놓은 점퍼로 눈길이 갔다.

안주머니에서 흘러나온 흰 봉투. 나는 그것을 주워들고 펼쳤다.

며칠 전 도망갔다는 김 양의 차용증이었다. 칠백만 원이라는 숫자에 눈이 휘둥그레졌다. 나와 같은 나이, 그러고 보니 김 양을 아빠가 잡아 왔든지 허탕 치고 왔든지 둘 중 하나다. 문득 떠오른다. 술래잡기, 그래 아빠는 술래다. 영원히 지치지 않고 포기하지 않는 무적의 술래. 언제 저 무적의 술래에게 잡혀서 머리가 싹뚝 잘려 나갈지 모르는 나. 그러나 저 무적의 술래에게 도망간 김 양이 잡혀 왔으면 하는 바람은 차용증 위로 다른 글씨를 포개 썼다. '잡혀라 잡혀라' 이렇게 말이다.

마루 끝에 앉아 한 시간을 보낸 것 같다. 이때 대문 안으로 사람보다 커피를 싼 쟁반이 먼저 들어왔다.

"빨리 들어가. 이년아!"

뚱보 목소리도 커피 보따리와 함께 들어왔다. 곧이어 짧은 치마에 엉거주춤한 걸음걸이로 김 양이 뚱보에게 밀리듯 들어왔다. 인조 눈썹을 붙이지 않은 민낯의 얼굴은 나보다 더 어려 보였다. 만약 손에 든 것이 커피 보따리가 아니라 가방이었다면 중학생 정도로 봄 직한 아이 얼굴이다.

김 양은 나와 눈이 마주치자 담벼락으로 고개를 돌렸다. 나는 반대 담벼락으로 고개를 돌렸다. 기 죽어 들어오는 김 양 뒤를 따라 긴 치마를 펄럭이며 들어서는 뚱보. 질겅질겅 하루도 빠지지 않고 입안에서 노는 껌. 뚱보는 탁탁 이빨로 껌을 연이어 튕기며 방으로 들어갔다.

김 양의 손은 커피를 젓는다. 코언저리 위로 푸릇푸릇 멍든 자국이 보였다. 아빠에게 잡혀 오고 뚱보에게 맞았을 것이라는 내 짐작은 늘 맞았으니 오늘도 마찬가지일 것이다. 멋대로 벗겨진 매니큐어는 김 양의 열 손가락 끝에 엉망으로 매달려 있고 짧디짧은 치마 끝은 겨우 팬티를 덮고 있다.

조금 전 꼭 잡혀 와서 혼나길 바랐던 것이 괜스레 미안해진다. 나하고 같은 나이라서? 글쎄, 같은 나이라서인지, 뚱보에게 뒤지도록 맞은 게 불쌍해서인지, 딱 부러지게 어느 쪽인지는 모르겠다. 그냥 측은해졌다. 서먹함을 없애기 위해 나는 김 양을 보면서 씨익 웃었다.

"커피 그만 저어요. 컵 뚫어지겠네. 나 설탕 두 숟가락 듬뿍 더 넣어 줘요."

"그러면 설탕물이 될 텐데……"

아기 같은 목소리. 어쩌다 이렇게 큰 빚을 졌는지 물어봐야겠다.

"저기 여기 오기 전에……"

이때 방문짝이 떨어질 듯 열렸다.

"이년아 커피는 왜 거기서 타 처먹니! 냉큼 방으로 들고 들어와!"

나는 들어가라고 고갯짓하며 커피 보따리를 챙겨줬다. 아빠의 미주알 고주알은 오래도록 이어졌다.

"열심히 하고 빚이 장난이 아니잖아. 니 부모님들 봐라. 딸을 죽이든 살리든 우린 모른다고 하는 거 들었지? 빨리 빚 갚고 여길 떠나. 도망갈 생각일랑 말고. 술은 못 마시니 배달만 다니고…… 알겠지? 티켓 같은 건 안 한다 하고……"

잠자코 있던 뚱보는 길게 말하지 않았다.

"이년아 겁대가리 없이 도망을 쳐! 섬으로 확 넘겨 버리는 수가 있어! 술을 못 처먹으면 몸뚱아리라도 부지런히 돌려!"

나는 신작로로 나왔다. 엷은 황혼이 내려오고 바람이 불어 서늘해지는 밤.

얇은 코트 자락이 팔락인다.

어제와 똑같은 시간에 똑같은 공간에 섰다. 내 옆 남자 싱어가 노래를 부른다. 목에 몇 가닥이나 선 굵은 핏대. 온통 땀으로 범벅이 된 얼굴. 잘도 논다. 쿵쾅 쿵쾅 울리는 음악 소리에, 노랫소리에, 사람들은 신들린 것처럼 춤추고 목구멍으로 거품인 맥주를 벌컥벌컥 들이켜 넣는다. 이 밤이, 이런 밤이 준비되어 있지 않았다면 이들의 고단했던 하루 피로와 힘겨움은 모조리 어디로 들고 가 풀어 헤쳤을까? 밤은 신이 내린 또하나의 선물이 아니었을까?

불타오르던 사람들의 밤이 정점을 치고 수그러든 시간은 새벽 네 시. 나는 업소에서 나왔다. 아직도 번화가의 네온들이 그 빛을 반짝인다. 이른 아침 햇살과 맞바꾸며 꺼질 것이다.

밤을 잊은 사람들이 들이키는 한잔 술은 골목길 모퉁이 포장마차 구석구석까지도 후비며 그 끝은 취한 김에, 반주 없이 부르는 노랫소리로, 포장마차 포장이 펄럭일 때까지일 것이다.

오늘 장이 서는 날이라는 것을 눈을 뜨고도 별 하는 것 없이 서너 시간을 보내고 난 뒤 알았다. 엄마와 늘 장 구경을 놓치지 않았던 내 어린 시절 버릇은 머리를 질끈 동여매고 장터로 걸어 나가게 만들었다. 장터에서 가장 목이 좋은 자리를 차지하고 앉아 있는 할머니들, 내가 초등학교 다닐 적부터 자리 차지 때문에 언성 높이며 싸우던 할머니들. 모두 그대로 그자리에 변함없는 메뉴를 펼쳐 놓고 앉아 있다.

북적이는 사람들 틈바구니를 헤집고 내가 다시 발걸음을 멈춘 곳은 갈치 파는 아줌마 앞. 엄마 우린 김치만 맨날 먹나? 칭얼거리면 김치 옆에 왕처럼 올라섰던 갈치. 엄마는 살을 발라 내 밥 위에 올려주며 젓가락에 묻은 살점은 엄마 입으로 가져갔다. 살을 발라 낸 뼛조각들도 엄마 입속을 한 번 더 거쳐 버려졌던 기억은 갑자기 코끝이 찡해 왔다. 엄마가,

우리 엄마가 이 땅에서 없어졌는데도 아무것도 변한 게 없다. 얄밉도록 모든 것들은 온전하다. 생닭의 대가리를 잘 길들여진 칼로 여전히 내려치고 있는 저 도리도리 아줌마도. 이북에서 내려온 붙들네 할머니도. 슬리퍼를 질질 끌며 오가는 사람들 틈바구니를 기계처럼 밀어붙이며 집으로 들어왔다.

나는 턱을 괴고 마루 끝에 앉았다. 골목 어귀 요란스런 오토바이 소리가 집 앞에서 멈췄다. 검은 비닐봉지를 손가락에 끼고 김 양이 들어왔다.

"저기, 갈치 한 마리 사 왔어요……"

봉지를 쑥 내미는 김 양은 다방에 살을 붙인 듯 밝았다.

"뭣하러……" 김 양은 쑥스럽다는 듯 바로 나가며 말했다.

"우리 친하게 지내요. 그 갈치는 내 돈으로 산 거예요. 참, 직업이 뭐예요? 재수생? 이따 가게 와요 내가 커피 맛있게 타 줄게요!"

다시 오토바이 시동 거는 소리가 요란스럽게 들려왔다.

내가 좋아하는 빨간색 코트를 차려입고 집을 나섰다. 종일 북적거리던 시장통은 한바탕 전쟁을 치른 듯 조용하다 못해 을씨년스럽기까지 했다. 많던 사람들은 자취를 감추었다. 다들 자신의 지붕 밑으로 들어갔겠지. 내 하루는 지금부터 열리는데.

업소에는 손님이 매일 터져 나간다. 경기가 좋은 탓도 있고, 소도시 영주의 유흥 문화는 생각보다 발달되어 있었다. 그래서 험한 동네이기도 했다. 테이블 두 개뿐인 소줏집도, 맥줏집도, 작은 회관들도 잘 돌아갔다. 마치 우리가 언제 가난했었냐? 우리가 언제 꽁보리밥을 먹었고, 잘 살아 보자고 새마을 운동에 앞장섰냐, 흥! 하고 콧방귀라도 뀌듯이 밤마다 돈이 흥청망청 걸어 다닌다.

무대에 올라섰다. 내 삶이 뛰고 있다. 아직 내 모양새는 서툴지만, 밤늦도록 이어지는 무대 위 시간들이 조금 힘에 부치는 날도 있지만, 나는 할 일없이 빈둥거리던 생활에서 빠져나온 지금이야말로 정말 내 생활로 돌아가고 있다고, 아침을 열고야 끝나는 내 일과에 합리적인 최면을 건다.

새벽 다섯 시가 넘었다.

미화원 아저씨들은 희뿌연 미명을 걷어치우듯 밤새 어지럽혀진 거리에 비질을 했다. 새벽 공부를 위해 등교하는 학생들, 업소에서 내가 나왔을 땐 이미 이렇듯 새로운 하루가 부지런히 열리고 있다.

택시를 세웠다. 기사는 뒤에 타고 있는 손님에게 형식적인 양해를 구하고 나를 태웠다.

"영아 씨, 영아 씨 맞죠?"

탈 때 스쳐보았던 뒷자리에 눕다시피 있던 합승객이 내 이름을 불렀다. 뒤를 돌아보니 김 양이다. 벌겋게 달아오른 두 뺨을 비비며 누워 있던 몸을 일으켰다. 별의별 생각이 순식간에 겹쳤지만 그중 하나, 김 양이 내가 일하는 업소에서 밤새 술을 마셨을 것이라는 생각에 근심이 앞섰다.

김 양은 혀 꼬부라진 소리를 하며 내 의자 등받이를 양팔로 잡았다.

"영아 씨, 아니 우리 나이가 같으니까 말 놓을게. 나 아까 영아 노래 들으며 완전 술발 받았잖아. 캬 좋드라…… 영아 목소리가 슬프기도 하고……"

나는 창밖으로 고개가 돌아가 있지만, 아무것도 눈에 들어오지 않았다. 내 두 번째 술집 가수가 여기서 또 종을 치겠구나 생각하니 뒤에 앉아 지껄이는 김 양이 야속해질 뿐이다. 김 양은 입을 다물지 않았다.

"걱정하지 마. 다방에 가서 고자질 안 할 테니 난 그 정도 눈치는 있어. 대신 자주 너 업소에 놀러 가도 되지? 나도 꿈이 가수거든……"

택시기사는 창문을 반쯤 내리더니 새벽 공기라도 마시려는 듯 머리를 슬쩍 내밀었다가 다시 앞을 보았다. 김 양 입에서 풍겨 나오는 술 냄새가 지독했다.

"여기 세워 주세요."

가방을 챙겨 들고 택시에서 내렸다.

"아가씨! 뒤에 아가씨 아는 사이 같은데 같이 데리고 내려요. 난 목적지도 모르는데……"

다음날 아침, 아니 오전이다. 김 양은 이불을 반듯하게 개어 놓고 다방으로 올라간 것 같았다.

하루를 말없이 쉬면 며칠의 일당이 고스란히 나가는 구조로 된 올가미. 다방일이다. 저들은 열심히 일하고도 매번 제자리를 도는 것처럼 보였다. 어설프게 다방가에 얼쩡거렸다가 늘 계산기를 꿰차고 사는 업주의 밥이 되고 마는 건 시간문제다.

뼈 빠지게 일하고도 빚이 더 불어나는 굴레에서 벗어나지 못한다. 아침 일찍 일어나 종일 커피를 팔고 밤이 되면 술집으로 나가 티켓 비를 받고 남자들의 노리개가 되어 준다 .누가 만든 법인지 모르지만 아무튼 그렇다. 이들에겐 시간이 무조건 돈으로 계산되기 때문에, 단 삼십 분의 자유도 없는 것이 다방생활이다. 김 양 또한 몇 시간 늦잠을 자고 다방으로 올라갔다면 오늘 일당은 그냥 날아가고 나머지 시간은 무료 봉사가 되는 셈이다. 악랄한 계산법이다.

내가 노래 부르고 있다는 것을 김 양은 왠지 꼭 비밀에 부쳐 줄 것만 같다는 믿음이 생긴다. 그날 이후 김 양은 손님을 데리고 혹은 혼자 자주 업소에 왔다. 무대가 잘 보이는 앞자리를 내 주는 센스를 웨이터들은 잊지 않았다. 그러다 보니 우리는 서로 마음에 드는 립스틱을 바꿔 바를 정도로 친해졌다. 물론 무대 위와 밑 가끔 새벽에 같이 타는 택시, 낮 시간 집으로 들고 오는 커피 보따리를 마주하는 정도가 전부였지만.

하늘이 점점 높아져 간다. 철길 위로 떨어진 태양열이 철로를 지글지글 끓게 만들었던 뙤약볕은 잊혀졌다. 역시나 출근 전 내가 하고 있는 일은, 짓은, 마루 끝에 웅크리고 앉아 턱을 괴고 있는 것이다. 전화벨이 울렸다. 이 오후 시간까지 두 번째 울리는 전화벨. 첫 번째는 아빠였고, 두 번째는 김 양이었다.

"영아야, 나 아무리 생각해도 다방 생활 못 하겠어. 빚을 다 갚을 수 있는 희망이 보이지 않아. 나 좀 도와줘. 도망갈 수 있게 도와줘, 부탁이야. 나도 노래 부르고 싶어. 너처럼……"

김 양의 말이 떨어지기 무섭게 뚱보와 아빠 얼굴이 대문짝만하게 떠올랐다. 나는 정색했다.

"안 돼! 무슨 풍딴지같은 소리야? 니가 노래를 부르든, 커피를 만들든, 나는 모른다고. 나는 아무것도 안 들은 걸로 할게."

나는 전화를 탁 내려놓았다. 못 들은 걸로 해야겠다.

강한 아침을 밤으로 어둠으로 바꾸는 일은 쉽지 않다. 수건 두 장을 둘둘 말아 얼굴을 덮고 밤을 가장해 보지만 광창으로 문풍지로 뚫고 들어오는 빛을 막기에는 역부족이다. 빛을 등으로 밀어붙이고 가물가물 현실에서 멀어지는 순간 아빠 목소리가 들려왔다.

"일어나 보거라. 아빠 오늘 엄마하고 모임이 있어 하루 자고 와야 한다. 내일 오전까지 다방에 좀 가 있거라."

업소에는 아파서 하루 쉬어야겠다고 전화해 주고 비몽사몽간에 다방으로 올라갔다. 오랜만에 온 다방에는 못 보던 아가씨들이 서너 명이나 되었고 막내, 민 양 언니, 박 양 언니, 물론 김 양까지, 다들 백문둥이처럼 화장을 하고 앉아 있는 한가한 시간이었다. 다방 입구 왼편 낡아 빠진 카운터 위에 번쩍거리는 돈 통이 눈에 들어왔다. 이 다방에 새것이라고는 하나도 없었는데. 연탄난로는 내 나이를 따라올 듯 녹슬어 있다. 그 명이 어디까지인지 보기로 했다.

테이블 모서리들은 이미 나무껍질이 손가시랭이처럼 일어나 삐죽삐죽 서 있고, 인조 가죽 의자들은 제 색깔을 잃은 지 오래되어 빛이 바랬다. 연탄집게는 연탄 한 장 들어 올릴 힘을 벌써 작년 겨울에 잃어 버렸는데 아직도 버젓이 엑스 자로 누워 있다. 이곳에 새것이라고는 저 돈 통이 전부다.

사람도 새것이 없다. 정처 없이 떠돌다 흐르고 흘러 잠시 머무는 정거장 같은 이곳. 저들은 하루에도 몇 번씩 대야를 들고 뒤로 들어가, 은밀한 그곳을 씻어 내지만 영혼이 깨끗해지진 않을 것이다. 다시 처음을 가장한 하루에 하루가 반복적으로 더해지는 저들의 굽이진 비탈길 같은 삶. 나는 이곳 다방가에서 간접적인 유흥을 숨죽여 지켜보면서 어쩌면 더욱 화려한 내 인생을 꿈꿔 왔는지도 모른다. 그래서 더 우월한 인생을 살고 싶어졌고, 영혼을 담은 노래를 부르며 주목 받는 삶을 동경하게 된 것에 의심의 여지가 없는 것만 같았다.

먼지가 소복이 쌓인 라디오에서 흘러나오는 노랫소리는 다방 안을 눅눅하게 만들었다.

"마지막 한마디 그 말은 나를 사랑한다고……"

다들 합창하듯 따라 불렀다. 저마다 자신의 삶을 말하듯 노래했다. 가만히 듣고 있노라니 처량해졌다. 저들은 필연적으로 막다른 골목까지 오게 된 걸까. 금의환향을 가슴에 그리며 사는 걸까. 빈손으로 나와서 쪽박

차고 제각기 집으로 돌아간다는 것은 (한밤중에 온종일 배달한 일당을 모조리 도둑에게 털리고 강간까지 당한다 해도)생각하고 싶지 않은 일일 것만 같다. 가슴에 출렁이는 멍에를 짊어지고 떠돌다 딱 부러지게 이곳이다! 하고 얻어지는 자유란 저들에게 어디일까. 감정이 깊어진 나는 여러 번 울리는 전화벨 소리에 정신을 가다듬었다. 배달 전화는 밤이 되자 난리가 났다. 아가씨들은 보따리를 두 개씩 들고 정신없이 배달을 다니다가 한 명씩 스르륵 사라지기 시작했다. 싸 놓은 커피 보따리들은 홀 안에 한 줄로 있던 것이 문밖까지 넘쳐났다. 혼자 서너 개씩 들고 배달을 하던 김 양은 힘들어서 더 이상 못 하겠다며 시간을 체크하고 나가 버렸다. 나는 싸 놓았던 보따리들을 다시 모조리 풀었고 전화기 두 대를 모두 내려놓았다.

밤 열두 시가 넘었다. 다방에는 오전부터 바둑을 두던 두 노인네가 나가고 난 뒤 나 혼자다. 다방문 앞에 누군가 들어오지 않고 얼쩡거린다. 작은 창문으로 내다봤다. 김 양이다.

"안 들어오고 뭐 해? 들어와."

"아~ 술 취해."

"그럼 얼릉 씻고 자."

김 양은 순식간에 내 두 손을 잡고 울먹였다.

"나 좀 도와줘, 영아. 오늘이 기회야. 도망갈 거야. 싱어 오빠랑……"

"뭐 싱어 오빠? 우리 팀 싱어 오빠 말이야?"

"응. 밖에 있어. 난 노래 부르러 떠날 거야. 우린 결혼하기로 했어. 도와줘……"

뻔질나게 업소에 들락날락하더니 결국 우리 업소 싱어랑 눈이 맞은 것이다. 골 때린다. 참말로!

심란해졌다.

"놀고 있네! 나한테 왜 이래? 난 몰라!"

나는 김 양의 손을 뿌리치며 의자에 털썩 주저앉았다. 김 양은 내 무릎 아래 쪼그리고 앉았다.

"영아, 도와줘. 아니 눈감아 줘. 나 언젠가는 너네 아빠 돈 꼭 갚을게. 약속할게. 나도 노래 부르고 싶어. 내가 좋아하는 노래부르며 살고 싶어. 여기서 벗어나야 노래 부를 수 있어. 오늘이 기회야……"

노래 부르고 싶다는 말에 흔들렸다. 무대에 서 있는 날 쳐다보던 김 양의 눈빛에는 노래에 대한 갈망이 고스란히 담겨 있었다. 닳아빠지도록 징징 운 적이 없는 사람이 우는 사람의 심정을 알리 만무하다. 김 양은 징징거리며 운다. 나는 약해진다. 내 삶의 거울을 보는 것만 같다. 답답해져 온다. 노래, 노래, 노래……

나는 김 양의 얼굴을 보지 않으려 다시 카운터로 자릴 옮겼다.

"도망가더라도 나 없을 때 도망가. 너 땜에 나 뒤지는 꼴 보고 싶냐?"

"나도 너처럼 노래 부르고 싶어서 잠이 안 와. 내 소원이야. 나 여기에 있다간 더많 은 빚더미에 올라앉을 것 같아……"

"너 도망가다가 이번에 잡히면 뚱보가 먼 섬으로, 빼도 박도 못하는 먼 섬으로 팔아 버릴 지도 몰라…… 그러면 니 인생 끝이라고……"

카운터 앞으로 또 따라온 김 양은 이젠 두 손을 모으고 필사적이다.

"나 가수가 되고 싶어. 내가 좋아하는 노래를 부르며 살고 싶어. 내가 모르고 발 들여놓은 이곳에선 빛도 희망도 없어. 내가 이렇게 빌게. 돈도 없는데 옷가지라도 싸가야 할 것 같아, 나…… 그냥 거지 동냥하는 셈 치고 한 번만 눈감아 주라……"

"돈 칠백이 거지 동냥 하는 셈 치고 눈감을 수 있는 액수라고 생각하나? 간이 배 밖에 나왔구나, 너?"

"그래, 적은 돈 아니지. 큰돈이지. 갚을게! 죽어도 갚을게! 너도 아빠 몰래 노래 부르고 다니면서 이 노래란 게 얼마나 사람 가슴 뛰게 만들고 애끓게 만드는 일인지 잘 알잖아…… 근데 근데 빚 때문에 아무것도 할 수가 없어……"

노래를 못 하게 된다면 집이라도 뛰쳐나가고픈 내 심정처럼 간절하단 말일까. 노래를 못하게 된다면 내 인생은 아무것도 아닌 산송장이라고, 젊음을 하수구에라도 처박고 싶은 심정이란 말일까.

나는 김 양에게서 내 모습을 발견한 듯 무언가 허망하고 뒤숭숭해지기 시작했다. 나도 김 양처럼 아빠에게 떼쓸 날이 곧 올지도 모르는데. 순간 멀리 도망가서 부르고 싶은 노래를 부르며 살라고 말하고 싶어졌다. 그냥 단순히 그게 다였다. 노래 부르라고 말이다.

"다른 아가씨들 오기 전에 짐부터 싸. 빨리 가! 대신 붙잡히지 마! 너 잡히면 다리가 부러지고 병신이 될 수도 있어. 그리고 우리 아빠 돈은 시간이 걸리더라도 꼭 갚아!"

나는 무모하다는 생각이 들었지만 새끼손가락이라도 걸어야했다. 김 양이 도망간 지 한 달이 다 되어 간다. 그날 밤 다방에는 한 명도 들어오지 않았다. 나는 여태껏 시치미 뚝 떼고 '자고 일어나니 아무도 없었다' 이 한마디로 한 달째 일관하고 있다. 뚱보는 심증은 가지만 물증이 없으니 신경질만 더 늘었고, 아빠는 말이 없다.

제법 밤 가수 생활에 익숙해지고 있다. 내가 좋아하는 노래를 부르며 얻는 것은 생각보다 많았다. 뚱보의 눈치를 보며 아빠에게 용돈을 받지 않아도 되고, 내가 갖고 싶은 것들도 가질 수 있고 조카들에게 이쁜 옷도

사 줄 수 있게 되었으니까.

내가 아끼는 핸드백을 들고 집을 나섰다. 찬바람은 어느새 콧잔등을 싸하게 하고 두 귀를 얼얼하게 만든다. 겨울이 되기 전 뜸 들이는 것만 같은 계절, 늦가을이다.

업소 근처 병원 모퉁이에서 진주 다방 아가씨와 스쳤다. 그녀는 어떤 남자와 팔짱을 끼고 나와 지나쳤는데 자꾸만 뒤돌아보면서 나를 아는 사람일까 확인하려는 눈치였다.

밤 열 시. 어두컴컴한 클럽 안은 발 디딜 틈이 없다. 그야말로 인간 시장이다. 웨이터들의 눈과 귀는 마치 영화 속 첩보원처럼 재빠르게 움직인다. 한 여자가 술에 취해 무대로 기어 올라왔다. 순식간에 윗옷을 벗고 발악하듯 춤을 췄다. 치마도 벗어 던졌다. 더 격렬하게 춤을 췄다. 저렇게라도 안하면 가슴 터져 버릴 만큼 힘든 하루가 있었던 모양이다.

가끔씩 무대 위로 올라와 이런 행위를 하는 사람들을 보게 된다. 결국 웨이터들에게 끌려 내려가게 되지만.

이럴 때면 아직은 풋 익은 사과 같은 내 인생을, 모두의 인생을 들여다보듯 생각에 잠기게 된다. 부딪히며, 혹은 쓰러지며, 우왕좌왕 흔들리며 살아가는 우리네 인생을 말이다. 무대에서 긴 머리를 아래위로 흔들어대며 팬티 바람에 춤추던 여자는 발악하며 끌려 내려갔다.

대기실. 생수 두 통을 비웠다. 밴드들은 어김없이 소주를 병째 들이킨다. 드러머는 알코올 중독이다. 무대 제일 뒤쪽 직접 받는 조명을 피할 수 있는 자리. 사람들의 시선이 더디고 큰북은 앞을 막아 준다. 무대 위에서 소주 몇 병을 해치우는 일은 여반장이다. 출근 시간부터 퇴근 시간까지 두 홉 들이 소주병은 드럼 아저씨에 몸에서 떨어지질 않았다.

그러나 음악은 더 신 나게 터져 나왔다. 아직도 잘 모르겠다. 술 취해서도 어째 그리 정확하게 연주할 수 있는지. 무대 위 밴드들은 화려해 보이고 건방져 보이고, 바람기가 철철 넘쳐 보이고, 싸가지가 없는 것처럼 보이지만 사실은 그렇지 않다. 누구보다도 감수성이 여리고 계산적이지 않으며 무지할 만큼 순수한 면도 있다. 약지 않고 계산적이지 않기 때문에 음악을 선택했는지도 모른다. 좋아하는 일이니까. 닳아빠지고 약삭빨랐다면 굳이 좋아한다고 음악을 선택하지는 않았을 것이다. 공부해서 국가 공무원 시험이라도 치는 쪽을 택했을 테니까.

다시 짧은 휴식 시간을 아쉬워하며 모두 무대 위. 다리를 쩍 벌리고 우리들은 건방스럽게 자세를 잡고 서 있다. 소주 두 잔을 억지로 받아 마신 나는 취해서 숨이 턱까지 차올랐다 툭, 하고 들려오는 드럼 소리. 시작을 알리는 소리다. 준비하고 표정을 간추리고 다시 뜨겁게 이 밤을 달구자는 신호인 것이다.

넘실거리는 파도를 박차고 내달리듯 얼마 안 마셨을 때의 음악 소리보다 좀 더 용감해지고 좀 더 거친 듯한 음악 소리는 홀 안을 터트릴 것만 같다.

어, 어? 엇 순식간에 일어난 일이었다. 누군가에게 내 머리채가 독하게 잡혀 나는 빙글빙글 무대를 돌고 있다. 술에 취해서 환상을 보는 것은 아니었다. 실제 일이다. 나는 그것을, 내 머리채를 감고 도는 그를 보려 눈을 번뜩였다. 아빠였다. 무대 위, 무대 밑, 모두에게 미안한 일은 또 일어났다. 물론 그중 제일 미안하고 죄스러운 마음이 드는 사람은 아빠다. 아빠 얼굴이 노랗게 보였다. 홀 안에 모든 것들은 다 노랗게 보였다. 무대 밑에 작은오빠 얼굴도 노랗게 보였다. 재수가 없다. 매번 무대 위에서 이런 개 같은 쇼를 해야 하다니.

음악이 꺼지고 춤추던 사람들도 멈춰 서거나 각자 자리로 돌아갔다. 조금 전까지 똥폼 잡고 노래 부르던 나를 마치 유명 연예인이라도 보는 듯 끌어안으려 했던 사람들의 눈빛은 바뀌었다. 동물원 원숭이라도 보듯 그 시선들은 일제히 측은하게, 혹은 위태롭게, 나를 향했다. 추락했다. 쇼를 하는 원숭이로 추락했다. 쥐구멍이라도 들어가고 싶은 심정이다.

나는 아빠에게 잡힌 머리채를 대기실 쪽으로 있는 힘껏 돌리고 필사적으로 걸음질했다. 이무대 위에서 벗어나야 하니까. 아빠가 미워졌다. 내가 죽을 죄를 진 것일까. 내가 정말 홀딱 벗고 스트립이라도 했단 말인가. 왜 나를 놓지 않는단 말인가. 오늘은 악이 받쳐 올라왔다. 집까지 끌려오며 내 반항심은 기필코 이놈의 집구석을 나가고야 말겠다고 외치게 되었다.

아빠의 중얼중얼은 집에 와서도 그치지 않았다.

"내가 죄가 많지. 죄가 많아. 지 에미 일찍 죽고 저 망할 년 삐딱해질까 봐 숱한 애간장을 태우며 지낸 세월이 얼만데, 저 망할 년이 끝까지 술집을…… 내가 죄가 많지……"

아빠의 푸념은 계속 이어졌다.

"내가 저년을 낳지 말았어야 했어. 태어나던 날 둘둘 말아 저 다리 밑에 던졌어야 했어. 니 엄마가 살아 있었어도 마찬가지로 넘어 갔을 거야. 니년 나대는 걸 보면……"

아빠가 들고 있던 삽자루를 내팽겨 치며 밖으로 나갔다.

머리통이 욱신거린다. 뚱보가 들어왔다. 역시나. 예약이라도 해 놓은 듯이 이럴 때는 꼭 입장한다. 화 나 있던 작은오빠는 울음을 그치라며 나를 작은방으로 데리고 들어왔다. 또 뚱보는 불난 집에 기름 부을 준비를 하고 왔을 테니까.

"저 씨부랄년 몸도 팔고 다니는 거 아냐? 화냥질을 하려면 멀리 가서 하든지! 왜 턱 밑에서……"

제발 아무 말 않고 그냥 가 주길 바랐건만, 뚱보는 신 내린 무당처럼 날뛰었다. 역시나 주둥이에서 나오는 레퍼토리도 예약이다.

나는 집을 나갈 것이다. 뚱보는 방으로 들어가서 욕을 이었다. 흙벽 하나로 갈라 선 양쪽 방. 욕지거리들은 생생하게 들려왔다. 나는 벽에 대고 발악하듯 소리 질렀다

"아가리 다물어! 죽여버리겠어! 주둥아리 다물라고 제발! 우리 집에서 영원히 꺼지라고!"

욕은 다시 벽을 뚫고 내 가슴도 뚫었다.

"야이 쌍년아! 니가 나가! 어디라고 덤벼들어? 갈보짓을 하다 온 주제에!"

한밤중에 뚱보는 끝없이 나를 향해 비꼰다.

나는 상소리를 마구 해대고 싶은 복받침을 느꼈다. 어차피 저 여자와 나 사이의 앙금은 세월이라는 좋은 약으로도 절대 풀 수 없을 만큼 깊어졌기에. 화해와 사랑은 연속극 이야기다. 거품을 물고 쫓아 나가 안방 문고리를 잡아당기려는 나를 작은오빠가 말렸다.

"오빠 이거 놔! 이거 놓으라고! 저 여자가 아니 저년이 우리 엄말 죽였다고! 불쌍한 우리 엄말 죽이고도 버젓이 독사 같은 눈까리를 쳐들고 나까지 잡아 처먹으려 한다고! 이거 놔 오빠!"

오빠는 침통한 얼굴로 나를 덜렁 들어 안고 건넌방으로 옮겨놓았다. 나는 오빠 다리를 붙잡고 흔들며 끝없이 용을 썼다.

"썩을 년 내가 니 에미를 죽였냐? 니년 에미 명이 거기까지였으니 죽은 거지……"

내가 움찔거리며 일어서자 오빠는 내 팔다리를 잡고 입까지 틀어막으려 했다. 나는 책상서랍에 있던 작은 칼을 꺼내 들었다.

"오빠 나 가까이 오지 마. 이 칼로 내 손목을 그어 버리겠어."

나는 작은 칼로 벽을 계속 내리치다가 손목을 그어버렸다. 오빠는 내 손목을 붕대로 감고 뜬눈으로 밤을 새웠다.

노래 부르다 잡혀 온 나를 뚱보는 매번 술집 작부로 전락시켰다. 아직도 알 길이 없다. 그것은 사랑도 연민도 동정도 아무것도 아니었다. 그냥 무작정 나를 낭떠러지로 몰고 가야만 직성이 풀리는, 아빠에 대한 일종의 질투심이었을지도 모른다. 밥 먹는 것조차 아까워했던 뚱보가 내가 아빠의 울타리 밖으로 안개처럼 사라져 주기를 바라고 있다는 것을 알고 있다.

그 바람대로 해 주리라. 저 여자로부터 받은 상처를, 우리 다섯 형제의 가슴을 일일이 열어 본다면 아마 모르긴 몰라도 다 타고만 검은 숯덩이가 되어 있을 것이다.

나중에 아빠가 늙고 병든 날이 온다면 고생해서 전국을 돌며 도망간 아가씨들을 잡으러 다니던 아빠의 수고를 다 잊고서 돈 통을 들고 떠날 것을 나는 알고 있다. 절대 아름다운 인연으로 아빠와 함께, 우리와 함께, 제2의 인생을 설계하려 이 집으로 들어온 여자는 아니었다.

내가 싫어하는 여자와 살을 섞고 사는 아빠가 지금 와서 엄마가 죽던 그날 밤보다 더 미워졌다. 엄마 잃은 슬픔이 채 가시기도 전, 아빠는 다른 모양의 힘겨움과 이토록 모진 슬픔을 우리들에게 던져 주었다.

그래도 아빠를 이해하고 엄마를 대바늘로 콕콕 찌르던 그 밤을 잊으려 나는 매일 아침 눈뜨면서 다짐했건만, 왜 하필이면 저리도 독한 여자라야 했을까. 언니 오빠들은 엄마가 돌아가신 후 직장 생활로, 결혼으로, 뚱보와의 불편한 부딪힘을 피할 수 있었지만, 나는 뚱보를 피해 떠나기에는 어렸고, 미워했지만 아빠를 떠날 용기도 없었다.

그러나 이제는 아니다.

얼굴에 맞닿은 뭔가 시원한 감촉이 느껴진다.

나는 말하고 싶은데 목소리가 말하지 못한다.

스르르 실눈을 떴다. 언니 얼굴이 희미하게 보인다. 무어라 말하는데 들리지 않는다.

꾸역꾸역 올라오는 설움 덩어리들. 눈에 보이는 건 쥐새끼들이 갈겨 놓은 배설물로 얼룩진 천장. 문 한 짝이 십수 년을 입 다물고 있는 카키색 장롱. 다섯 명이 함께 써야 했던 빛바랜 책상. 몇 날 며칠 무리지어 몰려 다니는 쥐새끼들의 발소리를 들으며, 똥을 묻힌 힘없는 파리 발바닥이 내 코를 간질여도 나는 송장처럼 꼼짝도 않고 가만히 누워 있었다.

세상 밖으로

　강원도 태백이다. 이 지역 사람들의 말투는 북한 말씨가 섞여 있고 탄광촌은 망했다. 12월로 들어섰다. 이곳은 풍기보다 더 춥다. 무적의 술래에게 잡히지 않으려고 나는 김 양처럼 보따리를 몰래 싸서 택시를 타고 야반도주했다. 바우를 홀로 둔 채.

　2층 건물. 일 층은 클럽, 이 층은 룸살롱 야하게 꾸민 아가씨들이 바글바글했다. 옛날의 태백 경기가 아니라 말하면서도 이곳을 떠날 수 없다고들 말했다.

　첫날이라 대충 클럽 분위기를 파악하고 나서자 웨이터가 숙소로 바래다준다며 앞장섰다. 이제는 철저히 홀로서기를 해야 한다. 언니가 시집갈 때 나에게 했던 말처럼 내가 선택한 인생의 책임은 이제 내 몫이다.

　태백의 새벽은 조용하다. 새로 공사하는 집들이 여기저기 보였고 골목골목 작은 술집들이 다닥다닥 붙어 있지만, 폐업 상태였다. 탄광촌이 잘 돌아가던, 그래서 방 술집들도 잘 돌아가던 그 시절은 지나갔다고 한다.

　업소에서 조금 떨어진 허름한 여관이 내가 지낼 숙소였다. 예순이 넘어 보이는 주인아줌마의 안내를 받아 2층 방으로 올라갔다. 여섯 개의 문이 마주 보고 있었고, 방문마다 먹다 남은 음식 그릇이 널려 있는 걸 보니 방은 다 찬 듯했다.

열쇠가 방문을 소란스럽게 열었다. 나는 들고 있던 짐 보따리를 떨어뜨리며 혼비백산했다. 수백 아니 수천 마리의 바퀴벌레들이 온 벽을 타고 기어 다니는 것이 아닌가. 같이 본 주인은 별로 놀란 기색이 없다.

"어머 얘들이 빈방인 줄 알고 기어 다니네. 내 이것들을 후딱 치울 테니 아가씬 일 층 안내실에 가 있어."

"아니 저걸 어떻게 치운단 말이세요. 다른 방을 주세요."

"보다시피 방이 없어. 오늘 약을 뿌려 놓으면 다 죽일 수 있으니 나하고 하루만 1층 안내실에서 자."

나는 밤새 한잠도 못 잤다. 쉬지 않고 울려대는 전화, 방 찾는 손님, 맥주 심부름에 아줌마는 밤새 문을 열어 놓고 구운 오징어를 날라댔다. 낯선 땅 낯선 곳 이질감이 밀려들고 앞이 캄캄해 왔다. 자는 둥 마는 둥 열두 시가 다 되어 일어났다.

여관 주인은 내 한숨과 부스럭대는 소리에 나보다 더 잠을 못 잤다며 얇은 담요 한 장을 몸에 감고 쓰러지듯 다시 잠을 청했다.

여관을 나왔다. 사방이 회색 산으로 둘러싸여 있다. 이 산속 추운 마을에 내가 홀로라는, 내가 정녕 혼자라는 우중충한 감상. 나는 냉큼 돌부리를 걷어찼다. 아니 세상에서 가장 화려한 외출에 우중충이라니! 말도 안 돼! 하루 이틀 지나면 정이 들겠지. 낯선 이곳을 기웃거리며 눈에 익혀 보자고 무작정 돌아다녔다.

탄광들은 큰 자물쇠로 굳게 잠겨 있고, 병원 간판에는 평생 탄가루를 마시며 일했던 광부들이 폐결핵으로 입원한 듯 폐결핵 집중 병원이라고 쓰여 있었다. 기름보일러가 들어오면서 그 경기 좋던 태백 지하 경제의 흐름은 주춤거리고 있었던 것이다.

첫 한 주 동안은 출근하고 먹고 자기만 했다. 일을 마치고 숙소로 돌아와 아무도 없는 빈방에서 전혀 고독을 느끼지는 않았다. 나는 혼자 있는 것에 단련된 개처럼 익숙해져 있었으니까. 어쩌다가 여기까지 왔을까? 나는 왜 이 세상에 태어났을까? 그러나 싫든 좋든 이제 옛날로 돌아갈 수는 없었다. 이 모두가 시련처럼 여겨졌지만 나는 이 모든 것을 이겨 내야만 강하디 강한 나로 변모하리라 믿었다.

새벽 다섯 시가 넘었다.

여관주인의 목소리에 잠이 막 들려던 참에 깼다. 바퀴벌레 약을 들고 들어왔다. 무심히 잠자는 나를 방해함에 미안함도 없이 바퀴벌레 약을 뿌렸다. 손에 손전등이 들려 있는 것을 보니 온 여관을 다 뒤진 모양이다.

"아가씨는 어디서 왔수?"

"풍기요, 경북 풍기."

"응, 인삼 많은 곳!"

"아…… 네."

"뭣 하러 이곳까지 왔어…… 여긴 한때 잘 나갔을적에 땐 아가씨 장사 했던 사람들 모두 돈방석에 올라앉았지. 근데 지금은 허당이야. 기름 들어와서 탄광촌 문 닫고 광부들은 일자리를 하루아침에 잃었지. 그뿐이야? 거기에 딸린 가족들은 어떻고. 아무튼 경기는 계속 곤두박질쳐 그 잘되던 술집들이 죽 쓰고 있어. 다방도 엉성스럽게 많았는데…… 그래 클럽엔 손님이 많아?"

"네…… 그냥, 그냥……"

"그래, 열심히 해서 돈 많이 벌어 가지고 가. 부모님이 이렇게 돌아다니는 거 알아?"

"아뇨…… 몰래 집 나왔어요……"

"그럼 못 써! 술집 아가씨짓 하는 것도 아닌데 왜 몰래 나와! 전화해서 태백 어디 어디에 열심히 노래 부르고 있다고 해. 그게 맞는 게야."

"아빠가 싫어해요. 저 노래 부르는 거. 죽어도 인정해 줄 수 없대요."

아줌마는 약을 구석구석 다 뿌린 뒤 신발을 신고 몇 마디 더 하려는 듯 나를 돌아보았다.

"세월이 좀 지나면 괜찮아질 거야. 아무래도 나이 든 양반들은 좀 그렇지…… 어쨌든 노래라는 것도 술집에서 하는 거잖아…… 술집이 어디 사무실도 아니고, 늑대 소굴이니 걱정될 수밖에. 그러니 부모님을 설득시키고 떳떳하게 일을 해. 그래야 맘 편해 노래도 잘되지. 자식 이기는 부모 없다고. 그리고 부모 명은 절대 자식을 기다려 주지 않아. 아가씨보다 부모님들이 일찍 돌아가시잖아. 살아생전에 아빠가 있고 엄마가 있지, 죽고나면 다 끝이라고 알겠지? 부모님들 허락받고 온전하게 일해. 나중에 아가씨 후회할 일 만들지 말고…… 어여 자. 너무 늦었네."

눈을 떴다. 몇 시인지 모르겠지만 오전은 아니고 오후인 것 같았다. 온몸은 펄펄 끓어오르는데 손발은 차다. 깜빡 깜빡 정신이 흐릿해졌다. 옷을 두 겹 세 겹 껴입고 수화기를 들고 카운터에 비상약이 있는지 물었다. 다방에 시키면 다 사 가지고 온다며 조금만 기다리라고 했다.

다방, 다방…… 나도 모르게 웃음이 나왔다. 여관주인은 더 필요한 것은 없는지 물었다. 나는 예쁜 아가씨가 필요하다고 농담했다. 잠시 후, 문을 두드리고 웃으면서 들어오는 아가씨는 설탕 몇 스푼 하면서 나와 눈이 마주쳤다.

동시에 여관방이 떠나가라 서로의 이름을 불렀다.

"영아야!"

"수경아!" 친구 수경이었다. 수경이는 보자기를 만지작거리며 창피해하는 것 같았다.

하지만 긴 파마머리에 살도 많이 빠지고 한결 예뻐 보였다. 나는 창문을 열었다. 열이 높아서인지 찬 바깥 공기가 시원했다. 수경이에게 다가가 물었다.

"너 언제 여기 왔어?"

"졸업 하고 바로……"

"이 생활을 바로 시작한 거라고?"

"거의 바로…… 돈은 벌어야겠고, 마땅히 뭘 해야 할지도 모르겠고, 그냥 이 짓 하기로 했지. 근데 영아야, 넌 어떻게 여기까지 왔노? 그리고 저 벽에 반짝거리는 옷들은 다 뭐야?"

다방 보따리를 들고 내게 들킨 수경이도 창피했겠지만 나 또한 이 허름한 여관방에 반짝이 의상을 걸어 놓고 있는 모습이 창피하고 부끄러웠다 아무리 친구라지만. 벽에 걸린 반짝이 무대 의상을 수경이와 같이 쳐다보니 왠지 계면쩍어졌다.

"응…… 무대 복이야. 나 노래 불러……"

"야! 학교 다닐 때부터 노래, 노래하더니 결국 이 길로 빠졌구나?"

"그래……"

수경이가 내민 약을 받아먹었다. 잠시 우린 조용했다. 약간은 맹숭맹숭한 기류가 흐른 것만 같았다. 나보다 더 멋쩍을 수경이에게 말을 걸어 분위기를 바꾸었다.

"어느 다방이야? 내가 매일 놀러 갈게!"

"응, 요 옆 개미 다방이야."

열어 놓은 창문이 대화에 방해될 만큼 덜커덩거렸다. 우리는 화장실 앞으로 자리를 옮겼다. 그야말로 오랜만에 나누는 수다였다. 수경이는 고등학교를 졸업하고 곧장 구미로 가서 얼마동안의 직장 생활을 하고 이곳 태백으로 왔다고 했다. 쥐꼬리만 한 월급에 노동 시간은 길기만 하고 견딜수 없었다고 하소연을 늘어놓았다. 물론 이 일도 힘든 것은 마찬가지지만 돈이다 생각하고 참고 지낸다고 털어놓는 수경이는 담배를 연신 빨아댔다. 학창 시절 은행나무 밑에 앉아 예쁜 시를 쓰며 목마와 숙녀를 이야기하며 초록빛 꿈을 야무지게 나누었던 우리들이었는데, 하나는 술집 가수, 하나는 다방 아가씨. 각본 없는 드라마라는 말이 허무맹랑한 이야기가 아니었다. 운동을 좋아했던 수경이는 육상 선수가 되고 싶어 했는데.

그러나 뭐가 어때? 정확한 답이 어디 있어? 나는 혼자 옛날을 꺼내 들고 미소 지었다가 단박에 그 기억을 접어 넣었다.

내 영혼 깊이 자리 잡은 자아는 어떤 선택도 행복을 보장하지 않는다는 사실을 안다. 다만 청춘이니까, 용기가 망설임을 앞지른 것이다. 어차피 알고 가는 건 없으니까! 젊음! 자체가 화려한 가능성이지 않는가! 인생에 사용 설명서가 있었다면 우린 그 설명서대로 살아 나갔을까? 감히 짐작해 보건대 신이 인간들에게 각자의 삶에 컴퓨터처럼 똑 부러지는 설명서를 일일이 써 주었다손 치더라도 나는 내팽개쳤을 것만 같다. 왜? 노래부르며 살라는 설명서가 아닌 '부잣집 마당 잔디를 깎으며 한평생을 보내라'라고 쓰인 설명서였다면 당장에 찢어 버렸을 것이다.

태백에도 새해가 밝았다. 이곳저곳 복 많이 받으라는 인사와 문구가 철철 넘쳐 났다.

일찍 숙소에서 나왔다. 오후 일곱 시가 갓 넘었지만 어둠은 한밤중처럼 깊고 진하다. 시장통 골목을 돌며 베이스 종호를 만나 같이 업소로 들어섰다. 초저녁이지만 긴 겨울밤을 맥주 한잔으로 시작하려는 사람들로 테두리 룸은 가득 찼고, 다른 팀 오프닝이 시작되고 있었다. 나는 잠시 서서 노래를 들으며 저쪽 팀들의 얼굴을 살펴보았다.

이곳에 온 지 한 달이 넘었지만, 다른 대기실을 쓰는 저쪽 밴드와 이렇다 할 얘기를 나눈 적이 없다. 한 업소에 두 팀이 같이 지내지만, 그리 살갑게 지내진 않기 때문이다. 서로 같은 일을 하면 친분이 두터워지고 일을 마치고 두 팀이 나란히 소주 한잔 할 것 같지만 사실은 그렇지 않았다.

이 어둠의 세계에는 적지 않은 질투심과 이기심이 도사리고 있었다. 우리 팀은 총 여섯 명이 무대에 올라간다. 나 말고 여자 싱어(순이) 언니가 한 명 더 있고, 기타를 맡고 있는 팀의 마스터(진석)가 총책임자다. 그는 여자 싱어(순이)와 동거하는 사이다. 물론 우리들은 월급을 이 마스터에게 받는다. 오르간 연주자(우섭)와 드러머(용팔)는 모두 알코올 흡입량은 병원에 가야 할 상태들이었다.

같은 팀에서도 보이지 않는 질투심은 비일비재했다. 서로 좋아하는 노래, 최신 유행하는 곡을 부르고 싶어 했고, 더 많은 노래가 주어지길 바랐다. 그래서 무대 뒤 연주자 중 누군가의 애인인 여자 가수는 일하기가 수월할 수밖에 없었다.

나와 같이 노래 부르는 순이 언니는 성격이 서글서글하고 천성적으로 사람이 좋았다. 내가 제일 어려서 그런지 작은 것 하나라도 먼저 배려해주는 마음을 갖고 있었지만, 역시 중복되는 노래에는 적잖은 눈치가 오고 갔다. 특별한 삶을 사는 것처럼 보이는 이 가수라는 직업이 수없이 상처 받고 다시 또 가다듬고 긴장된 거짓 웃음으로 나를 포장하며 끌고 가야 하는 것임을 이때까지만 해도 잘 알지 못했다. 지독한 고독 속에 덩어리지는 아픔들이 몸 안에서 빠지지 않는 노폐물처럼 쌓여 간다는 것을 이땐 잘 몰랐었다.

물 위에서는 요정처럼 미소 짓고 백조처럼 우아한 듯 보이지만, 사람들이 볼 수 없는 물 밑 바닥에서 두 다리를 미친 듯이 허우적거리며 살아남기 위해 쉴 새 없이 발버둥쳐야 한다는 것을 알기까지 적잖은 세월을 보내야만 했다.

저쪽 팀에 여자 싱어(보리)는 나보다 두 살 많다고 들었다. 키도 크고 흰 피부에 슬로 노래를 맛깔스럽게 잘 부르며 서울 사람 같았다.

다들 기초를 쌓아 올리고 음악 공부를 열심히 해서 업소 가수를 시작한 걸까? 아니면 나같이 아빠 몰래 집을 나와 무대뽕로 무대에 올라간 걸까? 사실 겁 없이 용감무쌍하게 노래 부르고 있지만, 나는 아는 게 하나도 없다. 그저 본능적으로 가지고 있는 감각을 총동원해서 노래 부를 뿐이다.

일이 끝나기가 무섭게 야식 먹는 자리를 늘 외면하며 숙소로 향했던 내가 불만이었던지 마스터(진석)는 오늘 팀워크를 위해 끝나고 모두 한잔하자고 한 뒤 무대로 올라갔다. 술을 못하는 탓에 술자리는 이 생활에서 나에게 가장 큰 곤욕이었다. 밤업소 일과 술자리는 마치 필연의 관계처럼 어디에서도 떨어지질 않았다. 오늘도 어제와 같은 나무 합판 위를 반복해서 맴도는 나의 밤이지만, 내가 살아 있고 내 심장이 뛰고 있음을 말해 주었다.

집을 뛰쳐나와 생긴 불안감을 잊기 위한 탈출구는 무대! 무대 말고 다른 해결책은 도무지 없었다.

업소 전원이 켜졌다. 사람들이 빠져 나간 빈자리는 아수라장이다. 아마 형형색색의 조명이 없이 이 지경으로 술 마시고 노래하고 춤추라고 한다면 아까 같은 신명은 없었을 것이다. 씹다 뱉어 낸 과일 조각들, 먹다 남긴 김빠진 맥주잔 위에 떠 있는 멸치대가리, 의자 밑으로 토해 낸 오물들. 악취가 진동했다. 그 위를 올라타고 앉은 웨이터들은 꼬깃꼬깃해진 만 원짜리들을 주머니 혹은 양말을 헤집고 꺼내 펼치며 웃음 짓는다. 저 찐한 돈맛에 저들은 밤새도록 개새끼 소새끼 소리에도 웃음으로 여유를 부릴 수 있었으니.

결국 발그스레한 조명 아래서는 노가다판 잡부도 사장님, 정신줄 놓고 매일 저녁 늙은 에미 지갑을 훔쳐내고 두들겨 패는 무지렁이도 사장님, 밤낮으로 그 누군가에게 욕지거리를 하며 또는 혼잣말을 씨불이며 돌아다니다 밤이 되면 이곳으로 악취를 풍기며 스물스물 기어 들어오는 정신 5단 나간 아줌마에게도 사모님. 술집은 이래서 꽤 괜찮은 공간이다. 몇만 원만 들고 들어서면 대접 받을 수 있으니까.

일단 사장님이 되고 사모님이 되어 큰소리 한번 쳐 볼 수 있는 곳은 여기밖에 없을테니…… 그들이 나가고 나면 개같이 욕하고 소금 뿌리고 해대지만, 무기 없는 욕에 그 누가 다칠 일 있겠는가. 다음날 역시나 음, 하면서 들어와 상전 노릇을 계속하면 그만이다. 세상사 이런 공간도 있어야 가슴팍을 한 번씩 뚫고 살 테니까.

모처럼 다 같이 걸으며 마시는 새벽 공기. 횡단보도의 지루한 빨간불을 무시하며 우리들은 걷는다.

육교 위에 쭈그리고 앉아 있는 걸인이 두른 군더더기 잠바는 무거워 보였다. 상체가 땅에 곧 처박힐 것만 같다. 때 묻은 깡통에는 서리가 하얗게 내려 있다.

전봇대에 걸린 가로등 불빛이 누군가를 비추고 있다. 어느 틈에 취했는지 연신 꽉꽉거리며 오물을 토해내는 중년의 여자, 그 구부러진 등을 두드려 주는 젊은 남자. 아까 업소에서 각자 따로 들어와 부킹했던 사람들 같다. 등을 두드려 주며 구두 언저리에 튀는 똥물에도 군말 없이 젊은 남자는 크게 노래 불렀다.

〈사랑해 당신을 정말로 사랑해……〉

돼지껍데기 집.

"짠 위하여!"

우리는 건배했다. 사이좋게 싸우지 말고 헐뜯지 말고 열심히 무대에서 놀아 보자는 이야기다. 옆 테이블에는 업소 사장과 희멀끔하게 생긴 사장 친구쯤으로 보이는 사람이 소주 서너 병을 비우고 있었다. 퇴근하고 소소한 이야길 나누는 시간은 혼자 여관방에 처박혀 있는 것보다는 나름 재미있었다.

베이스(종호)는 한잔 들어가자 지나온 음악 생활 이야기들을 주저리주저리 읊어대기 시작했다. 술 잘 먹는 드럼(용팔) 아저씨의 입담도 만만찮았다.

"첨 이곳 태백에 와서 같은 집 다방 아가씨 세 명을 교대로 커피 시켜 먹다가 따먹었는데 한 년한테 들켜서 난리 났잖아."

듣고 있던 옆 테이블 사장이 물었다.

"그래서?"

"마지막에 건드린 년이 불어 가지고 셋이 한꺼번에 숙소로 찾아와 티켓비 달라고 여관 문을 차댕기고 난리굿을 했죠."

싱어 순이 언니가 걸쭉한 목소리로 분위기를 띄웠다.

"그래서 몸값을 줬어, 안 줬어? 중요한 건 그거라고!"

잠자코 있던 마스터(진석) 아저씨가 순이 언니 머리통을 슬쩍 때렸다.

"하여튼 여자들은 바깥으로 돌면 이빨만 는다니까! 돈을 왜 주는데? 지들이 좋다고 벗었는데."

크게 웃고 있던 사장은 의자를 우리 쪽으로 밀고 왔다.

"저렇게 잘생긴 연예인이랑 하룻밤 자는데 돈은 아가씨들이 되레 주고 자야지."

술집에서 빠질 수 없는 농담의 정석, 무대에서 받았던 스트레스를 푸는 방법, 음담패설은 오전 아홉 시까지 이어졌다.

나는 꾸벅꾸벅 졸다가 이해 못 하는 이야기에도 웃었다가 하면서 앉아 있었다. 마지막 두어 시간은 어떻게 버티고 있었는지 기억이 가물거렸다.

태백에도 봄은 왔고, 눈 속의 새싹들은 고개를 쳐들고 겨울을 뚫으려 온몸을 뒤튼다.

다방으로 전화했다가 끊었다가 다시 하기를 반복, 이제 그 짓을 안한 지도 한달이 넘었다. 오늘은 꼭 전화해서 아빠 목소리를 듣고야 말겠다 고 다짐한 나는 수경이네 다방으로 향했다. 머뭇거리다가 심경의 변화가 오더라도 공중전화 앞에 앉아서 나 스스로에게 계속 전화하라고 부추길 심사였다.

"진주 다방입니다." 뚱보였다. 카랑한 목소리에 간이 덜컥 내려앉았다.

"저…… 저…… 전데요……"

"이년이 어디라고 전화질이야? 이년아 내 그럴 줄 알았다. 애비 잡아 처먹을 라고 작정한 년! 그래 몸 팔아서 돈은 얼마나 벌었냐? 니 년이 애 시당초……"

"영아야! 영아야!"

아빠였다. 아빠가 수화기를 뺏어 들었다.

"아빠……"

나는 조심스럽게 말했다. 불호령이 떨어지지는 않았다. 아빠의 목소리 는 나지막했다.

"영아야, 밥은 먹고 다니나? 어디고?"

아빠는 속상함을 억지로 참는 듯했다. 차라리 '이 망할년 어디로?' 이렇게 나온다면 더 편할 것 같은데. 아빠는 너무 엄청난 일을 저지른 나에게 다른 방법의 대응법이라는 생각이 들었다.

"아빠 미안해…… 정말 미안해…… 나는 잘 있어."

"영아야, 노래 부르고 있나? 너 노래 부르는 거 맞지? 노래 부르고 있는 거 확실하지?"

그렇게도 무대 서서 노래 부르는 것을 인정하지 않으려 하던 아빠가 이제는 노래 부르는 게 맞느냐고, 차라리 아니 꼭 노래라도 부르며 몸을 지키길 바라는 부정에 억장이 무너졌다. 울음소리를 내지 않으려 입을 틀어막았다. 아빠는 내가 집을 나간 이후 많은 생각을 한 것 같았다. 아빠는 약해져 있었다. 그러나 내가 당장 집으로 갈 생각이 없기 때문에 전화를 끊는 것이 우선이었다.

"아빠, 내 걱정 하지 마. 나 잘 지내고 있어. 또 전화할게."

"밥 굶지 말고 챙겨 먹고 몸조심해야 한다. 그리고 집으로 돌아와……"

"알았어…… 끊어……"

나는 급하게 전화를 끊었다. 더 붙들고 있어 봐야 아빠를 편하게 해 줄 말이 없기 때문이었다. 어쨌거나 통화를 하고 나니 조금 홀가분해졌다. 죽이지도 못하고 살리지도 못하는 나를 안타까워하며 아빠는 입에서 단내가 나도록 줄담배를 피우겠지.

오월에도 난로를 피운다는 태백의 추위. 그 말이 실감나도록 삼월의 추위는 겨울 못지않았다.

저번 회식 날 돼지껍떼기 집에서 사장 옆자리에 같이 앉아 있던 남자는 그 후로도 종종 업소에서 볼 수 있었다. 구석 자리에 서너 시간씩 앉아 혼자 맥주를 홀짝홀짝 마시고 가는 날이 잦았다. 며칠 전에는 내게 명함을 주며 어려운 일이 있을 때 연락하라는 친절을 베풀기도 했다.

날씨가 갑자기 추워서 그런지 손님이 거의 없는 날이다. 듬성듬성한 홀을 바라보며 부르는 노래는 모두들 열정적이지 않았다. 사람들 박수소리에 펄쩍펄쩍 뛰는 순이 언니도 차분하고, 옆 팀 싱어(보리)도 목소리를 높이지 않으며 얌전했다. 두 번째 타임이 끝났건만 대기실 빈 소주병은 스무 병이 족히 넘을 것 같다.

우리들은 기계처럼 또 올라갔다. 물론 멀쩡한 정신은 나 혼자다. 홀 문이 열리며 남자들이 우르르 떼를 지어 들어왔다. 얼마 전에 왔던 깡패들 같았다.

웨이터들은 한결같이 '어서오십시오' 하면서 90도에 가까운 인사를 했다. 무대 앞으로 어그적어그적 걸어오는 건장한 남자들, 그들은 확실히 깡패다.

바짝 친 스포츠머리에 짜 맞춘 듯 인상이 하나같이 더럽다. 무대 쪽을 유심히 보며 걸어오던 그들이 선택한 자리는 무대 맨 앞 테이블. 한 줄로 길게 테이블을 붙이는 웨이터들은 겁먹어 보였다. 저들의 덩치, 사무라이 같은 험악한 인상.

클럽 안에 있는 숨 쉬는 모든 것들은 다 언다.

그들은 네 명씩 여덟 명이 마주 보며 앉아 거만스럽게 팔과 다리를 의자와 테이블 위에 올려놓고 무대를 바라봤다. 곧이어 맥주가 짝으로 올려졌다. 가끔씩 깡패들이 업소에 죽치고 앉아 있는 날은 홀 분위기가 위축되고 손님들은 비실비실 그들의 눈치를 보다가 시원하게 놀지 못하고 일찍 자리를 뜨는 경우가 허다했다.

무대 또한 마찬가지다. 오늘은 더군다나 많이 마신 소주 탓에 모두 약먹은 병아리 새끼들처럼 해롱해롱 힘도 없다. 나는 삐딱하게 앉아 나를 쳐다보는 저들의 얼굴을 의식적으로 외면하며 노래 불렀다. 눈길을 주고받아야 좋을 게 하나도 없다. 재수 없으면 저 테이블로 끌려 내려가 술을 따라야 할 일이 생길 수도 있으니까.

마지막 타임! 올라갔을 때 홀 입구 쪽에서 또 한가득 스포츠머리의 남자들이 떼 지어 앉아 있었다. 무대 턱 밑에 앉아 있는 깡패들과 서로 신경전을 벌이는 듯한 분위기를 나만 느끼진 않았을 것이다.

오늘 홀에는 여자라고는 없는 날이다. 아니 일찌감치 다 도망갔다. 깡패들이 온 홀을 가득 메운 날. 느낌이 안 좋았다.

이때, 와장창! 병들이 날아다닌다. 사람도 날아다닌다. 그리고 그들이 벗어 던지는 옷가지들이 여기저기로 내려앉았다.

패싸움.

마스터(진석)가 음악을 정지시켰다. 말도 잘 안 들리고 서로 다른 테이블에 앉았으니까 옥신각신 하지도 않았겠지만 저들은 싸운다. 기 싸움.

홀 전원이 켜졌다. 누군가가 오늘밤 이곳 나이트에서 맞아 죽을 것만 같다. 저들은 전쟁 같은 싸움을 한다.

한 대 오지게 맞고 나가떨어졌던 놈이 비실비실거리며 일어나 병을 집어 들더니 누군가에게로 걸어갔다. 들고 있던 병을 상대방에게 빼앗겼다. 그리고 그 병에 자신의 한쪽 팔을 찔렸다. 살점이 벌어지고 뻘건 피가 주르륵 터져 나왔다.

나는 오줌이라도 쌀 만큼 무섭다.

어설프게 끼어들었던 웨이터들의 턱이 작살나고 몇 사람은 쓰러졌다 다시 퍼뜩 일어서 차렷 자세로 섰다. 웨이터들은 하나같이 도망가지 못

하고 일렬로 고개를 떨구고 문 앞에들 서 있다.

문 입구 쪽 깡패들은 타지에서 온 사람들 같았다. 낯이 익지 않았으니까. 겁 없이 어깨 힘주고 들어와 '내가 내다' 하며 껌 좀 씹으려다가 이곳 터줏대감들에게 걸린 것이다. 몸 전체에 먹물로 수를 놓듯 새긴 문신은 무대 위에 서 있는 햇병아리 같은 우리를 공포로 몰아넣기에 충분했다. 사장은 자리를 피했는지 보이지 않았다. 우리 팀은 무대 귀퉁이로 모두 쪼그라들었다.

한 놈이 긴 칼을 들었다. 누군가의 목을 베어 내어 창밖으로 던져 버릴 것만 같은 기세다. 나는 순이 언니 옷자락을 잡고 무섭다고 발발 떨었다. 술이 깼는지 안 깼는지 팀들은 눈만 껌뻑이며 악기를 닦는다는 둥 딴 짓을 하며 섬뜩한 순간이 지나가기만을 바랄 뿐이다. 저쪽 팀 밴드도 대기실에서 모조리 나와 입을 막고 싸움을 지켜보고 있다.

업소 의자, 테이블, 술병이 박살나고 몇 안 되던 남자 손님들은 걸음아 날 살려라 줄행랑 을 쳤다. 이럴 때 사장들은 짠하며 나타나지 않는다. 홀 안에 갇힌 우리들이 뒤지든 말든 이런 싸움엔 피하는 것이 상책이라 생각하고 늘 다음날 멀쩡하게 나타나서 '어제 뭐가 어쨌다고?' 이게 다다. 이 세계에서 저들의 비위를 건드려 얻을 건 없기 때문이다. 한 푼이라도 벌어먹고 지갑을 살찌우기 위해서는 그저 내시처럼 알아서들 기어야 하니까.

몇 놈의 대가리가 터지고 피를 보고 누군가가 와서 싸움이 끝났다. 먼저 들어와 무대 턱 밑에 앉아 있던 깡패들이 남아서 나머지 맥주을 들이켰다. 뒤늦게 들어온 문 입구 쪽에 있던 일당들은 백기를 들고 기어 나갔다.

우리 팀은 오도 가도 못하고 대기실에서 숨 죽인 채 오들오들 떨고 있다. 나는 마스터에게 퇴근하면 안 되냐고 물었다. 그러나 말이 없다.

저들을 지나쳐 업소 문을 열고 나갈 자신이 없는 것처럼 보였다. 미친개처럼 날뛰었던 저들의 남은 불똥이 우리들에게 튈 수도 있을 테니까.

그러나 저들이 언제 나갈지 모르는데 대기실에 마냥 쭈그리고 있을 수도 없는 일이라며 드럼 아저씨는 모두 일어서자고 했다. 저쪽 팀과 함께 우르르 그들 옆을 숨소리를 죽이고 눈맞춤하지 않은 채 깨진 유리병들을 피해 한 발 한 발 내딛었다. 일렬로 고개 숙이고 서 있던 웨이터들은 아직도 그대로다. 무슨 죈가?

"야야 어딜 가 다들 서!"

아까 병으로 한 놈 어깨를 찌르던 그놈이 이윽고 우리의 발목을 잡았다. 우리들은 자동으로 걸음을 멈추었다. 그놈은 맥주병을 들고 가까이로 다가와 벌건 눈알을 돌렸다. 여자는 순이언니, 나 그리고 옆 싱어(보리) 셋이다. 우리 세 명을 교대로 아래위 훑어 내렸다. 그리고 들고 있던 맥주병으로 나를 가리켰다.

"너 저리 가서 앉아!"

심장이 철커덩 내려앉았다. 나는 모기만 한 소리로 다시 되물었다.

"저…… 저요?"

"귓구멍 처먹었나 그래 너!"

놈은 바로 옆 팀 싱어(보리) 얼굴에다가도 맥주병 대가리를 치켜들었다.

"너도 저기 가서 앉고. 나머진 꺼져!"

나는 후들거리는 다리에 억지로 힘을 주고 그들 옆에 엉덩이 한 쪽만 걸친 채 앉았다. 싱어(보리)도 내 옆자리에 앉았다. 팀들은 고개 숙인 채 다들 업소를 빠져나간다. 야속하기만 하다. 순이 언니가 나가다가 뒤를 한 번 돌아보며 울상을 지을 뿐이었다.

칼부림 난 이곳에 우리를 홀로 두고 나갈 수밖에 없는 팀들의 나약함,

그것을 다 이해하고 그래 그럴 수밖에 없지 하며 고개를 끄덕이는 데 그리 오랜 시간이 걸리진 않았다. 우리들은 힘이 없다. 무대 위에서 미친 듯 노래 부를 때는 힘이 솟구치고 빛이 번뜩이지만, 파리대가리 하나 끊을 간장도 못 되는 사람들이 우리들인 것이다. 음악 하는 사람들은 대부분 여리다. 전부 다는 아니겠지만, 깡패 유전자를 가지고 보드라운 연주를 하는 사람들을 나는 별로 본 적이 없었으니까.

병을 들고 설치던 놈이 내 앞에 다가섰다.

"씨발년들 왜 둘이 붙어 앉고 지랄이야! 한 년 저쪽 형님 옆으로 가서 앉아!"

싱어(보리)는 엉거주춤 놈이 형님이라고 칭하는 자리 옆에 가서 앉았고, 빈병을 들고 설치던 놈은 내 옆에 앉았다.

"씨팔 엉덩이 의자에 바짝 안 붙이나!"

나는 두렵고 어지럽고 미칠 것 같다. 그래서 자꾸 문 앞에 고개 숙이고 있는 웨이터들을 쳐다봤다. 혹시나 이곳에서 나갈 수 있게 도와주지 않을까 하는 애절함을 담은 눈빛으로. 그러나 저들은 떨군 고개를 그대로 유지한 채 그렇게들 서 있을 뿐이다.

빈병을 든 놈이 형님이라 부르던 남자는 싱어(보리) 오른쪽 허벅지를 만지작거리며 모두들에게 명령하듯 말했다.

"야야 이 층에 룸 하나 비우라 그래. 올라가서 화끈하게 놀아보자고. 밴드 새끼도 붙잡아 놓으라 하고!"

이 층 룸 제일 큰방이다. 놈들은 술이 곤드레만드레 되어서 옆에 하나씩 찬 아가씨들 젖통을 움켜쥐었다가 혀로 핥았다가 가관이다. 몸을 빼는 여자에겐 '씨발년 아낄 걸 아껴야지' 하면서 윽박지르다가 날이라도 잡은 듯 웃고 마시고 더욱 취해 간다.

싱어(보리)는 그 형님 옆에 다소곳이 앉아 맥주를 따르다 나와 눈이 마주쳤다. 겁먹은 얼굴로 서로를 안타깝게 느낄 뿐이었다. 빈병을 들고 설치던 놈은 마이크를 잡고 노래 불렀다. 놈이 핏대를 세워 고음을 내지를 때는 뒷목덜미까지 올라와 있는 푸른 문신이 울그락불그락거렸다. 이때 몇 놈이 문을 열고 들어왔고 음악은 꺼졌다. 대장인 듯했다.

모두들 구십 도로 인사하며 윗도리를 주섬주섬 챙겨 입었다. 머리가 희끗희끗한 깡패 두목은 두 손으로 편히들 앉으라는 동작을 했고 다들 긴장한 자세로 앉았다. 곧이어 아가씨들이 벗다시피 한 옷차림으로 떼 지어 들어왔다.

"어머 오빠 왜 이렇게 늦게 왔어……"

아슬아슬한 원피스를 입은 아가씨는 머리가 희끗한 남자에 가슴팍으로 손을 집어넣으며 가슴을 쓸어내렸다. 빈병을 들고 설치던 남자는 분위기가 살짝 가라앉자 내 손을 잡았다.

"어이 딴따라. 너 노래 한 곡 불러 봐. 우리 형님도 오셨는데 꿔다 놓은 보릿자루처럼 앉아 있지 말고!"

"아니 저 노래는……"

"좆도 왜 무대에서는 부르고 여긴 멍석이 안 깔려 노래 못 부르겠단 말이야 뭐야!"

양주병을 만지작거리며 말하는 놈이 그 양주병을 들고 내 얼굴을 갈길 것만 같았다. 싱어(보리)를 끝없이 조물락 거리 던 남자가 박수를 두어 번 치면서 일어섰다.

"야 다들 옷 벗어! 씨팔년들 너들이 사무실 경리야 뭐야! 홀딱 벗고 놀아보자고!"

그러더니 싱어(보리)에게 말했다.

"니부터 벗어 봐. 시원하게!"

이때 이집 아가씨가 농도 안타며 말했다.

"오빠 이 아가씨들은 가순데 옷을 벗으라 하는 건 심하다~ 옷은 우리가 벗을 테니 팁이나 두둑히 으~응?"

끝말은 젖통을 흔들어대며 아양을 담고 말했다. 싱어(보리)와 나는 얼굴만 마주치면 눈으로 말했다.

"여길 어떻게 벗어나지요?"

아가씨들은 스스럼없이 옷을 벗었다. 팬티와 브래지어 차림으로 각자 파트너의 목을 감으며 먹물 머금은 목 뒷덜미에 키스했다. 말로만 듣던 화류계의 밑바닥. 그것은 생각보다 찐하고 아슬아슬했다. 일단 싱어와 나는 잠시 이들의 감시에서 이탈할 수 있었다. 먼저 벗고 설쳐대는 아가씨들 덕에 놈들은 정신이 모두 그쪽으로 쏠렸으니까.

이때 한 아가씨가 팬티와 브래지어를 벗어 던지며 일어섰다. 한쪽 구석자리에 멀뚱멀뚱 기타를 메고 서 있는 악사에게 사인을 주는 것 같았다. 그러자 음악이 야리꼬리하게 흘러나왔다. 한 아가씨가 밝은 불을 희미한 불로 바꿨다. 나체 아가씨는 테이블 위로 올라가 맥주병을 집어 들었다. 그리고 가슴에 그것을 부었다. 맥주는 가슴을 타고 밑으로 떨어져 내렸다. 그것을 컵에다 받아서 아무 놈 앞에다 들이밀자 놈은 헤벌레 벌컥벌컥 들이켰다. 어느새 들고 들어왔는지 큰 양동이가 테이블 위에 올려졌다. 여자는 그 양동이에 가랑이를 벌리고 앉았다. 그리고 맥주 서너 병을 그곳에다 부었다. 양동이에 가득 찬 맥주에 여자의 밑과 엉덩이는 흠뻑 젖어들었다. 여자가 엉덩이를 천천히 돌리며 게슴츠레한 눈빛으로 자신의 가슴을 애무한다.

남자들은 발정난 개새끼들처럼 끙끙거리며 흥분했다. 음악이 멈추었다. 여자는 양동이를 들고 남자들 앞으로 다가갔다. 그리고 맥주가 든 양동이를 자신의 가랑이 사이로 다시 천천히 부었다. 한 놈이 여자의 사타구니에 머리를 처박으며 흘러내리는 맥주를 쭉쭉 들이켰다. 그러자 너도나도 입을 벌리며 여자 밑에서 떨어지는 맥주를 쳐드신다.

"캬, 맥주 맛 죽인다"

"요년 며칠 안 씻었는지 맥주 간이 짭쪼름한 게 죽여!"

만족스러운 탄성을 내며 남자들은 지갑을 열어 만 원짜리 지폐들을 휘날린다.

쇼킹했던 쇼가 끝나자 밝은 불이 다시 켜졌다. 가냘픈 담배 연기의 건너편으로 보이는 남자들의 얼굴에서 다시 섬뜩함이 보였다. 내 옆에 앉아 있던 놈이 다시 눈길을 내게 돌렸다.

"어이, 가수님. 아직도 옷을 입고 계시네요. 자 선수들 하는 거 봤으니 옷을 벗어야지요?"

질긴 놈. 아가씨 쇼에 흠뻑 빠져 나를 지나칠 줄 알았건만.

"그…… 그러지 마세요."

나는 울먹거리며 말했다. 놈은 만지작거리던 양주병을 별안간 높이 쳐들었다. 놈의 좌측 목에 그려진 용대가리는 아니고 지렁이대가리 눈알과 눈이 마주쳤다.

"아~ 이년 비싼 척 하기는. 왜 가수라서 옷을 못 벗겠다 이거야? 말로 할 때 실오라기 하나 남기지 말고 다 벗어! 난 저 잡년들 알몸보다 가수님 알몸이 더 궁금하거든!"

위태로운 이 자리에서 떠오르는 것은 집, 집이었다. 이때 옆 싱어(보리)의 윗도리가 벗겨지고 있었다. 옆에 앉아 있던 형님이라는 놈이 싱어(보리)의 옷을 벗기고 있었다. 싱어는 수치심과 분함에 아랫입술을 꽉 깨물며 나를 보았다. 결국 싱어(보리)의 하얀 가슴이 드러났고 놈들은 박수를 쳤다. 브라보 브라보 하면서 박수를 쳤다. 내 옆에 있는 놈이 잇몸을 드러내고 웃다 말고 다시 나를 다그쳤다.

"니기미 뜯들이고 자빠졌네 씨팔! 저년도 벗었으니 너도 벗어!"

끝까지 버티고 있을 재간이 없었다. 사방 모퉁이에 세워진 칼, 몽둥이, 복사뼈까지 내려와 있는 놈들의 문신, 팔뚝에 담뱃불로 지진 흔적들은 윗옷을 천천히 벗게 만들었다. 내가 옷을 벗는 사이 노래가 흘러나왔다. 싱어(보리)는 뒤로 돌아서 벽을 보며 노래를 불렀다. 자꾸만 가슴을 막으려 하면서…… 나도 눈물이 왈칵 올라왔지만 이 양아치들 앞에서 눈물을 보이고 싶진 않았다. 꾹꾹 참으며 입을 굳게 다물었다. 노래 부르는 싱어(보리)에게 내 옆에 앉아 있던 놈이 말했다.

"씨발 밴드 새끼 쳐다보며 부르지 말고 돌아서서 일로 보라고! 관중은 여기 있는데 왜 벽 보고 부르며 육갑을 떨어! 무대에서도 벽보고 노래 부르나! 이년아. 노래 값 주는 사람은 우리지 저 밴드 새끼가 아니잖아! 잘해라 아그야."

나는 브래지어를 벗지 않았다. 놈이 다른 데 시선을 팔고 있는 동안 그냥 이러고 있을 심사였다. 아까 업소에 들어올 때부터 쭈욱 한마디도 않고 맥주만 마셔대던 제일 어려 보이는 놈이 내 건너편에 앉아서 한 번씩 내 표정을 살폈다. 브래지어만 하고 오들오들 떨고 있는 나를 보는 놈의 눈빛은 이 방안에 있는 놈들 중 가장 덜 더러워 보였다. 늑대 소굴에 순한 양이 한 마리 섞여 있는 듯한 느낌. 저 놈은 지 옆 아가씨에게도 손이 가지 않았다. 싱어(보리)와 눈이 마주쳤다. 기가 막혔다. 젖꼭지를 다 드러내고 노래 부르는 모습은 무어라 표현 할 길이 없다. 제기랄, 막 욕하고 다 부숴 버리고 저놈들의 대갈통을 저놈들이 들고 들어온 몽둥이로 내려쳤으면 소원이 없겠다. 지금 이 순간, 입 밖으로 한마디도 내뱉지 못하는 내 안의 악 악 소리들은 내 관자놀이 언저리에서 몇 번이고 욱신거리다가 그치고 만다. 비릿한 술 냄새에 놈들의 웃음 사이로 새어 나오는 이 아찔하도록 썩은 밤, 나는 숨을 깊이 내쉬었다.

"좆 같은 년 아직도 안 벗고 있네. 니가 맞고 벗을래 그냥 벗을래?"

"......"

이때 건너편에 앉아 있던 어려 보이는 놈이 자리에서 일어섰다.

"형님 꽃무늬 브래지어가 이쁜데 입은 채로 노래 한 곡 들어 봅시다. 아까 홀에서 노래 부르는 거 들어보니까 목소리가 죽이든데."

형님이란 놈은 음 음 하더니 내 턱을 손으로 치켜들었다.

"우리 막내가 씨발 두둔하는 걸 보니 니가 오늘 저놈 한 번 줘야겠다. 나가서 김현식 노래 서너 곡 좆나게 맘에 들게 부르면 옷 안 벗길 테니까 나가서 불러!"

나는 브래지어 차림으로 나가 섰다. 마이크를 받아들었다. 싱어(보리)는 몸서리치며 괴로운 표정으로 들어갔다. 싱어(보리)가 앉자마자 형님이라는 놈이 싱어(보리)의 가슴에다가 대갈통을 박는다. 놈이 싫어 밀어내려는 작은 몸짓은 별 의미가 없었다. 놈이 싱어(보리)의 양팔을 잡고 가슴을 핥았으니까.

속옷만 입은 채 깡패들 앞에 서 있던 나는 눈을 감았다. 수치스러움을 넘어 치욕스럽다. 내 옆을 줄곧 따라 다니던 놈이 또 언성을 높였다. 빌어먹을, 다른 놈들은 다들 술에 뻗어 헤벌레 하고 있는데 저놈은 말짱한 정신으로 끝까지 나를 물고 늘어졌다.

"좆도 노래 잘 부르라고 젖 가리개는 떡 붙여 놨더니 마이크 들고 눈 감고 기도를 하네, 저년이. 야! 야! 어이! 가수님! 거 씨팔 뭐냐 마태볶음 1

장 1절 말씀 한 번 읊어 봐!"

나는 눈을 떴다. 놈들이 쓰러지며 웃는다.

"무식한 새끼 마태볶음이란다. 하하하"

"하나님 볶음밥 안 잡수신단다 씹새야!"

"마태볶음? 에이 못 배워 쳐 먹은 놈 마태복음이다 씹새야"

나는 김현식에 노래를 불렀다. 놈들이 박수쳤다. 가장 어려 보이던 놈은 줄곧 나를 보았다. 양주는 계속 들어왔고 아가씨들과 놈들은 춤추고 노래하고 찐득하게 엉겨 흐느적거렸다. 이 틈에 싱어(보리) 옆으로 기어갔다.

"우리 이제 가요. 다들 정신없는 거 같으니 나가자고요."

싱어(보리)도 고개를 끄덕이며 옷을 주워들었다. 가장 어려 보이는 놈이 나와 눈이 마주쳤다. 놈은 못 본 척 해 주려는 듯 고개를 돌렸다. 싱어(보리)와 나는 번개처럼 그곳에서 나왔다.

세상은 낮이다. 이 세계에서 나는 아무것도 능수능란한 게 없다. 치마속으로 슬쩍 들어오는 험한 남자들의 손을 야리꼬리한 눈웃음으로 넘길 수 있는 밑천이 나에겐 없다. 그저 무대가 좋아서 집 나온 것이 다니까. 얼마나 위험천만한 세상인지 더 걸어 봐야만이 알 수 있을 것 같았다.

숙소로 돌아와 수도꼭지를 틀어 놓고 오랫동안 찬물을 몸에 퍼부었다. 그날 밤 출근해서 싱어(보리)를 보지 못했다. 그 다음날도. 그 다음 다음날도.

비가 하루 종일 내린 날이다. 대기실 입구 테이블 앞에 남자가 앉아 있다. 자라 보고 놀란 가슴 솥뚜껑 보고 놀란다더니 나는 숨죽여 그 앞을 지나쳤다.

그런데 나를 손짓으로 불렀다. 싫다. 누군가가 부른다는 자체가 싫다.

테이블로 불려 가서 어색하게 인사하고 술을 따라 줘야 하는 자체가 싫다. 구분이 없다. 아빠 말이 떠올랐다. '가수고 술집년이고 똑같아 똑같애'

노래 부른다는 자체로 대접 받는 줄 알았다. 손님들 자리에 가서 술을 따라야 하는 일은 애당초 없을 줄 알았다. 그러나 내 생각이었다. 무슨 일류 연예인이라 비싼 몸값에 감히 접근할 수 없는 존재도 아닌 것이, 말 그대로 한낱 밤무대 무명가수다. 동네에서 어깨에 힘깨나 주는 양아치들이 오라니 가라니 충분히 할 수 있는 별 볼 일 없는 나였다. 내키지 않는 얼굴로 손짓하는 남자 앞으로 갔다.

이틀 전 그 룸에서 내가 홀딱 벗겨질 위기를 막아 주었던 그 남자, 그곳에서 나올 수 있게 도와주었던 그 남자였다. 남자는 잔을 비우고 나에게 내밀었다. 나는 못 마신다며 손을 흔들었다. 그리고 무대를 가리키며 올라가야 한다고 다시 손짓했다.

그러자 남자는 올라가라는 손짓을 했다. 내가 무대로 올라 갔을 때 그 남자는 가고 없었다.

창문에 부딪히는 빗방울 소리들이 거칠게 들려왔다. 결국 깊이 잠들지 못하고 깼다. 시계는 다섯 시를 조금 넘게 가리키고 있었다.

"영아야! 영아야!"

수경이다. 이 시간에 내 숙소로 찾아온 것은 처음이었다. 비 맞은 생쥐 꼴로 나타난 수경이는 취해 보였지만, 앞을 못 가눌 정도는 아닌 것 같았다. 내가 내미는 수건으로 빗물을 닦는 시늉만 하고 퍼질러 앉았다. 그러더니 지갑에서, 윗옷 주머니에서, 바지 주머니에서, 꾸겨지고 젖은 돈들을 방바닥에 펼쳐 놓았다.

"영아야, 오늘 돈 좆나게 많이 벌었다. 씨팔 세 번 했는데. 돈 좀 봐라……"

수경인 돈을 세다 말고 수화기를 들었다.

"아줌마, 여기 맥주 세 병하고 오징어요!"

다시 꼬깃꼬깃해진 돈을 펴면서 비에 젖은 머리를 수건으로 대충 비벼댔다.

"수경아, 이 시간까지 어디 있다가? 왜 다방으로 안 가고 여기로 왔는데?"

수경이는 돈을 펴며 고개를 들지 않았다.

"영아야, 너 목소리 확 갔다? 다 쉬었네…… 일이 피곤하지?"

"그냥 그래……"

"쉬운 일이 없다…… 그지?"

수경이는 돈 정리가 다 되었는지 한켠으로 밀어 놓고 담배를 꺼내 물었다.

"영아야, 마지막 놈이 졸라 괴롭혀서 도망 왔어. 이 여관 뒤에 새로 지은 여관 거기 있다가 왔어. 바로 다방으로 들어가려다가 오늘 돈도 많이 벌었겠다, 내일 땡땡이치려고 일루 왔지뭐. 같이 자도 괜찮겠지?"

아줌마가 부석한 얼굴로 술을 들고 왔다.

"자, 한잔하자! 영아 딱 한 잔만 마셔!"

새벽녘 빈 속 맥주 한 잔은 핑 돈다.

"수경아, 우리 너무 위험하게 사는 거 같지 않나? 이런 위험과 맞서야만 큰 어른이 되고 사회생활을 한다고 말할 수 있는 걸까?"

"왜 그래 너답지 않게. 넌 니가 좋아하는 노래 부르면서 돈도 벌고 부러울 게 뭐가 있어? 나 봐봐…… 완전 웃기지 않나? 누가 알까 무섭다. 내가 사는 꼬라지. 하늘에 있는 엄마 아빠가 내려다보면서 살아 있을 때

보다 욕 더할 것 같아. 미친년이라고……"

수경이는 길게 하품을 했다. 내가 맥주 쟁반을 밀어내자 수경이는 스르르 새우잠을 청하듯 누웠다.

"영아야, 나 저번 달 생리가 나오지 않았어. 아마도 임신인 것 같아. 병원에 며칠 있다가 같이 좀 가자……"

비몽사몽 내려앉은 눈꺼풀이 올라갔다.

"뭐! 임신? 너 정말 미쳤구나! 어쩌려고 그래?"

"뭘 어째…… 벌써 여러 번이라 이젠 아무렇지도 않아. 자자…… 피곤해. 방이 춥다……"

수경이는 이불을 뒤집어쓴 채 창에 부딪히는 빗방울 소리보다 더 나지막하게 궁시렁거리며 잠들었다.

"난 돈 벌 거야…… 어차피 부모도 없고 의지할 데도 없고 내 한 몸이 이 세상 마지막 밑천인데 난 두려울 것도 잃을 것도 없어…… 갈 곳도 없고……"

삼월의 끝자락. 벌써 집을 떠나온 지도 4개월. 이쯤이면 마음 편히 홀로서기에 적응될 법도 한데 그렇지 않았다. 항상 어딘가에 쫓기는 듯한 이 마음은 도대체 나에게서 떠날 기미가 전혀 보이지 않았다. 강물처럼 어딘가에 갇히지 않고 영원히 흐르고픈 마음 한켠에 그림자처럼 따라 다니는 아빠 얼굴은 집요했다.

언니 둘은 아빠를 미워한다. 잘은 몰라도 엄마를 모질게 때리던 그 옛날에는 나만 발을 동동 구르며 아빠에게 욕을 퍼붓고 죽어라 덤벼들어서 나만 아빠를 미워하는 줄 알았다. 그러나 언제부터인지는 몰라도 나는 아빠를 용서해 가고 있다는 것을 느끼기 시작했다. 어차피 죽음 앞에서 용서 안 될 그 무엇인가는 없다고 믿고 또 그렇게 들었다.

결국 아빠는 원리 원칙대로 따지자면 나보다 먼저 저 세상으로 가지 않겠는가. 가고 없는 뒤에 용서는 의미 없을 것이라는 생각이 들었다. 그래서 살아 있을 때 조금 일찍 가불해서 용서하는 쪽이 내가 마음 편하자고 선택한 길이었다.

봄옷과 겨울옷이 짬뽕되어 정확한 계절은 노래가 말해 줬다. 봄이라고! 옆 팀 새로 온 여자 싱어가 봄비를 부르고 있다. 나는 걸치고 있는 가운을 추스르며 홀 밖으로 나왔다.

"비 오는데 왜 나와 있어요?"

저만치 차문을 열어 놓고 운전석에 앉아 있는 남자가 나에게 한 말이었다. 그는 차에서 내려 다가 왔다. 깡패 일행 중 막내라는 그 남자였다.

"아가씨, 오늘은 날도 우중충한데 나하고 술 한잔 합시다."

"네?"

"놀라지 마요. 옷 벗으라 소린 안 할 테니…… 그냥 술이나 한잔해요."

"아니, 전 술 못 해요……"

문 앞에 서 있는 나를 밀치고 남자가 업소로 들어갔다. 며칠 전 악몽이 채 사라지지도 않았는데 또 곤욕을 치를지도 모른다고 생각하니 여기를 떠나야 한다는 생각이 강하게 올라왔다. 어차피 노래 부를 곳이 여기뿐인 것도 아니고.

남자는 대기실 입구 쪽에 역시나 앉아 있었다. 나는 못 본 척 무대로 올라갔다. 홀 입구 웨이터들의 인사가 큰절 수준이다. 그 깡패들이었다. 무대 위는 칼바람이 분다.

대기실. 나는 행여 웨이터가 들어와 깡패들이 부른다고 말할까 봐 간이 콩알만 해졌다가 얼굴이 화끈거렸다가 아무것에도 집중되질 않았다.

저 깡패들의 발길이 쉽사리 끊길 것 같지 않았다. 벌써 한 놈의 표적이 되어 있지 않는가. 싱어(보리)도 떠나고, 빚이 많은 마스터는 한 달 월급을 늦추고 있는 상황이었다. 나는 공중전화 박스로 나갔다. 깡패들을 지나치며 뒷골이 써늘해 왔지만 후다닥 뛰었다. 전에 영주에서 잠깐 일했던 업소에 전화해서 동창인 영업부장에게 남길 짧은 메모를 부탁하고 대기실로 들어가려는 순간,

"잠깐 자리 좀 하지요."

"저, 무대 올라가야 해요……"

"한 타임 빠져도 지장 없게 내가 말할 테니 가자고."

막내라는 그놈 옆자리로 끌려가서 앉았다.

오기가 생겼다. 누구도 날 보호해 줄 수 없는 이 환경. 나는 맥주를 꿀꺽꿀꺽 마셨다. 모든 것들이 의심덩어리로 똘똘 뭉쳐 내 꿈을 철썩철썩 내려치는 것만 같았다. 시퍼런 서슬에 온몸이 베이는 듯하다.

놈은 취했다. 나를 와락 안았다. 입술을 갖다 댔다.

"난 강제로는 안 해. 니가 허락할 때까지 매일 올 거니까…… 가 봐."

놈은 입술을 떼면서 날 슬쩍 밀쳤다. 나는 휘청거리며 일어섰다. 퇴근길 마스터(진석)에게 일을 관두겠다고 말했다. 처음에는 껄끄럽게 나오더니 수긍해 주는 눈치였다.

"아줌마 보일러 좀 따뜻하게 데워줘요."

"무슨 봄날에 비싼 보일러를 자꾸 떼라고 그래. 이불 하나 더 가지고 가!"

"그게 아니라 몸이 으슬으슬 춥고 몸살날 것 같아서 그래요……"

"알았어. 젊은 아가씨가 추위는 쯧쯧…… 한약이라도 한 제 지어 먹든지……"

수경이는 아랫배를 움켜쥐고 힘들어했다.

"괜찮나? 많이 아프나?"

"아…… 아랫배를 벌레가 갉아 먹는 것처럼 사르르 아파. 기분 나쁘게 아파."

"거 봐…… 조심해. 앞으론 피임약을 먹든지 콘돔을 끼우든지……"

"씨발놈들 콘돔 싫어해."

수경이와 병원에 다녀왔다. 마취에서 덜 깨어난 수경이를 부축해서 오는 동안 남자들이 미워졌다. 세상이 뒤틀려 보였다. 그 놀이에 다치고 상처 입는 것은 오로지 여자인 것 같았다. 아무리 돈 주고 사는 성이지만, 여자만 손해 보고 여자만 아파하며 살아야 하는 세상처럼 여겨졌다.

겨우 몇 년 지났건만, 학창 시절 철없이 깔깔거리며 생라면을 뜯어 먹던 그 시절이 그리워진다. 그 시절로부터 너무 많이 멀어진 것만 같다. 내 나이 앞에 붙은 십 자와 이십 자의 차이는 천지간보다도 훨씬 멀게만 느껴졌다.

세상 밖으로 나와 보니 별의별 고물딱지 같은 이야기와 일들이 빼곡했다. 이것은 빙산의 일각이겠지만 여자라서 힘들고 여자라서 웃어야 되고 여자라서 말 못할 사연들이 많을 것만 같은 세상, 내가 아름다움이라 믿고 있었던 성이 슬픔처럼 다가왔다. 다방을 관두고 같이 집으로 가자는 말에 수경이는 단호하게 거절했다.

다음날.

마지막을 그냥 보낼 수 없다고 회식 자리를 가지자고 마스터가 말했다. 새벽, 야식집에 모두 모여 앉았다. 아무도 먼저 말을 꺼내지 않았다. 마스터가 소주병을 이빨로 툭툭 땄다. 잠시 정든 이 사람들과 헤어지고 언제 또다시 노래를 부르게 될까 하는 생각은 못 마시는 소주를 벌컥벌컥 마시게 했다. 매일 저녁 업소에 죽치고 있는 깡패도 깡패지만, 뭔가 쫓기는 듯한 불안감에서 해방되고 싶다는 생각이 가장 컸다. 그것은 일단 집으로 가서 아빠를 설득하고 부딪쳐야만 해결될 일이었다.

무대에서의 멋진 카리스마가 사라진 드러머 용팔의 취중진담이 흘러나왔다.

"이 음악이란 말이야, 마약과도 같아서 한번 빠져 들면 헤어나오기가 여간 어려운 게 아니야. 죽을 때까지 이 일을 놓지 못하고 허덕거리며 살게 될 지도 몰라. 그래서 한 살이라도 어릴 때 신중하게 선택해야 해. 막내 집으로 돌아가 잘 생각해! 난 딴따라 이십 년 다 돼 가지만 남은 건 골병 든 몸뚱아리에 집구석 잡다하게 들어 차 있는 악기들이 전부야. 음악도 중독 알코올도 중독······"

순이 언니가 말했다.

"그러게. 난 열여섯 살부터 노래 불렀는데 남은 건 없지. 서른이 넘었는데······ 월급 받아 의상 사 입기 바쁘고 짤릴까 봐 더러워도 웃어야 하고 지금은 이 문둥이 같은 신랑이라도 만나 더러운 꼴 안 당하지 혼자 다닐 땐 말도 마. 어딜 가나 늑대 소굴이라니까."

순이 언니는 취했다. 늘 밝은 모습에 싱거운 농담을 일삼았던 터라 마냥 즐겁게 노래하는 줄로만 알았다.

나는 소주잔에 콜라를 섞었다.

"전 노래하는 게 좋아요. 누가 뭐래도 노래 부르고 살 거예요. 다른 일은 나에게 맞는 게 없다고 생각해요."

마스터 진석은 작은 잔에 담긴 소주를 큰 컵에 옮겨 붓고 그 잔을 다시 소주로 가득 채워 단숨에 들이켰다.

"노래 불러 행복하고 돈도 벌고 좋아. 하지만 이 바닥이 추하고 더럽고 비린내 나는 곳이야. 환상만을 쫓으면 안 돼. 나도 한때는 중앙 방송국 악단을 꿈꾸며 기타를 안고 살았지. 숱한 날을 연습하며 피눈물 나는 시간을 보내고 방송국 근처로 가서 몇 년을 기웃거렸지만 그 문턱은 장난이 아니더라. 결국 강원도 산골에 내려와 싸구려 음악을 하고 있지만, 나도 한때는 폼 나는 야망을 가진 사나이였지. 이걸 놓자니 배운 게 도둑질이고 붙들고 있자니 더럽고 아니꼽고……"

순이 언니는 벌겋게 달아오른 손바닥으로 마스터 진석의 입을 막았다.

"시끄럿! 난 니 만나서 완전 방랑시인 김삿갓이라고! 몸서리나! 보따리 싸며 떠도는 거! 아기도 낳고 예쁜 집 얻어 신혼살림도 차려 보고 싶은데 이놈의 팔자! 늘 있는 거라곤 입으로 들어가는 담배 두 갑이 전부다!"

조금 전 남방 깃을 세워 엘비스처럼 노래 부르던 멋진 포스들은 어디에도 없다. 저들이 저마다 품고 있는 이러저러한 사연들. 나 또한 저들처럼 시간이 흐르면 흐른 만큼 어떤 형태로든 삶의 이런저런 사연들이 내 가슴에 하나둘씩 쌓일 것이다. 베이스(종호)가 세월 묻은 철 테이블을 치며 말했다.

"그래도 나보단 다들 낫다. 본마누라 벌써 도망갔지, 얼마 전 간경화 초기 비친다는 말 들었지, 이 년 동안 동거하며 노래 부르던 년 중앙 가수 되겠다고 좆 빠지게 벌어 놓은 돈 다 들고 하이방 깠지, 울 모친 이젠 늙고 기력 없어 아 새끼들 못 보겠다고 뒤로 나자빠지지, 음악 때려치운다고 노가다판 갔다가 일주일 만에 손가락 근질거려 결국 이 생활로 뛰어들었지, 뾰족한 수가 없더라고!"

무대에서 많이 흔들고 방긋방긋 잘도 웃었는데 다들 하소연처럼 꺼내 드는 사연들은 두려움을 주기도 했다. 왜 힘들어하면서, 이 길로 들어선 자신들을 후회하면서, 그래도 이일을 고집하면서, 사랑하면서, 푸념하는 걸까. 나 같으면 저리도 진저리나면 때려치울 텐데……

순이 언니가 나를 빤히 쳐다보며 건배를 하자며 잔을 높이 들었다.

"막둥이 그동안 고생 많았고 나중에 좋은 인연으로 다시 만나자. 밤무대에서 말고 더 근사한 데서 말이야. 그리고 어설픈 밤무대 전전긍긍하지 말고 유명한 가수가 되는 꿈을 키워 봐. 히트곡 한 곡 내면 인생역전 시간문제잖아. 이 지하 세계 돌아 봐야 일 마치고 소주 한 잔 털어 넘기는 게 한계야! 큰 야망을 가져. 너 아직 어리니까 할 수 있을 거야. 또 너목소리 흔하지 않는 허스키잖아. 잘 다듬어지면 사람들 싹 녹아내리는 허스키잖아. 일본 사람들은 허스키 보이스에 그냥 쓰러진대. 그 아까운 목소리 세상 사람들에게 다~ 들려 줄 수 있는 진짜 가수를 해. 집에 가서 진짜 가수를 시켜 달라고 졸라 봐!"

순이 언니 머리가 소주병을 치면서 테이블로 처박혔다. 병은 땅에 떨어져 빠썩 하고 깨졌지만, 누구 하나 별 관심 없다. 타협하듯 싸우듯 자기들 목소리를 높일 뿐이다. 옆자리에서 혼자 소주를 마시던 중년의 남자는 우리 이야기를 유심히 들으며 간혹 고개를 끄덕이기도 했다. 진짜 가수? 그럼 지금 우리들은 가짜 가수?

모두들 취해서 꾸벅꾸벅 흐트러지고 있다. 술이 센 드럼(용팔)과 나만 초롱초롱했다. 야식집 아줌마의 따가운 눈초리가 느껴졌다. 옆에 잠자코 술 마시던 중년의 남자도 비틀거리며 나갔다. 드럼(용팔)은 나오지 않는 소주 마지막 한 방울을 쥐어짜면서 새나가는 발음으로 이야기했다.

"영아야. 인생 선배, 노래 선배로서 몇 마디 더 하자면 이건 마약보다 더 강한 중독이란 걸 잊지 마. 우리 모두 왠지 인생 낙오자들 같다는 생각이 든다. 하루도 소주 없이 나오지 않는 연주. 날 떠난 마누라 정확히는 내가 버렸지만. 바닥을 기는 통장 잔고, 어설프게 깔린 외상값, 내가 동안 해 먹었던 여자 싱어들 중 가장 몸뚱아리가 맛있었던 몇 년의 얼굴, 그리고 공사판 노가다도 할 수 없게 날 꽁꽁 옭아매고 있는 드럼! 이게 지금 내가 가지고 있는 전부다. 고향에서 농사짓고 있는 부모님들 내가 근사한 오케스트라 단원이라도 되는 줄 알고 동네방네 우리 큰아들 음악 선생 한다고 떠들고 다니지 염병할…… 아줌마 여기 소주 한 병 더!"

내가 어릴 적 동경했던 밴드의 참모습은 이게 아니었는데. 늘 야식집 뒤풀이 시간에는 진한 농담, 무대 밑에 바짝 붙어 서서 눈웃음치던 야한 옷차림의 아줌마를 건드리지 못했던 안타까운 미련, 그리고 좀 더 신나게 좀 더 마음에 쏙 들게 연주하지 못했다고 못내 아쉬워하던 후회, 이런 이야기들이 전부였는데 오늘은 저들의 숨 막혔던 속내들을 꺼내 놓았다. 진심어린 충고와 자신들의 숨기고픈 아픔까지도. 나는 여태껏 무언가에 속아 오다 그 속아 왔던 것들로부터 벗어난 듯한 눈동자로 드럼(용팔)의 눈을 들여다봤다. 나는 다르리라. 어차피 운명을 건 모든 것들은 외로운 것이라는 생각이 들었다.

날이 밝아온다. 다들 속수무책으로 탁자 위에 엎어져 있다. 나는 한 사람씩 흔들어 깨웠다. 낡은 셔터들이 하나둘씩 올라가고 있다.

사람들은 또 열린 하루의 준비를 위한 서두름은 벌써 시작되었다.

다들 비틀거리며 걷는다. 껄껄 웃으며 건널목을 건넌다.

어둠이 내리면 다시 시작될 하루를 위하여 허름한 여관방 검은 커텐을 내려치고 잠을 청하려 구부정하게 들어들 간다. 어둠이 내려야 심장이 요동치니까!

나는 숙소로 들어와 짐을 꾸렸다. 보따리를 들고 나서려는 순간 텔레비전 옆 모서리에 있던 명함 한 장이 눈에 들어왔다. 어려운 일 있으면 전화하라던 말이 떠올랐다. 버스, 기차, 택시…… 명함을 들고 잠시 망설이다 전화했다.

"안녕하세요. 저……"

"아, 어쩐 일로 가수님께서 전화를 다 주시고……"

"다름이 아니라 저 일 그만두고 오늘 고향으로 가는데……"

"아, 그랬군! 집이 어디야? 내가 태워 줄게."

짐 가방은 무거웠다. 낑낑거리고 숙소 건너편 공중전화 박스까지 들고 오는 데 젖 먹던 힘까지 동원되었다.

나는 사장 친구의 차에 사뿐히 탔다. 재미없는 클래식 음악 볼륨은 고막이 터질 듯 컸다. 핸들을 잡고 있는 남자의 손목시계는 우리 집 벽걸이 시계처럼 크고 무거워 보였다. 한 시간 이상 서로 별 대화를 나누지 않았다.

고불고불한 재를 넘으며 남자는 하품을 크게 하고 말을 걸었다.

"이제 노래 안 하고 뭐 하려고?"

"노래해야죠. 집 가까운 곳에서."

"그게 돈 되나, 노래가?"

"돈 된다기보다 노래하고 돈 벌고 그렇게 사는 거죠, 뭐……"

사장 친구는 창문 네 개를 다 열어 놓고 담배 연기를 날렸다.

"그러지 말고 내가 방 하나 얻어 줄 테니 나랑 지내보는 건 어때?"

나는 흠칫 굳어졌다.

"넷?"

"아, 물론 매일 같이 있자는 소리는 아니고 한 달에 두세 번 아니 일주일에 한 번씩만 갈게. 노래 불러 버는 월급보단 더 줄 수 있는데 어때?"

아 남자는 다 도둑놈이라더니! 내가 태어나기 전부터 돌아다녔다는 그 말장난이 결코 장난이 아니었다는 생각이 들었다. 사장 친구는 태연하게 핸들을 꺾으며 말을 이었다.

"길이 지랄 같지? 그래도 멀미는 안 하는가 보군."

또 다른 방식의 무거운 눌림이었다. 어느 오솔길에서 문득 야수와 마주친 느낌. 그것은 꼭 앞발톱을 날카롭게 세운 늑대가 먹이를 차지하기 위해 잠시 밀가루를 덮어쓰고 순한 양을 가장하려는 몸짓처럼 보였다.

"어때? 나랑 한번 잘해 보자고. 용돈은 얼마든지 줄게. 그깟 밤무대 가수 해 봐야 입에 풀칠하기 힘들어. 편하게 살아 편하게."

말없이 창밖으로 고개를 돌렸다. 그는 여전히 입을 놀렸다.

"대답을 해 봐, 가수님! 마누라하고 사이가 요즘 별루야. 영 밤일도 재미없고. 잠자리도 물론 잘 안 하지만……"

나는 창 쪽으로 머리를 최대한 더 돌렸다.

"왜 생각 없어? 사고 싶은 거 다 살 수 있고 하고 싶은 거 다하고 지낼 수 있는데?"

이럴 땐 송곳처럼 단호하게 빠져 나가야 한다.

사장 친구는 추해 보였다. 마치 어린애를 어린애라 생각하지 않으며 대화하려다 그 말이 먹히지 않자, 빗나가는 붓끝처럼, 자꾸만 옆으로 새기만 하는 애완견에 대해서처럼, 짜증스러워하고 있었다.

"거절할게요. 오늘 태워줘서 고마워요. 여기 세워 주세요."

봉화를 지나는 길목이었다.

"여긴 이제 봉환데?"

"여기 친구가 있어서요. 여기서 내릴게요. 내리지 마시고 트렁크만 열어주세요~"

사장 친구는 창밖으로 대가리를 내밀고 손짓했다.

"생각이 바뀌면 언제든 연락해, 가수님!"

나는 짐 가방을 질질 끌고 택시에 올랐다. 언젠가 언니가 엄마에게 들었다며 들려준 이야기가 생각났다. 엄마는 독이 들어 있는 산 약초를 달여 먹고 며칠을 품앗이 일을 못 하고 몸져누웠었다고. 그러나 뱃속의 아기는 더 잘 놀아서 엄마는 고심 끝에 배를 흰 광목으로 동여매고 동네 뒷산으로 또 올라갔다고. 그 산에서 옆으로 앞으로 뒹굴어가며 떨어졌다고. 엄마는 온몸에 멍이 들어서 집으로 돌아와 실성한 사람처럼 펑펑 울고 있는데 뱃속에서 다른 날보다 더 큰 발길질을 하며 많이 놀더라고. 그게 나란다.

"기사 아저씨 풍기요!"

풍기, 상쾌한 봄바람이 불어오는 날이다. 그저 완벽하게.

진주 다방 문 앞에서 주춤거리고 있는 내 모습은 아빠에게 끌려오던 그 날보다 더 나을 게 없었다. 핸드백에서 작은 손거울을 꺼내 들고 다방 모퉁이 골목으로 갔다. 뽀글뽀글하게 볶은 파마머리를 손으로 풀어헤쳐 내렸다. 짧은 바짓단을 자꾸 밑으로 내려 보지만, 거기서 거기다. 가슴골이 보이는 티셔츠를 감추기 위해 짐 보따리를 골목에서 풀어헤쳤다. 쭈글쭈글해진 점퍼를 찾아 입고 지퍼를 채웠다. 집으로 바로 가지 않고 다방으로 먼저 온 게 후회됐다. 다시 다방 앞으로 가서 작은 유리에 얼굴을 갖다 댔다.

아빠가 홀 구석 자리에서 언제나 그렇듯 늙은 영감과 바둑을 두고 있었다. 한복 차림의 아가씨 한 명은 화투 패를 뜨며 무어라 혼잣말을 했다.

나는 분명 문을 열지 않았는데 누군가 뒤에서 스르르 몸으로 나를 밀었다. 다방 안으로 밀려들어와 넘어질 듯 중심을 잃고 휘청거리다 섰다. 아빠와 눈이 마주쳤고 소리는 등 뒤에서 먼저 들려왔다.

"미친년! 어느 다방에서 몇 달 뛰고 오는군. 해 가지고 있는 꼬라지하고는!"

뒤에서 민 것은 뚱보였다. 아빠는 날 쳐다보고 다시 시선을 바둑판으로 가져갔다. 묵묵히 바둑을 둔다. 나는 꼼짝도 않고 다리에 쥐가 나도록 서 있었다. 상대방 영감이 졌는지 한 판 더 두자며 바둑알을 거둬들였다. 뚱보는 카운터에 서서 담배를 뻑뻑 빨며,

"그래, 몸 팔아 돈 얼마나 벌어 왔는지 꺼내 봐라."

마귀. 오늘 저 뚱보에게 어떤 욕지거리가 날아와도 아무런 대꾸도 안 할 작정이다. 아무 소릴 해 봐라 내가 입을 떼나.

아빠는 뚱보에게 말했다.

"시끄럽다. 여기 커피 두 잔 가져 오고 영아는 집에 가 있어. 밥 안 먹었으면 밥 먹고 가고."

"어."

다방에서 나왔다. 큰 보따리는 다방 앞에 널브러져 입을 벌리고 있었다. 낮은 담장이 먼저 눈에 들어오는 우리 집. 녹슨 양철 대문이 날 반기는 것처럼 자동으로 열렸다. 바우는 언니 집으로 이사 갔다.

잠시 후 아빠에게 나는 마음 편하게 노래 부를 수 있도록 허락해 달라고 떼를 쓸 참이었다. 똥 낀 놈이 성낸다고 집 나갔다 온 년이라면 입 다물고 반성해야겠지만, 아빠의 기가 약간 눌린 이참에 뿌리를 뽑고 싶었다. 나는 보따리를 풀지 않고 날이 어둑어둑해질 때까지 마루 끝에 앉아 있었다.

"왜 이러고 있노? 내 말 안 들리나? 영아야! 영아야!"

꼬박 밤을 새운 바람에 그만 졸았다. 어느새 입가에 흘러 붙은 침. 그것을 팔뚝으로 닦으며 눈을 비볐다. 그리고 일어나 마루 불을 켰다. 아빠는 주머니에서 담배 한 개비를 꺼내 물었다. 나는 왼쪽 마루 끝, 아빠는 오른쪽 마루 끝에 앉았다. 아빠의 담배꽁초 세 개가 마당으로 툭툭 튕겨

지는 걸 보다가 입을 열었다.

"아빠, 나 나말이야. 노래하고 살면 안 되나? 아빠가 걱정하는 게 뭔지 알아. 그래도 나는 성인이라고. 내 한 몸 책임질 수 있는 성인……"

아빠의 네 번째 담배꽁초가 마당으로 던져졌다

"영아야. 노래에 대한 막연한 환상만 쫓으면 안 돼. 그 세계가 그리 호락호락하고 만만한 세계가 아니다. 니 인생을 거친 술집에서부터 시작한다는 것이 못내 꺼림칙해. 거긴 널 상처 입히고 할퀴고 갈 수많은 일들이 존재할 거란 걸 정말 모르겠나? 너를 향한 이 모든 관심들도 다 내가 살아 있을 때 얘기지. 니 옆에 내가 천년만년 함께할 수 없다는 걸 기억해."

아빠는 나를 다그칠 생각이 조금도 없다는 듯이 조곤하게 말했다. 평생 집을 등지고 바깥으로 돌았던 아빠. 그 많았던 아빠의 시간들 중에서 내가 가장 많이 차지했던 시간은 언제쯤이었을까? 엄마를 보냈던 그 밤도 아니요, 뚱보와 머리끄덩이를 쥐어뜯던 그날도 아니요. 내 입에서 자꾸만 커지는 노랫소리를 듣게 된 날부터 일 것이다.

아빠는 천천히 일어섰다. 껌뻑껌뻑 수명이 다 된 전구를 빼고 새것으로 갈아 끼웠다.

"니가 진정 후회 없이 살아가는 길이 어떤 길인지 잘 생각해 봐라."

아빠의 목소리는 여느 때와는 다르게 목화솜처럼 부드럽게 들려왔지만, 지금껏 날 윽박지르며 말해왔던 그 어떤 말들보다 내 가슴을 아리하게 하는 말이었다.

힘없이 축 처져 내린 아빠 어깨 위의 무거운 짐은 나다. 그러나 이런 나 자신을 눈감아 주기로 마음먹는다.

소경이 막대질하며 걷듯 이리저리 뒤적거리며 걸어 보지 않고서 내 노래를 멈출 수는 없었다. 꿈이 꿈으로 끝나지는 않으리라.

나락의 체험

　1990년대 초. 봄바람은 아무런 거역 없이 여름을 몰고 와 주었고, 여름은 매번 우리에게 자유로움을 선사해 주었다. 어디로든 떠날 수 있는 자유.

　영주에서 밤무대 일을 하고 지낸 지 몇 년이 흘렀다. 물론 집에서 출퇴근하며 아빠의 눈 밖에 나는 일을 만들지 않으려 애쓰며 지내 왔다. 밤업소를 먼저 걸었던 선배들의 말대로 밤무대 가수라는 직업은 만만하지도 결코 호락호락하지도 않았다. 유흥의 세계는 날카롭고 어둠은 간들간들 위험을 안고 있었다. 내가 밤무대 생활을 하고 있다는 소문은 자연스럽게 퍼져 나갔고, 누구 하나 이유를 다는 사람은 없었다. 친했던 친구들은 대학을 졸업하고 직장으로 혹은 결혼으로 다들 본인들의 삶에 안주하는 듯 보였다.

　밤업소 여러 관계자들의 야한 농담도, 거친 욕설도, 꾸지람도, 옅은 미소로 안을 수 있는 여유가 더해지기도 했다.

　지금 일하기 전 잠깐 일했던 업소.

　건물과 건물 사이에 맞붙어 있던 네온 간판들이 심한 바람에 서로 불꽃을 튀기기도 한 날이다.

웨이터들의 손에 맥주병들이 묘기처럼 손가락 수 이상으로 들리는 광경이 벌어지는, 손님 많은 날이었다. 보름에 한 번씩 바뀌는 레퍼토리. 나는 노래 가사를 다 외우지 못하고 출근했다. 악보대 위에 있는 가사를 곁눈질하면서 노래하는 나를 용서하지 못할 만큼 마스터의 성격은 정확하고 꼬장꼬장했다. 아무래도 사람들의 눈에 자연스럽게 비치지 않기 때문이었다. 마스터의 눈치 속에서 타임이 다 끝났다. 레퍼토리를 정리하고 가사도 옮겨 적어서 가겠다고 말하고 혼자 대기실에 남았다. 언제 무슨 일이 있었냐는 듯 클럽에는 적막이 감돌았다.

몇 명의 웨이터들이 남아서 손님들이 먹다 남긴 김빠진 맥주를 병째 들이키며 오늘 번 팁들을 발목, 손목, 온몸에서 꺼내 펼치며 피로를 달래는 듯했다. 팀 마스터가 남기고 간 두터운 노래 가사책을 내 노트로 옮겨 적으며 대기실에서 한 시간 이상을 보냈다.

온몸에 쥐가 났다. 기지개를 펴며 일어섰다.

"아직도 숙제가 많이 남았나요?"

툭 튀어 나온 광대뼈와 눈알이 반들거리는 웨이터였다. 나는 화들짝 놀라서 아직 채 갈아입지 않고 있던 무대복 짧은 치마를 추스르며 말했다.

"이제 가려고요. 저 때문에 다들 퇴근 못한 건 아니죠?"

웨이터는 턱주가리를 만지며 서 있다. 음흉한 표정이다.

나는 주섬주섬 악보를 챙기고 외투를 집어 들었다. 불길하게 다가오는 예감을 떨쳐 버리려 웨이터와 눈이 마주칠 땐 억지로 입술 끝을 올렸다. 조금 열린 대기실 문틈 새로 바깥을 보니 홀은 그야말로 첩첩산중처럼 어두웠다. 갑자기 머리털이 곤두섰다. 나는 약간 더듬거리기 시작했다.

"저, 밖에 아무도 없나요? 조용하네요. 불도 다 꺼지고."

웨이터는 대기실 옆 높게 쌓여 있는 박스에서 소주 한 병을 꺼내 들었다. 그리고 열린 대기실문 손잡이를 잡아당기며 탁 소리가 나게 잠갔다. 탁 소리와 함께 나는 움찔하며 놈을 쳐다봤다. 볼펜을 잡고 있던 내 양손은 부들부들 떨리기 시작했다. 머릿속이 하얗게 변하며 잡고 있던 볼펜을 나도 모르게 떨어뜨렸다. 초조한 표정을 들킬세라 침을 한 번 꿀떡 삼키고 나를 지켜줄 만한 무기가 있는지 살폈다. 내 초조해진 눈동자는 놈이 눈치 채지 못할 정도로 재빠르게 원래 위치로 돌아왔다.

"문을 왜 잠그나요?"

놈은 내 말에 아랑곳하지 않았다. 들고 있던 소주를 라이터 끄트머리로 툭 따더니 주둥이로 가져갔다. 소주병에 가득 차 있던 알코올은 금세 놈의 뱃속으로 이동해 비워졌다. 그러고는 게슴츠레한 눈빛으로 나를 보았다. 몇 날 며칠 굶은 쥐새끼가 마치 오물통에서 먹을 것을 발견한 것처럼.

눈이 마주쳤다. 온몸에 솜털들이 일제히 일어섰다. 나는 움찔움찔, 오줌을 누고 난 후처럼 치를 떨고 놈의 눈을 피해 몸을 돌렸다. 문 손잡이를 잡았다.

그놈이 등 뒤로 바짝 다가와 내 머리채를 잡아당길 것만 같았다. 아니 들고 있는 빈 소주병을 내게로 순식간에 날릴 것만 같았다. 그래서 잠긴 문을 빨리 틀어 잡아당기질 못하겠다.

이때 힘없는 목소리로 놈이 말했다.

"문손잡이에서 손 떼. 이리 와서 앉아. 난 언성 높이고 싶지 않거든. 몸싸움 하고 싶지도 않고. 넌 도망 못 가. 이 지하는 진짜 어둡거든. 난 널 쉽게 안고 말거야……"

놈이 웃는다. 놈이 킥킥거리며 웃는다. 놈의 웃음소리에 나는 이러지도 저러지도 못 하고 덜덜덜 떨고만 있었다.

"그 손잡이를 당기는 동시에 이 병이 니 대가릴 갈라놓을 거다. 밖은 산

속보다 더 어두워. 너도 알다시피 빛이 전혀 들어오지 않는 완전한 지하잖아, 여긴. 조용히 옷을 벗고 누워. 아님 내가 혀로 한 올 한 올 벗겨 줄까?"

나는 겁을 먹었다. 그러나 주춤거리며 잡고 있던 문손잡이를 돌려 당겼다. 그리고 고개를 돌렸다. 놈을 확인하려 했던 행동은 반사적으로 일어났다.

놈은 비스듬히 누워 있었다. 주사기로 팔목 안쪽 자기 혈관을 찌르고 있었다. 킥킥 소리 내어 웃었다. 괴물처럼.

내 외마디 비명은 큰 지하 홀을 연이어 울리기만 할 뿐, 한 치의 빛도 보이지 않는 홀에는 칠흑 같은 어둠이 전부였다. 대기실 문을 열고 서너 발자국 떼다가 그대로 엎어졌다.

놈은 금세 내 머리채를 감아쥐었고, 나는 대기실 안으로 끌려 들어갔다. 놈은 쉽게 소파 위로 나를 밀어붙였다. 양손으로 내 목을 눌렀다. 그리고 내 얼굴 가까이로 놈이 얼굴을 갖다 댔다. 쌕쌕거리는 숨소리. 놈의 벌렁거리는 콧구멍 속에서 뿜어져 나오는 표현하지 못할 비릿한 썩은 공기가 이마로 쏟아지며 금세 내 코로 입으로 들어왔다. 조금 전 주사기에 들어 있던 액체의 힘이 이렇게도 빨리 놈을 미치광이로 만들었을까. 놈은 말 그대로 약 먹었다.

죽일 듯 인상을 썼다가 또다시 히죽거리며 웃었다가 또라이처럼 대가리를 갸우뚱거렸다. 내 목을 누르는 양손의 힘은 더욱 거세졌다. 썩은 내 나는 놈의 침이 얼굴에 튀었다.

"이 홀 안에 문은 잠겼어. 여긴 완전 미로 같은 지하잖아. 그냥 포기하고 우리 찐하게 한 번 즐겨 보자. 너도 한 대 놔 줄까? 홍콩으로 가는 길. 한 대 맞고 같이 죽도록 한 번 느껴 보는 거 어때?"

죽을 것 같았다. 숨도 쉬어지지 않았다. 놈의 두 팔을 양손으로 잡아당기며 발악했지만 놈은 점점 약기운을 받는 듯 이상한 웃음소리를 냈다.

"가만히 있어. 몸부림치지 말고. 하기도 전에 여기에 힘을 다 쏟아내면 안 되잖아. 그지?"

나는 눈동자로 목을 누르고 있는 팔을 풀어 달라고 애원했다. 끅끅거리며 살려달라고 애원했다. 놈은 약간의 숨통을 허락하는 듯 팔에 힘을 빼주었다.

"지금부터 아가리 다물어라."

놈은 내 몸 위로 올라탔다. 목을 감아쥐고 있던 한쪽 손은 내 팬티를 끌어 내렸고 온몸으로 나를 눌렀다. 내가 채 갈아입지 못했던 무대복 얇은 원피스는 놈의 한 쪽 손에도 쉽게 찢기며 벗겨졌다.

놈은 뱀같이 혀를 놀렸다. 내 목을 연거푸 미친개처럼 핥았다. 놈의 한 손은 내 목, 또 한 손은 내 한 쪽 팔을 누르고 있고, 내가 움직일 수 있는 것은 오른쪽 팔 뿐이다. 어느새 막대기처럼 딱딱한 그 무엇을 내 허벅지를 시작해 양쪽 다리에 비벼댔다. 놈이 신음 소리를 내며…

내가 이 지하 세계에서 어떻게 버티고 살아가는데…… 이런 죽일 놈…… 나는 목을 좌우로 돌리며 오른쪽 테이블 위에 있는 맥주병을 발견했다. 오른쪽 팔을 뻗어 그 맥주병을 집으려 허우적거렸다. 아슬하게 잡힐 듯 말 듯 손가락 끝에 병이 스쳤다. 스치기만 할 뿐 잡히지 않았다. 내 입이 타들어 갔다. 놈은 타들어 가는 내 입술 위로 악취가 나는 혓바닥을 구겨 넣었다. 나는 내 아랫도리에 기적 같은 힘을 가해야 한다고, 젖 먹던 힘을 동원해 다리를 바짝 모았다. 놈에 눈동자가 멋대로 오르락내리락했다. 내 발악은 놈의 다리 한 짝도 들어 올리지 못하고 고꾸라지기를 여러 차례.

놈의 성기가 정확히 내 그 곳에 닿는 느낌이 전해져 오는 그 순간 끊임없이 허우적거리고 있던 오른손에 맥주병이 잡혔다. 놈의 뒤통수를 내려쳤다. 눈을 질끈 감고 연이어 또 내려쳤다.

오늘 여기서 미친개와 나는 죽을지도 모른다. 놈은 약을 맞고 미쳐 있었고, 나는 두려움에 미쳐 있다. 놈의 뒤통수에 꼽힌 병조각들은 금방 피를 만들어 냈다. 밑에 깔려 있는 내 얼굴에 떨어졌다. 놈의 변태스런 신음 소리는 비명소리로 바뀌었고 독사처럼 대가리를 쳐들며 내 얼굴에 침을 뱉었다.

"이 씨발년이 죽을라고!"

놈은 뒤통수에서 흘러내리는 피를 손으로 닦고 그 손을 쳐다보고 괴물처럼 소리 질렀다. 그리고 벽에 걸린 무대복 남방을 낚아채듯 내려 머리를 감싸며 날뛰었다.

나는 지금이 아니면, 지금 도망가지 않으면, 여기서 죽든 저놈이 찔러대는 주사액을 맞고 파래진 입술로 지하 나이트클럽 어둠 속에서 영원히 아물지 못할 상처를 입고 영혼을 다칠지도 모른다. 실오라기 하나 걸치지 않은 내 몸을 돌아볼 겨를이 없었다.

오로지 벗어나야 한다는 필사적인 꿈틀거림은, 피를 닦아 내고 있는 놈을 밀쳐내게 만들었고, 대기실 잠긴 문을 돌려 잡아당겼다.

아까처럼 두어 발자국 뛰어나간 상태에서 놈의 손이 아닌 날카롭고 예리한 병조각이 내 뒤통수에 스치며 꼽혔다. 강한 아픔이 밀려왔다. 머리에 불이 붙은 듯 뜨거웠다. 그러나 나는 뛰었다. 피멍이 맺히도록 입술을 깨물고 뛰었다. 업소 홀은 정사각형이었고 대기실 쪽에서 마주 보는 곳은 주방. 그 주방에서 우측으로 틀어 쭉 가면 홀 입구가 있다는 것을, 나는 뛰면서 죽어라 기억속에서 꺼내며 어둠 속을 달렸다.

대기실 열린 문으로 새어 나오는 빛의 도움으로 어느 정도 방향을 잡을 수 있었다. 양쪽 사방으로 팔을 뻗어 테이블 보자기를 하나 주워들었다.

주방 앞 근처까지 온 듯 과일, 오징어 오물 썩는 냄새가 심하게 났다. 쓰레기통 근처인 것 같았다. 쭉 앞으로 뛰어가 우측 벽을 만지면 출입구일 것이라는 내 기억이 맞길 바라며 머리에 박힌 병 조각의 아픔을 잊었다.

놈은 길길이 날뛰며 따라왔다.

"씨발년 거기 서! 거기 안 서나! 딴따라년 오늘 모가지 딴다. 서라고 이 쌍년아!"

놈이 던지는 병이 나를 스치고 지나가 어느 벽에 퍽썩 퍽썩 부딪히며 깨진다. 눈물은 일자로 쭈르륵 목을 타고 흐른다.

이 와중에 아빠가 했던 말들이 찰나처럼 스치고 지나간다.

"그곳은 위험해. 수많은 일들이 널 할퀴고 힘들게 할지도 몰라……"

이때 내 뒷머리 몇 가닥이 놈에게 잡힌 것 같았다. 고개가 뒤로 젖혀졌다. 앞으로 머릴 끌어당겼다. 중심을 잃을 것만 같았다. 콰당탕! 놈이 엎어지는 소리가 났다. 쓰레기통를 안고 엎어진 듯 침을 뱉으며 발광했다. 나는 기적처럼 안도했다.

어느 시점일까, 우측 벽을 더듬거렸다. 출입문 손잡이가 잡혔다. 나는 제발, 제발, 간절하게 그것을 돌렸고 마침내 문이 열렸다.

계단에 빛이 깔려 있었다. 두 걸음씩 뛰어올라갔다. 빛! 날은 밝아 있었다. 들고 있던 테이블보로 몸을 감으며 홀 제일 바깥문에 기대고 섰다.

한 세상을 다 살고 또 한 세상으로 밀려 나왔을 때 내 살에 맞닿았던 첫 바람도 이토록 차가웠을까? 머리에 꼽힌 병 조각을 뽑아서 계단 밑으로 내던졌다.

사람들의 발길이 드문드문 보였다. 어젯밤 이곳 클럽으로 들어올 때 깊고 야했던 어둠들은 얌체처럼 입을 닦고 티끌 하나 남기지 않은 채 아침에게 자리를 내 준 뒤다. 조금 전 나에게 무슨 일이 벌어졌는지 세상은 아무 관심 없다 .마주 보이는 전봇대가 내 몸처럼 차가워 보였다. 그 차가운 전봇대를 둘러싸고 있는 업소 홍보용 포스터가 눈에 들어왔다.

〈부킹 100% 사모님 오늘밤 잠시 가정을 잊읍시다〉

나는 가까이 걸어가 그 포스터에 침을 뱉었다. 도로로 천천히 걸어 나갔다. 발가벗은 알몸에 부딪히는 바람은 아팠다. 택시를 잡았다. 운전기사는 눈알이 튀어나올 듯 크게 뜨고 점퍼를 벗어 내 알몸을 덮어 주었다.

병원으로 가려는 기사에게 난 완강히 집으로 가자고 우겼다. 조금 전약 먹은 악마 새끼와 있던 지옥을 생각지 않으려 억제했지만, 근육들은 경련이 일고 숨이 차올랐다. 나는 택시 안에서 발을 동동 구르며 피로 엉겨 붙은 머리를 쥐어뜯었다. 택시기사는 어쩔 줄 몰라 안절부절못하고 병원, 병원, 병원을 몇 번씩 반복했다.

꾸들꾸들하게 말라붙은 집 앞 골목길.

마른 땅이 맨발에 닿자마자 세상이 뒤틀려 보였다. 골목 모퉁이를 돌자 참았던 울음이 물 풍선처럼 터져 나왔다. 집으로 들어서며 대문을 잠갔다. 그리고 낡은 고물이 되어 마당 한쪽 귀퉁이에 내다 버린 책상을 덜렁 들어 대문 앞을 한 번 더 막고 방으로 들어갔다.

내 인생은 특별하고 무대 뒤 그늘은 없을 것이라 내 생각만을 반추해왔던 시간들이 모질게 녹아내린다. 나는 분명 상처를 입었지만, 입을 다물고 조금 전 일을 비밀에 부치기로 했다.

내가 좋아하는 가수들의 모습이 어느샌가 텔레비전에서 뜸해지며 노래의 판도가 대사로 바뀌는 황당한 현실이 펼쳐졌다. 래퍼들의 등장으로, 거대한 노래 시장의 분위기를 마치 최면을 건듯 바꾸어 놓았고, 귀에 익은 멜로디와 노래 가사들이 스물스물 사라져가고 있었다.

텔레비전에 얼굴을 내비칠 수 있는, 진짜 가수가 되고픈, 내 간절한 바람에 여지없이 찬물을 퍼붓고 마는, 노래 속에 대사가 삽입되는 시대가 온 것이다. 세상의 노래는 오로지 랩 물결이다. 래퍼들이 봇물처럼 쏟아져 나오고 옛날을 노래하던 가수들의 설 곳이 암담하게 내려앉았다.

몇 안 되는 트로트 가수들만이 간혹 씨름판과 ○○ 노래자랑에 한 번씩 모습을 드러냈다. 나머지 소위 잘나가던 가수들의 노래 인생이 결정타를 맞게 된 것만 같았다. 어중간한 지점에 섰던 가수들은 텔레비전에서 사라졌다. 사람들은 빨리 또는 천천히 래퍼들의 노래로 빠져들었고, 아프고 기쁜 날, 우리들의 감성을 자극해 주던 노래들을 쉽게 잊어 가는 듯했다. 나 또한 진짜 가수가 될 수 있다는 꿈이, 정말 꿈으로 끝날 위기를 맞이한 것처럼 씁쓸해지기만 했다.

사람들은 새로운 노래에 솜이 물을 먹듯 녹아내렸다. 통기타를 둘러메고 낭만을 노래하던 가수들을 영원히 못 볼 것만 같았고 내가 좋아하는 나미나 윤시내도 다시는 못 볼 것만 같았다.

노래 한 곡에 주저리주저리 읊어대는 대사가 반을 넘었고 사뭇 이 노래들을 이해하고자 나는 귀를 열고 진실하게 들어보려 노력했건만, 나에게는 노래가 아니었다. 이 새로운 노래들을 도저히 받아들이지 못할 내 발버둥은 오래 지속되었고, 나는 텔레비전 쇼 프로에 흥미를 잃고 휴일에 나오는 ○○ 노래자랑에 간혹 눈길이 한 번씩 갈 뿐이었다.

대사가 섞인 노래를 부르지 않으면 영원히 가수로 살 길이 없을 듯이 텔레비전 속 모든 쇼 프로그램이 래퍼들로 도배되었다. 노래에 대한 내 판단 기준은 애매하게 심각해져 갔다.

나는 시대를 잘못 타고 태어 난 걸까? 재수 없게 왜 내가 태어 날 때부터 쭉 이어져 오던 귀에 익숙한 노래들이 내가 커서 내 통장에 잔고가 쌓이고 가수의 꿈을 실현할 날이 하루하루 다가오는 시점에서 종지부를 찍어야 하는지…… 나는 우울해졌다. 문화는 늘 새로운 것을 받아들이고 창조는 늘 발버둥치며 일어난다는 것을 까마득히 모르고, 바보처럼 목소리만 의지하며 살았던 것이다.

이쯤에서 언젠가는 전국 방송을 타는 가수가 되겠다는 내 의지가 한풀 꺾이게 되었고, 더 악착같이 남의 노래를 내 노래처럼 부를 수 있는 술집을 찾아다녀야 했다. 그리고 내 유명 가수의 꿈을 아주 쉽게, 아니 아주 안타깝게, 접어야 하는 쓰라린 패배를 시작도 해 보지 못한 채 맛보아야만 했다. 앞으로 두 번 다시는 라디오에서 귀에 익은 멜로디와 가사가 흘러나오지 않을 꺼라 그렇게 단념하면서 말이다. 허탈감은 오래갔고 어디에 하소연도 해 보지 못한 채 바보 같은 속앓이를 하며 경험에 기초하지 않는 무지한 판단을 내리고 그 당시 진짜 가수의 꿈을 그렇게 접고 말았다.

새벽 늦은 시간 무대에서 내려오는 발길은 맥이 풀리듯 허무했다. 군중 속의 고독이라 할 것까지야 아니겠지만, 작두 위에 올라서서 한바탕 휘이 휘이 굿을 끝내고 난 뒤 같은 느낌이랄까. 속옷까지 흠뻑 젖은 땀은 오늘의 마무리를 말해 주었다.

언제부턴가 무대 팀들은 하나같이 기가 죽어 있다. 왜냐하면 곧 우리들은 쫓겨날 판이니까. 사천만 원짜리 야마하 오르간을 신의 경지에 올라선 듯 두들겨대던 팀 마스터의 연주 소리도 이젠 힘없이 들려왔다.

저 손 연주의 깊은 맛과 오직 실력으로 인정받는 시대가 저물고 있으니, 고생 고생해서 온전한 내 것으로 받아들인 연주자들의 음악 실력은 무용지물이 되어가고 있었다. 모든 것들은 쏜살같이 변해만 갔다. '완전 예술이야, 라이브 연주가 정말 죽여, 신의 경지에 이른 손놀림이야' 이런 이야기들이 밤무대 뒤에서 사라져 간다. 진정, 자신의 음악에 더할 나위 없이 만족감을 느끼며 혼을 실어 연주해온 세월들은, 별 의미가 없다고 모두들 느끼기 시작했다.

바야흐로 누구나 기계를 올려놓고 멋진 연주자가 될 수 있는 시절이 왔다.

노래방 기계.

얄궂고 신기한 노래방 기계가 들어온 것이다. 사람들의 밤을 절대 지존처럼 잡고 있던 나이트클럽, 노래하는 회관들이 죽 쑤게 되었다. 정확하게 부르고 싶은 노래를 딱딱 꺼내어 놓는 기계에 사람들은 넋을 잃고 매료되었다. 노래와 춤을 즐기는 사람들의 초저녁 시간은 동전 바꾸기에 바빠졌다. 백 원짜리, 오 백원짜리 동전을 주머니에 챙겨 넣고 내 신명 나는 노래 한 곡과 맞바꾸리란 다짐으로 노래방은 북새통을 이루게 되었다.

기계는 신비로웠다. 수천 곡 수만 곡을 어디에 숨겨 놓았는지 동전만 넣으면 음악 반주를 완벽하게 꺼내 놓았다. 어려운 랩 노래도 따라 부르기 쉽도록 상냥한 멜로디까지 선사하고 있었다.

앞다투어 생겨난 노래 연습장에는 동전 한 주먹을 움켜쥐고 빈방이 생길 때까지 날이 새더라도 기다리겠노라는 사람들의 문전성시는 노래방 주인들의 탄성을 자아내게 만들었다.

기계가 동전을 먹고 노래를 내뱉어 준다. 꾀꼬리 같은 목소리를 하고 여자가 마치 기계 안에 숨어서 코러스를 넣어 주는 것처럼 반주가 살랑살랑 우아하게 흘러나온다! 너도나도 가수가 될 수 있는 시발점이었다.

사람들에게는 기적 같은 즐거운 놀이 문화였고, 밤이슬을 먹고사는 우리들에게는 시한폭탄 같은 절망감을 안겨 주었다. 밤낮으로 하늘을 찌르는 예술 같은 음악을 해 보겠다고 오르간, 기타를 껴안고 손에 굳은살이 박이다 못해, 휘청 굽어진 손가락을 감내했던 연주자들의 세월은 말짱

수포로 돌아가는 파국을 맞이한 것이다.

이렇듯 시대는 가고 오는 것. 익숙한 멜로디에 구슬프게 흐르는 가사를 담고 있는 노래들은 사라져 가고, 밤무대 왕처럼 군림하며 수작업을 하듯 한 줄 한 줄 뜯어대던 기타 소리들은 숨죽여야 했다.

문명의 이기 앞에 우리들이 할 수 있는 것은 소주 한 잔에 한탄 섞인 내 현실에 불만을, 푸념과 넋두리로 때워 넘기는 것이 고작이었다. 발악하며 원망하며 끝내 체념하며 받아들이는 것.

밤무대 사람들의 음악과 노래에만 의지 할수 있었던 사람들의 밤 문화가, 자기중심적으로 바뀔 수 있는 것에 즐거움은 크게 작용한 것 같았다. 물론 영원은 아니겠지만, 일단 새로운 것에 대한 사람들의 기대 심리나 호기심은 폭발적이었기에 헌 것을 챙기고 또 돌아보고 다시 그것을 추억하기까지 많은 세월이 흘러야만 할 것 같았다. 식당, 회관 할 것 없이 장사가 잘 안 되던 업종들은 너도나도 앞 다투어 노래방 간판으로 갈아타기 시작했다. 한 집 건너 하나씩 노래연습장 간판들은 불티나게 걸렸다.

북적거리던 내 업소가 조용해졌고 연주자들은 더 이상 연습하기 싫어하며 갈팡질팡했다. 나는 일본으로부터 가라오케가 받아들여졌다는 사실에 일본이 더더욱 미워졌다.

악사들의 줄담배가 이어졌고 알코올 중독은 늘어만 갔다. 기계가 사람을 용맹스럽게 밀어 낸 것이다. 물론 라이브 연주에 죽어라 노래를 고집하는 마니아층들이 다 사라진 것은 아니었지만, 대부분 업소들은 휘청거렸다.

셋만 모여도 춤추고 노래하는 것을 원하는 사람들의 공간은 회관, 나이트클럽 등을 빼면 선택의 여지가 없었다. 그러나 이제는 가족과, 연인과, 친구와, 오붓하게 즐길 수 있는 색다른 공간, 바로 노래방이 생긴 것이다.

밤무대가 흔들리지 않았다면 거짓말일 것이다. 우월하게 내 머릿속에 많이 든 가사말도, 우월하게 연주자들 머릿속에 또렷이 그려진 악보들도 길바닥에 버려진 종잇조각처럼 별 쓸모없어졌다는 자괴감은 우리들을 나락으로 밀어 넣었다.

절대로 역사는, 문명은, 역류하지 않는다는 진실을 굳이 왜곡할 필요 없이 받아들여야 하는데 말이다.

내로라할 연주 실력을 뽐내던 악사들은 너도나도 기계 힘을 빌려 연주하겠노라는 사람들의 딴따라 행렬에 자존심 상해하며 무대에서 내려왔다. 급속도로 초라해지며 밥을 굶게 된 것이다.

악기사 구석구석에는 이들의 밥줄을 이어주던 롤랜드, 야마하, 콜그 악기들이 똥값으로 가라오케 컴퓨터 기계 뒤에 묻혀 들어갔고, 일자리를 잃은 늙은 악사들의 밤은 악기사 근처 소줏집을 배회하며 하릴없이 맴돌았다.

무대 위 당당해 보이던 악사들은 풀잎 위의 이슬처럼 쓰러져 내렸다. 악착같이 모았던 내 통장 잔고의 의미를 딴 곳에 두기로 마음먹은 시간들은 쓸쓸했지만, 나의 노래가 끝이라는 생각은 결코 하지 않았다. 나는 어디로든 떠나야 했다.

유월의 마지막 한 주가 남아 있고 비는 자주 내렸다.

아빠는 역 앞 진주 다방을 적당한 권리금을 받아 팔고 풍기 읍내 오거리 모퉁이 지하 다방으로 이사했다. 왜 이사했는지는 모른다. 반지하도 아닌 완전 지하라서 비가 심하게 내리는 날에는 세숫대야를 홀 중간에 몇 개씩 받쳐 두었다.

이사하고 집에 들르는 날이 뜸해진 아빠를 보러 갈 작정으로 우산을 펴 들었다. 객지로 나가야 한다는 말도 함께 해야 했기에.

버릇처럼 역 앞 진주 다방까지 갔다가 다시 이사한 다방으로 내려왔다. 가스레인지에 올려진 찻주전자 뚜껑은 요란스런 소리를 내며 들끓고 커피향의 향긋함은 역 앞 다방보다 떨어졌다. 비가 세는 지하 다방은 퀴퀴한 냄새가 커피향보다 빨리 마중 나왔다.

아빠의 가래 섞인 기침 소리는 내가 다방에 들어가고도 한참이나 이어졌다.

"아빠 기침이 심하게 나네? 감기라?"

"너 옷이 그게 뭐냐. 다 큰 처자가 긴 걸 입고 다녀. 콜록 콜록……"

빗물이 가득 찬 양동이를 들고 이 층 수도가 있는 곳으로 올라가면서도 아빠의 기침은 멈출 줄 몰랐다. 내가 밤무대에 나가는 몇 해 동안 아빠는 인정해 주는 표정도, 죽기 살기로 말리는 표정도 보이지 않았다. 못마땅했겠지만, 별 탈 없이 지내고 있는 것을 보고 묵인해 주는 것만 같았다. 지하 다방 곰팡이 냄새는 홀에 퍼져 흐르는 커피향을 삼켜 버리고 눅눅한 공기와 엉겨 붙어 다방은 답답했다. 민 양 언니, 박 양 언니, 여전히 오랜 세월 아빠 다방에 머물러 주는 모습은 꽤 괜찮은 의리처럼 보였다.

비를 쏟아 붓고 빈 양동이를 들고 내려오는 아빠에게 나는 할 말이 있다며 잠깐 방으로 들어가자 말했다. 아빠는 커피 한 사발을 숭늉처럼 마셨다. 나는 조심스럽게 돈다발을 아빠 앞에 내 밀었다. 백만 원 뭉치 두 다발. 이백만 원이다. 아빠가 담배를 물었다.

"이 돈이 뭐로?"

"응, 용돈이야. 나 조금씩 돈도 모으고 지내거든. 그래서 아빠 용돈 한번 주고 싶어서……"

아빠는 시선을 천장의 물 떨어지는 곳으로 돌렸다.

"넣어 놔. 저금해 놓고 필요할 때 써. 니가 술집에서 노래 불러 번 돈을 내가 어째 받을 수 있겠노. 애비가 받았다고 치고 넣어 둬. 앞으로도 알뜰히 살아야 한다. 쓸 데 없는 데 돈 쓰지 말고. 한 푼이라도 모아. 그저 매사에 영글게 해."

나는 어디로 떠난다는 말을 해야 하는데, 차마 입이 떨어지질 않았다. 굳이 마다하는 돈을 작은 서랍 속에 넣어 두고 다방에서 나왔다. 나는 이날 떠난다는 말을 종일 뜸들이다가 자정이 넘어서야 전화로 하게 되었다.

"객지 나가면 고생이야. 콜록…… 콜록…… 영아야 이 돈 가지고 가……"

본격적인 밤무대

구미. 유월의 비가 지독했던 탓이었을까. 무더운 공기에 뙤약볕은 뜨거웠고, 아스팔트는 이글거렸다.

산업 단지답게 큼직큼직하게 서 있는 건물들은 나에게 새로움으로 다가왔다. 중심가에 있는 지하 나이트클럽 우리 팀은 모두 여섯 명이었다. 그중 남자 싱어(제인) 한 명만 구미가 집이었다.

나머지 밴드들은 모두 대구 사람들이라 기차 혹은 자가용으로 출퇴근을 결정했고 나만 숙소를 잡아야 했다. 업소 근처에 오래된 여관이 내 숙소였다. 낡아빠진 여관은 내 기분을 꿀꿀하게 만들었지만, 별 뾰족한 수는 없었다.

업소 천장은 낮고 홀은 넓고 무대 올라선 내 머리는 천장에 닿을 것만 같았다. 급하게 이곳저곳에서 모인 우리들이라 낮에는 연습을 해야 했다. 아빠 몰래 야반도주해서 온 것은 아니지만, 또 다른 환경에 내가 잘 적응할 수 있을까 하는 불안감이 없진 않았다.

여기서도 드럼(영구)을 맡고 있는 사람은 술고래였다. 기타(중교) 오빠는 말라깽이였다. 그러나 기타 실력만큼은 절대로 가녀리지 않았다. 베이스(오원) 오빠, 퉁퉁한 몸매의 비결은 한시도 입에서 떨어지지 않는 주전

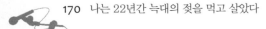

부리. 그리고 오르간(덕수)이 팀 마스터였다. 어딜 가나 팀 마스터가 연주하는 악기는 대부분 오르간이 많았다. 마지막 남자 싱어(제인)는 가녀리고 여성스런 목소리. 나보다 한 살 많고 남자 싱어라서 레퍼토리 나누기가 좋았다.

여자 싱어가 둘일 때는 트러블이 생긴다. 팀워크가 깨질 수도 있고. 앞서도 언급했지만, 똑같은 레퍼토리가 중복될 땐 서로 눈살을 찌푸려야 했고, 내 노래의 박수소리보다 상대방의 박수소리가 더 크게 나오면 끓어오르는 질투심을 들키지 않게 눌러야 할 때도 한두 번이 아니었다.

모든 것이 질투와 신경전으로 이어졌다. 그래서 여자의 적은 여자라고 했던가? 그러다 팀들 중 누군가와 눈이 맞으면 바로 무대 안방마님이 되어 기고만장해지기 일쑤였다. 팀 마스터와 눈이 맞으면 더할 나위 없이 일이 편해지는 게 사실이었다. 짝 없는 여자 싱어를 갈 길 없게 만드는 것은 그렇게 어려운 일이 아니었다.

내가 앞으로 가야 할 노래 인생에서 이 작은 질투심들은 빙산의 일각이었다. 소위 말하는 이 딴따라 바닥의 냉기는 상상을 초월한다. 밥그릇을 뺏길세라 겉으론 흰 이를 드러내 바른 인사를 하고 지내지만, 가슴으로 지닌 칼날 끝은 뾰족하기가 철을 뚫을 기세였다. 특히 밤무대보다 좀 더 올라가서 앨범을 내고 본격적인 행사 가수로 돌입하면서부터는 그깟 밤무대에서 늘 빚어졌던 작은 질투심들은 장난에 불과했다.

신발을 파는 사람들은 신발이 상품이고, 옷을 파는 사람들은 옷이 상품이다. 노래를 파는 사람들은 노래도 상품이지만 그 노래는 사람이 부르지 않는가. 결국 본인 자신이 상품인 것이다. 같이 나란히 무대에 서는 상품에게 신경이 쓰이는 건 너무나 당연한 일이다. 나보다 인기가 더 많은 건 참을 수 없는 일일 테니까. 질투심은 끝이 없이 고개를 쳐든다.

피 마르고 지독한 외로움이 동반되어 괴로움까지 뒤섞인 힘겨움이다. 이 모든 것들로부터 완전히 자유로운 영혼이 되기까지 나는 이십여 년도 더한 세월을 훌쩍 보내고 나서야 알게 되었다.

나는 무대를 좋아하고 노래를 좋아하지만 밤무대 서는 남자를 원하고 있진 않았다. 내 남자가 위험한 직업을 갖는 걸 원하지 않았으니까. 이기적인가? 음악과 노래는 자연스런 교감이다. 어느 한쪽이라도 지나침 없이 같이 물살을 타듯 어루만지며 흘러야 한다고 알고 있다. 그런 측면에서 연주자와 가수와의 관계는 필요 이상의 돈독함을 가지고 있는 것이 훨씬 무대 위에서 좋은 모습으로 작용했다.

발레를 하는 사람들도 실제로 성적인 접촉을 가지는 일이 빈번하다는 얘길 어디선가 들었다. 아마도 완성된 춤의 기여도에 섹스가 큰 몫을 차지하리란 생각이 들었다. 음악도 발레와 크게 다를 것이 없다고 본다. 연주자와 가수와의 불같은 섹스는 충분히 멋진 곡을 품어내는 원동력이 되고도 남을 일이다. 서로 어떻게 호흡하는지 알고 있으니까 말이다. 가장 말초적인 부분부터의 교감은 실재로 무대 위에서 강력한 에너지를 발산시킨다. 노래를 잘하건 못하건 음악을 잘하건 못하건.

첫 출근 날, 조촐한 회식자릴 마다하고 어설픈 숙소로 왔다. 엄마 얼굴 아빠 얼굴이 떠올랐다. 나는 또 작게 무너져 내린다.

어느 도시 초라한 여관방에 쳐 박혀 목소리 하나만을 의지한 채 매달려 있는 나를 엄마는 저 하늘나라 어디쯤에서 애처로이 지켜보고 있을까? 내가 살얼음을 걷듯 위험해 보이지는 않을까? 나는 지갑 안쪽에 부적처럼 끼워 둔 엄마 사진을 꺼내 들고 객지로 나온 첫날 시골에 있는 엄마에게 잘 왔다는 전화를 하듯 혼잣말을 했다.

엄마는 늙어 가는 아빠를 지금쯤 용서했을까? 뚱보가 내 자궁 밑을 파

헤쳐 봐야 한다고 말했을 때 엄마는 울었을까? 엄마와 내가 이 세상에서 다시 만나 엄마와 딸로 살아갈 수 있을까?

'엄마, 나 경기가 좋다는 구미로 왔어. 내가 일하던 업소 장사가 잘 안되는 바람에 눈치가 보여서 여기로 옮겼어. 내 걱정은 하지 마. 나 잘하고 있으니까. 근데 엄마, 부탁이 하나 있어. 아빠 말이야, 내가 지금 이렇게 속 썩이고 있지만, 아빠가 아프다거나 큰 병이 생기는 건 상상도 하기 싫은 일이거든. 그래서, 그래서 말이야, 엄마한텐 너무도 미안하지만, 못 다산 엄마 인생 아빠에게 나눠 주는 방법이 없을까? 아빠도 어느 날 홀연히 내 곁을 영원히 떠나게 될까 봐 덜컥 겁이 나, 엄마……'

잠에서 깨어났다. 냉장고를 열어보니 물이 없다. 목욕탕으로 들어가 수도꼭지를 틀었다. 입을 크게 벌려 수도꼭지에 갖다 댔다.

여느 때와 같이 시간을 때우고 있는 무대 위가 산만했다. 영구(드럼)의 드럼 안쪽에 쌓여만 가는 소주병. 덕수(팀 마스터)는 취해서 엉뚱한 멜로디가 나오고, 제인(싱어)은 잠을 못 잤다며 무대 위에서 선 채로 잠을 잤다.

아무도 없는 홀.

웨이터들은 위장 테이블을 만들고 다들 앉았다. 들어온 손님들은 홀에 한 테이블도 보이지 않으면 그냥 나가버리기 때문에 웨이터들이 손님으로 가장해서 앉아 있는 것이다.

땀 흘리지 않고 타임이 끝났다. 무대 벽 뒤에 팀 이름이 자연스럽게 교체되었다. 레인보우! 옆 팀 이름이다. 우리 팀은 각자 따로 따로 만났기에 이름을 그럴싸하게 준비하지 못했다. 팀 마스터는 이름이 대수냐면서 그냥 '잘놀자'로 하자고 잘라 말했다. 지극히 올드한 이름이었지만 모두들 마음에 들어 했다.

레인보우 팀 마스터와 우리 팀 마스터는 초등학교 동창이라고 했다. 우리 모두 이곳으로 올수 있게 중간 역할을 한 장본인이라는 이야기도 들었다. 그리고 나이가 세 살 더 많다는 여자 장미(싱어)는 팀 마스터의 마누라였다.

나이가 오십도 넘어 보이는 남자 싱어는 카바레를 오래 운영하다가 망하고 이 길로 뛰어든 노장이었다. 카바레를 오래해서 그런지 노장 가수의 목소리는 매력적이었고, 매스컴을 못 탄다는 이유 한 가지만 빼면 어디 내 놔도 손색없는 진짜 가수였다.

싱어(장미) 언니는 터프한 성격에 가성이 매력적이다. 이렇듯 밤무대 이쪽저쪽 파고들어 보면 노래 잘하는 사람들은 이 어두운 지하 세계에 다 모여 있는 것처럼 많고 많다. 누군들 유명한 가수가 안 되고 싶겠는가? 밤무대만 돌다가, 끝나는 사람도 있을 것이고, 목숨 걸고 빛나는 가수가 되려고 독을 품은 사람도 있을 것이고, 또 결국 로또처럼 유명한 가수가 된 사람도 있을 것이다. 그렇지만 돌이켜보면 진짜 가수의 길을 택한다는 것은 돈도 돈이지만 기나긴 시간 할애, 즉 먹고살아가는 밤무대를 일단 내려놓고 뛰어들어야 하기에 엄두조차 못 내는 사람도 수많았던 걸로 기억된다. 목구멍이 포도청이란 말처럼 먹고살아야 했으니까.

레인보우 팀의 호흡은 척척 맞았고 사단 이상으로 올라간 악기, 독주 라이브는 합주를 능가하는 사운드로 홀 안을 빵빵하게 채웠다.

칠월도 벌써 반이 지나갔고 여름은 무르익어 간다. 퇴근길! 도로 곳곳에 청춘남녀들이 짧은 밤의 끝을 잡고 있다. 나는 부러운 눈초리로 힐끗힐끗 쳐다봤다. 나도 청춘이니까. 찌걱거리며 걷는 내 두 다리는 천근만근 무겁고 쑤신다. 무리한 하이힐 때문이다. 그러나 스타일을 살려야 하니까. 귀도 윙윙거린다. 매일 음악 속에서 대화하니까 목소리는 장군이다. 오색 빛 조명에 시력도 떨어졌다. 그러나 안경은 싫다. 멋쟁이 가수여야 하니까. 낮엔 늘 잠에 취해 정신이 황망하다. 밤이 되어야 날뛰는 내 본능이 낮을 잃어버렸으니까.

나는 그저 가수에 대한 막연한 로망 하나 그것만이 다였다. 가수가 생활이 되면서부터 알게 모르게 변화되는 그 모든 것들을 끌어안고 살아가는 법을 배워야 했다.

"아빠! 아빠!"

아이가 아빠를 부르며 뛰어간다. 아이의 아빠는 흰 정장을 입고 넓은 초원을 연분홍빛 장미 한 송이를 들고 사뿐 사뿐 뛰어간다. 겨자색 원피스를 입은 꼬마 아이의 옷은 흙투성이다. 아빠를 뒤쫓아가다 지쳐 섰다. 서 있는 꼬마 아이에게 뛰어가던 아빠가 되돌아가라는 손짓을 한다.

서쪽 하늘 불길한 구름들이 점점 커지며 꼬마 아이 머리 가까이에 와서 맴돈다. 아이 양쪽 발은 끝없이 펼쳐진 풀밭 위에 딱 붙어서 한 발짝도 움직여 지지 않는다. 하늘은 무서운 빛을 띠며 먹구름 덩어리들은 빠르게 움직인다.

아빠는 자꾸만 멀어져 간다. 아이가 겨자색 원피스를 덜렁 들어올려 범벅이 된 콧물과 눈물을 닦는다. 그리고 풀에 붙어 있는 발을 떼 보려 하지만 발은 꿈쩍도 하지 않는다. 끝이 보이지 않는 길을 뛰어가는 아빠를 놓칠세라 아이가 더 큰소리로 아빠를 부른다. 발밑에 깔린 잔디를 작은 두 손으로 힘껏 뽑아 던져 보지만, 잔디 한 움큼은 아이 원피스 끝자락도 벗어나지 못하고 발밑으로 떨어져 내린다.

아빠…… 아빠…… 아이 아빠는 양쪽 팔을 더 넓게 벌리고 끝없는 초원을 둥실둥실 뛰어만 간다. 멀어져 간다. 풀밭에 쓰러진 아이는 아빠를 다시 목 놓아 부르지만 목소리는 입 안에서만 맴돈다. 누워 있던 풀들은 일제히 일어서며 바람이 분다. 비를 품고 있던 먹구름이 술렁이며 기어코 굵은 소나기를 터뜨린다. 아…… 아……

눈을 떴다. 베갯잇이 젖어 있다. 꿈이었다. 불길하고 찝찝한 꿈이다. 찬물을 벌컥벌컥 마셨다. 아직 오전! 나는 다른 생각으로 돌리려 텔레비전을 켰다. 그러나 눈에 들어오지 않았다. 엄마가 돌아가시기 몇 달 전쯤 난 이빨 빠지는 꿈을 꿨었다. 이가 빠지는 꿈은 부모에게 불길한 일이 일어날 징조라고 엄마가 말했던 것이 기억났다.

그날 그 꿈으로부터 얼마나 안이 달았는지 아침 일찍 입을 딱 봉하고 학교로 올라갔다. 정문은 잠겨 있어서 뒷문 담을 타 넘고 운동장으로 들어갔다. 아무라도 일찍 등교하는 아이의 손목을 잡고 내 꿈을 사라고 매달릴 판이었다. 좋은 꿈이라고 속이고 팔면 분명 단돈 십 원에 내 꿈을 살 누군가가 나타날 것만 같았다. 내 꿈을 산 그 누군가는 나처럼 엄마가 아파 몸져누워 있지 않을 것이므로 그다지 미안하다는 생각이 들 것 같지는 않았다. 단돈 오 원이라도 받고 내 꿈을 꼭 팔고 집으로 돌아가겠다고, 이른 아침 빈 운동장을 두 눈 크게 뜨고 지켜봤다.

이날 하루 종일 입품을 팔아 결국 얼 띤 한 남자아이에게 십 원을 받고 내 꿈을 팔고 집으로 왔다. 그날 저녁 엄마 팔베개를 하고 초롱초롱한 두 눈으로 엄마에게 물었다.

"엄마, 이빨 빠지는 꿈 정말 재수 없는 꿈이지?"

"왜 이빨 빠지는 꿈 꿨나?"

"아니, 친구가 어금니 빠지는 꿈꿨다고 하길래 퉤퉤퉤 침 세 번 뱉고 왔어! 나 잘했지?"

나는 양반다리를 하고 앉아 초점이 맞춰지지 않는 텔레비전에서 시선

을 뗐다. 밖으로 나왔다. 그리고 뛰었다. 공중전화 박스에 100원을 넣었다.

"영아라, 그래 별 일 없지? 콜록콜록"

"난 별 일 없어. 아빠 어디 아픈 데는 없지? 아직도 기침이 나는 거야?"

"괜찮아, 별 거 아니야…… 밥은 잘 먹고 지내나?"

"아빠 동네 병원 말고 큰 종합병원에 가 봐, 응?"

"그래, 내 걱정 하지 말고 니 몸이나 챙겨. 아무리 생각해도 그 일은 맘에 안 든다."

"…… 꼭 병원에 가 봐, 꼭!"

도로 옆 하수도 근처, 파리 떼가 웽웽거리며 제자리를 돈다. 하릴없이 도로 끝에서 끝을 두 번씩이나 왕복하고 나서 다시 숙소로 발길을 돌렸다. 홀 안에는 조용한 음악이 깔려 있고 미러볼 하나만이 찬찬히 돌아간다.

초저녁, 손님들이 그다지 북적거리지는 않지만, 저쪽 레인보우 싱어들처럼 혼신을 다해 노래 불러야겠다고, 나는 마이크를 두 손으로 움켜잡았다. 내 노래가 끝나자마자 옆에 서 있던 싱어(제인)의 노래가 바로 이어졌다.

한 여자가 긴 치마를 펄럭이며 무대 앞으로 걸어 나왔다. 또 한 남자도 걸어 나왔다. 일찌감치 마신 얼큰한 소주 기운을 아껴 놨다가 업소로 들어온 꼬질꼬질한 남자의 몸짓에서도 야수의 내음이 풍겨 나오는 걸까? 여자는 남자 가까이로 다가섰다. 목을 휘 감는다. 취했으니 판단력은 실종이다. 남자와 여자는 오랜 부부처럼 몸을 밀착하고 비벼댄다. 이곳에서 나가면 혹은 아침이 되면 서로 모르는 타인이 된다는 이야긴 서글퍼진다.

내 슬픈 혹은 기쁜 노래를 감상해 주는 사람들은 결코 많지 않았다. 그래도 서운하지는 않다. 그들의 눈빛과 손짓, 얼룩 진 립스틱, 풀어헤친 블라우스 사이 가슴살들에서 더 슬픈 노래가 매일 저녁 나올 뿐이니까.

홀 전원이 켜졌다. 무대 팀들은 답답한 대기실에서 나와 홀 이쪽저쪽으로 앉았다. 쉬는 시간도 잠시. 모두 기차를 타야 하기 때문에 퇴근 시간이면 특별한 회식 자리를 빼고는 후다닥 사라진다.

나도 일어섰다.

"퇴근 안 해요?"

쇼가 끝나기 무섭게 사라지는 쇼걸 언니가 저쪽 대기실에서 나왔다. 화장을 거의 분장 수준으로 하고 다녔기에 민낯의 얼굴을 처음 보니 당혹스러웠다. 길에서 마주친다면 절대로 알아보지 못할 것 같았다.

쇼걸을 환한 불빛 아래에서 보는 것은 처음이다. 가녀린 몸매에 여성스러움이 물씬 묻어났다. 굵고 쩌렁쩌렁한 목소리를 빼고는.

"같이 퇴근해요. 우리 그러고 보니 제대로 인사 한번 한 적이 없네. 소주 한잔 어때요? 오늘 팁 많이 벌었는데 내가 한잔 살게요."

업소 근처 아구찜 식당으로 들어갔다. 아침 일곱 시까지 영업하는 곳이라 야식을 찾는 손님들로 식당 안은 바글바글했다. 또 이 동네는 유흥 밀접 지역이라 새벽일을 마친 업소 사람들이 많았다. 출출한 이 시간에 아구 덩어리가 큼지막이 들어있는 찜 맛은 일품이었다.

"소주 한잔 쫙 댕겨봐요"

굵은 목소리에 깜짝 놀라 쇼걸을 쳐다보고는 말끝을 흐렸다.

"전 술을 잘 못하는데……"

"에이 그래도 딱 한잔만 해요!"

쇼걸 언니는 카운터 쪽으로 고개를 돌렸다.

"여기 소주 한 병 더요!"

잠시 후 짜리몽땅한 주인 할매는 모서리 혼자 앉아 있는 남자에게로 다가갔다.

"뭐 시켰수?"

이때 미닫이문을 열고 소란스럽게 대여섯 명의 아가씨들이 우르르 들어 왔다.

"에잇 재수 없어. 오늘 첫 테이블부터 재수 없더니 결국 이차가 안 터지잖아! 벌써 삼 일째 라구……"

"야 이것아, 난 곰팡이 필 지경이야. 뭐 삼 일 가지고 안달이야!"

"이모! 이모! 여기 소주부터 먼저 주고……"

모두 야한 옷차림에 반반한 얼굴들. 룸살롱 아가씨들 같았다. 저들은 취해서 따로따로 목소리를 높이기 시작했다. 자연스럽게 귀가 저들에게로 따라 갔다.

"울 업소 밴드 실력은 대한민국 일 번이야 일 번! 아까 그 음대 교수새끼인가 뭔가 하는 놈 봐. 연주에 싹 넘어가잖아. 첨 들어와서는 음악이 어떻고저떻고 얼분 떨면서 씨불여대더니."

다른 아가씨가 말을 받았다.

"그러게. 미친놈, 자긴 뭐 5인조 이상 안 들어오면 노래 안하겠다고 꼴값을 떨더니. 결국 우리 밴드 연주 맘에 든다고 지 혼자 마이크 잡고 안 놓는 거 봤지? 개새끼. 마이크 잡고 있을 때가 편하긴 했어. 옆에 앉기만 하면 손가락을 내 치마 속에서 꼼지락거리다가 기필코 집어넣는 거 있지. 손가락 휘저으며 낯짝은 대통령 같은 표정으로 사회가 어떻고 정치가 어떻고…… 아휴, 밥맛 떨어져."

내가 말없이 딴생각을 하는 동안 쇼걸 언니는 소주를 제법 마셨다. '소주 한 병 더'라고 쇼걸이 말하자 나는 언니의 손을 잡았다.

"언니, 오늘은 여기까지만요. 다음엔 제가 한잔 살게요."

이른 아침이긴 했지만, 공기 중에 떠다니는 습기는 내 긴 머리카락을 목덜미에 엉겨 붙게 만들 만큼 눅눅했다. 언니의 숙소는 나와 같은 여관에 내 위층이라고 했다. 여관 입구부터 흥얼거리며 부르던 노래를 멈추지 않고 여관 복도가 울리도록 언니는 노래 불렀다. 취해서 기분 좋은 아침이라며.

"잘자요, 언니."

아직도 내 팔을 끼고 있던 언니의 팔을 살며시 빼내며 내 방문 앞에 이르렀다.

"내 방에 가서 시원한 냉커피라도 한 잔 마시고 헤어지자. 기분도 좋은데……"

언니의 방 구조는 내 방에 들어온 것처럼 똑같았다. 어설픈 방안은 정신 사나웠다. 쇼를 할 때 덮어 쓰던 것들. 귀신스러운 천 쪼가리들. 끔찍하게 생긴 가면들. 한 광주리 가득 찬 무대용 티 팬티.

문이 열린 화장실 안을 들여다보았다. 밥솥, 가스레인지 등 부엌살림이 욕조까지 채우고 있다.

세면대 위에 면도기가 열 개도 넘게 흐트러져 있다. 그리고 화장품 샵을 차려도 될 많은 화장품과 온갖 액세서리들……

"언니, 발 디딜 틈이 없네요."

나는 두리번거리며 널브러져 있는 옷가지들을 밀어내고 앉았다.

"내가 정리를 안 하고 지내. 잠깐만, 내가 시원한 냉커피 타 올게."

"언니, 그냥 쉬어요. 술도 많이 마셨는데……"

"아니야. 오늘 마신게 그게 술이니? 누워 있어. 금방 시원하게 타 가지고 올게."

언니는 화장실로 들어갔다. 화장대 옆에 철조망으로 짠 개집처럼 생긴

통! 문득 생각났다. 뱀. 그래, 뱀 통이었다. 요즘 언니는 뱀 쇼를 하고 있다. 아까 아구찜 식당에 들어서며 내가 징그러워 한쪽 구석으로 밀어 놓자고 말했으니까.

"언니, 뱀 통 어떻게 했어요?"

화장실에서 부스럭대던 언니는 기절초풍할 듯이 뛰쳐나왔다.

"어머! 어쩌지? 내 밥줄! 그거 없으면 나 내일부터 업소를 돌 수 없어! 식당, 그 야식집이야!"언니가 발을 동동 구르며 옷을 주워 입었다.

"언니, 전화해 보면 되잖아요. 늦게까지 하는 식당이라면서요."

서너 번 신호음이 울리자 주인 할머니가 받았다.

"저기, 여자 둘이 들어가서 좌측 두 번째…… 앉아 가지고……"

"아하~ 뱀인가 달구새낀가 들어있는 통?"

"네, 맞아요! 할머니, 그거 치워 놓았죠?"

"아니, 왜 그런 걸 들고 돌아다녀! 쯧쯧 대가리라도 처 들고 나와 손님이라도 물면 누가 책임지는데?"

"그게 그러니까 독이 없는 착한 뱀……"

"에이 몰라! 징그러워 문 앞에 내다 놓으려고 그랬는데 브라질 삼촌이 들고 갔어."

"뭐요? 브라질요?"

브라질 소리에 나는 당황했다. 언니는 내 옆에 바짝 쪼그리고 앉아 있다.

"아니, 한국 사람도 아니고 어떻게 외국 사람한테 그걸 줘요! 그 뱀 없으면 안 된다구요! 그래 브라질로 오늘 떠난다던가요? 왜 하필 브라질 사람이냐구요? 거기 근처 업소 사람들 천지던데……"

나는 수화기를 막고 언니를 쳐다봤다. 언니는 실룩거리며 윗옷을 훌러덩 벗었다. 마네킹처럼 예쁜 가슴이 드러났다.

"언니… 어쩌지? 브라질 사람한테 뱀을 줬다는데요……"

언니 얼굴이 일그러지며 거센 목소리가 나왔다.

"씨팔 할마이가 돌았나! 그게 돈이 얼만데! 훈련시키는데 좆빼이 첬구만. 내 밑을 물지 않고 구렁이 담 넘어 가듯 교육시킨 시간이 얼만데…… 첨에 그 망할 놈의 뱀한테 불알을 물려 내가 얼마나 고생했는데!"

담배를 물고 창문으로 고개를 내밀며 언니는 가래침을 꺽꺽 내 뱉았다. 불알~ 불알이라니? 나는 다시 할머니와 말을 이었다.

"할머니, 그 브라질 사람 어디 가면 만날 수 있나요? 지금 찾으러 가 보게요."

"지금 시간이 몇 신데. 이따 저녁에 브라질로 가 봐!"

"그러니까 브라질까진 제가 갈 수가 없고요…"

"이런 쯧쯧. 젊은 아가씨가 말귀를 못 알아듣네. 아니 브라질을 참말로 모르는 거야? 아니, 여기 있으면서 브라질 룸살롱을 모른다는 게 말이 돼!" 철커덕.

할머니는 신경질적으로 전화를 끊었다. 브라질, 브라질 룸살롱!

그러고 보니 출근길에 어디선가 본 듯했다. 언니는 그제야 룰루랄라 냉 커피를 타 오겠노라 엉덩이를 흔들며 화장실로 들어갔다.

방을 오랫동안 닦지 않았는지 여기저기 파리 시체들이 떨어져 있다. 벽에 걸린 이삿짐 센터 달력에도 죽은 파리들이 납작하게 붙어 있다. 그 옆에는 부모님과 남동생처럼 보이는 가족사진이 걸려 있고 언니의 모습은 없었다. 언니는 얼음 없는 냉커피 두 잔을 바닥에 내려놓았다.

"마셔."

"언니, 저 액자 속에 사진 부모님과 남동생인가 봐요?"

나는 커피 잔을 들었다. 냉 커피 라기보다는 뜨거운 커피에 가까웠다.

쇼걸 언니는 창밖을 응시하며 무언가 망설이는 듯했다. 그러더니 양쪽 팔을 베고 벌러덩 드러누웠다.

"너도 누워. 피곤할 텐데……"

나도 널려진 옷가지들 위에 그대로 드러누웠다. 피곤이 밀려왔다 아침 아홉 시가 넘었다.

"자?"

쇼걸 언니는 짧게 물었다.

"아니요, 그냥 이 생각 저 생각……"

"골치 아픈 생각은 하지 마. 어차피 인생은 깊이 파고들수록 힘들어지는 거니까. 나 사실은 남자야……"

비몽사몽간에 그 말을 듣자마자 나는 용수철처럼 몸을 튕겨 일으켜 세웠다. 언니는 화장대 위에 있는 앨범을 주워들었다.

"놀랐지? 실은 말 안 하려다가 그냥 했어. 왜? 실망스럽나?"

나는 벽에 걸린 액자로 시선이 바로 갔다. 그러고 보니 사진 속 남자는 언니와 너무도 닮아 있다. 쇼킹했다. 한방에 옷을 벗고 같이 있다는 게. 나는 넌지시 손을 얼굴에 갖다 대고 표정을 가다듬었다.

"놀라긴…… 앉아. 서 있지 말고! 이 바닥 일하면서 나 같은 사람 첨 보는 것도 아닐 텐데, 아직 순진하구나?"

어렵사리 이야기한 쇼걸이 민망해하는 것 같았다. 나는 다시 앉았다.

"언니 집에서도 아나요?"

"그럼. 난 이래 봬도 삼대독자야. 다른 형제도 없고. 나쁜 놈이지 부모 가슴에 피멍을 새겼으니. 아직도 우리 부모님 아들, 아들 그러지……"

언니는 만지작거리던 앨범을 내 무릎 위에 펼쳐 놓았다.

"이 사진 봐. 나 군대 있을 때 늠름하지! 나 이래도 육군하사 출신이야.

이때까지만 해도 우리 부모님 시골에서 아들 자랑하느라 세월 가는 줄 몰랐지. 며느리 일찍 봐서 대를 이어야 한다고 난리를 쳤는데……"

언니는 옛날을 회상하듯 담배를 물었다. 담배 연기를 쭉 빨아들이며 다시 그 연기로 동그라미를 만들어 내뱉었다. 사진 속 남자는 굵은 목젖이 튀어나와 있고 정말 남자다웠다.

남자 얼굴 위로 언니 얼굴을 겹쳐 보았다. 같은 사람이라고 믿기엔 쉽지 않았지만 자세히 살펴보자 이목구비가 똑같았다. 언니의 튀어나온 목젖! 쇼걸과 눈이 마주쳤다. 나는 뭘 훔쳐 먹다 들킨 사람처럼 머리를 흔들며 시선을 냉큼 돌렸다. 언니의 목소리는 남자로 완전히 바뀌어 있다. 아무래도 긴장을 풀고 대화를 주고받게 되자 여성스러워야 한다는 강박관념에서 벗어난 듯했다. 쇼걸은 조금 전 내가 무심코 시선이 머물렀던 자신의 목젖을 손으로 만졌다.

"아~ 괜찮아. 이 목젖! 이것도 수술해야지. 근데 이건 쉬운 일이 아니야! 일본 가서 남자를 잘라냈는데 나 죽을 뻔 했어……"

"일본에서 수술했나요?"

"그래. 일본에서…… 좆나게 비싸더라고. 이 길로 첨 들어설 땐 가슴만 수술하고 다녔는데, 씨발 새끼들 내 쪼그라든 성기를 보고는 다 징그럽다고, 재수 없다고, 자빠지더라고. 그래서 어떡해? 돈은 없지. 수술비는 어마어마하게 든다지. 나 죽었소이다 하면서 미친 듯이 씨발놈들 사타구니에 머릴 처박았지. 아주 오래도록."

나는 태연한 척 아무렇지 않은 듯 듣고 있지만, 어떻게든 이해하며 들으려 애썼지만, 불가사의한 이야기였다.

"그래서요?"

"뭘 그래서야. 한 푼 두 푼 모은 돈으로 작년에 물 건너갔다 왔지. 대

수술 이더라구. 두 번은 못해 좆 짤라 내는데 왜 그렇게 오래 걸려?"

대단한 일이다. 산다는 건 대단한 일이다. 잠이 확 달아났다. 이참에 내가 죽었다 깨어나도 이해할 수 없는 저들의 영역을 다 들여다보고픈 호기심은 깊어졌다. 나는 혹 쇼걸의 기분을 잘못 건드리는 건 아닐까 싶었지만, 조심스럽게 내 궁금증을 끝까지 풀 작정이었다.

"부모님은 언니 성을 이제 다 받아들이셨나요?"

"아니, 아버지는 내가 성기 잘라낸 걸 아시곤 화병으로 넘어가시고 얼마 안 있다 돌아가셨어. 내 고향은 원래 부산인데 아버님 돌아가시고 엄만 홀로 적적하다며 전라도 정읍으로 가서 땅뙈기 조금 사서 혼자 농사짓고 살아."

"그럼 엄만 언닐 받아들이셨나요?"

"옛말 틀린 거 없지. 자식 이기는 부모 없다고 모르는 척 입 닫고 귀 닫고 사는 거지 뭐. 아직도 한 번씩 통화할 땐 울먹거리며 태훈아 태훈아 부르지. 그래서 내가 전화를 잘 안 해. 내 이름이 태훈 이거든!"

"어차피 이렇게 된 거 엄마랑 자주 통화하면서 벽을 허무세요. 다른 자식들도 없는데……"

"그래야겠지……"

"이제 완전한 여자로 사는 데 큰 불편은 없는 건가요?"

"그게…… 근데…… 문제가 또 있어. 성기 수술하는 거보다 훨씬 더 큰 문제!"

언니는 핸드백 안에서 무언가를 꺼내 들었다. 그것은 주민등록증이었다.

"주민증은 왜요?"

"응, 말이 나온 김에 다 얘기해 주지 뭐. 이게 문제야. 주민등록증. 아직도 올라오고 있는 수염은 매일매일 면도로 해결하고 여성 호르몬제를 더 오래 투약하면 수염은 서서히 줄어든다고 하던데……"

언니는 주민등록증을 만지작거리며 긴 한숨을 쉬었다.

"언니 주민증이 왜요?"

"이거, 이거 말이야. 이걸 바꿔야 해. 그래야 난 비로소 완전한 여자가 되는 거지. 앞 숫자 1을 2로 바꾸는 일."

그제야 이해가 갔다. 여자는 2로 시작하고 남자는 1로 시작하는 주민등록 번호. 주민증까지 바꾸리라 마음먹고 있는, 확실한 여자가 되려는 희망. 뜻을 이루려는 인간의 아름답고 끈기 있는 아집으로 받아들여야 하는 건지, 돌연변이 유전자로 인해 성의 정체성을 거부하고, 단순함이 낳은 저질적인 구정물 같은 판단으로 인한 사고인지 나는 알 수가 없었다.

쇼걸은 몇 모금 피우다 만 담배꽁초를 다시 물며 라이터를 켰다.

"주민등록증을 바꿔야 해. 언젠가는! 그래야 내가 완벽한 여자가 되는 긴 여정의 끝이 나는 거지. 이 개고생을 해서 모든 걸 다 바꿔 놨는데 이것 때문에 낭패 보는 일이 한두 가지가 아니야. 다른 놈들 아니 다른 년들은 형제라도 있어 누나나 여동생 주민증을 쓸 수도 있지만, 난 형제가 없으니까 어디 가서 이거 꺼내 놓으라 할 땐 아주 죽겠드라고…… 마지못해 꺼내면 아가씨 주민등록증 가지고 오셔야죠, 왜 남동생 껄…… 부터 시작해서 뭐야 이거 트랜스젠더 잖아…… 이런 경우는 첨이라서 어쩌고저쩌고…… 아주 몸서리난다고!"

"그걸 바꾸는 게 가능한가요?"

"아니. 아직은 가능하지 않아. 그런 판례는 없었던 걸로 알고 있어. 그렇지만 언젠가는 가능한 세월이 온다는 걸 난 알고 있지. 1을 2로 바꿀 수 있는 그 세월! 난 믿으며 살아!"

왜? 무엇이? 저토록 여자를 갈망하게끔 만들었을까? 하늘의 순리, 그것도 다름 아닌 성을 동전 뒤집듯 바꿀 수 있을 만큼 인간은 독하단 말인가? 오전의 찌는 더위는 등목을 한 것처럼 땀은 등줄기를 타고 비질비질 흘러내렸다.

오래된 에어컨에서는 선풍기 바람보다 나을 것 없는 후텁지근한 바람이 나왔다. 죽음을 감내하며 여자를 택해야 했던 이유를 마지막으로 물어보고 내 방으로 건너갈 참이었다. 언니는 한쪽 팔을 이마에 올려 놓은 채 방문 쪽을 향해 비스듬히 누워 있다. 젖혀진 머리카락 사이로 한쪽 귀가 보였다. 바늘구멍은 족히 일곱 개도 넘게 뚫려 있다. 작은 큐빅 귀걸이가 귀 둘레를 다 덮고 있었다. 여자가 되고 싶었던 까닭은 저 많은 귀걸이들 끝에서도 충분히 느낄 수 있을 것만 같았다. 나는 가방을 들고 일어났다.

"언니, 그토록 여자가 되어야만 했던 이유가 뭐였을까요? 실례인 줄 알지만 오늘 언니와의 솔직한 대화들 속에서 제가 몰랐던 이야기들도 접하게 되었고, 앞으론 성전환자들에게로 향하는 시선을 따로 두지는 말아야겠다는 생각도 하게 되었고요. 아직 완전히는 모르겠지만……"

마지막 질문에 대한 답은 들려오지 않았다. 오늘 나와의 대화에서 여러 가지 생각들로 머리가 복잡해진 것도 같다. 내가 너무 많은 걸 물었던 건 아니었을까? 나는 마지막 대답을 듣지 못할 것 같았다. 방문을 살며시 열었다. 다음날에 야식집에서 함께하는 시간이 온다면, 나는 더 크게 '언니' 하면서 그를 부드럽게 불러 주리라. 그렇게 하기로 했다.

이때.

"그건 말이야, 내 답은 정말 단순해…… 그냥…… 그냥…… 어릴 적부터 권총놀이보다는 인형놀이가 훨씬 더 좋았어……"

자그마한 창문 하나가 공기통로인 여관 복도에는 찌는 듯한 열기가 꽉 들어차 있고, 어디선가 들려오는 매미소리들이 나를 잠들지 못하게 할 것만 같다.

눈을 떴다. 꿈같은 고독이 밀려 왔다. 어제와 똑같은 시간대에 화장을 하고 똑같은 곳으로 가야 하는 것이다. 자동인형처럼.

피크 타임 손님이 별로 없어 오늘 뱀 쇼는 다른 날보다 늦게 시작되었다. 징그럽다고 흘려보던 뱀 쇼를 오늘은 맨 앞자리에 가서 눈여겨 볼 생각이었다. 몽한 분위기에 노래가 깔리고 조명은 다 꺼졌다. 센터 조명한 줄만이 그녀를 비췄다. 손님들은 모두 숨을 죽인 채 술잔을 손에서 내려놓고 있다.

풍만한 젖가슴을 자기 손으로 애무하면서 걸어 나오는 여자는 정말 여자다. 자기 손가락을 입으로 가져 갔다. 손가락 하나를 입 깊숙이 넣었다 뺐다 하다가 손바닥을 혀로 쓸어내렸다. 그리고 그 손가락으로 자신의 거기를 또다시 애무했다. 흥분된 성적 표현은 홀 안을 뜨겁게 달궜다. 취한 이들의 음담이 터져 나왔다.

한참 조용하게 쇼를 즐기나 했더니 한사람이 무어라 떠들어댄다. 남자들은 맥없이 흐흐흐 웃는다.

쇼걸은 그 무엇도 의식하지 않았다. 이 밤 가장 야하게, 가장 섹시하게. 남자들을 죽도록 흥분시켜 미치게 만들겠노라는 색녀의 자주색 입술만이 액으로 축축이 젖어 가고 있을 뿐이다. 쇼걸은 마치 절정에 오른 사람처럼 가쁜 숨을 몰아쉬었다. 자기를 향해 야유 보내는 사람들에게 마치 이렇게 말하면서 가장 깊숙한 신음 소리를 내는 것만 같았다.

"이중인격자들 너희들은 지금 이 시간을 나보다 더 즐기잖아. 겉으론 '쌍스러운 것' 하면서도 내 몸 구석구석을 혀로 핥고 눈으로 강간하고 있잖아!"

간혹 여자 손님들은 부끄럽다는 듯이 딴 곳으로 눈을 돌리기도 했다.

같이 온 파트너에게 보여 주어야 할 무기는 꼭 애교만이 아니리라. 내숭 또한 여자가 지녀야 할 나이트클럽 에티켓이 아니겠는가.

어젯밤 애간장을 태웠던 뱀이 조명을 받는 순서이다. 뱀은 긴 혓바닥을 낼름거리며 쇼걸 언니를 칭칭 감고 미끄러지듯 몸을 탔다. 깊은 곳으로 내려간 순간 뱀은 대가릴 치켜 들고 동작을 멈추었다.

이때 센터 조명은 뱀 대가리와 쇼걸의 깊숙한 곳을 강하게 비췄다. 홀 안은 약속이나 한 것처럼 모두들 숨을 죽였다. 음악도 잠시 멈추었다. 뱀이 쳐올렸던 대가리를 스르르 내리며 긴 혀를 바삐 움직였다. 그리고 쇼걸의 그곳을 갈라진 양끝 혀로 쓸어 올리길 몇 차례! 야리꼬리한 음악이 다시 깔렸다.

손님들은 휙휙 소리 지르며 기립 박수를 쳤다. 위험해 보였지만 뱀은 언니 말대로 구렁이 담 넘어가듯 훈련이 잘 되어 있었다.

호텔 나이트클럽 우리 업소 식구들은 다섯 시가 넘어 이곳으로 들어왔다. 오늘은 회식하는날이다. 우리 밤무대 사람들의 회식은 별 다른 게 없다. 일 마치고 뼈다귀해장국집이 아니면 다른 업소로 가서 무대 위가 아닌 무대 아래 손님이 되어 무아지경으로 춤추고 술 마신다.

레인보우 팀 장미 언니와 가까워지는 시간이 되었다. 가게 식구들 다 합쳐 여자는 주방 아줌마와 장미 언니 나 이렇게 셋이 전부니까. 쇼걸 언니는 회식 자리에 함께하지 않았다. 팀 오빠들은 얼큰한 술기운에도 기차를 타야 한다며 자리를 떴다. 나는 장미(싱어) 언니가 끓여 준다는 해장국에 그만 언니 숙소까지 따라가고야 말았다.

나는 밤을 낮 삼아 사는 올빼미가 되었다. 덩그러니 숙소에 들어가 봐야 잠자는 일 말고는 할 일이 없으니까. 쓸데없이 온밤을 고스란히 다 새우고 들어가는 습관이 뱄다.

장미 언니의 숙소 또한 여관이었다. 나와 가까운 거리에 여관! 언니는 이 여관에 오래 머물렀는지 가정집 뺨치는 흔적들이 고스란히 보였다. 넘쳐 나는 무대복과 오르간 아저씨 악기들. 자질구레한 살림들.

역시 화장실이 주방 겸용이었고, 작은 가스레인지 하나로 음식을 해결하는 것 같았다. 무대 위에서는 다들 근사하고 사람들의 부러움을 한눈에 받는 우리인데, 뒷모습은 초라하고 청승맞기 짝이 없다. 무슨 피란민도 아니고 화장실이 부엌이고 공간 개념이 없는 생활. 방법이 없다. 집을 이고 다닐 수도 없는 노릇이고 그저 이곳이 아니면 저곳, 저곳이 아니면 또 다른 곳으로, 짐 보따리를 싸서 흘러 다녀야 하니까. 이 모두가 먹고 사는 것도 사는 것이지만, 정말 노래를 좋아하지 않으면 할 수 없는 짓이었다. 모두 노래에 미쳐있으니까. 노래할 때만이 살아있음을 느끼는 것은 무대에 서는 사람들 모두가 그렇다고 보면 될 것이다.

배가 고파왔다. 집 밥이 그리워질 때가 한두 번이 아니다. 물론 집에서도 엄마가 해 주는 밥을 먹어본 지 까마득했지만, 김치 하나만 놓고라도 집에서 먹는 밥 생각이 굴뚝같았다. 장미 언니는 주방 아니 화장실로 들어갔다. 오르간 아저씨는 방안에도 세팅되어 있는 오르간을 붙잡고 새로 부를 노래를 연습했다. 다들 체력도 좋다. 아침까지 술을 마시고 끄떡도 없이 또 무언가를 한다는 것이.

된장 끓이는 냄새가 방안 가득 퍼져 왔다. 연습에 방해가 될 것 같았지만, 오르간 아저씨에게 말을 붙였다.

"피곤하지 않으세요?"

"피곤하지…… 이젠 손으로 음악 하는 시대는 끝이야…… 그래도 하는 데까진 연습하고 준비해야 안 되겠나 싶어 한다만은……"

장미 언니가 고춧가루 묻은 손으로 화장실에서 나와 담배를 물었다.

"그래서 큰일이야. 모아 둔 돈도 없지, 변변한 전세방 얻을 처지도 안 되지, 내가 이 화상 만나서 아주 그냥…… 못 살아!"

장미 언니는 벌겋게 달아오른 얼굴로 날이라도 잡은 듯 하소연을 풀어 놓았다. 같이 음악하면서 동거하는 사람들은 잔 다툼이 끊임없이 인다. 그리고 보면 같이 살면서 같은 직장으로 출근하고 하루 종일 붙어 지낸다는 게 남녀의 사랑을 더욱 돈독하게 해 주는 것만은 아닌 것 같았다. 어쨌거나 우리가 몸담은 곳은 화류계이지 않는가. 화류계에 부부가 함께 한 업소에 일을 한다는 것은 장점도 있겠지만, 말 못할 부분들이 분명히 있을 것 같았다.

장미 언니에게 물었다.

"언니, 같이 무대에 서면 좋을 것 같기도 하고 아닐 것 같기도 한데, 어떤가요? 아저씨 연주에 노래하는 기분은……"

"말도 마. 음악 하는 사람 절대로 만나면 안 돼! 좋을 것 같지만 불편한 게 더 많아. 남자 손님들 일 마칠 때까지 죽치고 앉아 기다리고 있으면 돌아. 웨이터들 들어와서 '저기 어디 어디 남자분이 찾는데요' 이러면 신랑 표정부터 살펴야 하고…… 마지못해 테이블에 가서 맥주 한 잔 받아먹고 오면 입이 댓 발로 나와 가지고 눈치 봐야지…… 아휴, 또 돈 좀 모일만 하면 악기 사지, 또 모일만 하면 더 좋은 거 나왔다고 악기사로 내빼고…… 내가 이 화상 만나서 아주 그냥……"

오르간 아저씨는 악기 플러그를 뽑았다.

"여자는 이래서 믿을 게 못 된다니까. 나 좋아 따라다닐 땐 언제고. 무대 첨 올라온 초자배기를 이만큼 알쳐 가지고 데리고 사는 것만 해도 감지덕지해야지!"

오르간 아저씨는 언니를 약 올리듯 웃으며 말했다. 장미 언니는 눈을 흘기고 다시 화장실로 들어가며 궁시렁 거렸다.

"빚이나 빨리 갚았으면 좋겠어. 얼마 전에 또 악기 사 가지고 빚 구덩이야. 아휴 내 팔자야. 가수는 무슨 얼어 죽을 가수, 이건 뭐 식순이에다가 의대생 뒷바라지 하는 엄마 같다니까……"

오르간 아저씨는 장미 언니 말에 별 반응 없이 방바닥에 깔려 있는 악보들을 추슬렀다. 나는 작은 밥상을 펼쳤다.

"객지에서 외롭지 않나?"

오르간 아저씨가 느닷없이 물었다.

"글쎄요, 외로운 거 같기도 하고…… 아직은 잘 모르겠어요. 두 분 보면 부러울 때도 있어요. 재미있게 음악을 할 수 있을 것 같고요."

"꼭 그렇지만은 않아. 물론 좋은 것도 있지만, 우린 술집에서 일하잖아. 가수는 내 마누라고…… 아니꼽고 더러운 꼴도 다 봐야 하고 눈감아야 하고 추태 부리는 놈, 마누라한테 욕하는 놈, 씹던 과일 조각 지 기분 더럽다고 무대 위로 뱉는 놈 별별 꼬라지 다 봐야 하니까…… 꼭 좋은 것만은 아니야. 그렇다고 악기 손 놓고 무대 밑으로 내려가서 멱살 잡고 '임마 우리 마누라한테 왜 시비 걸어' 이렇게 말할 수도 없는 노릇이잖아. 업소 마이킹 다 깔 때까지 참고 해야지 뭐……"

화장실에서 잠자코 듣고 있던 장미 언니가 방으로 들어오지는 않고 머리를 내밀었다.

"그래도 요즘은 인식이 좀 바뀌어서 노래 부른다고 말하면 그래도 옛날보단 편안한 눈초리와 후한 대접이 따라올 때도 있지만…… 그때나 지금이나 무명이라는 두 글자는 상처 위에 상처가 반복되면 도저히 아물지 않을 것처럼…… 무명은 계속 무명일 뿐이라니까. 빚 위에 빚은 결국 개털

192 나는 22년간 늑대의 젖을 먹고 살았다

되듯이……"

그렇다. 자기들 마음에 드는 노래 한 곡 시원하게 나올 때는 아낌없는 박수를 보내 주기도 하지만, 어차피 무명은 무명일 뿐이었다. 인기 가수들에게 향하는 그 비슷한 시선도 사실은 느낄 수가 없었다.

한참 후. 조상이 누군지 모를 음식이 차려졌다.

숙소로 돌아오니 해는 중천에 떠 있고, 더위는 찬물을 몇 번씩 뒤집어 써도 물러날 기미가 없다. 나는 누웠다가 다시 몸을 반쯤 일으켜 세웠다. 이 시간에는 잠들어 있는 게 상책이다.

이 여관에는 달 방을 얻어 생활하는 업소 아가씨들이 많이 있다. 내 옆 방에도 업소 아가씨 두 명이 지내고 있다. 일을 끝내고 돌아오는 그녀들, 오늘도 엉망으로 술에 취해 시끄러운 소리를 내며 하이힐 굽을 질질 끌고 들어왔다. 샤워 소리, 어디론가 전화해서 울다 웃다 욕하다가 생떼 쓰는 소리. 가사 바꾸어 욕하듯 부르는 노랫소리……

대기실 어두침침한 불빛 아래에서 듣던 팀 오빠들의 야한 농담이 이젠 재미없다. 나는 홀 밖으로 나왔다. 아직도 꺼지지 않은 가로등 불빛들. 아직도 어디선가 흘러나오는 음악 소리들. 보도블록의 촉감들이 내 발길을 탱탱하게 밀어 준다. 나는 어느새 역 앞으로 와 버렸다. 그리고 벤치에 앉았다. 맑은 공기를 마음껏 마시고 숙소로 들어가기 위해서였다. 아니 사실은 혼자서 멍 때리는 시간을 줄이고 싶은 마음에서 인 것 같다.

역 앞은 북적거렸다. 줄지어 서 있는 택시들. 기사들은 지역명을 크게 부르며 빈차로 돌아가지 않으려고 목에 핏대를 세웠다.

"대구 오천 원씩 다섯 명!"

"경산, 안동…… 빨리요 빨리!"

"자, 총알, 총알입니다. 올라타자마자 항문에 서너 번만 힘 꽉 주면 도착입니다! 빨리 빨리……"

오늘도 태양은 한 치의 양보 없이 이글거릴 것만 같다. 가는 바람 한 점 없는 이른 아침 더위는 벌써 도로 곳곳에 어슬렁거리며 잠자던 사람들을 바깥으로 뛰쳐나오게 만들고 있다.

상점 앞 물건을 올려놓는 들마루 위에 고쟁이 바람의 늙은 할매가 부채를 흔들며 누워 있다. 그 옆 담배 가게 아저씨도 메리야스 바람으로 한 손에 파리채를 든 채 플라스틱 의자에 앉아 꾸벅꾸벅 졸고 있다.

나는 천천히 걸었다. 각설이처럼 노래 부르고 희희낙락 끼득끼득 웃으며 한 푼 버는 데만 급급해서 아무것도 모르는, 그저 얼씨구절씨구 소리 지르는 시커먼 각설이처럼 느껴졌다. 오늘도 꼬박 밤을 지새우고 들어선 여관방. 나는 검은 안대를 찾아 끼었다. 히죽히죽 웃으며.

8월도 며칠 남지 않았다. 새벽녘 금오산. 케이블카의 굵은 선이 어둠 속에 떠 있다. 산 속 물 흐르는 소리가 시원한 공기를 뿜어 주고, 마음은 상쾌해졌다. 대구에서 오원(베이스) 생일이라며 와이프가 음식을 한가득 장만해서 왔다. 멀어져 가는 여름. 휴가 비슷한 기분이라도 내야 모두 덜 억울할 것 같아 뼈다귀해장국집이 아닌 야외를 찾은 것이다. 밤업소는 일 년 열두 달 현충일 하루를 빼고는 풀가동이니까.

산기슭, 돗자리를 깔아 놓고 잠을 청하는 사람들이 군데군데 눈에 띄었다. 작은 동네를 연상케 하는 텐트들도 올망졸망 진을 치고 있다. 한 집이 통째로 들썩들썩 움직인다. 우리들은 가로등 불빛을 끼고 둘레둘레 둘러앉아 음식들을 펼쳤다.

산으로 올라오는 동안 베이스(오원) 와이프의 얼굴을 자세히 보지 못했다. 어스름 불빛이라 또렷하게 보이지는 않았지만, 음식을 펴는 손 마디

마디는 거무튀튀 굳은살이 박여 있었고, 초라한 면 티셔츠는 목이 늘어나 있었다. 늘어진 나뭇잎 때문에 한쪽 얼굴은 그늘져 옆모습만 얼핏 보았지만, 분명 낯이 익었다.

음식들 옆으로 술병이 깔리고 우리들의 밤이 떠들썩해지기 시작했다. 나는 아까부터 여자의 얼굴을 기억해 내기 위해 한마디도 하지 않은 채 나무 밑에 앉아 있다. 여자는 나와의 눈 맞춤을 의식적으로 피하려는 듯 불빛이 따라가지 못할 장소로 옮겨 갔다. 음식을 마구잡이로 먹던 베이스(오원)가 내게로 왔다.

"너 왜 이러고 있어? 참 우리 마누라 인사 안 했지? 나하고 나이 차이가 제법난다. 이해해라. 세상은 다 그런 거니까!"

말이 끝나기 무섭게 여자를 불렀다.

"여보! 여보! 우리 팀의 꽃. 싱어하고는 인사 안 나눴잖아."

큰 나뭇가지 아래 앉아 있던 여자는 슬며시 일어나기만 할 뿐, 내가 있는 쪽으로 걸어오지는 않았다. 베이스(오원)와 내가 다가갔다.

"인사해. 여긴 싱어 영아. 그리고 이쪽은 내 사랑하는 우리 와이프야."

여자는 어둠 속에서 고개를 숙이고 있다가 나를 흘깃 보고 순식간에 머리를 돌렸다.

나는 웃으며 여자에게로 다가섰다.

"안녕하세요. 맛있는 걸 이렇게 많이 해 오셔서 오늘 배가 호강을 하네요."

여자는 말이 없다. 베이스(오원)가 약간 신경질적으로 말했다.

"인사를 하는데 그게 뭐야!"

분위기가 어색해졌다.

"참, 영아 너 고향이 풍기라고 했지? 우리 집 사람 고향이 그쪽이잖아.

서로 고향 사람들끼리 악수라도 한 번 해"

오원(베이스)은 내 손을 와이프 손등 위에 올려놓았다. 나는 여자의 손등을 잡았다. 여자가 손을 내밀며 몇 발자국 뗐을 때 얼굴을 가려 주던 큰 나무에서 살짝 벗어났다. 나는 보았다. 기억이 났다. 순영이 언니였다. 내가 어릴 적 동경하던 밤무대 가수 순영이 언니였다.

내가 중학교 다닐 적부터 고향에서 잘 나가던 가수 언니였다. 저 언니의 노래를 들으려고 비싼 가발을 사야 했기에 인삼 깎고 언니 공장에도 따라다녔다. 언니의 세련된 스타일과 노래는 내 사춘기를 심각하게 만들었다. 어느 날 내가 회관에 놀러 갔을 때, 언니는 보이지 않았다. 텔레비전에는 안 나오더라도, 서울 가서 세련된 라이브 바를 차려 근사하게 노래 부르며 늙어 가는 줄로만 알았다. 그 당시 서울로 갔다는 말을 나중에 들었기에. 오원(베이스)은 팀들 자리로 갔다.

"언니 절 기억하나요? 가발 쓰고 클럽에 들어가 언니 노래 듣고 소리지르던 거…… 언니 퇴근할 때까지 기다렸다가 사인해 달라며 커다란 연습장을 내밀던 저를 말이에요…"

"……."

"언니, 우리 요밑 주차장 벤치로 내려가요."

"……."

폭포수 소리가 바위를 쫙쫙 가를 것처럼 큰 소리를 내며 떨어진다. 제법 서늘해지는 산 속 바람은 잊었던 가을을 떠오르게 한다. 산 주차장 입구까지 어색한 침묵을 안고 내려왔다. 겨울이면 바글거릴 자판기 앞은 썰렁하고, 커피 맛은 쓰지도 달지도 않고 어중간하다.

"언니, 너무 반가워요! 이런 여름날 산에서 언니를 만나 커피도 한잔하고…… 제가 어릴 적 언니 노래 들으려고 매일 밤 아가씨로 변신해서 그 술집 들락날락거리다 아빠에게 뒤지도록 맞은 적이 한두 번이 아니에요."

"……."

"언니, 이제 노래는 안 부르는 거예요?"

언니는 들고 있던 종이컵을 땅바닥에 내려놓으며 양손으로 얼굴을 감쌌다.

"흐흐흑……"

운다. 순영 언니는 운다. 내가 언니를 울렸나? 왜 우는 거지? 다시는 옛날로 돌아갈 수 없는 현재라서? 내가 당황한 나머지 더듬거렸다.

"어…… 언니 미안해요. 그만 올라가요. 사람들 기다리겠어요."

"영아, 미안하구나……"

나는 순간 자지러지게 놀라 들고 있던 커피 잔을 떨어뜨렸다. 그리고 내 귀를 의심했다. 분명 사람이 아닌 로봇이 말했으니까. 언니 목소리를 기계가 받아서 다시 말한 것처럼 지지직 울림이 일었다. 언니가 정면으로 고개 들어 나를 바라보았다.

"나 만났던 거 잊어. 너가 노래 부른다는 소식은 벌써부터 들어서 알고 있었어. 열심히 해서 멋진 가수가 되길 빌게……"

언니는 분명 입으로 말했지만, 목소리는 울대 밑 조그만 구멍에서 나왔다. 언니는 말하고 나서 손수건으로 그 구멍을 닦았다.

망할 놈의 세상! 그래 이 세월을 살아오는 동안 어디 잃은 게 성대뿐이겠는가? 야수처럼 날카롭게 살점을 후벼 파내듯이 가슴이 콕콕 아파왔다. 이런 만남은 결코 바라지 않았건만. 다만 어느 화창한 여름날 오후, 그 축복스런 오후를 놓칠세라 마냥 뛰어 놀다 예고 없이 떨어지는 소나기를 피할 방법 없듯이, 불현듯 다가온 이 소나기 같은 만남 이후 간혹 한 번씩 심각해질 때가 있었다. 그로부터 얼마가 지나고 덕수(마스터)에게 이야기를 들었다.

"자세히는 모르는데 서울로 올라가 인기 가수 시켜 준다는 말에 들고 간 돈 다 바치고, 몸뚱아리 다 바치고, 끝내 방송 한번 제대로 못 타 보고 나중엔 윤락 비슷하게 시키며 저 일본 창녀촌으로 팔아먹으려 했다더라고! 일본도 다녀왔을 걸 아마…… 그 소속산가 뭔가 하는 양아치 새끼하고 몸싸움하다가 성대를 여러 방 칼에 찔렸다나 어쨌다나……"

나도 모르게 손이 목을 감싸고 있다. 내 살들이 일어나는 것처럼 떨려왔다.

"그래서요?"

"뭘 그래서야. 대구로 내려와 식당 주방에서 설거지하다가 저 새끼(오원) 만났지. 첨에 저 여자 쥐꼬리만 한 식당 차려서 오원이 처먹고 놀 때 뒷바라지했지. 물론 저 새끼 악기 산다 뭐 산다 하면서 가게 보증금 다까 처먹었지 결국엔. 지금 구체 없이 데리고 사는 거 같은데…… 저놈 저 늙은 여잘 곧 버릴 작정인 것 같아……"

나는 머리를 절레절레 흔들었다. 소름 끼쳤다. 세상 밑바닥 떼라는 떼는 모두 조금씩 혀끝으로 다 핥아 보고 있는 듯했다. 인생이란 어차피 부딪히지 않고서는 정말 버려야 하는 게 무엇이고 버릴 수 없는 게 무엇인지 알 수 없을 것만 같았다.

나는 더 나이 먹은 여자가 되고만 싶다. 그래야 버릴 수 없는 것들과, 버려야 할 것들을, 찾고, 분간할 수 있을 것만 같았다. 나는 아직 내 시작도 보지 못했으니까.

팔월은 갔다. 지난 가을이 잊혀 졌듯이 곧 여름도 잊혀지며 우리는 또한 추위에 익숙해질 것이다. 하늘은 점점 높아지고 청명해진다. 몸에 달라붙어 칙칙했던 습도, 그 습도를 몰고 다니던 공기들이 쾌적한 공기로 바뀌었다. 계절의 흐름 앞에 여름은 작은 숨소리만 겨우 내고 있는 듯했다.

눈을 떴다. 며칠 전 장만한 분홍색 삐삐가 머리맡에서 혼자 빙빙 돌며 더르륵 떨어댔다. 나는 이불을 감은 채로 헤엄치듯 한쪽 팔을 뻗어 삐삐를 집어 들었다.

1234 8282

나는 여관방 수화기를 들었다.

"네?"

"일어났나?"

싱어 제인이었다. 수화기 너머로 음악 소리가 들려왔다.

"응, 일어났어요. 이 음악 소리는 뭐야?"

말을 올렸다 놓았다 대충 섞어서 했다. 좀 웃기지만.

"잠 깨워서 미안한데, 혹시 낮 행사 다녀 본 적 있나 해서. 그러니까 축제 행사 말이야."

"지역 축제 말하는 거지? 아니 없어. 축제는 무슨 뚱딴지같은 소리야?"

"가수가 축제도 다니고 해야 인기가 올라가지. 안 피곤하다면 오늘 지역 축제 초대 가수로 출연 한번 하는 거 어떻겠어요?"

"오늘 바로? 지금요?"

"응, 우리 업소 꽃이라고 내가 몇 번 자랑을 했더니 얼굴 한 번 보고 오늘 무대에 바로 세워도 되겠냐고 묻더라. 음악 학원 하는 친한 선배가 행사 총괄하거든."

"그, 그러지, 뭐……"

학원 입구에 들어서자 학원 원장인 듯 했다. 검은 뿔테 안경에 학교 선생님 같은 이미지. 손을 내밀며 반갑다고, 원장은 구수한 억양으로 말했다.

큰 녹음실 같은 방에서는 악단들이 마지막 연습을 하는 듯 음악 소리가 원장 사무실로 들려왔다. 일찍 서둘러 어리벙벙했던 내 머리를 커피향이 맑게 해 주었다. 마주 앉은 원장은 뿔테 안경 너머로 나를 힐끗힐끗 몇 번씩이고 보고 난 후 커피 잔을 들었다.

"영아 씨 얘길 제인이가 진작 했으면 좀 더 일찍 만나 많은 행사를 같이 했을 텐데…… 암튼 반가워요."

원장은 편안한 대화를 위해 중간 중간 농담도 섞어 가며 이야기했다.

"앞으로 가수님 자주 뵙고 또 자주 초대해도 되는 건지……?"

원장은 한 손으로 뿔테 안경을 이리저리 돌리더니 콧등에 정확하게 얹어 놓았다.

"그럼요. 제가 좋아서 이 길에 뛰어들었지만 전 아는 게 하나도 없어요."

"아이쿠 무슨 그런 말씀을…… 오늘 급하게 모셔서 죄송하고요. 다음 번엔 미리 미리 스케줄을 잡아 연락을 드리죠. 옛날 같으면 지방 작은 행사에 가수 부르는 일이 어디 쉬운 일이었겠습니까? 좀 먹고 살 만해지니까 촌놈들이 너도나도 인기 가수 부르자는 소리를 해대네요. 아직 나이도 있고 하니까 지방에서 충분히 실력을 쌓아 가지고 인기 가수가 되는 꿈을 키워 봐요. 누구나 첨부터 쉽게 인기 가수가 되나요. 다들 몇십 년씩 무명 생활하다가 늦게 빛 보는 사람들 많습니다."

나는 지금 돌아가고 있는 노래 시장에 대해 몇 가지 물었다.

"지금 텔레비전에 잘 안 보이는, 아니 사라진 가수들은 다들 은퇴했어요? 아님 어디서 노랠 부르며 지내나요?"

"솔직히 한때 잘나가다 사라진 가수들 완전 사양길로 접어들었죠. 출연할 프로가 있나, 어디 불러 주는 곳이 있나…… 그래도 왕년에 방송 좀 탔다고 히트곡 한두 곡 있는 사람들은 자존심 앞장세워 집구석에 땟거리가 없어도 싼값엔 못 오겠다고 고집 피우는 일이 허다해요. 우린 다 알죠. 이 직업이 자존심 때문에 자식새끼 다 굶겨 죽인다는 걸. 그렇다고 방송 좀 타다가 어디 일용직 노가다를 하러 갈 수가 있나. 그나마 대중들한테 완전히 어필된 ○○ 씨 급 정도 되는 가수들은 대우 받으며 밤무대나 지역 행사에 불려 다니며 밥 먹고 살지, 나머지 어설프게 반짝하고 사라진 가수들은 대중들에게 존재 가치는커녕 숨소리도 못 내며 물속에 그냥 가라앉아 버린 거죠 뭐."

나는 기분이 착잡해졌다. 심드렁한 표정으로 다시 물었다.

"전 유명한 가수가 되고 싶어요. 아니 되고 싶었어요. 아직도 꿈을 버린 것은 아니고요. 다만 노래들이 온통 랩으로 바뀌었잖아요."

원장은 진지하게 들으며 의자를 테이블 가까이로 당기고 말을 이었다.

"그래요. 쉽지 않게 된 건 사실이에요. 설 무대도 없어지고, 알아듣지도 못하게 룰룰루 거리는 노래들이 판을 치니까요. 음반 작업도 한두 푼 가지곤 명함도 못 내밀죠. 제 친구도 고등학교 졸업하고 가수한다고 서울 올라가 부모님 그 많던 재산과 땅 다 해먹었어요. 그리고 몇 년 우울증 앓다가 지금은 어디 읍 단위 시골에서 문방구하며 산다고 들었는데…… 가수~힘들어요. 간 쓸개 시골집에 빼 놓고 시작해야 돼요. 여건이 허락한다면 밤무대에만 안주하지 말고 행사를 뛰어요. 그래야 폭이 넓어지고 사람들에게 얼굴도 알릴 수 있으니 훗날 앨범을 내더라도 수월해지지 않겠어요?"

족히 십 년도 넘었을 것 같은 봉고차 안의 공기가 탁하다. 말 안 듣는 창문을 억지로 열었다. 제인(싱어)은 옆자리에 앉아 졸고 있다. 봉고차 안은 검은 양복 입은 단원들로 한가득 이다. 비좁아 터져 나가는 가운데도 사람들은 차가 흔들리는 방향으로 몸을 내맡기며 즐기는 듯했다. 나는 가을이 느껴지는 창밖을 내다봤다.

봉고차가 시커먼 매연을 품어 내며 덜커덩거리고 지나치자 길옆 코스모스가 휘청거렸다. 김모 씨와 같은 무대에 선다는 건 긴장감이 돌았다. 재미있는 가사에 톡톡 튀는 그만의 개성으로 인기를 끌고 있는 가수다. 물론 공중파에서 그의 모습을 자주 볼 수는 없었다. 어느 날 귀로 친숙하게 들려와서 그 노래를 알게 되었다. 어느 날이란 표현이 사실은 맞지 않겠지만.

우리들에게는 '어느 날 우연히 듣고'가 되겠지만, 저들은 노래 시장의 흐름이 판이하게 바뀐 이 시점에서도 포기하지 않고 꾸준히 노력해서 앨범을 내놓았을 테니까. 졸던 싱어(제인)가 기지개를 펴며 긴장한 자세로 앉아 있는 내게로 시선을 돌렸다.

"무슨 생각 하는데?"

"나 괜히 온 것 같아. 난 진짜 가수도 아니고, 내 노래도 없고 사람들이 외면할 게 뻔하잖아!"

내 볼멘소리에 싱어(제인)는 타이르듯 말하면서도 왼쪽 눈썹이 치솟았다.

"그렇지 않아. 자기 노래 없이 다니는 가수들도 많아. 축제 관계자들도 꼭 유명 가수만 고집하지는 않아. 걔네들은 돈도 비싸고 잘 안 놀아 주고 갈 때도 많아. 경험을 쌓는 게 중요하잖아. 지금 잘나가는 가수들도 다 밤무대 거쳐서 올라갔을 거야!"

나는 용기를 내기로 했다. 이랬거나 저랬거나 무대 위는 매한가지고, 관객들도 매한가지니 관객들이 취중이 아니라는 것 말고는 똑같다고 생각하기로 했다.

행사장 진입부터 방망이를 들고 호루라기를 불며 교통정리를 하고 있는 경찰들의 모습이 보였다. 행사장 근처! 강변 다리 위로는 만국기가 펄럭이며 커다랗게 세팅된 무대가 어렴풋이 창밖으로 보이기 시작했다. 그 무대 밑으로는 포장마차들이 꽉 들어차 있다. 상인들은 각종안주거리 포스터를 걸어 놓고 빈 의자를 채워줄 사람들을 기다리는 듯 만들어 놓은 음식들이 식을세라 뒤적거리며 서 있었다. 각설이패들의 신명나는 노랫소리가 들려왔다. 엿을 파는 것보다는 저네들의 신명을 파는 것처럼 각설이 타령은 구수하게 들려왔다. 싱어(제인)는 업소에는 자기가 알아서 말한다며 잘하고 오라는 말을 남기고 다시 구미로 갔다.

천막 안 대기실. 플라스틱 의자 몇 개에 생수 한 병. 그리고 나 혼자다. 나는 가방에서 손거울을 꺼내 들었다. 오전부터 나름대로 최선의 코디라고 입고 나선 옷이었지만 여간 신경 쓰이는 게 아니다. 허리춤에 두르고 있던 큼지막한 벨트를 풀었다 채웠다 하며 조바심을 냈다. 일곱 시에 행사가 시작한다고 했고, 악단들의 리허설은 한 시간 가까이 이어지고 있다. 일곱 시가 다 되었다. 나는 천막을 걷어 올리고 바깥으로 나갔다. 지휘봉을 흔들며 뭐라 뭐라 이야기하는 사람은 음악 학원 원장이었다.

드디어 사회자가 올라갔고 폭죽이 터졌다. 어느새 다리 밑 공터는 사람들의 엉덩이로 다 도배되었다. 어둠은 깊게 내려 있다. 가슴에 꽃을 하나씩 달고 장황하게 늘어놓는 지역 인사, 유지들의 인사말은 지겹고 길었다. 아무리 초가을이라지만 강바람은 꽤 차가웠다. 천막을 걷으며 학원 원장이 들어왔다.

"김○○ 씨가 좀 늦는 바람에 진행이 지체되고 있어서 미안하네요."

"김모 씨가 늦는 거랑 행사 진행이랑 무슨 상관이에요? 제가 제일 처음 올라간다면서요?"

"이 행사란 게 밤무대와는 달라서 정해진 시간에 딱 부러지게 진행할 수는 없어요. 세 시간, 다섯 시간 기다려서 노래 한 곡 하고 가는 가수들 허다합니다……"

원장은 헛기침을 하며 나갔다. 나는 플라스틱 의자에 털썩 앉았다. 곧바로 무전기를 든 남자가 들어왔다.

"김모 씨 옵니다, 김모 씨 옵니다."

천막 안에 사람이라고는 나 혼자 뿐인데, 남자는 천막 안이 김모 씨의 팬으로 꽉 들어차 있는 듯 들뜬 표정을 감추지 않은 채 크게 이야기하고 나갔다. 김모 씨가 오는데 나더러 어쩌라고. 사회자가 가수 김 모씨를 멋지게 소개했다.

나는 바깥으로 나갔다. 가수 김모 씨는 발랄하면서도 여유 있고 예쁘게 인사했다.

"안녕하세요! 안녕하세요! 저 이쁜가요?"

사람들의 함성소리에 만국기가 하늘높이 펄럭였다. 춤도 잘 추고 사람들의 시선을 다른 곳으로 절대 빼앗기지 않으리라 김모 씨는 무대 밑으로 뛰어내려왔다. 최선을 다하는 그의 모습…… 멋지다. 사람들이 흥에 겨워 김모 씨의 노래를 따라했다.

나는 부럽기만 했다. 이제 무대 옆 계단으로 가 서 있어야 한다. 다음은 내 순서니까. 손에 식은땀이 났다. 내 머릿속에서 둥둥 떠다니는 부러움을 잠재워야겠다는 마음은 생수 한 통을 다 비우게 만들었다. 지금껏 가수라고 까불거렸던 건 도대체 무엇이었단 말인가. 자기 히트곡 부르는 가수 앞이라고 의기소침해지는 겁쟁이가 웬 말인가.

사회자의 소개와 함께 무대로 올라갔다. 무대 위에서 내려다보니 사람들이 훨씬 많게 보였다. 밤무대 느낌과는 확연한 차이점! 숨을 곳이 없다는 것을 느끼는 순간이다. 밤무대에서는 깜빡거리는 가사도, 어색해진 손짓발짓도, 얼렁뚱땅 숨을 곳을 찾으면 천지지만 이 행사장 무대 위에는 숨을 곳이 없어 알몸으로 서 있는 듯했다.

만에 하나 실수라도 한다 치면, 발가벗은 채 내 얼굴만 가리는 꼴이 된다. 나는 호흡을 가다듬고 노래를 시작했다. 사람들의 눈빛은 싸늘하다기보다는 '잰 누구지?' 하는 정도였다. 뒤쪽에 서 있던 사람들은 등을 돌려 잡다한 놀이, 먹을거리가 있는 곳으로 걸어갔다. 나는 행여나 나를 얼만큼이나 외면할까 하는 생각으로 노래에 신경 쓰기보다는 사람들의 눈빛에 온 신경을 곤두세우고 있었다.

시커먼 봉고차 한 대가 무대 옆 가까이에 와 섰다. 나를 보던 사람들의 눈이 그쪽으로 쏠렸다. 나도 사람들의 시선을 따라갔다. 이번에는 인기 가수 ○○○ 씨. 그는 차에서 내렸다. 사람들은 무대 밑에 서 있는 그에게 주목했다.

나는 청중들의 우레와 같은 박수도, 시선도, 무엇 하나 시원하게 이끌지 못하고 무대에서 내려왔다. 천막 속으로 들어왔다. 내 뒤를 이어서 올라간 인기 가수 ○○○ 씨 노래에 사람들은 열광하며 따라 부른다. 낯선 초라함. 내가 가짜 가수라는 것을 느끼는 순간이었다. 조금 전 어색했던 무대 위가 머릿속에서 떠나지 않는다. 이곳은 나를 제외한 모두들의 축제장 같았다. 이 웅성거리는 축제장에서 나는 겉도는 이방인 같기만 했다.

오늘 나는 기쁜 노래도, 슬픈 노래도 ,행복해지는 노래도 부르지 못했다. 덜커덩거리는 봉고차는 내 출근 때문에 속력을 냈다. 나는 흔들리는 차의 방향으로 몸을 내맡겼다.

풍기 가까운 곳을 지나치니 집 생각이 났다. 작은 선물이라도 하나 사 가지고 아빠와 도란도란 이야기를 나눌 때도 되었는데. 문득 조만간 집에 다녀와야겠다는 마음이 일었다. 여름옷도 정리해서 갖다 놓아야 하니까. 조금만 일찍 일어나 서두르면 종일 풍기 집에 있다가 와도 될 시간인데. 나는 하루속히 아빠를 만나러 가고 싶어졌다.

　업소에는 열두 시가 넘어 도착했고 팀들은 잘했냐고 늦은 것에 대한 꾸지람보다는 되레 격려의 말을 해 주었다.

　찬 기운이 스며드는 오전이다. 여름옷들을 주섬주섬 가방에 챙겨 넣으며 창문을 열었다. 새벽녘부터 내린 비로 쌀쌀한 바람이 불어왔다. 나는 숙소에서 나왔다. 작정한 김에 내일 풍기에 가기로 했다. 아빠 선물로 뭐가 적당할까 고민하다가 아빠가 즐겨 쓰고 다니는 중절모를 선택했다. 이집 저집 서너 집을 배회하다가 아이보리색 중절모와 내친 김에 빨간색 티셔츠도 장만해서 업소로 향했다.

　오늘은 낮 연습이 있는 날이다. 쿵쿵 음악 소리가 도로까지 울려 나왔다. 나는 어깨를 들썩거리며 들어갔다. 어제 행사장 일은 까맣게 잊기로 했으니까. 아니 잊고 자시고 할 게 없다. 내가 무슨 가사가 틀린 것도 아니고, 바람이 치마를 걷어 올려 팬티를 고스란히 보여 준 것도 아니고, 그저 히트곡 없고 무명 가수라는 이유만으로 내 풀에 내가 기 죽은 것 말고는 없지 않는가. 내 변명일지라도, 서툰 합리화일지라도 이렇게 생각하는 게 편했다. 업소 안에는 레인보우 팀도 함께하고 있었다. 중절모 남자 싱어는 굵은 목소리로 반겨주었다.

　"아가씨! 한집에 일하면서 낮에 또 이렇게 만나니 반가운데!"

　"네, 안녕하세요. 저도 반가워요!"

　장미 언니에게도 언니 아저씨에게도 인사를 하고 중절모 아저씨 앞에 앉았다. 낮이라 그런지 중절모가 아닌 야구 모자를 쓰고 있었다.

"모자가 바뀌었어요."

"그래요. 허허. 밤업소일은 할 만한가요? 어떤가요?"

"그냥 하는 거라고 하지요 뭐. 말씀 낮추세요. 참 선생님 노래 정말 멋져요!" 중절모 싱어는 슬그머니 일어서 뒷짐을 짓고 테이블 중간 중간 좁게 이어진 통로를 느린 걸음으로 왔다 갔다 했다. 무대 위에서는 모두들 악보를 간추리고 있다.

우리 팀 연습이 끝나고 장미 언니 팀 노래 몇 곡만 연습하면 된다고 해서 낮에 이렇게 다 모여 있는 것이다. 중절모 싱어가 말했다.

"노래, 노래, 참 힘들고 남 앞에 나를 내세워 먹고사는 직업…… 끝없이 외로운 길인 것 같아. 30여 년 이 길을 걸어 왔는데 남은 건 색깔별로 가지고 있는 중절모가 다야. 마누라 다섯 번 바뀐 거 하고. 허허허…… 이러면서 한세상 다 가는 거지 뭐……"

멀찌감치 서 있던 장미 언니가 가까이 왔다.

"오빤 중절모라도 남아 있지. 우린 빚이 집 한 채 값이라구요. 둘이 벌면 뭘 해. 악기 사고 음주 운전 벌금 나오고…… 이짓도 못해 먹겠어. 히트 곡 한 곡 있는 년들 행사 하루 그것도 딸랑 노래 두세 곡 부르고 받는 몸값이 우리 둘 한 달 월급 합친 것보다 많다니깐."

중절모 싱어는 다시 사람 좋은 웃음으로 장미 언니의 어깨를 토닥거렸다.

"그래서 옛 말에 더러우면 출세하라 그러지 않았나. 이 사람아 출셋길도 종류가 다 다르지. 특히 이 딴따라 출세란 말이야, 얼핏 생각해 보면 개뿔도 아무것도 아닌데 참 쉽지 않단 말이야. 어디 박사 학위 받으러 저 미국 하버드대 들어갔다 오지 않아도 되지, 머리에 든 양이 얼마만큼 인지 아이큐 검사를 하는 것도 아니지. 그럴싸한 명문 대학 졸업장을 이마빡에 붙여야 되는 것도 아니지. 사법 고시 패스해야 하는 일도 아니지. 그저 특히 여자는 얼굴 좀 반반하고 몸매 쭉 빠지고 살랑살랑 눈웃음치며 피디 다리를 잡고 늘어지든지, 돈 많은 영감 좇을 잡고 늘어지든지, 부모 등골을 빼든지. 지극히 무데뽀 정신으로 나가면 될 수도 있는 게 연예인인데…… 장미 내 말을 어떻게 생각하나? 허허허 내가 말이 너무 거칠었나?"

장미 언니는 가만히 듣고 있다가 불쑥 말했다.

"다 맞는 말이에요. 여자 열두 폭 치마 속에 기와집이 몇 채씩 들어 있다던데, 전 기와집은커녕 오토바이 한 대도 안 들어 있으니 가수 하려면 혼자 살아야 해요. 그래야 언놈이 혀를 대지. 저같이 신랑 있으면 쉽지 않아요."

남편인 레인보우 마스터는 잠자코 듣고 있다가 기가 막힌다는 듯 혀를 찼다.

"너 오늘 주둥이를 막 놀린다. 그래 치마 밑에 기와집 쑤셔 넣어 줄 남자, 지금도 안 늦었으니 찾아 가!"

"아니 말이 그렇다는 거지……"

레인보우 마스터는 무대로 쌩하고 올라갔다. 그리고 신경질적이었다.

"항상 주둥이를 조심하라고 그랬지. 넌 그 자발머리없는 주둥이가 항상 문제야."

분위기가 썰렁해졌다. 장미 언니는 연습을 하지 않겠다며 시무룩하게 악보 보따리를 주워 들고 나가 버렸다. 중절모 싱어는 역시나 여유롭게 웃었다.

"신경 쓰지 마. 금방 풀려. 다 스트레스가 쌓여서 그런 거니까……"

아빠를 만나러 간다는 설렘에 무대에서 내 표정은 계속 밝기만 했다.

홀에 전원이 켜졌다. 모두들 시시각각 땀을 닦고, 삐삐를 확인하고, 세상에서 가장 자유로운 자세를 취하는 시간들이다. 마지막 한 병의 맥주를 핑계로 죽치고 앉아 있는 여인에게로 쭈뼛쭈뼛 걸어가는 싱어(제인)의 발걸음이 그리 가벼워 보이지 않았다. 싱어에게 마음이 있는 아줌마가 벌써 보름 넘게 홀에 출근하다시피 오고 있다.

"왜, 한 번 만나 주지 그래? 상사병이라도 걸린 것 같아, 저 여자. 일 마치고 한 번 안아 줘. 아줌마 저러다가 집 나온데이~"

우리가 놀려댈 때마다 싱어(제인)는 손사래를 쳤다.

"왜들 이래요. 말도 마요. 나보다 스무 살도 더 많아 보이는데 자기야 자기야 하면서…… '원하는 게 뭐야? 다 해 줄게. 갖고 싶은게 뭐야? 다 사 줄게. 나 한 번만 그 넓은 가슴으로 안아 주라. 우리 신랑 저 멀리 외국으로 출장 다니기 때문에 아무 문제없어. 난 자기처럼 노래 잘 부르는 사람 보면 오금이 저려온다니까' 이러면서 코맹맹이 소릴 하는데 소름끼친다니까요."

"왜 그래~ 좋으면서!"

우리들은 더 놀려댔다. 특히 오원(베이스)는 능글맞은 웃음소리로,

"바보야 한 번 질끈 눌러 줘! 맛이 싹 가게. 할마이 획 돌아 가지고 집문서 들고 설친다니까. 넌 그 착함이 늘 문제야."

숙소로 올라오면서 보일러를 틀어 달라고 말했다. 이젠 제법 찬 기운이 느껴져 새벽에는 오한이 들었다. 이불을 둘둘 감고 누웠다. 아침에 빨리 일어나야 하니까 억지로라도 잠을 청해야 했다. 집에 들고 갈 여름 옷가방은 이미 문 입구로 밀어 놓았다.

아차! 나는 벌떡 일어나 다시 불을 켰다. 중절모! 아빠 중절모! 오늘 쇼핑을 하고 낮 연습 때문에 바로 가게로 들고 간 선물 꾸러미. 아침 일찍

첫 버스를 타고 가야 하는데 큰일이다. 지금은 김빠진 맥주를 들이킬 웨이터들이 남아 있을 시간도 훨씬 지났다. 싱어(제인)에게 전화했다. 다행스럽게도 그는 전화를 바로 받았다.

"늦은 시간에 미안. 아직 안 잤나 봐요?"

"조금 전에 들어왔어. 근데 무슨 일?"

"딴 게 아니라 가게에 뭘 좀 놓고 왔는데 지금쯤 가게에 아무도 없겠지?"

"지배인이 열쇠를 가지고 있고, 영업부장(웨이터장)이 가지고 있어. 둘의 집 전화번호를 알려줄 테니까 전화해 봐."

나는 잠시 갈등이 생겼다. 지배인의 얼굴이 떠올랐다. 빡빡 민 중머리, 웃고 있어도 섬뜩함이 배어 있는 표정. 고개를 저었다.

나는 영업부장의 집으로 전화했다. 부장은 도로 입구까지 먼저 나와 있었다. 그는 열쇠를 건네주며 클럽 입구 풍선 현수막 밑에 끼워 놓고 가라고 말했다. 나는 업소로 달려갔다. 자물쇠에 열쇠를 끼웠다. 그러나 어찌 된 일인지 자물쇠는 잠겨 있지 않았다. 나는 고개를 갸우뚱거리며 조심스럽게 어두운 계단을 한 발짝 한 발짝 내딛었다. 누군가 남아서 아직도 술을 마시고 있는 건 아닐까? 입구 문을 조심스럽게 열었다. 저쪽 끝 대기실에 불이 켜져 있었다. 누군가 남아서 연습을 하는 건가? 나는 바로 내 입을 막고 그 자리에 섰다.

"씨팔! 살살해! 밑구멍 찢어지겠어! 다마는 몇 개를 까 처넣은 거야!"

꼼짝도 할 수가 없다. 나는 앞으로도 뒤로도 한 발짝도 떼지 못했다. 두 손으로 입을 막고 벽 옆에 붙어 섰다. 레인보우 팀의 장미 언니 목소리였다.

"오늘따라 나무 막대기처럼 뻐덕뻐덕한 이유가 뭐야? 한두 번 하는 것도 아닌데! 헉헉 물도 안 나오잖아 씨발. 예술 하시는 서방님이 날마다 찔러 주든? 다리를 좀 더 야하게 벌려 봐."

남자가 헐떡거리며 말했다. 신음 소리가 거칠었다. 몹시 흥분한 듯 크게 소리 내기도 하고 작게 소리 내기도 했는데, 목소리가 알쏭달쏭 했다.

아빠의 중절모는 대기실에 있는데 꺼낼 길이 없었다. 살금살금 뒷발을 들고 다시 나가기로 했다. 이때,

"한 달에 한 번만 해. 너무 자주 들이대잖아. 술을 얼마나 마셨길래 이렇게 오래하는 거야. 아 아 아파 좀 살살해!"

장미 언니도 고르지 못한 숨소리를 내며 말했다.

"입 다물고 쌕을 좀 써 봐, 이년아! 왜 안 하던 반항을 하고 난리야. 좆 식는다고! 누구 때문에 안 짤리고 그 많은 마이킹(선불)을 받았는데 다리를 자꾸 오므리고 지랄이야. 니가 날 거부하는 날엔, 한 순간에 너희 둘은 알거지 되어 가지고 길바닥에 나앉게 된다는 걸 모르는 건 아니겠지. 너들이 가져간 돈이 얼만데? 어느 업소에서 그 많은 돈을 땡겨 줄 것 같아? 너희들이 무슨 진짜 잘나가는 연예인도 아니고! 그러니까 쌕을 좀 화끈하게 써 봐, 이년아!"

남자는 지배인이었다.

"아 아 살살해. 다리 좀 그만 벌려. 찢어지겠어."

나는 들고 있던 발뒤꿈치를 땅에 붙였다. 마치 번갯불이 눈앞에 떨어진 듯 나는 움찔하고 놀랐다. 어두컴컴한 홀을 기어서 대기실 가까이까지 갔다. 저들의 목소리가 빈 홀에 크게 작게 울려 퍼졌다.

나는 이왕 여기까지 다 들은 김에 아빠 모자를 가지고 나갈 심사로 무대 옆 스피커 뒤로 가서 몸을 숨기고 앉았다. 장미 언니가 헐떡거리며 악쓰듯이 말했다.

"우리 짤리면 안 돼. 새로 장만한 악기가 돈이 얼만데. 빚 구덩이에 있어, 우리는! 내 말은 너무 자주 이짓을 하지 말자는 얘기지. 누구한테라도 들키는 날엔…… 어휴……"

"들키기는 니기미! 여관엘 가나! 맨날 늦은 시간 가게에서 하는데 왜! 내 말 잘 들으면 짤릴 일 없다는 것쯤 알고 있잖아. 여기 멍청한 사장 새끼 내 말이면 칼인 거 너도 알잖아. 너들 두 번째 가지고 간 마이킹(선불)도 나 아니었으면 국물도 없었다는 거 알지. 야 야 좀 더 적극적으로 쌕을 써 봐!"

"으음 으으 아아"

"그래, 그래. 그렇게 흐흐……"

"아, 가슴은 안 돼."

"진짜 웃기는 년이네. 니가 창녀야? 맨날 가슴은 안 되고 밑구멍만 되게. 첨엔 열심히 하더니 요즘 꾀가 생겨 가지고 영 맘에 안 들어. 경고야. 잘해! 헉헉……"

나는 고개를 저었다. 앞으로 장미 언니를 어찌 쳐다봐야 할지. 이 또한 장미 언니가 세상을 살아가는 한 방법이랄 수도 있겠지만.

일반 직업처럼 실력과 부지런함 뭐 이따위 것들만 가지고는 이 바닥에서 살아남지 못할 것이라는 개 같은 현실! 더러운 게임! 야비한 게임! 나는 스피커 뒤에 그냥 죽치고 앉았다. 잠시 후 지배인이 바지를 입는지 벨트 덜그럭거리는 소리가 났고, 장미 언니의 늘어진 한숨소리가 들려 왔다.

"꼬리가 길면 잡혀. 내가 나가고 난 후 한참 뒤에 나와. 우리 신랑이 이 동네에서 소주 한 잔 마시고 있을 수도 있잖아. 대가리다마는 너무 많아!"

라이터 불을 밝히며 장미 언니가 나오는 것 같았다. 타닥타닥 라이터 켜는 소리. 언니가 계단으로 올라갔다. 라이터 켜는 소리가 더 이상 들려오지 않았다. 어두운 지하, 쿰내 나는 속물 한 마리와 같이 있다. 나는 영주 지하 술집이 떠올랐다.

그러자 심장이 뛰기 시작했다. 입김마저 고드름을 만들어 낼 듯 했던 그 추운 겨울밤의 악몽이 떠올랐다. 이젠 꼼짝달싹 할 수가 없다. 지배인이 유유히 휘파람 불며 이 홀을 빠져 나가지 않고서야.

지배인은 장미 언니 말을 듣기라도 한 듯 한참을 나오지 않고 대기실에서 밍기적 거리며 죽치고 있었다. 나는 도둑고양이처럼 쪼그리고 앉아 있는 내 자신이 한심스러웠다. 아침에 다시 올 걸 하는 후회는 이미 늦었고, 주머니에 있던 삐삐 건전지를 살그머니 빼냈다. 지금 나에게 삐삐라도 울려댄다 치면 그래서 저 돌중 같은 지배인에게 들키는 날에는 뼈도 못 추릴지 모른다. 나는 시체처럼 십여 분을 그렇게 있었다.

투박한 구두 뒷굽 소리가 들려왔다. 조마조마했다. 그나마 희미하게 홀에 깔려 있던 불빛이 사라졌다. 탁하고 스위치를 내리는 소리가 들려왔다. 눈을 깜빡거려 보지만, 뜨나 감으나 매한가지다. 대기실 스위치 소리는 이렇게 크게 탁 하고 꺼지지 않는다. 업소 전원을 내린 것이다. 귀신이라도 나올 것처럼 섬찟섬찟 무섭다.

지배인은 장미 언니처럼 라이터 불을 타닥타닥 튕기며 입구 쪽으로 걸어 나갔다. 나는 바닥에 붙이고 있던 엉덩이를 조심스럽게 들어올렸다. 라이터 소리가 작게 들려왔다. 나는 라이터 튕기는 소리가 사라진 후에도 한참이나 똥 누는 듯한 자세로 있었다.

업소 전원이 어디 있는지 알지 못한다. 일단 더듬거리며 기어서 대기실로 들어갔다. 테이블을 찾고 라이터를 주워들었다. 라이터를 켰다. 소파 위에 올려놓았던 쇼핑백이 넘어져 있고, 아빠 중절모가 소파 밑에 떨어져 있었다.

장미 언니의 머리핀이 눈에 들어왔다. 소파 틈새에 끼여 있는 큐빅 박힌 귀걸이가 한 쪽도 눈에 들어왔다. 나는 아빠의 중절모를 주워 들고 손으로 털었다가 다리에 대고 털었다가 소파에 털었다가……

나는 다시 라이터 불을 켰다. 지하 나이트클럽의 공포가 무섭게 또 밀려왔다. 대기실 문을 닫으려는 순간 장미 언니의 머리핀과 귀걸이가 발걸음을 주춤하게 만들었다. 다시 들어갔다. 껐다 켰다 하는 라이터 때문에 손이 익을 듯이 뜨거웠다. 나는 얼른 소파 위에 떨어져있는 머리핀과 귀걸이를 주워 들었다. 그리고 그것들을 화장대 위에 가지런히 올려놓았다.

풍기로 가는 길. 버스 차창 밖으로 보이는 풍경들은 완연한 가을이다. 버스 안에 드문드문 이지만 두터운 목도리를 두르고 앉아 있는 노인네들 가운데는 털신발이 보이기도 했다. 창밖을 바라보며 나는 상념에 잠겼다. 괜히 슬퍼지려 한다. 어젯밤 일을 떠올리지 않으려고 했는데 머릿속에 맴돌았다. 어떻게 살아가는 것이 정답인지 내 둘레에 모든 것들이 진흙탕 속에서 첨벙첨벙 발을 담그고 빠져나오지 못하고 있는 것만 같았다.

비밀이 또 하나 더해졌다. 어젯밤 일도 비밀에 부쳐야 할 것만 같다. 집 앞 자주색 철대문은 녹이 슬어 심각하게 바래 있었다. 마루 밑에 아빠 구두가 보였다. 아빠는 옆으로 돌아누운 채 자고 있다. 부엌과 통하는 문 앞에 큰 약 봉지가 있었다. 그 약봉지를 주워 들었다. 천식 약. 아빠 머리맡에 앉았다.

벽을 올려다보니 엄마의 영정 사진이 걸려 있었다. 나는 사진을 서랍 속에 넣어 두고 갔었는데.

"언제 왔어? 깨우지 그랬어."

내가 한참을 우두커니 앉아 있는 동안 아빠가 물컵을 달라는 손짓을 하며 깼다.

"밥은 먹었나?"

아빠의 십팔번 밥 먹었나를 오랜만에 듣는다. 무쇠 방망이인 줄만 알았던 아빠는 자꾸만 늙어 간다. 어릴 적에는 그저 주름과 검버섯, 나빠지는 치아가 늙음 위로 얹어지는 전부인 줄 알았건만, 문득 서러워지는 단어가 떠올랐다. 자신감의 실종.

"아빠. 지하 다방 공기가 별루야. 왜 진주 다방에서 옮겼어? 여름 장마에 눅눅한 공기가 호흡기에 안 좋아. 또 곰팡이 냄새는 어떻고. 맑은 공기를 쏘여야 하는데……"

아빠는 담배를 문다. 나는 물고 있는 담배를 뺏어서 재떨이에 넣었다. 아빠는 재떨이를 무표정하게 바라보다가 쇼핑백으로 시선을 주었다.

"저건 뭐냐?"

"응, 아빠 중절모와 짙은 색깔의 티셔츠 하나 사 왔어."

"왜 쓸 데 없는 데 돈을 써. 한 푼이라도 아끼라고 그랬더니……"

"아빠 모자 한 번 써 보자."

나는 모자를 아빠 머리에 올렸다. 아빠는 '뭣 하러 이런 걸' 하면서 머리에 올려진 모자를 이리 저리 돌려 보더니 딱 맞게 제자리에 눌러 썼다. 나는 벽에 걸린 거울을 떼어서 아빠 앞에 세웠다.

"너무 잘 어울린다, 아빠!"

아빠는 모자가 마음에 쏙 들었는지 거울을 앞뒤로 돌려가며 여러 번 매만졌다. 티셔츠를 입으며 말은 잠시도 쉬지 않았다.

"이런 걸 왜 돈 주고 사고…… 아껴야…… 한 푼이라도 아껴야…… 니가 술집에서 번 돈으로 이런걸 내가 얻어 입고……"

나는 풍기 읍내를 걸었다. 아직도 포도넝쿨이 선명하게 보였다. 빨간 장미꽃도 담벼락을 곱게 타고 있고. 그러고 보니 얼마 후면 아빠 환갑 날이다.

잠을 설친 탓에 눈이 벌겋게 충혈 되어 무대로 올라갔다. 장미 언니가 홀 중간에서 거품 가득인 맥주를 홀짝홀짝 마시며 앉아 있다. 아직 초저녁이라 업소는 조용했다. 어느새 지배인이 주방에서 사과 한 쪽을 들고 나왔다. 지배인은 장미 언니를 무표정하게 지나치며 카운터 앞에 섰다. 사과를 우그적 베어 먹었다. 저 더럽고 야비한 주둥이로 장미 언니도 사과처럼 갉아먹고 있다니!

마지막 타임 마지막 노래다. 순간 과일 쪼가리가 날아왔다. 한 쪽 뺨을 스치고 무대 바닥으로 떨어졌다. 나는 정신이 번쩍 들었다. 무대 앞 테이블. 초저녁부터 들어와 술이 곤드레된 아저씨들이었다.

나는 얼굴을 닦으며 그들을 향해 인상을 썼다. 한 사람이 벌떡 일어나 컵에 든 맥주를 또 퍼부었다. 맥주는 내 머리를 스쳤다. 머리에서 맥주가 빗물처럼 떨어졌다. 나는 계속 노래했다. 그저 그들을 향해 차가운 눈빛을 날릴 수 있는 게 전부다.

한 남자가 일어섰다. 무대 위로 삿대질을 한다. 정확하게 누구를 가리키는지 애매했다. 그러나 내가 가장 중간에 서 있으니 나일 것이다.

"좆도 방방 뜨는 노래 불러 달라고 몇 번이나 말했는데 씨팔 사람 죽었나! 왜 다 뒈져 가는 노래를 부르며 청승을 떨어, 술맛 떨어지게! 내가 아파트 듣고 싶다고 몇 번 말했어!"

남자는 테이블이라도 들어 올려 무대 위로 던질 듯이 산적 같은 얼굴로 고함을 질러댔다. 하루 이틀 일이 아니다. 늦은 시간 우리 노래는 짜여져 있다.

아파트 열 배쯤 신나는 노래를 불러 줄 때는 잠자코 있다가 마지막 아쉬움을 시비로 표현 할 때가 종종 있다.

여관방에 들어오자마자 펼쳐진 이불 위로 가방을 휙 던졌다. 바지를 벗어 발로 역시나 휙 차 던지고 웅크리고 앉았다. 억지 웃음을 내지 않아도 되고 어느 술주정뱅이의 시비도 없다. 그저 편하다.

춥다. 이사를 해야 할 것 같다. 나는 무슨 생각들을 끊임없이 하면서 꼬꾸라져 잠들었다. 아빠 환갑잔치가 며칠 안 남았다.

나는 영주에서 같이 일했던 마스터한테 전화했다.

"열 시까지 도착하면 될 것 같아요."

"그래, 영아 아버님 환갑잔친데 더 일찍 가서 세팅하고 신경을 써야지. 그날 봐!"

온 친지들이 다 모여 아빠 환갑을 축하해 주는 날인데 노래라도 한 곡씩 하는 게 좋을 것 같다고 생각했다.

11월 환갑날. 아침 일찍 미용실에 가서 난생 처음 올림머리를 했다. 언니 오빠들 모두 똑같이 한복으로 차려입었다. 모처럼 가족들이 모여서 행복함이 잔뜩 묻어나는 얼굴로 옷고름을 서로 매어 주며 기쁜 날 슬프게 울지 말 것을 약속했다. 언니들 오빠들 손에 손을 잡고 식당으로 갔다.

큰아버지, 삼촌, 고모 할 것 없이 일가친척들이 하나둘씩 속속 도착하고 있었다. 검은머리 파뿌리 된 고모도, 단양에 사는 백 살 다 된 큰엄마도 휜 허리 때문에 땅에 닿을 듯한 머리를 억지로 하늘로 치받아 올리며 막대기를 집고 저만치서 올라오고 있다.

나는 식당 마당에 서서 계속 머리 숙여 공손하게 인사를 올렸다. 언니들도 펄렁거리는 한복자락을 끈으로 묶고 음식 차리기에 바빴다. 열두 폭이 족히 넘을 듯한 김세레나 같은 한복을 따로 맞춰 입은 뚱보는 치맛자락을 휘날리며 멀리서 달려온 친척들을 향해 세상에서 가장 선한 미소를 지어보였다.

이제 올 사람들은 거의 다 온 것 같은데 한 사람, 이모가 아직 이다. 엄마 돌아가시고 이모는 남보다 더 못하게 우리들과 멀어졌다. 본래부터 이모는 아빠를 싫어했다.

이모는 우리 엄마를, 그러니까 언니가 그러한 인생을 사는 데 방관자라는 생각이 들었다. 앞에도 언급했지만 매번 우리 집에 와서는 얼굴만 쑥 한 번씩 내밀고는 가 버렸으니까. 나는 그래도 이 말을 가슴에 담고 살았는데. 엄마가 보고 싶을 때는 이모라도 보면 위안이 된다는 이말 말이다.

이모와 엄마는 많이 닮았다. 엄마 돌아가시고 장사 치르는 며칠 동안 줄곧 내 눈은 이모를 쫓았으니까. 내 솔직한 심정은 이모가 꼭 와줬으면 하는 것이다. 그래야 이 세상에서 엄마와 가장 비슷한 얼굴을 볼 수 있을 테니까. 그래서 밉건 곱건 이모 얼굴을 내 두 눈에 한가득 담을 작정이었다.

상이 차려졌다. 진짜와 가짜가 섞여 상이 휘청거릴 정도이다. 큰오빠 내외 작은오빠 내외 언니들 순으로 두 손 가지런히 모으고 절을 올렸다. 아빠는 행여 눈물이라도 흘러내릴세라 이쪽저쪽으로 고개를 돌리며 눈물을 말리려 하는 것 같았다. 나는 벌써 몇 번씩이나 옷고름으로 눈물을 훔쳤다.

내가 절을 올릴 차례다. 나는 혼자다. 그래서 조카들과 같이 절을 올리기로 했다. 나는 양손이 이마에 올라가면서부터 울컥해졌다. 어떤 덩어리 같은 것이 목구멍까지 올라왔다. 금방 소리라도 터뜨리면서 엉엉 울음이 날 것만 같다. 아빠에게 이런 울컥거림을 들키지 않으려고 절을 하고 금방 일어서지 못했다. 아빠는 자꾸 딴 곳을 보면서 머리를 들어 올리고 있다. 아빠 옆자리에 저 젊은 여자가 아닌 엄마가 함께 앉아 있다면 얼마나 좋을까. 내가 커서 엄마 아빠 앞에서 빗이 아닌 마이크를 잡고 노래 한 곡 들려 줄 수 있는 날인데.

우리 다섯 남매는 깔린 멍석 위에 나란히 섰다. 다 같이 큰절을 올렸다. 나는 작은언니 말대로 눈물을 참으려 했지만, 절을 올리고서 아빠의 눈시울이 붉어지는 것을 보자마자 식당 마당 한쪽 귀퉁이로 번개같이 뛰어나왔다. 통곡에 가까운 울음이 터져 나왔다.

오전부터 이어지던 환갑식전 행사가 끝났다. 음식상이 물러가고 악기가 세팅되었다. 첫 순서로 작은오빠가 준비했다며 사당패 비슷한 옷을 입고 여러 사람들과 무대 위로 올라갔다. 작은오빠는 손에 꽹과리를 들었다. 다른 사람들은 장구에다 징에다 상투까지, 사물놀이였다. 누군가 북을 내리치고 시작했다. 오빠는 한 손에 금빛 꽹과리를 쥐고 다른 한 손에는 채를 쥐고 신명나게도 친다.

아빠는 정신없이 이곳저곳 앉아 있는 사람들에게로 돌아다니면서도 무대에서 눈을 떼지 못했다.

작은오빠가 머리에 쓴 상투를 웃으며 돌린다. 오빠는 바람 같은 웃음을 지어 보이며 꽹과리를 친다. 그 바람처럼 지나치는 웃음 속엔 어떤 한, 어떤 미련, 모든 것들이 사무친 듯한 그런 것이었다.

아빠가 어느 한 곳에 앉아서 일어서지 않았다. 이모였다. 나는 이모를 보자마자 가슴이 콩닥콩닥 뛰었다. 죽은 엄마가 살아온 것처럼 이모는 엄마랑 똑같았다. 나는 이모 가까이 가지 않고 멀지 감치서 뚫어져라 바라봤다. 이모 옆에 어느덧 아빠가 바짝 다가가 앉아 있었다.

이모는 앞에 놓인 음식들을 먹기보다는 젓가락으로 휘저으며 냉정하도록 표정이 없어 보였다. 옆에서 계속 뭐라 뭐라 이야기하는 아빠에게 어떤 눈길도 관심도 없다. 아빠는 손짓까지 해 가면서 긴 이야기를 하고 있었다. 대화를 주고받는 것이 아니라 일방적인 아빠 얘기만 되풀이하고 있는 것 같았다.

　이모는 먹는 시늉을 하던 젓가락을 내려놓았다. 아빠에게 약간 등을 돌리고 삐딱하게 앉았다. 아빠는 이모가 시선을 보내고 있는 그 방향을 보며 끝없이 이야기했다. 순간 아빠가 가여워 보였다.

　둘의 대화를 들을 순 없었지만, 짐작할 수 있었다. 아마도 엄마 이야기일 것이다. 이렇게 이렇게 되어서 살리지 못했고, 그렇게 저렇게 되어서 저(뚱보) 여자와 살고 있다는…… 쌀쌀맞고 아빠를 무시했던 이모가 지금에 와서 아빠의 그런 이야기에 마음을 열까? 삐딱하게 다른 곳을 주시하며 마지못해 고개만 끄덕이는 모습에서도 이모의 마음이 아빠에게로 향하지 않고 있다는 것을 알 수 있었다. 끝내 이모는 우리 아빠를 용서하지 않았고, 그날 이후로 이모를 본 적이 없다. 엄마가 가슴시리도록 보고파지는 날이면 이모 집으로 수화기를 들었다가 그냥 끊어 버리는 게 다였다.

　작은오빠 국악 한 마당이 끝나고 다음은 여흥 시간이다. 사회를 보고 있는 사촌 오빠가 오늘의 주인공이라며 제일 먼저 아빠를 불렀다. 그러고 보니 나는 지금껏 아빠가 노래하는 것을 들어 본 적이 없다. 그래서 아빠가 엄마처럼 노래를 잘하는지 음치인지 모른다. 오늘 아빠 노래를 들어 볼 수 있다는 것은 나에게 고마운 일이었다. 결국은 언니들, 친척들이 선창을 하고 난 뒤 어렵게 아빠 노래를 들을 수 있었다.

　〈우뚝 선 영도 다리……〉

　보도 듣도 못한 노래였다. 물론 음악도 따라가지 못했다. 아빠는 무반주로 노래했다. 그 옛날 옛적 노래인지 제목이 부산 영도 다린가 부산항 영도 다린가 하는 노래였다.

　처음에는 반주 없이 막 나가는 아빠 노랫소리에 잠깐 웃었다. 아빠를 둘러싸고 손뼉치고 있는 사람들 틈바구니로 끼어들어 갔다. 아빠는 내 손을 꼭 잡았다. 나는 아빠 옆으로 다가섰다. 한 손은 마이크를 잡고 한 손은 내손을 잡고 아빠 눈가는 떨려왔다.

나는 또 북받쳐 눈물이 뚝뚝 떨어질 것만 같다. 머리를 들어올렸다 .아빠가 부르는 노래를 마치 아는 노래인 양 따라 부르는 척 눈물을 꾸역꾸역 삼켰다.

아빠의 노래가 끝났다. 곧바로 언니가 마이크를 나에게 건냈다. 먼저 약속해 놓은 대로 가버린 사랑 전주가 마이크를 잡자마자 흘러나왔다.

아빠는 내 노래가 시작될 때 두 눈을 지그시 감았다. 아빠 앞에서 나는 노래 부른다. 이 귀한 떨림을 느껴볼 날 또 있으랴. 아빠는 두 눈 가득 회한과 감개에 젖은 듯한 눈물을 머금고 있다. 나는 꺼이꺼이 복받쳐 올라오는 눈물을 삼켰다.

〈남은 이몸 생각 말고 만수무강 하옵소서……〉

아빠 말 안 듣는 딸 때문에 가슴 조이게 한 죄. 지금도 가슴 조이며 살게 하는 죄. 무적의 술래 눈을 피해 끝없이 내 길을 고집하는 죄. 빨리도 늙어 가는 아빠의 모습을 가까이에서 바라보며 좀 더 많은 시간을 함께하지 못하고 사는 죄. 내가 죽기 전까지 지금 아빠의 여자를 받아들이지 못하는 죄, 이 모든 것들을 용서해 달라는 죄. 나는 끝내 대성통곡하고 말았다.

아빠는 그렁그렁 눈물 가득 담은 눈으로 나에게서 잠시도 눈을 떼지 않고 지켜보고 있다가 손수건을 꺼내 들었다. 통한의 눈물인 것 같았다. 엄마 없는 세월 외롭게 키웠던 내 탓. 그래도 삐뚤어지지 않고 잘 커 준 고마움. 내가 매일 때린 네 엄마 팔다리보다 어린 니 가슴에 평생 지워지지 않을 큰 멍을 들인 죄. 어디 한 곳 의지 할 곳 없이 방황하던 니 사춘기를 아무 대화 없이 보내게 한 죄. 아비의 여자로부터 상처를 안고 살아가게 만든 죄. 아빠는 손수건을 흠뻑 적시고서도 두루마기 자락으로 눈물을 하염없이 닦아 냈다.

나는 마지막 소절 '만수무강 하옵소서'를 부르고 다시 한 번 두 손 가지런히 머리에 올리고 큰절을 올렸다. 내가 태어나서 처음으로 아빠에게 들려 준 노래는 마지막으로 들려 준 노래가 되었고, 나는 진정 기쁨과 슬픔이 어느 한 편 양보 없는 진실한 노래를 불렀다.

크리스마스 이브 날이다. 산타 복장을 하고 캐럴을 부르는 우리들은 뚱 씹은 표정이다. 영업부장으로부터 다음 달까지 일하고 보따리를 싸라는 통보를 들었으니까.

땀을 닦으며 무대에서 모두 내려왔다.

"추운데 어디로 떠돌라고……"

가장 심기가 불편해 보였던 제인(싱어)이 한 말이다. 마스터(덕수)는 미안해했다.

"다음 달 말까지 일하는 걸로 모두들 알고 있어. 그리고 전라도 업소 오디션 한 번 보자. 아웃되면 뿔뿔이 흩어지든지 하고 한 번만 날 도와주라. 내가 빚이 장난이 아니야. 다들 고생 많은 거 안다. 좀 멀지만 지금 팀을 다시 짜기엔 시간이 빠듯하잖아."

다들 말들이 없다. 넋 놓고 천장을 쳐다본다든지 자기 몸을 내려다본다든지 구두를 닦는다든지…… 나는 이 팀에서 나가 솔로로 뛰기로 작정하고 있는데 마스터(덕수) 때문에 마음이 약해졌다. 자기가 어려워도 우리들 월급을 두둑이 챙겨 줬으니까.

장미 언니 팀들이 잘린 지도 한 달이 다 되어 간다. 지배인의 꼭두각시 노릇에 돌아온 것은 결국 배신이었다.

마이킹(선불) 때문에 안절부절 못하는 언니를 봤다. 울릉도로 간다는 얘기를 들었지만, 여길 떠난 후 서로 소식을 주고받진 않았다. 새로 온 팀은 2인조. 둘이 전부다.

지배인이 저쪽 여자 싱어에게 장미 언니에게 했던 그 짓을 또 할지는 알 수 없는 노릇이지만, 저쪽 여자 싱어는 장미 언니보다 더 어리고 예쁘고 둘의 마이킹도 꽤 되는 걸로 들었다.

2인조는 둘이서 무대를 꽉 채운다. 사장 입장에서는 월급 부담이 줄어드니 고민할 여지가 없는 선택임에 확실했다. 우리는 여섯 명이다. 곧 모가지 될 법도 하다. 사장은 두 명도 무대를 채울 수 있다는 것을 알았으니까. 우리들은 파리 목숨이다. 소주를 홀짝홀짝 들이키던 영구(드럼)가 드럼 스틱으로 소주병을 툭툭 쳤다.

"메리크리스마슨데 뭐야 꼬라지들이. 우린 이 업소에 오래 있었어. 짤릴 때도 됐지. 주 예수 탄생일날 일 마치고 회의해 보자고. 다들 어디로 흘러가야 하는지……"

장미 언니는 마지막 날 의상을 챙기며 나에게 이런 이야기를 했었다.

"집시야, 우리들은 집시! 집도 절도 없이 떠돌아다니는 집시 말이야. 춤을 추든지, 노래를 불러 주든지, 아님 재밌는 이야기를 해 주든지 하면서 그 대가로 밥을 얻어먹고 헛간에서라도 잠자리를 얻으며 살아가는 떠도는 집시 말이야. 그 옛날 집시들은 국경도 없었대. 먹고 자고 목숨 부지를 위해선 지구를 다 돌아다녔대. 말 그대로 방랑자지. 우리들도 집시 인생이 맞아. 오늘날 좀 더 진화된 집시이긴 하지만. 우린 집시니까 떠돌다 떠돌다 언젠가는 또 만나게 될지도 몰라."

○○번 도로 야식집. 싱어(제인), 베이스(오원), 기타(중교)는 빠졌다. 마스터(덕수)와 영구(드럼)의 어깨가 처질 때로 처져 있다. 크리스마스

이브인데도 이 야식집은 한산했다. 도로에서 소리 지르는 남자 목소리가 들려 왔다.

"야이 개새끼야!"

이 도로에서 저들의 피나는 구역 다툼을 본 게 한두 번이 아니다. 유흥의 밑바닥에 존재하는 가장 크고 어두운 그림자는 저들인 것 같았다. 길바닥에 한 남자가 역시나 검은 양복을 입고 널브러져 있다. 그래, 오늘 같은 날 ○○번 도로에서 싸움이 안 일어나면 비정상인거다.

추석이나 무슨 날이라는 타이틀 앞에 여지없이 큰 싸움이 일어난다. 아스팔트에 껌처럼 납작하게 엎어진 남자의 등을 한 남자가 방망이로 후려치고, 밟고, 욕지거리 해대고, 방망이를 길거리에 패대기쳤다.

연인들은 이 도로를 지나가지 못하고 아무 식당으로 몸을 피해 들어갔다. 여러 명의 건달들이 몰려와서 거품 물고 서 있는 남자를 달래려는 듯 이곳 식당을 손으로 가리켰다. 식당 문이 열리고, 야구방망이를 휘두르던 깡패가 씩씩거리며 들어왔다. 뒤따라 들어온 남자는 야구방망이를 신줏단지 모시듯 들고 서 있다. 우리들은 여기서 나가자고 말없는 사인을 보냈다. 검정 양복 입은 깡패는 우리 쪽으로 몸을 돌렸다.

"○○ 나이트 밴드 맞나?"

"……."

"○○ 딴따라 패들 맞냐고! 귓구멍에 좆 박아났나!"

영구(드럼) 인상이 일순간에 확 구겨졌다. 나는 제발 영구가 아무 소리 안 하길 바랐건만, 취한 김에 밸이 꼬였는지 한 마디 하고 만다.

"맞는데 말을 왜 까고 그러십니까?"

양복 입은 깡패는 가소롭다는 듯 웃었다.

"그럼 까지 덮을까 새끼야!"

바로 영구의 턱으로 구둣발을 날렸다. 영구는 쓰러졌다. 쓰러지면서 입에서 뭔가 튀어 나와 저쪽 모서리 벽에 툭 부딪히고 떨어졌다. 입안에서 피가 흐른다. 이빨이 빠졌다. 영구가 일어났다. 앞니 빠진 영구는 흉측스럽도록 웃었다. 오기일까? 깡패를 보며 소주병을 들자마자 옆에 야구방망이를 들고 서 있던 깡패가 영구 팔을 단박에 잡았다. 마스터는 얼굴이 새파래졌다. 그래도 놈에게 정중하게 말했다.

"왜 이러십니까. 아무 죄도 없는 사람한테 지금 이빨이 빠지지 않았습니까?"

"고소해 당장! 내일부터 너희들은 아가리 짝짝 벌리고 노래 더 잘 할 수 있을 테니까!"

마스터는 더 이상 말을 하지 못했다. 우리들은 야식집에서 허탈하게 나왔다. 저 멀리 우뚝 솟은 시커먼 건물 위의 빨간 십자가가 눈에 들어왔다. 오늘은 크리스마스. 주님의 은총이 어디로 갔는지 모르겠다.

나는 숙소로 들어왔다. 불을 바로 껐다. 그냥 자는 게 상책인 것 같았다. 옆방 아가씨들이 떼로 들어오는 듯 복도가 시끄러웠다. 다들 발음이 안 되는 말들로 난리다. 시끄러워 잠을 이룰 수가 없다. 다시 벌떡 일어나 앉았다. 앉아 있다가 잠이 오면 다시 드러누울 심사였다. 여관이 얼마나 오래되었는지 옆방아가씨 코 푸는 소리까지 들렸다. 저들은 금방 자지 않았다. 나 또한 덩달아 잠들지 못했다. 날이 환하게 밝았다. 옆방 아가씨들이 잠든 것 같았다. 조용했다. 간간이 코 골고 이빨 가는 소리가 들려왔다.

벌써 1월도 중순을 넘었다. 지금 우리들은 전라도 클럽으로 가고 있다. 오디션을 보기로 한 날이다. 나는 내키지 않았지만 팀을 위해 따라왔다. 마스터는 모두 최선을 다해 달라고 했다. 영구이빨도 해 넣어야 하고 무대 복 외상값도 줘야 하고 돈이 많이 있어야 한다며.

오디션은 업소 피크 타임에 무대 위에서 자연스럽게 치러진다. 지켜보고 서 있던 사장이 우리들이 마음에 들면 큰 마이킹도 마스터에게 내 줄 것이다. 지금 일하고 있는 구미 업소는 오늘 우리들의 빈 시간을 이해해 준다. 그래야 빨리 돈(마스터에게 준 선불)을 받고 우리들을 보낼 수 있으니까.

나이트클럽 입구부터 마중 나와 서 있는 사장은 위풍당당에 젠틀해 보였다. 우리는 처음부터 잘 보여야 한다는 강박관념에 꾸벅 인사했다. 손님이 가장 많은 토요일이라 그런지 업소는 시끌벅적 북새통이었다.

우리들은 무대로 올라갔다. 40분가량의 타임을 끝내고 내려왔다. 다 썩은 봉고차, 창문도 한 짝 떨어져 나간 것을 타고 와서 그런지 엉덩이도 쑤시고, 피곤이 밀려왔다. 조금 전 사장에게 불려 나갔던 마스터는 머리에 쓴 두건을 벗으며 들어왔다.

"사장이 영아 너 잠깐 2층으로 올라오란다."

내가 주춤거리고 있자 오원(베이스)이 선수 쳤다.

"우리 차에서 기다리고 있을게."

사장실이라고 쓰여 있는 방을 두 번 노크하고 문을 바로 열었다. 사장은 양주를 홀짝홀짝 마시며 테이블에 두 다리를 올려놓고 눈을 지그시 떴다 감았다 했다.

"거기 앉아."

양주잔으로 건너편 의자를 가리켰다.

"결혼했나?"

"아, 아직요……"

"오늘 다들 수고했고 마음에 들었어. 근데 무슨 놈의 선불이 그리 많아! 다들 돈 벌어 술만 빨았나……"

"……"

"이름이 뭐냐, 넌?"

"장미…… 아니…… 보리…… 아니 아니…… 나 나비요."

"나비라 이름이 이쁘군. 무슨 나비? 호랑나비?"

사장은 테이블 위에 꼬아 올려놓은 두 다리를 내렸다. 잠시 침묵이 흘렀다. 그리고 사장이 건네는 얼음 띄운 큰 양주잔을 받아들었다. 요리조리 빙빙 돌려보다 눈을 질끈 감고 단숨에 입에 털어 넣었다. 사장은 가까이 다가왔다.

"내일 또 한 팀 오디션이 있는데 마이킹은 나비 팀들 반 정도 밖에 안 돼. 물론 하는 걸 봐야 알겠지만……"

"나비, 나비야……"

"네……"

"아까 팀 마스터가 빨리 결정을 내려줬으면 하던데…… 우리 업소는 굳이 합주 팀이 아니라도 장사가 잘 되는데 지금 일하고 있는 팀들도 8인조나 되지, 이것 참……"

사장은 내 귀 옆머리를 쓸어 올리더니 귀를 만지작거렸다. 나는 어느새 채워져 있는 양주잔을 또 단숨에 비웠다. 독한 알코올이 내 온몸으로 빠르게 퍼졌다. 사장은 천연덕스럽게 내게로 입을 가져왔다. 순식간에 혓바닥을 밀어 넣었다.

나는 저항하지 않았다. 죽도록 싫었지만 바깥에서 추위에, 배고픔에, 오돌오돌 떨고 있는 피란민들 같은 팀들의 얼굴이 떠올랐다. 사장은 무언가 단숨에 뽑아야겠다는 표정을 지으며 벌떡 일어섰다. 그리고 건너편에 호랑이 액자가 걸려 있는 또 하나의 문을 열고 들어갔다. 나는 책장 위에 걸린 금테 장식의 액자에 눈길이 머물렀다.

표창장이었다.

〈귀하는 평소 바른 생활과 봉사 정신이 투철하고 타의 모범이 되었기에……〉

"나비, 거기 그러고 있지 말고 이쪽으로 들어와. 여기 아늑한 게 분위기가 꽤 괜찮아. 팀페이(선불) 월요일 날 칼같이 보낸다고 나비 대장한테 말해 주고……"

나는 일어나서 누가, 어떻게, 이 사람에게 상을 줬는지 자세히 읽으려고 뒤꿈치를 들었다. 침대에 빨간 스탠드까지 준비해 놓은 이 방은? 이렇듯 되풀이되는 은밀한 사생활을 영위하려는 이 남자만의 천국 같았다. 나는 사장이 버젓이 누워 있는 침대 끝에 걸터앉았다. 그리고 마치 배우가 대사를 읊듯 표정 연기까지 곁들이며 말했다.

"사장님, 전 오늘 생리 중이에요. 여기 며칠 있으면 어차피 일하러 올 껀데, 여기 말고 호텔로 갔으면 좋겠어요."

"뭐 생리? 생리하면 어때 괜찮아. 다 그런 거지 뭐."

"아니요, 사장님 첫눈에 뵈었을 때 너무 멋있었어요. 앞으로 좋은 관계가 되길 바랄게요. 오늘은 그냥 돌아갈게요. 꼭 다시 만나 좋은 시간을 가질 수 있길 바랄게요."

사장은 이미 벗고 있었던 바지를 발로 끌어 올리더니 한 쪽 다리를 넣었다.

"그, 그러지 나비…… 나비 숙소는 내가 따로 하나 준비해 놓을게!"

클럽 마당에는 창문 빠진 봉고차 한 대가 저만치서 시끄러운 소리를 내며 기다리고 있었다. 내가 걸어가려고 하자 봉고차는 턱밑까지 와서 섰다. 싱어(제인)가 문을 열었다.

나는 운전석에 앉아 있는 마스터(덕수)에게 빨리 가자고 신경질적으로 말했다. 제인(싱어)은 아무 말 않고 가려니 입이 근질근질했는지 담배를 급하게 빨아대고 뚜껑이 떨어져 나간 재떨이에 비벼 끄면서 말했다.

"왜 이렇게 오래 있었어? 둘이 뭘 한 거야?"

나는 조금 전 마스터(덕수)에게 말했던 톤보다 세 배는 더 올라간 소리로 답했다.

"뭘 물어! 엉뚱한 상상하지 마! 우리 팀 마이킹 월요일 오전에 보낸다더라!"

약속처럼 월요일 날 전라도 클럽에서 돈이 왔고, 나는 다른 싱어를 구하라고 말했다. 다들 노발대발했지만 이미 돌아선 내 마음을 돌이킬 수는 없었다.

공황 장애

내 나이 서른! 나는 십여 년을 노래 부르는데 고스란히 바치며 뒤를 돌아볼 겨를 없이 앞만 보고 달려 왔다. 시간이 흐를수록 결혼은 왠지 삶의 낭비일 것이라는 생각이 더해졌다. 한 남자의 아내가 되어 가정주부로 살아가는 일은 마냥 시시하게 늙어가는 일일 것만 같았다. 즉, 노래 불러야 하는 이유가 모든 걸 다 누르고 살게 했다. 내 사랑들은 진득하지 못했다. 하다 말다가 되풀이되며 이별에 익숙해져 버렸다.

여긴 안동이다. 처음에는 업소에서 얻어 주는 숙소 생활을 잠시 하다가 나는 방을 얻어 나왔다. 가파른 언덕길을 빼고는 그럭저럭 마음에 드는 양옥집 이 층에 세를 얻었다.

아빠는 기관지 천식이 심해져서 다방을 팔고 강변 앞 아파트로 이사했다. 개울과 산이 한눈에 보이는 아파트가 좋아 보였다. 얼마 전 내가 집에 갔을 때 산소 호흡기 통을 집에다 들이는 것을 보고 왔다. 아빠는 자연 호흡이 힘들어 보였다. 이슬에 장미꽃 지듯 내 나이가 한 살 한 살 보태질 때마다 아빠의 하루하루가 저물어 가는 것은 아닌지……

산들바람이 부는 오전! 하늘의 흰 구름들이 세월아 네월아 움직이는 평온해 보이는 9월이다. 나는 옥상으로 올라가 가슴을 펴고 길게 숨을 들이마셨다.

　며칠 전 퇴근길. 나는 걸어서 집으로 오는 길에 무섭고, 괴롭고, 희한한 경험을 했었다. 갑자기 물속에 빠지기라도 한듯 심장이 심하게 뛰었다. 그러자 오한이 들고 손발에 마비가 오며 세상이 하얗게 보였었다. 급기야 집 앞 가까이 와서 대문을 열지 못하고 쓰러지듯 드러누웠다. 심장은 박자를 잃은 듯 미친듯이 뛰었다. 곧 죽을 것처럼.

　나는 네발로 기듯 길을 내려가 종합병원으로 갔다. 간단한 검사와 주사한 대. 그것이 다였고 의사는 별 내용 없다는 듯 한숨 푹 자고 돌아가라고 말했었다. 그날 이후부터 이상한 불안감이 고개를 내민다. 극도로 피곤해 있긴 하지만 이런 일은 처음이니까.

　이곳 안동으로 와서는 어느 그룹, 즉 팀에 속해 있지 않고 솔로로 다니고 있다. 그래서 프리하기도 하지만 한 업소 가지고는 수입이 넉넉하지 못했다. 그래서 일자리가 들어오는 대로 시간을 맞춰 몇 개의 업소를 돌아야만 했다. 그중 가장 힘들게 피부로 와 닿는 업소는 혼자 한 시간씩 노래 불러야 하는 라이브 카페 일이다.

　오늘밤도 어제처럼 자동적으로 움직였다. 잠시 후 퇴근하고 집으로 가야 하는 길이 두려워진다. 괴물 딱지 같은 증상을 또 경험하게 될까 봐.

　퇴근길 식은땀이 났지만, 특별한 공포나 어떤 계기가 없음을 스스로 다독이고 긴장하지 않으려 노래를 크게 부르며 집으로 향했다. 그러나 갑자기 손발이 저려 오며 가슴이 역시나 뛰기 시작했다. 무서운 공포 영화를 혼자 보고 까무러치듯 소리 지르는 어린 아이보다 더 크게 나는 놀라서 또 병원 응급실로 향했다. 그리고 그 증상은 병원에 들어서고 얼마 안 되어서 언제 그랬냐는 듯이 없어졌다.

　증상은 반복되었다. 금방이라도 죽을 것처럼 답답해져 왔다. 나는 그럴 때마다 내가 이러다가 미치는 건 아닌가 하는 생각이 들었다. 내가 놀랄 일이 전혀 없는데, 이상한 일이었다.

심장 정밀 검사를 하기 위해 병원에 입원했다. 1박 2일의 종합 검사가 이루어졌고, 몸에 차고 하루를 지냈던 심장 홀트 검사 결과는 며칠 걸릴 것이라며 의사는 이런 말을 했다.

"아무래도 신경 정신과를 가 보는 게……"

"뭐라고요? 정신과라니요? 제가 미치기라도 했다는 건가요?"

의사는 어느 환자 가슴에 청진기를 갖다 대고서 성의 없는 답조차 하지 않았다.

"내가 돌았나요? 미쳤나요? 심장이 뛴다니깐 왜 정신과는?"

나는 요즘 예민해 있는 것 같다. 급한 성격을 느긋하게 늘어뜨리고 마음을 편안하게 가지면 이 비바람을 피해갈 수 있다고 스스로를 다독였다.

오전 햇살을 놓쳐 버리기엔 너무 아까운 날이다. 나는 화분에 물을 주고 상쾌한 가을 하늘 앞으로 내밀었다. 그동안 바꾸어야 했던 노래 레퍼토리들을 정리하며 콧노래를 흥얼거리다가 누가 들을세라 주방, 화장실, 수도꼭지를 틀어 놓고 어깨춤을 추며 노래 연습을 했다. 형언할 수 없는 이 우아한 가을날, 내 노랫소리가 즐거운 날이다.

전화벨 소리에 수도꼭지를 잠그고 수화기를 들었다.

"아, 여기 병원인데요, 방문을……"

나는 가슴에 두 손을 올리고 병원으로 들어섰다.

"심장병인가요?"

"아니요. 심장은 전혀 이상 없어요…… 음 정확한 건 조직 검사를 해 봐야 알겠지만, 자궁암 소견이…… 소견서를 써 줄 테니 대학병원으로 가서 조직 검사를……"

청천벽력 같은 소리에 조금 전 숨 가쁘게 물어대던 내 입술이 굳게 닫혔다. 머릿속에 천둥번개가 친다. 마치 바다 밑으로 깊숙이 가라앉는 것 같은 느낌이다. 나는 가시 넝쿨이라도 왕창 밟은 것처럼 우왕좌왕했다.

소견서를 가방에 쑤셔 넣고 병원에서 나왔다. 넋이 나간 채 병원 옆 골목으로 걸어갔다. 시멘트벽을 핸드백으로 내리쳤다. 멍청해진 두뇌 속이 오락가락한다. 튼튼했던 내 정신 세계가 혼미해져 온다. 이 섬뜩한 무서움을 어떻게 이겨내야 하는지 모르겠다.

나는 길을 잃고, 엄마를 잃은 어린 아이처럼 울었다. 끝없이 펼쳐진 사막 한가운데로 사나운 바람이 나를 질질 끌고 가는 것만 같았다.

대학병원. 조직검사 결과는 0기암이라고 했다. 자궁을 적출하지는 않았다. 나는 수술을 받았다.

링거 스탠드를 질질 끌며 병원 복도로 나가 아빠에게 전화했다.

"아빠……"

"그래, 영아라……"

"…….'

"영아야, 말을 왜 안 하노? 어디 아프나 왜 그래?"

"아니, 그냥 했어. 몸은 괜찮지? 목소리 들으려고 했지…… 끊을게……"

청춘이 바닥에 꽁꽁 묶인 것만 같다.

나는 자청해서 집을 나왔고, 자청해서 밤 가수 일을 시작했고, 내 걱정을 하며 살아온 아빠 세월을 애써 모른 척하려 눈을 감지 않았던가. 그러나 예고 없이 찾아온 또 다른 삶의 낯선 고통 앞에 직면하니, 제일 먼저 떠오르는 것은 아빠였다.

만만치 않은 세상이라는 것은 충분히 알았지만, 불가항력적인 일 앞에 나는 지금 소녀보다도 더 어린 아기가 되어 있는 것만 같다. 설움이 뭉텅

이 뭉텅이 올라왔다.

　나는 기운을 차리자고 다짐하며 퇴원했다.

　나는 일상생활로 돌아왔다.

　문득 멍해질 때가 있었지만, 나는 묵묵히 일했다.

　소리치며 다 엎어버리고 싶어질 때가 있었지만, 나는 냉정을 찾으며 일했다. 이 두려움을 극복하고 길들이는 방법 또한 노래였다.

　어느덧 찐했던 가을이 간다. 무대복을 갈아입고 올라갈 타임을 기다리고 있었다.

　전화벨이 울린다. 얼마 전에 산 휴대 전화다.

　"저 머니 이벤트입니다. 다름이 아니라 토요일 날 가수 ○○○ 씨 콘서트에 게스트가 필요해서요……"

　콘서트 날, 아침 일찍 일어났다. 노래 두 곡 부르는 게스트지만, 긴 드레스를 챙기고 행사장으로 향했다. 그때 구미 있을 때 학원 원장을 따라 첫발을 내민 행사. 이제는 내 생활에 빠질 수 없는 또 하나의 직업이 되었다.

　대기실에는 이미 도착한 가수 ○○○ 씨가 메이크업을 하고 있었고 옆에 남자 두 명이 있었다. 나는 깍듯이 인사하고 의상을 펼쳤다.

　내가 자주 부르던 노래의 주인공. 그 주인공의 라이브를 직접 들어 볼 수 있는 날이다. 사회자의 멋진 소개를 받으며 가수 ○○○ 씨가 무대로 올라갔다.

　그의 쩌렁쩌렁한 목소리가 대기실로 울려 퍼졌다. 참으로 시원한 가창력에 가슴으로 스며드는 주옥같은 노래들. 나도 오늘 이 무대의 한 컷을 장식할 가수임을 망각한 채 대기실 밖으로 나갔다. 그의 노래를 좀 더 가까이서 듣고 싶었다.

사람들로 꽉 찬 공연장. 옛날 가수라서 대중들에게 잊혀져가고 있는 줄 알았는데, 사람들은 옛 향수를 떠올리며 눈시울을 적시기도 했다. ○○○ 씨의 열창은 감동적이었다. 나도 저렇게 멋진 가수가 될 수 있다면……

○○○ 씨의 노래들은 내 머리에 찬물을 끼얹은 듯 정신이 번쩍 들게 만들었다. 나는 무대 아래 모서리에 서서 관객들보다 더 확실한 관객이 되어 그의 노래에 빠져들었다. 스태프가 나에게로 뛰어왔다.

"지금 올라가셔야 하는데요."

나는 땅바닥에 질질 끌리는 드레스를 양손으로 들어 올리며 무대로 올라갔다. 곧이어 관객들의 박수 소리가 나왔다. 음악이 흘러나온다. 나는 노래 부른다.

구름을 따라 걷듯, 비를 맞고 거닐듯, 눈을 맞고 웃음 짓듯, 노래 불렀다. 나는 무대에서 내려왔고 ○○○ 씨가 다시 무대로 올라갔다. 옷을 갈아입고 ○○○ 씨의 노래를 따라 부르며 진짜 가수가 되고픈 꿈을 또 꺼내 들었다.

"본인 노래는 없으신가요?"

"깜짝이야……"

아까 수첩을 끼고 있던 ○○○ 씨 매니저라고 했던 사람이 불쑥 들어왔다. 무안했지만 나는 내색하지 않고 대답했다.

"네. 제 노래는 없어요."

뒤를 따라 들어온 운전기사라던 남자가 약간 비꼰다.

"아니, 가수하시면서 어떻게 앨범 한 장 안 내셨어요?"

"……아 그게 한두 푼 가지고 되는 것도 아니고…… 촌에서……"

매니저라는 남자가 명함을 내밀었다.

"이곳으로 연락 한 번 주세요. 혹시 알아요? 좋은 일이 생길지."

인기 가수와 함께 움직이는 사람들이니까 연예계를 잘 알 것이라는 생각에 앨범 내는데 돈이 얼마나 드느냐고 물었다. 나이 들어 보이는 남자가 가까이 다가서면서 내 눈을 들여다보았다.

"글쎄요. 정해진 건 없지요. 좋게 잘 만들면 많이 들고 허접하게 만들면 적게 들고. 하기 나름이겠지요. 아가씨 음반 낼 생각 있나 봐요?"

"아니요…… 그냥 물어봤어요."

"전화번호나 알려줘 봐요. 게스트 자리나 행사 있으면 연락드릴 테니까."

전화번호를 알려주고 행사장을 빠져나왔다. 이날 초저녁 한 타임을 하고 내려와서 휴대 전화를 열어 보니 부재중 전화가 여러 통 와 있었다.

"여보세요."

"저, 낮에 공연장에서 본……"

"아, 네. 아직 안 가셨나 봐요?"

"내일 행사 하나 더 하고 올라갑니다. 지금 업소가 어디예요? 우리 술 한잔하러 갈까 해서요. 아가씨랑 음악 얘기도 하고요."

업소 가장 구석진 칸막이 룸에 남자둘 이 맥주를 시켜 놓고 앉아 있다. 나는 모든 무대가 다 끝나면 옷을 갈아입고 오겠다고 말했다.

우리들은 마지막 손님으로 있었다. 아무래도 사장 눈치가 보여 다른 곳으로 나가자고 말했다. 업소 옆 포장마차로 갔다.

오늘 공연한 ○○○ 씨는 호텔에서 자고 있다는 말을 시작으로 그 가수를 내가 키웠고 사생활이 어떻고 하며 긴 이야기를 늘어놓는다. 연예계 뒷얘기들 또한 끝없이 이어졌다. 연예인들 가운데 누가 그걸 잘하고, 누가 가장 쉽고, 누가 룸살롱 출신이고…… 그야말로 연예가 중계를 하고 있다.

나는 음반에 관한 말들이 나올 때면 두 번 세 번 되묻기도 했다.

"가수 ○○○ 씨한테 술 한잔 더 하러 갈까요? 이참에 둘이 친해지면 좋죠 뭐. 언니 동생하면서 지내게 되면 아가씨한테 불리할 거 하나도 없잖아요?"

기사라는 남자가 말했다.

"지금 시간이 몇 신데? 주무시지 않나요?"

"아뇨. 아뇨. ○○○ 씨 야행성이라서 혼자 지금쯤 방에 뒹굴고 있을 걸요. 제가 전화해 볼게요."

남자가 휴대 전화를 들고 저쪽 구석으로 갔다. 내 앞에서 해도 될 것을.

"안 잔다고 오라는데요? 어떡하실래요?"

나는 별 망설임이 없었다. 동네 양아치들도 아니고 그래도 우리나라 내로라하는 가수의 기사와 매니저니까 별 의심 없이 차에 올랐다. 더군다나 지척이라서 문제없다고 생각했다. 매니저라는 남자는 본인 차로 온다고 했다. 기사는 음악을 틀고 노래를 따라 부르며 대뜸 음료수를 건넸다.

"마셔요. 피로에 좋아요."

"네."

나는 무의식중에 음료수를 넓은 가방 안에 휙 던지듯 넣었다.

"마시라니까요."

"네, 조금 이따가 마실게요."

남자는 곁눈질로 내 다리를 슬쩍 보다 앞을 보다를 반복했다. 나는 당장 이 남자의 정신과 눈을 다른 곳으로 돌려야 한다고 생각했다.

"운전 괜찮은가요? 음주 운전인데?"

"전 몇 잔 안 마셨어요. 그 형님이 다 마셨지."

남자의 눈빛에 이상한 시동이 걸린 것 같았다. 그 시동은 바로 입으로 이어졌다.

"섹스 좋아하나요?"

"이봐요, 지금 무슨 말을 하는 건데요!"

남자는 줄곧 틀고 왔던 음악을 껐다.

"아니, 오해하지 마세요. 연예인들 보통 그거 좋아하거든요. 섹스 잘하는 가수가 노래도 잘하고 무대에서도 잘 놀고…… 그렇다는 거죠 뭐."

"난 그런 거 관심 없으니까 다른 얘기해요."

그런데 바깥거리가 낯설었다.

"저 어떤가요?"

"지금 어디로 가는데요? 이 길이 아닌데?"

"저 어떠냐고 물었는데…… 아, 얘기 좀 더 하려고 돌아서 그래요. 다 와가요."

나는 이상한 예감이 들었다. 이제 이 남자가 좀 더 야해진다든지 거칠어진다든지 그렇게 나오면 나는 차를 세우라고 소리를 지르거나 아니면 뛰어내리기라도 해야 한다.

"저기, 나 그 치마 속으로 손 한 번 넣어 봐도 되나요? 난 밑에 털 많은 여자가 좋던데."

한밤중에 차에 폴짝 올라탄 내가 이 남자에게 손쉬운 먹잇감이었다.

"아저씨 변태군요. 차 세워요!"

"어머. 왜 이래요. 나도 오다 보니까 어디가 어딘지 모르겠는데. 차를 세워 어떻게 한다는 거예요. 좀 가만히 있어 봐요. 누가 따먹나."

우선 밝은 도로가 나올 때까지 입 다물기로 했다. 남자는 한 쪽 팔을 뻗어 내 허벅지 위에 올렸다. 나는 재빠르게 탁 쳤다.

"왜 이래요, 진짜!"

"아휴 성질하곤. 아가씨, 그래 가지고 무슨 가수를 한다고…… 아까 우리 형님이 뭐라 그러던 가요? 가수 김모 씨 소개시켜 준다고 안 하던가요? 웃겨 정말. 서울 가면 하바리 가수들 우리한테 서로 못 줘서 안달인데. 아가씬 그래도 운이 좋은 거라고요. 이런 시골에서 우리 같은 사람 만난 것만 해도 복인 줄 알아야지. 그렇게 생어거지로 무식하게 나오면 어떡해요? 내 말 잘 들으면 가수 되는 거 시간 문제라구요. 아까 우리 형님 보기보다 굉장한 사람이에요. ○○○ 씨 ○○○ 씨 다 키웠다구요."

남자는 다시 오른손을 치마 속으로 슬쩍 밀어 넣으려 했다. 참으로 지저분한 놈이다.

"이러지 말라니까요. 징그럽게 왜 이래요 변태처럼."

쿵. 갑자기 가슴이 답답해져 왔다. 그 기분 나쁜…… 그 증상은 늘 내 몸에 예고편을 보여 주고 왔으니까. 나는 호흡이 급격히 빨라졌다. 남자는 지칠 줄 모르고 치근덕거렸다.

"아가씨 그러지 말고 우리 차에서 한 번 하자. 나 ○○ 기획사 대표하고도 각별한 사이야. 나랑 친해져 나쁠 것 없다구. 앨범 내고 정식 가수 할 거라면서? 내가 도와줄 일이 생길 거야. 우리 화끈하게 한 번 즐기자구."

가슴이 조여 오고 당장 죽을 것 같았다.

"아가씨 안색이 왜 그래? 벌써 흥분한 거야?"

큰 도로가 보였다. 차를 안 세우면 뛰어내리기라도 해야 할 것처럼 나는 피가 마르는 증상이 밀려왔다. 어차피 뛰어내리나 심장이 멈춰서 죽나 매한가지니까.

"내 꺼라도 한 번 만져 줘. 응? 꼴려 죽겠네. 시골 가수님 웃긴다. 뭘 몰라도 한참 몰라. 다들 우리 못 줘서 가수 지망생들 안달인데……"

"차 세워! 차 세워! 새끼야!" 차 앞 유리창을 발로 차고 손으로 때리며 나는 연거푸 과 호흡을 했다. 세상이 거꾸로 돌아가는 것 같았다.

"어머머 이 아가씨 좀 봐. 미쳤나 봐. 내가 강간을 했어? 아이 씨팔 재수 없어. 아가씨 내려. 내리라구! 그래 가지고 무슨 가수한다고 꼴값을 떨어."

남자는 브레이크를 밟았다.

"이거 봐. 기회가 자주 오는 게 아니야. 그 까짓 것 꼴랑 몸이 뭐 대수라고 잘난 척이야."

나는 차에서 내려 막 뛰었다. 이차선 도로 갓길에 주저앉았다. 약, 응급실에서 준 약, 심장이 뛸 때 먹으라고 준 약.

입에 털어 넣고 가방을 뒤졌다. 물은 없고 음료수 병이 눈에 들어왔다. 나는 허겁지겁 음료수로 약을 넘기고 병을 둑 아래로 던졌다.

전화기를 꺼냈다. 배터리도 나갔다. 여기가 어디지? 나는 조금 더 걸어 나가 가로등 밑에 실성한 여자처럼 몸을 늘어뜨리고 앉았다. 몇 대의 차들이 지나친다. 나는 손을 들어 태워 달라 하고 싶은데 겁이 난다. 사람이.

지금 급한 것은 펄떡펄떡 뛰는 내 심장을 잠재우는 일이다. 나는 분별력을 잃을 것 같다. 굵은 소낙비가 내가 걸치고 있는 누더기 위로 떨어져 내리는 것 같았다. 내가 왜 이러지? 나는 가라앉는다. 자꾸만 자꾸만 가라앉는다. 깊숙한 곳으로, 어두운 곳으로.

이 간호사…… 네…… 가요…… 혈압…… 흑흑…… 무슨 소리들……

"괜찮으세요?"

흰 가운을 입은 여자가 희미하게 둘로 셋으로 보였다.

"여기는요?"

"병원응급실이에요."

"여길…… 어떻게?"

"어제 아니 오늘 새벽에 트럭 운전 하시던 할아버지가 태우고 오셨어요. 정신 좀 차려 보세요. 의사 선생님 불러 올게요."

나는 몸을 일으켜 세웠다. 골이 흔들리며 터질듯이 아프다.

"괜찮아요?"

젊은 의사가 차트를 들고 다가왔다.

"네?"

"어제 뭐 드셨어요? 약 복용하셨지요?"

"네? 아…… 이거요."

나는 어제 새벽 먹었던 약을 꺼내 들었다. 의사는 약 봉지를 들고 한참을 보면서 갸우뚱했다.

"이 약 말고 다른 건요?"

"다른 거 먹은 건 없어요. 병원에서 처방받은 그 약 말고는요."

"아니요. 이 약은 단순 안정제에요. 이거 말고 수면제 다량으로 드셨지요?"

"수면제라니요? 전 그런 거 먹은 적 없어요."

"잘 생각해 봐요. 아가씬 병원에 들어 올 때 완전 마취 상태였어요."

어젯밤을 되짚어 보았다. 나는 포장마차에서 우동에 젓가락도 한 번 간 적 없었고, 그 다음 차에 탔고 무얼 먹은 기억이 없었다. 먹은 것이라고는 음료수 한 병이 다인데, 설마 그 가수 끄나풀이라는 사람들이 음료수 병에? 설마…… 말도 안 돼.

창문을 활짝 열어 놓고 고개를 내밀었다. 집 앞 가로수들이 살랑살랑 그 잎을 흔들어댄다. 가을바람에 춤을 추듯 그 잎을 흔들어댄다. 곧 떨어져 사라질 운명을 아는지 모르는지. 가을은 매번 그렇듯 나에게 분주하게 다가온다.

오늘은 낮에는 영주 행사장에 갔다가, 풍기 집에 들렀다가, 저녁에 바로 업소로 출근할 생각이다. 서둘러 짐을 챙기고 버스에 올랐다. 가수가 매번 버스에 보따리를 싸 가지고 움직인다는 게 좀 그렇기도 하다. 그렇지만 나는 십 원이라도 아껴서 언젠가 앨범을 꼭 내야 하니까.

영주 행사장. 무대가 따로 없는 행사다. 퍼런 포대 자루를 깔아 놓고 나 같은 무명 가수들 몇몇이서 무료한 할매들을 즐겁게 해 주는 그런 노인 잔치였다. 옷을 갈아입을 곳이 마땅찮다. 대기실이 없는 행사장은 어디라도 많다. 나는 이 골목 저 골목 기웃거려 보다가 동네 화장실로 들어갔다. 냄새가 진동했다. 그 옛날 우리 동네 공중변소처럼. 일단 숨을 멈추기로 했다.

동작은 숙달된 조교다. 숙달되지 않으면 똥통에 옷들이 떨어져 내릴 것이다. 이래서 똥차라도 있어야 차 안에서 옷을 갈아입을 수 있는데. 나는 화장실 안에서 짧은 쇼(?)를 끝내고 고고하게 음향 부스로 걸어갔다. 처음 보는 여자가 선글라스를 끼고 시커먼 바바리를 걸치고 폼을 잡고 서 있다.

행사가 시작되었다. 선글라스 낀 여자가 퍼런 포대 자루를 밟고 섰다. 노래를 다 부른 가수가 음향 부스로 왔다. 음향을 만지던 사장은 돈 봉투를 음향 기계 위에 올려놓았다. 내 두배나 되는 액수가 커다랗게 써 있었다. 봉투를 받은 가수는 깔린 포대 자루 옆에 바짝 붙여 놓았던 똥차를 타고 사라졌다. 나는 지금 이 음향 대표랑 벌써 많은 행사를 하고 있기 때문에 묻지 않을 수 없었다.

"보려고 본 건 아니지만, 어째서 돈을 나보다 두 배로 받아 가는 거죠?"

"저 여자 딸랑 한 곡이지만 앨범을 내 가지고……"

사장이 깔고 앉아 있는 플라스틱 의자 밑에 박스가 보였다. 아까 저 여자랑 같이 온 남자가 갖다 놓는 것을 얼핏 보았다. 박스 겉에는 비데라고 쓰여 있었다.

지금껏 이 세월을 넘기는 동안 내가 뚜렷하게 보여 준 것은 무엇이고, 내가 또 얻은 것은 무엇인가? 이 넓은 세상 한 켠 어딘가에 내 노래 한 곡 정도는 숨 쉬며 살아 있어 주길 바라는 마음이 간절해졌다. 이젠 스스로를 연마해 가는 법칙을 세워야 한다.

아파트 문이 활짝 열려 있다. 나는 짐 보따리를 거실에 내려놓고 방문을 열었다. 커다란 산소통이 먼저 눈에 들어 왔다. 아빠는 거기에 매달려 숨을 쉬고 있었다.

"좀 어때?"

나는 창가로 갔다. 눈이 마주치면 그대로 퍼질러 앉아 죽기 살기로 울어 버릴 것 같아서였다. 아빠는 귀에 걸린 산소 줄을 빼며 부은 얼굴로 나를 반겼다. 기관지 확장제를 목에 분사하고 내가 서 있는 창가로 왔다.

창밖으로 마주 보이는, 하늘을 배경 삼고 직선과 곡선으로 이어진 산들, 낙엽을 안고 흐르는 개울물. 이처럼 많은 가을들. 아빠는 저 모든 것들을 고즈넉하게 바라본다.

"영아야, 사람은 말이지 누구나 한 번 왔다 가는 게 세상사 이치야. 모두 이승에 봄 소풍을 왔다 가는 거야. 결코 길지 않은 소풍이지. 그러니 앞으로 일어날 모든 일들을 그대로 받아들이면 돼. 그 일어날 일들 중엔 슬픔도 있을 것이고, 생각지 못했던 기쁨도 있을 것이고, 다 그대로 받아들이면 돼. 내가 너와 함께 숨 쉬며 살아가지 못하는 세상도 태연하게 받아들이고……"

아빠는 기관지 확장제를 목 안 깊숙이 한 번 더 분사하고 거실로 나갔다.

"영아야, 너 오늘 안 가도 되나?"

"아니. 가야 되는데……"

"내가 데려다 줄까? 가다가 맛있는 것도 먹고 드라이브 좀 할래?"

나는 생전 처음 들었다. 아빠가 나를 데려다 준다는 소리를.

차창 밖으로 보이는 모든 것들은 그 그림과 형태가 돌고 돌아 바뀌지만, 단 한 해라도 안 푸른 것 없고, 단 한 해라도 시커멓게 죽어서 피어오르는 것 없지 않는가. 다만 오래 머무르지 않고, 늘 변화무쌍하게 사라지지만 영원히 사라지지는 않으니까 말이다.

우리도 저 자연처럼 사라졌다 다시 어느 푸르른 여름날 폭포수처럼 용솟음치며 힘차게 뛰어올라 한세상 뒤에 한세상을 또다시 이을 수는 없는 것일까?

"뭘 그리 골똘히 생각하노? 뭘 먹을래?"

"아무거나⋯⋯"

"아무거나는 없으니 송어회를 먹으러 가자. 뒷자리에 있는 내 점퍼라도 걸쳐라. 감기 들라."

나는 점퍼를 걸쳤다. 안주머니에서 바스락 소리가 났다. 나는 뭐냐며 그것을 꺼냈다. 비닐 봉투. 그 속에는 두 장의 사진이 들어 있었다. 한 장은 엄마의 독사진이고, 또 한 장은 내가 초등학교 때 사진관에 가서 찍은 가족사진이었다. 나는 양 갈래로 머리를 땋아 묶은 사진 속 엄마를 유심히 들여다봤다. 엄마가 스무 살도 안 되어 보이는 소녀의 모습이다.

"넣어 놔. 너 엄마 시집오기 전 너 할매가 나한테 보낸 사진이다. 엄마 참 미인이제."

"응. 우리 엄마 너무 이쁘다⋯⋯"

"딸 세 년들 중에 니가 엄마를 젤 많이 닮았어. 사진보고 너 엄마랑 얘기도 하고 미안하다고 용서도 빌고 니가 속 썩일 땐 의논도 하고 그런다. 영아야 강하게 살아야 된다. 누구보다도."

"아빠……"

"그래."

"엄마 말이야. 저기, 그러니까 그 자, 자궁암 말이야…… 그거 왜 걸렸을까?"

"아무래도 유전도 있을 테고, 그 당시 먹고살기 힘든 시절에 요즘처럼 병원 문 앞을 끼고 살지도 못했고…… 모든 게 다 늦어져서 그런 거지 뭐. 거기다 나한테 받은 스트레스도 한 몫 했을 테고. 근데 그걸 왜 묻노?"

"그냥 엄마 사진 보니까 생각나서……"

"정기 검진 꼬박 꼬박 받거래이. 너들 살아가면서 암 그거 조심해야 한다. 그리고 노래에 니 인생을 걸진 마라. 그 직업은 끝없는 스트레스로 널 괴롭힐지 몰라. 모든 걸 송두리째 건다는 건 그만큼 외롭고 힘든 길이야. 니가 평범하게 시집가서 평범하게 살길 원했지만 자식이 어디 내 뜻대로 되는 것도 아니고 매사에 발버둥치지 말고 순리대로 살아 나가야 한다. 내가 니 성격을 잘 아는 이상 쉽진 않겠지만, 노래를 즐기면서 불러. 거기에 끌려다니지 말고. 직업에 끌려다니면 스트레스가 심하게 오는 법이야. 니가 유명한 가수가 되고 안 되고는 니 운명 아니겠나. 내가 뒷받침이 못 되어 줘서 미안할 따름이다."

가을밤 외로운 풀벌레들이 내 가득한 근심거리들을 아는 양 슬피 울어 댄다. 내가 겪고 있는 일들이 다른 사람들에게도 일어날 일들이건만 내 손가락 마디마디가 제일 아픈 것만 같다.

또 한 해의 끝자락. 올해가 가기 전에 나는 그동안 미뤄 났던 신경 정신과를 방문할 생각이다. 수없이 해본 심전도, 뇌파 검사, 심장 정밀 검사 모두 아무 이상 없다고 하지만, 내 증상들은 사라지지 않았다. 한약,

침, 한방 병원, 레이저링거…… 별짓을 다 해 봐도 마찬가지였다.

새벽마다 응급실로 뛰쳐 들어간 것만 해도 수도 없다. 오죽하면 병원 응급실 내 침대가 정해져 있을 정도니까. 생소하고 머쓱했지만, 모자를 눌러 쓰고 정신과로 갔다. 무슨 아이큐 검사 비슷한 노트에 열심히 체크해 나갔다.

"공황 장애입니다."

"공황 장애라뇨? 무슨 공황?"

"그러니까 딱히 원인은, 아직 현대 의학으로 규명 짓기가 좀 그렇고…… 어릴 적 일찍 어머님의 죽음에 의해서 온 것 일수도 있겠고, 스트레스로 인해서일 수도 있겠고, 교감 신경과 부교감 신경이 있는데 이 교감 신경이 특별한 불안 요인이 없음에도 불구하고 예민하게 반응해서 심장이 뛰고, 내가 내가 아닌 것 같고 미쳐 버릴 것 같은 증상들…… 뭐 대체로 10분 20분 정도면 가라앉지만, 약을 6개월 정도는 꾸준히 복용하면서 인지 치료와 함께 병행해야……"

이 생소한 병명을 듣고 나는 어리둥절하게 고개만 끄떡이다 약을 한 보따리 타서 나왔다. 의사의 이야기는 결국 이 병의 치료는 본인의 의지에 달려 있는 것이라고 말했다.

부득이하게 위험한 상황이 아닌데도 심장의 박동이 빨라지며 호흡 곤란, 손발 저림 등 곧 죽을 것 같은 고통이 밀려온다. 적절한 약물 치료와 더불어 본인 의지에 의해서 고쳐야 하는 병이라고 말했다.

누구에게 말도 못 한다. 다리가 부러지고 팔목에 깁스를 해야 어디가 어떻게 아픈지 알지, 노래 가사처럼 겉이 타야 알지, 속이 타면 누가 알겠는가 말이다. 이 기분 나쁜 공황의 고통은 상상 이상이다. 언제 어떻게 내 심장이 개거품 물고 펄쩍펄쩍 뛸지 알 수 없기 때문에 시간 시간마다 곡예 타듯 불안할 뿐이다.

해를 넘기고 2월이다. 허벅지를 드러내고 가짜 큐빅으로 귀, 목, 손 할 것 없이 번쩍번쩍 두르고 무대에 올랐다. 오늘 생일을 맞은 세 팀이 동시에 축하 팡파르를 받으며 폭죽은 여기저기서 터진다.

〈해피 버스데이 투 유〉

나는 축하 노래를 부른다. 사람들은 자기가 태어난 날을 도무지 기억해 내지 못하면서도 세상에서 가장 큰 기념일인 것처럼 설쳐댄다. 저들의 엄청난 기념일에 나는 또 즐거운 노래를 보태준다.

우리들은 그저 사는 법밖에는 모른다. 우리들 각자의 삶 속에 죽었다 다시 살아나는 각본은 없으니, 그저 죽어도 사는 것 밖에는 모른다.

나는 총총히 업소에서 나왔다. 다른 업소로 이동하기 위해 얼마 전 구입한 중고차에 의상을 실었다. 전화벨이 울렸고, 언니였다.

"왜 그래 무슨 일이야"

"영아…… 놀……라지 마래이……"

"무슨 일인데?"

"아부지가 아부지가……"

나는 아부지가 소리 밖에 안 들었는데 달리던 차에 급히 브레이크를 밟았다.

이대로 아무 곳으로 처박히든지 떨어지든지 죽어지든지……

"아빠가 왜? 아빠가 왜?"

"아빠가 돌아가셨어……"

나는 전화기를 차 바닥으로 던졌다. 천년만년 살 것 같던 아빠가, 무사처럼 무대로 매번 뛰어올라오던 아빠가, 영원히 내 뒤를 쫓으며 지치지 않을 숨바꼭질을 할 것만 같던 아빠가, 비바람에도 절대 끄떡하지 않는 등대 불빛처럼 버티고 서 있을 줄만 알았던 아빠…… 내가 간절히 바라는 모든 것들을 내게서 거둬들이지 말아 달라고 그토록 소원했건만.

버벅거리는 몸과 정신이 차라리 이대로 부서졌으면 좋겠다. 나는 너무 너무 힘들기만 하다. 병원으로 들어섰다. 아빠 얼굴에 내 얼굴을 비볐다. 줄줄 떨어지는 눈물이 아빠 눈물인지 내 눈물인지 분간이 안 되었다. 두 얼굴이 같이 젖어 있다. 이미 엄마의 죽음을 겪고 난 뒤라서 나는 이것이, 이 죽음이, 얼마나 엄청난 긴 이별을 말하는지 알고 있었다. 살아가는 동안 뼈를 깎는 그리움이 밀려올 것도 알고 있었다. 나는 아빠의 얼굴에 입맞춤을 했다. 이것이 짧은 나의 마지막 인사다.

나는 식구들이 모여 있는 빈소로 뛰어갔다. 빈소 입구에 앉아 있는 뚱보와 눈이 마주쳤다. 역시나 징그럽도록 나를 멸시하는 눈길로 나를 흘겼다. 허연 상복을 나에게 휙 던진다. 상복 치맛자락이 내 머리 위로 떨어지며 내 몸을 덮었다. 나는 상복을 덮어쓴 채로 뚱보에게로 다가갔다. 나는 정신이 몸에서 나갔다.

흰 리본을 머리에 꽂은 언니 얼굴과 마주하자 지금이 현실이라는 사실에 나는 질겁할 것만 같았다.

"정신이 좀 드나? 너 어지럽지? 의사가 주사 놓더라. 괜찮아지면 지하 빈소로 내려와 마음을 안정시키고. 오늘 같은 날 니가 왜 이러노! 큰아버지, 큰엄마, 고모 다들 와 있는데……"

아빠는 엄마 교회 산소 근처 차 진입이 좋은 양지 바른 언덕에 묻히셨다. 뚱보는 아빠가 119에 실려 병원으로 가던 그 순간 바로 아빠가 끼고 있던 다이아 반지와 롤렉스시계를 빼서 주머니에 넣었단다. 강변 집도, 아빠가 타던 차도, 상가 건물도, 다 팔고 어디론가 가 버렸다.

첫 앨범

2004년 9월. 나는 주기적인 암 검사를 받으며 밤에는 업소, 낮에는 간간이 들어오는 지방 행사를 다니며 여전히 밤무대 가수를 하고 산다.

집은 아파트로 이사했다. 천사처럼 해맑게 웃던 어린 시절에서, 엄마가 안 보이면 세상 무너진 듯 공포에 질려 앙앙 울어대던 어린 시절에서, 나는 지금 얼마나 멀리 와 있는가? 내 곁에서 공기처럼 영원할 줄 알았던 아빠를 보낸 그 밤으로부터도 나는 지금 몇 년이나 멀리와 있다.

나는 살아간다. 그저 살아간다. 나에게로 던져지는 하루를 눈도 깜짝 않고 받으며 살아간다. 그리고 내가 그토록 바라던, 노래 흐름이 복고풍을 탔다. 깜찍 발랄한 트로트 가수의 등장으로 세상이 내가 부를 수 있는 노래들로 표를 던져 줬다.

공중파 방송사만의 기나긴 안방극장 독식도 막을 내렸다. 케이블 방송이 생겨났고, 다양한 성인 가요 프로들이 줄을 이어 간판을 내밀었다. 마땅한 쇼 프로나 트로트 노래들을 접할 수 없었던 사람들로서는 무척 반가운 일이 아닐 수 없었다. 정규 방송사 프로그램은 사회, 정치, 경제, 문화 등 다양성을 주제로 방송을 편성해야 했기에 쇼, 음악 프로에 한계가 있었을 것이다.

그동안 잠자고(?) 있던 옛날 가수들은 모두가 벌떡 일어났다. 출연할
수 있는 가요 방송들이 생겨난 것에 그들은 즐거운 비명을 지르며 너도나
도 뽀얀 분을 바르기 시작했다. 시청자들도 채널이 다양해졌으니까 입맛
대로 돌려서 보면 되는 것이다. 보통 나이 든 어르신들은 경사였다. 텔
레비전만 틀면 구수하고 귀에 익은 트로트나 옛날 노래들을 종일 들을 수
있게 되었으니까.

나는 오랜만에 가슴이 설레었다. 사람들은 유행으로부터 자연스럽게
떠밀려 이동했었을 뿐이지 옛날을 굳이 잊은 것은 아니었다. 누구나 들
추어내지 않았을 뿐, 추억하고 지냈던 것이다.

나만 옛날을 그리워하고 나만 산울림의 청춘을 듣고 싶어 하는 것은 아
니었던가 보다. 늦은 감이 없지 않아 있지만 이제는 품고 있었던 꿈을 펼
쳐야 한다고 마음먹었다.

나는 모 악기사 사장이 이끌고 있는 팝 오케스트라 정기 공연에 몇 번
씩 출연하면서 악기사 사장과 허물없이 이런저런 얘기를 털어놓는 사이
가 되었다. 악기사 사장은 젊었을 적 서울에서 음악 생활을 오래 했던 터
라 많은 연예인을 알고 있었고 내가 좋아했던 노래들을 만든 작곡가를 만
날 수 있는 계기를 만들어 줬다.

9월의 셋째 주 토요일 오후. 서울 한적한 라이브 카페. 좀 일찍 도착했
다. 카페에서 흘러나오는 노래 서너 곡을 듣고 난 후 작곡가가 들어왔다.

나는 정중하게 인사했다. 의외로 이웃집 아저씨처럼 친근감 있어 보였
다. 감성을 자극하는 슬픈 멜로디와 애절한 가사의 노래들이 많았기에
왜소한 체구에 여자처럼 생겼을 것이라는 상상을 했기 때문이다.

"얘길 들어 보니 노래 상당히 오래 했던데……"

"네. 특별히 노래 공부는 한 적 없고 그냥 노래 부르면서 먹고 살았

어요."

작곡가는 꼼꼼하고 세심해 보였다. 그는 나에게 노래를 들어볼 수 있느냐며 물었고, 라이브 카페 사장은 작곡가와의 친분으로 흔쾌히 무대를 허락했다. 나는 작곡가의 주옥같은 노래들을 불렀다. 내가 그토록 갈망하던 작곡가 앞에서 이 사람이 만든 곡을 부르고 있는 지금이 꿈만 같았다.

"보이스가 아주 특이해. 이은하 계은숙을 합쳐 놓은 듯한 목소리. 그치만 노래는 좀 다듬어야겠어요. 어떤 장르를 좋아 하나요?"

"그냥 선생님 노래라면 다 좋아요. 전 애절하고 슬픈 노래를 좋아하거든요."

작곡가와의 이야기는 몇 시간째 이어졌다. 내가 얄팍하게 알고 있던 노래 상식들이 부끄럽게 내려앉는 순간이기도 했다. 아무런 공부도, 트레이닝도 한 적 없이 지내온 세월들을 고스란히 들키는 시간이었다. 처음에는 부끄러웠으나 차츰 이야기하면서 민망함을 감추려 애쓰지 않았다. 어차피 잘 하는 것과 못 하는 것을 알고 시작해야 하는 일이었으니까.

좋은 노래를 부탁한다는 인사를 하고 카페에서 나왔다. 서울의 밤거리는 그야말로 네온이 춤을 추고 도시는 바쁜 숨소리들로 꽉 들어 차 있다. 회색빛 빌딩들 사이로 고요히 떠 있는 달. 낯선 서울에서 친근한 것은 저 달이 전부다.

그로부터 3개월이 지났다. 12월을 한 주 남겨 둔 연말연시. 작곡가로부터 전화가 왔고 기다리던 내 노래 데모 테이프(만들어진 노래와 연습용 반주)를 받았다. 나는 곧바로 테이프를 틀었다. 온몸에 짜릿한 전율이 일었다. 그토록 염원하던 나의 노래. 가슴이 콩닥콩닥 뛰었다.

기쁨은 주체가 안 된다. 역시나 어김없이 눈물도 핑 돈다. 내 목소리로 녹음된 것도 아닌데 왜 이다지 떨리는지. 왜 이다지 뭉클한지. 지금껏 듣지도 보지도 설렘이었다. 길 가는 사람들을 붙잡고 '내 노래 있는데 내 노래 한번 들어 보실래요' 떠들고 싶은 심정이다.

감격에 찬 내 심장이 향기를 토해 내는 것만 같았다. 나는 이 지하 세계에서 기필코 탈출하리라. 그래서 아주 높게 비상하고야 말리라. 그러기 위해서는 세상 밖으로 나가게 될 내 노래에 영혼을 싣고, 모든 것을 걸어야 한다고, 나는 하늘에 떠 있는 별 가까이로 팔을 쭉 뻗었다.

노래 연습은 주로 밤업소가 끝난 뒤 차안에서 이루어졌다. 한적한 외진 공터로 가서 음악을 크게 틀고 듣고 또 듣고, 소리 높여 부르고 또 불러 보며, 나 자신과의 힘든 싸움은 시작되었다.

내 노래를 진짜 내 노래로 만드는 일은 생각처럼 호락호락하지 않았다. 업소 일과, 낮 행사, 노래 연습으로 하루하루가 어떻게 지나가는지 헤아릴 겨를도 없이 기계적으로 움직이며 지냈다.

또 한 해는 우리의 바람과 상관없이 자연스럽게 열렸고 새해의 첫 번째 달력 한 장이 떨어져 나가야 하는 날. 겨울비가 내리는 새벽이다.

하늘에 구멍이라도 난 것처럼 비는 억수같이 쏟아져 내리며 바람까지 합세해 차 유리라도 뚫고 들어올 기세였다.

냉기가 차 안을 가득 채우고 입 주위 근육들은 뻑뻑해져 말을 잘 안 듣는다. 그래도 나는 노래 삼매경에 빠져 어느새 도시에서 한참을 벗어났다. 길옆에 차를 세우고 볼륨을 최대한 높였다. 비가 어느 정도 그치면 집으로 갈 생각이었다.

빗소리, 음악 소리, 내가 부르는 노랫소리로, 차 안이 꽉 찼다. 나는 얇은 담요로 몸을 덮고 아주 크게 노래 불렀다.

"시동 걸고 출발해 빨리!"

내 귀 가까이에서 들려온 소리다. 사람의 입김까지 들어왔다. 순간 머리와 가슴이 동시에 쿵! 하며 호흡이 정지되었다. 나는 고개를 뒤로 스르르 돌렸다.

"고개 돌리지 말고 그냥 출발해!"

나는 돌리던 고개를 다시 앞으로 돌리며 내 목을 감싸고 있는 남자의 팔과 손을 내려다보게 되었다. 아차! 차문을 잠그지 않았다.

세상에 이런 일이…… 아무 생각이 안 났다. 그저 죽는구나, 오늘이 마지막 날이구나 하는 생각밖에는.

강도! 외진 길가에서 만난 끔찍한 강도! 신문, 뉴스에서만 접했던 그 무시무시한 강도! 오금이 저려 왔다. 그런데 남자가 내 목을 움켜쥔 것은 아니고 그냥 팔로 두르고 있는 정도의 느낌이었다. 목이 조여 오진 않았으니까.

"사…… 살려 주세요……"

내 목소리가 꺼낸 첫마디였다.

"죽일 마음은 전혀 없으니까 겁먹지 말고 날 좀 태워 주면 돼……"

남자는 경남 사투리로 말했다.

"비, 비, 빗길이라…… 아니, 어 어디로요"

강도라 하기에는 말투가 사람 죽일 기세는 아닌 것 같았다.

어디가 아픈 사람처럼 힘이 없고 말을 하면서 몇 번씩이나 끊어졌다.

"이, 이 팔은 좀 치워주시면 안 되나요?"

밑으로 내리깔고 있는 내 눈동자는 내 목을 두르고 있는 남자의 팔과 손에서 떨어질 줄 모른다.

남자는 내 목을 감고 있던 팔을 쉽게 풀었다. 그러나 나는 옴짝달싹할 수가 없다. 다시 내 목을 저 팔뚝으로 언제 또 감을지 알 수 없기 때문이다. 아직도 음악 소리는 차 안 가득 울려 퍼지고만 있다. 남자가 내 귀 가까이로 다시 입을 가져 왔다.

"시끄러우니까 음악은 끄고 부산 쪽으로 핸들 틀어."

"사, 살려 주세요…… 살려 주세요……"

나는 반복해서 가슴이 철렁 내려앉았다.

"아가씨 죽일 사람도, 죽일 마음도, 전혀 없으니까 빨리 좀 달려 봐! 여기서 벗어나라고!"

"밤길에…… 지금 비도 많이 오고……"

"입 다물고 가는 데까지 가. 지금부터 말 시키지 말고."

"무, 무서워서 운전이 잘 안 돼요. 태, 택시를 불러 드릴게요. 제발 전, 전……"

"무서운 일 안 생기니까 제발 그 입은 좀 닫아 놨으면 좋겠는데."

"아저씨……"

"참 수다스럽네. 나 말을 많이 못 해. 숨이 차서. 아가씨 털끝 하나 안 건드릴 테니까 빨리 좀 밟으라고."

나는 시키는 대로 부산으로 차머리를 돌렸다. 뒤에 타고 있는 남자 얼굴을 보지 않았다. 아니 보지 못했다. 그냥 달렸다. 언제 저 팔로 내 목을 감을지 모른다는 압박감에 핸들 잡은 두 손은 계속 후들후들 떨렸다. 나는 속력을 내지 못하고 기어가고 있다.

뒤에 앉아 있는 남자가 신음 소리를 냈다. 어딘가 아픈 것 같은, 그래서 자기도 모르게 나오는 신음 소리인 것처럼 들렸다. 그래도 나는 뒤를 돌아보지 못하고 앞만 보고 달렸다. 차 안에도 늘 넣어 두고 다니는 병원에서 준 약을 꺼내 한 움큼 털어 넣었다.

물이고 뭐고 침으로 우물우물 삼켰다. 내 교감 신경을 눌러 주는 약들을 오늘 초저녁부터 먹지 않았다면 아마 기절했을지도 모른다. 남자는 뒤에 앉아 자꾸 앓는 신음 소리를 냈다.

"이봐, 혹시 화장지 있나?"

"화, 화장지라니……"

"화장지나 천 쪼가리 아무 거나 있으면 빨리 좀 줘 봐!"

"화, 화, 화장지는 왜요?"

이 와중에 어설픈 상상력이 부풀었다 꺼졌다 했다. 남자가 신음 소리를 내는 와중에 소리 내어 웃었다.

"이상한 상상하지 말고 화장지 좀 줘 봐요. 자꾸 아저씨 아저씨 하는데 나 아저씨 아니거든."

화장지는 앞 조수석에 있었다.

나는 비상깜빡이를 누르고 차를 세웠다. 그리고 미등을 켜고 고개를 돌리지 않은 채 팔만 뒤로 뻗어 화장지를 건네줬다.

"그렇게 높게 들고 있으면 내가 잡지를 못해. 가까이로 줘 봐요. 지금 옴짝달싹하질 못하겠거든."

나는 천천히 고개를 돌렸다. 남자는 비스듬히 누워 있고 이 추운 날 외투도 없이 흰 남방 하나만 걸치고 있었다. 그런데 오른쪽 옆구리 쪽에서 피가 흐르고 있었다. 흰 남방은 살에서 나오는 피를 지도처럼 넓게 빠르게 그려냈다. 나는 얼른 남자 가까이로 화장지를 건네주고 가방에 있던 손수건도 꺼내줬다. 남자는 손수건과 화장지를 남방 속으로 넣고 상처를 양손으로 눌렀다.

괴로워한다, 남자가. 나는 이 남자가 아파하는 모습을 보며 잠시 지금이 어떤 상황인지를 하마터면 깜빡 잊을 뻔 했다. 나는 차 미등을 끄려고 손을 올리다가 남자와 눈이 마주쳤다. 남자는 잠시 동안 나를 바라봤다.

남자는 내 또래 정도로 보였다. 인상은 깡패처럼 우락부락하지 않았다. 차 안이 흐려 자세히 보지는 못했지만 검은색 눈동자가 크고 포스가 느껴지는 얼굴이었다. 어디서 싸움질을 하다가 저 건달은, 아니 저 양아치는, 칼을 맞고 내 차에 뛰어든 것 같다. 나는 미등을 끄고 다시 출발했다.

"내가 무슨 변태 짓이라도 한다고 상상했나? 참 미안한데 핸드폰도 좀 빌려 주고……"

나는 휴대 전화를 건네줬다.

"근데 병원에 가야 하는 거 아니에요? 많이 다치신 것 같은데. 가까운 병원으로 가서……"

남자는 대답 대신 손으로 어깨를 두 번 쳤다. 입 다물고 조용히 가라는 뜻이다. 남자는 무슨 비밀 통화인지 음악을 틀어 달라고 했다. 잠시 후 통화가 끝났는지 다시 음악을 꺼 달라고 했다. 주문도 가지가지다.

남자는 한참을 조용하더니,

"쭈욱 가다가 첫 번째 말고 그러니까 두 번째 휴게소에 차를 세우면 돼요. 기름 값은 충분히 주겠어. 그리고 오늘 놀라게 해서 미안해요."

나는 늘 사는 게 재수가 없다. 이제 첫 번째 휴게소를 지났고 조금만 더 가면 두 번째 휴게소가 나온다. 좀 더 속력을 냈다. 남자는 진통이 참을 만한지 말을 시켰다.

"아가씨 노래 부르나? 차에 타고 노래 한 곡은 다 들었을 걸 아마. 노래 잘하던데.

"…….

"여자가 간도 크네. 그런 한적한 곳에 차를 세워 놓고 차 문도 잠그지 않고 노래를 고래고래 부르고 말이야."

256 나는 22년간 늑대의 젖을 먹고 살았다

"……."

"이봐! 귀먹었나?"

"아 네. 앞이 잘 안 보여서요……"

"겁먹지 말고 천천히 가. 아가씨 해칠 사람 아니 라는 거 아직도 모르겠나?"

"배는 어떤가요? 피를 많이 흘리면……"

"괜찮아. 휴게소까지만 가면 돼요. 내가 노래 부르냐고 물었는데 끝까지 벙어린가?"

"아, 네. 노래 불러요."

"오라, 어쩐지 잘하더라. 이거 가수님한테 큰 누를 끼쳐서 어쩌지요?"

나를 해코지 하지 않을 것이라는 믿음이 생겼지만, 그래도 섬뜩했다.

비는 거의 그쳤다. 휴게소 이정표가 보였다. 휴게소로 들어섰다. 휴게소는 썰렁했다. 몇 대의 트럭들만이 잠자고 있으며 주차 공간들은 차 대신 고인 물을 한가득 떠받들고 있었다.

바람 소리는 여전히 거칠다. 물기 가득 안은 검은 비닐, 휴지, 잡동사니들이 바람에 떠밀려 휑한 주차장을 을씨년스럽게 떠돈다.

이제 나는 살았다는 안도감에 긴 한숨을 내쉬었다. 남자가 주차시키라는 자리에 차를 세웠다. 그러고도 삼십 분 이상을 차에 앉아 있었다.

남자는 이름을 물었다. 나는 이름을 굳이 물을 필요가 있냐고 말했다. 남자는 몇 살이냐고 물었다. 나는 서른 살에서 몇 년을 더 산 것 같다고 말했다. 남자는 허스키 목소리를 좋아한다고 말했다. 나는 지금 작업 멘트 날리느냐고 되받아 쳤다.

남자는 아주 큰소리로 웃었다. 그러면서 SG워너비를 좋아한다고 말했다. 남자는 인터넷에 노래를 검색 해 보고 싶다고 말했다. 나는 앨범을 낸 정식 가수가 아니라서 이름이 없다고 했다. 남자는 아까 부르던 노래는 무슨 노래냐고 물었다. 그 노래는 내 노래가 맞긴 하지만, 아직 연습 중인 노래고 곡이 나오려면 시간이 걸릴 것이라고 했다.

남자는 앞으로 노래 연습은 그런 으슥한 곳에서 하지 말라고 낯짝 두껍게 말했다.

나는 그런 곳이 아니면 노래 연습 할 데가 없다고 말했다. 남자는 집이 없냐며, 집에서 연습하라고 말했다. 나는 그러면 아파트에서 쫓겨날 것이라고 말했다. 남자는 그러면 옆집 아줌마와 아파트 경비랑 맞짱 뜨라고 했다.

시커먼 차 한 대가 내 옆에 바짝 붙어 섰다. 차 색깔보다 더 시커멓게 썬팅된 차 안에서 시커먼 정장을 입은 남자가 내렸다. 내 차의 뒷문을 열고 남자를 부축해서 내리는 것 같았다. 물론 나는 뒤를 돌아보지 않았다. 내리면서 남자는 다시 한 번 미안하다는 말과 함께 꼭 멋진 가수가 되기를 바란다는 말을 덧붙였다. 나는 마지못해 조심해서 가라는 말을 했다.

남자들은 차에 금방 타지 않고 잠시 이야기를 나누고서 차에 탔다. 남자를 부축했던 남자가 다시 차에서 내려 내차로 왔다. 역시나 고맙다는 말과 함께 봉투와 명함 한 장을 조수석에 올려놓으면서 말했다.

"아가씨, 나중에 연락 한 번 줘요. 서울에 기획사하는 선배후배들 많이 있으니까 꼭 연락 한 번 줘요. 조심해서 가요. 오늘 어쨌든 고맙습니다."

이윽고 비와 바람이 유난히 거세었던 겨울이 지나갔다. 처음 데모 테이프를 받았을 때는 그저 감개무량에, 설렘에, 자신감에, 가득 찼지만, 연습하는 시간들은 결코 녹록치 않았다.

업소를 돌고 새벽 시간은 어김없이 차에서 노래 연습에 매달렸다. 가수들이 신곡이랍시고 방송으로 들고 나와 선보일 때 나는, 우리들은, 그저 보고 듣고 노래가 좋다, 싫다, 로만 너무나 쉽게 판단해 왔던 지난날에 미안함과 어떤 반성이 더해지는 시간들이 되기도 했다. 한 곡의 노래가 다듬어져 세상 밖으로 나오기까지 가수들이 얼마나 많은 시간과 정성과 땀으로 고독을 끌어안으며 노력해야 하는지를 내 스스로가 부딪히기 전까지는 까마득히 몰랐다.

오늘은 경기도 작곡가 사무실에 들렀다.

"선생님. 요즘 이 가수라는 직업에 대해 많이 생각하게 되는 시간들이에요. 가수들이 앨범 한 장 내는 데 드는 시간, 열정, 돈, 끈기, 뭐 하나 중요하지 않은 게 없으니 말예요."

나는 목이 쉬어, 갈라진 나무토막처럼 물기 없는 목소리로 말했다. 작곡가는 내 노래 반주를 틀어 놓고 따뜻한 커피 잔을 내밀었다.

"그래, 한 생명이 탄생하기까지 열 달이라는 시간을 엄마는 뱃속 아기를 위해 노심초사하며 태교를 위해 노력을 기울이지. 좋은 것만 먹이려, 들려주려, 때로는 사랑으로 배를 쓰다듬으며, 속삭이며, 막달 숨 차오르는 힘겨움까지도 곧 만나게 될 새 생명을 위해 웃으며 인내하듯, 노래도 마찬가지라고 생각해. 노력 없이 이루어지는 결실이 어디 있겠어."

개울 물소리는 점점 커지고 세상은 온통 꽃 천지인 완벽한 5월이다.

첫 녹음이 있는 날! 나는 그동안 연습했던 기량을 마음껏 펼치리라는 부푼 기대감으로 서울로 향했다. 청담동에 위치한 녹음실. 지하로 들어서자 음악 소리가 어리벙벙한 나를 맨 먼저 반겼다.

나는 마치 텔레비전에 나가는 것처럼 긴장과 불안과 기대감과 우쭐함에 휩싸여 녹음실 문을 열었다. 스튜디오 안에서는 내로라하는 연주자들이 모여 내 노래의 반주를 녹음하고 있었다. 작곡가, 편곡자, 모두 먼저 와서 반주 음악(MR) 모니터링을 하고 있었다.

나는 생전 처음 들어와 보는 녹음실에서 눈을 뗄 수가 없었다. 이곳에서 녹음한 인기 가수들의 앨범이 눈에 들어왔다. 나도 곧 저 대열에 합류하는 가수가 된다고 생각하니 입가에 웃음이 번졌다. 내가 이 방 저 방 기웃거리는 동안 모두들 땀을 흘리는 가운데 녹음은 완벽하게 착착 진행되었고 끝이 났다.

이제 노래를 녹음할 순서다. 나는 손바닥에 흐르는 땀을 닦으며 녹음실로 들어갔다. 공중에 매달린 마이크 앞에 서서 옆에 준비되어 있는 헤드폰을 머리 위로 올리는 순간, 무어라 표현하지 못할 감격스러움이 밀려왔다.

상상 속에서만 이루어졌던 시간들이 눈앞에 펼쳐졌다. 나에게 이런 날이, 정말 가수가 되고야 마는, 나에게도 정말 이런 날이, 기필코 오고야 말았구나.

이렇게 말이다.

작곡가와 정면으로 볼 수 있게 큰 통유리가 한 벽면을 차지하고 있고 작곡가가 앉아 있는 테이블 앞에는 작은 벨과 마이크가 설치되어 있었다. 내가 부르는 노래를 바깥에서 들으며 모니터링 하는 것이다. 가장 좋은 소리를 꺼내기 위해 한 소절만을 가지고 열 번 백 번도 불러 봐야 하는 것이다.

나는 눈을 감고 잠시 기도했다. 이 녹음실을 거쳐 간 수많은 인기 가수들의 이름 앞에 나는 정말 아무것도 아닌 새파란 촌뜨기 무명 가수이지 않는가. 그렇지만 나에겐 오늘이 꿈만 같다. 나는 따뜻한 물로 목을 몇 번 축였다.

녹음이 시작되었다. 그동안 죽도록 연습했다고 자부하고 올라왔지만,

나는 세 시간 이상을 제자리에서 맴돌고만 있었다. 그렇다. 한 번 녹음되어 세상 밖으로 나가면 영원히 되돌릴 수 없는 일!

음반 작업이었던 것이다. 오늘 내가 부른 노래들은 컴퓨터에 저장되지 못하고 부서지는 파도처럼 날아갔다. 결국 나는 한 곡도 녹음하지 못하고 그냥 내려와야 했다.

다시 내 생활의 터전 밤무대다. 마스터가 노래를 부르고 나는 추임새를 넣고 서 있다. 그러나 머릿속은 온통 다른 생각으로 꽉 차 있다. 가수가 저절로 되지 않는다는 것을 서른이 훌쩍 넘고 알게 된 것에 부끄러움이 올라올 때가 한두 번이 아니었다. 라디오를 타고 3분 4분 안에 노래 한 곡이 훌쩍 지나가지만, 지금에 와서 돌이켜 보면 그것은 제각기 그 가수의 인생이었고, 피와 땀의 결실이었다.

세상에는 사람들의 어깨를 들썩거리게 만들거나, 엉덩이를 실룩거리게 만드는 노래들은 무수히 존재하지만, 절대 쉬운 노래, 쉬운 심사로 웃고 스치며 지나갈 노래란 존재하지 않는다.

나는 밤업소, 노래 연습, 서울 녹음실로 쫓아다니며 여름이 지나가는 길목에 와 있다.

작곡가를 만난 지도 그러고 보니 일 년이 다 되어간다. 8월이 그 마지막 끝을, 끈적이는 더위와 소나기로 몸부림치고 있다.

오늘은 녹음을 꼭 마무리하리라는 다짐에 서울로 향하는 마음이 바쁘기만 했다. 새벽에 갑자기 내린 소낙비로 도로는 군데군데 물이 고여 있고 이글거리는 태양은 너무나도 빠른 속도로 물기를 빨아 당기고 있다. 죽은 고양이를 두 마리 씩이나 보고 서울로 올라온 내 마음은 가볍지도 무겁지도 않았다.

녹음실. 나는 따뜻한 물로 목을 축이며 눈을 감았다.

"너의 이야길 노래에 실어야 해. 사랑해 본 적 있니? 뼈저린 사랑? 이별해 본 적 있니? 뼈저린 이별? 사랑이든 이별이든 그 속으로 깊숙이 들어가서 그 기쁨이나 슬픔들을 모조리 꺼내. 그리고 그 이야기들을 진심으로 노래로 말해. 생각나는 사람 없니? 그리운 사람 없니?"

지난번 또 녹음을 허탕치고 난 뒤 서울 야경을 바라보고 있는 나에게 작곡가가 한 말이었다. 나는 신발을 벗고 음악 소리에 몸과 정신을 모두 맡겼다.

잠시 휴식 시간. 녹음실에서 나와 기지개를 펴며 불렀던 노래들을 모니터링 했다. 이때 탁자 위에 올려놓았던 내 휴대 전화로 시선이 갔고, 부재중 전화가 여러 차례 찍혀 있었다. 곧바로 진동이 울렸다. 조카였다. 작은언니 딸 향이다.

나는 화장실 쪽으로 걸어가면서 전화를 받았다. 울음 섞인 향이의 목소리가 다급했다.

"이모! 이모!"

"응. 너 왜 그래? 무슨 일이야?"

"엄마가 흑흑…… 암이래. 간암……"

"향아! 뭐? 암?"

"이모…… 수원 대학병원이야 .내일 아침 일찍 수술 들어가. 엄마가 이모 녹음 방해된다고 얘기하지 말랬는데……"

또 한 번 세상이 내 어깨를, 내 몸통을 쥐고 흔든다. 한 달 전부터 피곤하고 속이 거북하다는 언니 전화를 받았지만, 그저 얹혔으려니 대수롭지 않게 여기고 병원에 가 보라는 무심한 답변만 몇 차례 했던 기억이 났다.

이런 개떡 같은 인생. 언니는 단순히 나에게 언니이기 전에 내가 기댈

나는 22년간 늑대의 젖을 먹고 살았다

수 있는 버팀목이었다. 언제라도 내가 힘들 때 찾아가서 밤낮으로 수다를 떨어대고 세상 별 거지같은 얘기들을 술안주처럼 지근지근 씹어대도 묵묵히 들어 주는 그런 엄마 같은 존재였다.

그래. 세상이 잠시 나의노래, 녹음이라는 생소한 기쁨과 감격을 던져 줄 때 알아봤어야 했다. 눈치 챘어야 했다. 이 기쁨과 행복 뒤에 숨어 있을 또 다른 삶의 무게를 말이다.

아빠가 엄마에게 소리 지르던 그날이 생각났다. 자식들 하나라도 암에 걸렸다간 조상 묘를 다 파헤치리라는 그 말이……

우리 엄마도 죄 없이, 할머니도 죄 없이, 암이 걸렸겠지. 그 위 할머니 대부터는 용서하고 싶지 않다. 얼굴도 본 적 없고 내가 할머니라고 불렀던 사실이 없지 않는가. 조상 묘를 들먹거리던 아빠의 다리를 물어뜯고 도망가던 그날이 생각났다. 발바닥에 티눈이 하나 박여도 신경 쓰이는 일인 것을. 삶은 매번 날 속이기만 한다.

〈찢지 마라.
내가 가진 것은 꿈이 다인데
꿈을 품고 다니려면 나는 좀 슬프긴 해도 가슴이 다 찢어지면
꿈을 품을 수가 없는데
찢지 마라.
제발 갈기갈기 찢지 마라〉

나는 녹음실로 다시 들어갔다. 슬픈 음악은 헤드폰을 타고 귓전으로 스며든다. 사람이 태어나 살고지고, 사랑하고, 가슴 아픈 이별을 하고, 모두 다 한 순간의 바람인 것 같다. 내 곁에 영원할 줄만 알았던 그 모든 것

들은 영원은 고사하고 아픔으로, 슬픔으로 응어리지며, 살아가는 동안 다 나에게 거짓말만 한다.

이 와중에도 심술궂은 희망은 아직도 나를 잡고 있는 듯 내 슬픈 이야기는 스피커를 타고 흘러 나갔다. 그리고 노래가 되었다.

꼬리에 꼬리를 문 자동차들의 환한 빛들은 도시의 늦은 밤거리를 정신없이 비추고 있었다. 그러나 나를 위로해 줄 수 없는 저 모든 것들이 온통 미워진다. 엄마가 돌아가신 후 지독히도 언니 꽁무니를 따라다니며 징징거렸던 그 시절이 떠올랐다.

"언니야, 오늘밤 공장에 안 가면 안 되나? 무서워서……"

"안 돼. 가야 돼. 무서우면 문고리에 숟가락 두 개 끼우고 자. 베개도 방문 앞에 하나 막아 놓고……"

"바보. 문고리에 숟가락 한 개밖에 안 들어 가."

"그럼 노래 불러. 계속 노래 부르면서 자."

"무서운데 노래가 나오나?"

"그럼 따라가서 보채지 말고 한 쪽 구석에 가만히 앉아 있어야 돼."

대학병원. 간판이 희미하게 보였다. 불안해하고, 두려워하고, 초조해하는 언니의 두 손을 꼭 잡았다. 수술실로 들어갈 때까지 나는 언니 옆에서 한 발짝도 떨어지지 않았다. 겁먹고, 어둡고, 슬픈 내 마음을 절대 들키지 않으려고 언니의 손만 꼭 잡고 있었다.

언니는 수술실로 들어갔다. 나는 오로지 울었다.

오늘은 완성된 내 앨범이 나오는 날이다.

퇴원 후 언니는 조금씩 기력을 되찾아갔고 나는 매니저도 구했다. 아니 정확하게 돈을 주고 샀다.

그리고 내 이름 석 자 이영아를 잠시 내려놓으며 이화라는 예명이 앨범 재킷에 새겨졌다. 첫 앨범을 보물단지처럼 가슴에 품고 제일 먼저 달려간 곳은 언니 집이었다. 수술 후 아직 병석에 누워 있는 언니에게 첫 앨범을 첫 번째로 건네주었다.

"언니야, 받아. 내 영혼이 담긴 노래야……"

나는 앨범 앞장에 '건강해야 해. 무조건 건강해야 해.' 한 자 한 자 정성 들여 써 나갔다.

언니는 두 눈 한가득 눈물을 담고 웃음 띠었다.

언니와 나는 엄마 아빠 산소로 향했다. 누구나 예외 없이 한세상을 살다가 또 그렇게 덧없이 저물어 가고야 만다는 걸, 엄마 옆으로 길게 이어진 또 다른 무덤들이 말해 주는 것만 같았다.

여기는 교회 공동묘지라서 죽음의 순서대로 그 줄을 이어 나간다. 엄마가 그해 겨울 맨 끝자리였는데 지금은 어느 틈에 엄마 옆줄을 다 채우고도 다시 그 밑으로 한 줄이 길게 이어져 있다.

언니와 나는 가지런히 두 손을 모으고 기도 올렸다. 그리고 앨범 한 장을 엄마 무덤 앞에 올려놓았다.

"보고 싶은 엄마! 언니랑 같이 왔어. 오늘은 국화꽃이 아닌 내 목소리를 담아서 가지고 왔어. 엄마 딸이 결국 꿈을 향해 한 발짝 내디딘 것 같아. 엄마 축하해 줄 거지? 그리고 언니와 난 씩씩하니까 아무 걱정하지 마. 엄마에게 노래들려 주고 싶었는데 조용할 때 다시 와서 들려주고 갈게. 오늘은 언니가 엄마에게 할 말이 많은 거 같아서……"

언니는 엉엉 울었다. 언니가 속이 후련해질 때까지 울도록 나는 먼저 내려왔다.

아빠 산소 밑. 언니는 차에서 내리지 않겠다고 했다. 언니는 아빠가 돌아가시고

한 번도 아빠 산소에 올라가지 않았다.

"언니야, 오늘은 같이 올라가자."

"아니 난 안 가. 여기 있을 테니까 너 혼자 갔다 와."

나는 혼자 아빠 산소로 올라왔다. 그러고 보니 어릴 적 가장 아빠를 미워했던 내가 가장 빨리 아빠를 용서했고, 가장 많이 아빠를 그리워하며 산다. 앨범을 고이 무덤 앞에 놓았다.

"아빠, 오늘은 국화꽃이 아니라 내 목소리를 들고 왔어. 축하해 줄 거지? 아직도 노래 부르고 사는 날 보고 이제 두 손 두 발 다 들었겠다. 날 쫓아다니는 아빠가 없으니까 사는 게 스릴이 없네. 아빠가 눈에 불을 켜고 살아있음 좋겠어. 맨날 머리끄덩이 뽑히고 얻어 터져도 말이야. 언니는 몸이 좀 안 좋아서 나 혼자 왔어. 곧 같이 오게 될 거야!"

성급한 행복

　나는 야간 업소 일을 모두 중단했다. 전국 연예 협회는 물론 이벤트 회사, 각 방송사, 모든 음악 프로가 있는 곳에는 모조리 앨범을 보내고 인사말을 직접 써 넣어 나를 알리는 데 심혈을 기울였다.

　이틀이 멀다하고 방송국에 얼굴을 들이밀며 나는 기필코 뜨고야 말리라 독기를 품었다. 늘 텔레비전에서만 보던 인기 가수들을 방송국에서 처음 마주쳤을 때는 감개무량해서 어쩔 줄 몰랐는데 어느 날 어라 하며 생각이 탁 하고 바뀌었다. 왜? 나도 가수니까. 같은 무대에 한 번씩 서는 나도 가수니까. 이렇게 정신없이 새 앨범을 들고 바쁘게 돌아다니는 가운데 겨울이 가고 봄이 왔지만 나는 내가 좋아하는 진달래, 개나리를 구경도 하지 못한 채 바로 여름을 맞이했다.

　매일 내 노래를 끼고 산다. 핸드백 안에서도, 주머니 속에서도, 잠자는 머리맡에도, 내 노래는 멈추지 않았다. 휴대 전화에서 끝없이 울려 주니까.

　나는 오직 노래를 히트시키고야 말겠다는 당찬 포부 하나로 중앙 방송국, 지방 방송국, 행사장 등 무대가 있고 노래가 있는 곳이라면 자다가도 벌떡 뛰어가는 쪽으로 내 모든 생활 리듬을 시계 알람처럼 맞춰 놓았다.

서울 방송국을 담당하기로 한 매니저와 수없이 만나면서 내 꿈을 실현할 수 있는 계획을 짜나갔다. 나는 매니저가 나를 위해 그저 최선을 다해서 뛰어 주길 믿는 수밖에 없었다. 내가 서울로 이사 와서 일거수일투족을 관찰할 수 없는 형편이었기에.

지방 행사는 하던 대로 내가 직접 연락을 받고 나 혼자 다니는 걸로 했다. 서울과 지방 조우가 쉽지 않았기 때문이다.

라디오 녹음실로 들어갔다.

"안녕하세요, 신인 가수 이화입니다. 잘 부탁드릴게요!"

나는 굽신굽신 인사를 하고 나왔다.

아침부터 다리품을 팔며 방송국이라는 방송국은 다 돌아다니며 인사를 했던 탓에 좀 쉬어야했다. 모 방송국 1층 로비 커피숍에 앉았다. 나처럼 방송국을 돌며 피디와 얼굴을 익히려는 가수들이 수두룩하게 앉아 있다. 가수김모씨, 가수이모 씨와 합석해서 우리는 천장에 달린 스피커로 귀를 쫑긋 세우며 이야기했다. 이곳에서 몇 번씩 부딪히며 서로 인사를 나누어서 면을 트게 되었다. 특히 월요일에는 방송국에 가수들이 많이 몰려든다. 라디오로 내보낼 일주일 분량 노래들을 월요일 날 편성하기 때문에 얼굴도장을 찍어야 한다. 나는 높은 힐을 신고 있었던 터라 발이 아팠다. 신발을 벗고 음료수 잔을 입에 대는 순간,

"이화의 노랩니다……"

로비 천장에 크게 매달린 스피커에서 나온 소리였다. 옆에 있던 가수들이 부러워하며 좋겠다고 말했다. 나는 놀란 나머지 얼떨결에 신발도 신지 않고 스피커 밑으로 귀를 쫑긋 세우고 걸어갔다. 그제야 귀에 음악 소리가 들려왔다. 무어라 표현해야 이 기분을 가장 사실적으로 펼쳐 낼 수 있을까. 정말, 진짜, 확실한 가수가 된 것만 같았다. 라디오를 타고 흘러

나오는 내 노래는 나에게 경이로움 그 자체였다.

내 목소리가, 라디오스피커를 타고 저 멀리 제주도 해삼 따는 해녀에게도 들려지고 부산 자갈치 시장 상인들의 바쁜 움직임 속에도 스며들 수 있다는 사실에 세상을 다 얻은 듯한 충만감에 사로잡혔다. 나는 노래가 끝나고도 금방 자리를 뜨지 못하고 한참이나 스피커 밑에 서서 다른 노래 두 곡을 더 듣고 자리를 옮겼다.

나는 목적을 위한 노예가 되어 갔다. 크고 작은 무대를 개의치 않고 불러주기만 하면 무조건 달려갔다. 남의 집 환갑잔치든, 개싸움 판이든 소싸움 판이든, 관중이 서너 명이든 인기 가수들 출연 전 오프닝 무대든 닥치는 대로 올라가서 내 소중한 노래를 불렀다.

저녁 일곱 시에 라디오 녹음 스케줄이 잡혀 있는 날이다. 얼굴이 보이는 것도 아닌데 한 시간이나 옷 방을 쑥대밭으로 만들고 난 뒤 결국은 청바지에 티셔츠를 입고 방송국으로 갔다.

먼저 와서 기다리고 있던 매니저는 나를 라디오 녹음실로 데리고 갔다. 나는 관계자들에게 깍듯이 인사하고 스튜디오로 들어갔다.

떨리는 가슴을 쓸어내리며 헤드폰을 꼈다. 진행자들의 재치 있는 입담으로 주눅 들었던 긴장감이 조금씩 사라졌다. 라이브로 노래를 두 곡 부르고 앉자마자 진행자의 말에 나는 깜짝 놀랐다.

"이쯤에서 우리 이화 씨의 언니 되지요. 전화 연결을 해 놓았습니다 지금 수술하시고 건강이 좀 안 좋으신 걸로 알고 있는데 이렇게 멋진 가수가 된 이화 씨 목소리 들으면 금방 툭툭 털고 일어나실 것 같다고 해서 전화 연결합니다."

그러고는 언니 목소리가 바로 들려 왔다. 언니는 침착하고 떨지도 않으며 말을 잘했다.

"그래. 니가 오래도록 가는 나는 아무런 힘이 되어 주지 못해서 가슴 아플 뿐이야. 그치만 너무 장하다 내 동생. 힘든 길이지만 열심히 해서 너의 노래가 모든 사람들에게 사랑받았으면 좋겠어."

라디오 방송이라서 훌쩍거리며 연신 코를 풀었다. 그래, 이젠 밤업소 조명 밑에서 던지는 멸치대가리를 피해 가며 노래 부르다 건달 새끼들이라도 우글거리며 몰려드는 날에는 마지못해 테이블에 끌려 내려가 가슴으로 들어오는 그들의 손을 막으며, 피하며, 희롱당하며, 잔을 받으며, 잔을 따라 주던 내가 아닌 것이다. 정상에 우뚝 설 수 있는 멋진 가수라는 선물을 주기 위해 세상은 잠시 나에게 몇 가지 힘든 시련을 던졌던 거야.

가을 행사 시즌이다.

전국에 있는 각 지방 연예 협회로 앨범을 모조리 돌렸기 때문에 행사 전화가 바쁘게는 아니었지만 끊이지 않을 정도로 왔다. 아침 일찍 준비해서 경남에 도착했다. 다리 밑 강바람이 맨다리에 스치자 몸이 오그라들었다. 행사장은 거의 강변 다리 밑이 많았다.

간이 대기실이라고 만들어 놓은 흰 천막 안으로 들어갔다. 아직 도착한 가수는 아무도 없었다. 행사 진행표에 시작 시각은 일곱 시였고, 나는 다섯 시까지 도착해야 한다고 연락 받았다.

매번, 행사 두 세 시간 전, 길게는 네다섯 시간 전에 미리 불러 놓고 기다리게 하는 일은 어제 오늘 일이 아니었다. 그렇게 천막 속에서 흰 다리가 다 드러나는 짧은 스커트를 입고 온 것을 후회하며 두 시간을 보냈고 검정색 벤츠와 밴들이 속속 도착했다. 가수들은 하나둘씩 천막을 들추며 들어왔다. 저들에게는 무대에 올라가는 시간을 정확하게 얘기해 준다.

나는 22년간 늑대의 젖을 먹고 살았다

물론 약간의 오차가 생기기는 하지만. 내가 제일 먼저 왔으니까 빨리하고 가면 좋겠다는 생각이 들 정도로 기다림은 늘 지루하기만 하다.

가수들이 도착하자 많은 플라스틱 의자를 스태프들이(행사 관계자) 들고 들어왔다. 인기 가수들과 그들은 연이어 사진 찍고 악수하며 돈독한 친분이라도 만들려는 듯 웃음을 주고받았다. 가수들끼리는 서로의 친분을 과시라도 하듯 '오빠 의상 멋져! 너 신곡 나왔다며? 나 ○○ 노래자랑 녹화했어! 너 요즘 잘나가더라' 등등 떠들어댔다. 나? 나는 뭐지? 나는 왠지 이 천막 안에 안 어울리게 섞여 있는 뜨내기 같기만 했다.

개울가로 나왔다. 빗줄기가 굵지는 않지만 쉽게 그칠 비는 아니었다. 옷깃을 여미고 한기를 물리치며 서 있었다. 누군가 내 이름을 부르며 뛰어 왔다.

"저, 이화 씨가 맞나요?"

"네, 그런데요?"

남자는 수첩을 뒤적거리면서,

"다름이 아니라 우리 ○○○ 씨 스케줄이 워낙 빡빡해서 순서를 좀 바꿔 주면 좋겠는데."

그는 미안한 기색이 전혀 없었다. 무명 가수가 몇 시간을 추위에 떨며 행사장을 배회하고 있는 것은 알 바 없다는 듯 두 눈을 크게 뜨고 마치 못 바꿀 이유가 나에게는 있을 수 없는 것처럼 말해 왔다.

"좀 바꿉시다. 우리 가수 뒤에서 네 번째거든요."

나는 시작에서 세 번째였다. 가수들은 총 열다섯 명이 넘는 것 같았고 내가 바꿔 주면 ○○○ 씨의 시간은 충분히 앞으로 당겨진다. 그렇지만 중간에 다른 퍼포먼스도 있고 선뜻 대답이 나오지 않았다.

"왜 저에게? 다른 가수들도 있는데……"

"다들 바쁘고 알다시피 이름 있는 가수들이다 보니 그게 좀……"

나는 속이 상했지만, 기꺼이 순서를 바꿔 주기로 했다. 그는 사회자에게로 뛰어갔다.

빗줄기가 굵어졌다. 나는 천막 안으로 뛰어 들어갔다. 비를 맞고 들어간 나에게 가수들은 단체로 고개를 돌렸다.

나는 어색해 죽을 지경이다. 다시 천막 밖으로 나가려니 비가 너무 많이 내리고, 이러고 바보처럼 서 있으려니 초라해지고, 누구 하나 친분이 있는 것도 아니고. 신인 가수 누구입니다 한 마디 하고 말 그대로 가만히 서 있었다. 바깥에서 나와 순서를 바꾼 가수의 노랫소리가 들려 왔다.

"저, 이화 씨라 했죠?"

나에게 말을 걸어온 남자는 ○○○ 씨의 매니저라고 했다.

"네."

"우리 가수 다음 행사가 바로 연결되어 있어서요…… 좀 바꿔…… ."

그래, 이 사람들이 왜 나에게 순서를 바꿔 달라고 얘기하는지 내가 굳이 설명을 안 해도 다 이해하리라 믿는다. 나는 어차피 밤 시간을 여기서 다 보내고 있으니 바꿔 준다고 고개를 끄덕였다.

출연료는 없지만 규모가 큰 행사라서 앨범 홍보 겸 오는 게 좋지 않겠냐는 말에 선뜻 답하고 온 것이었다. 물론 인기 가수인 저들은 돈을 받고 온다. 결코 초라해지려고 진짜 가수가 된 것은 아닌데 행사장에 올 때마다 나는 매번 작아졌다.

관중들은 비를 맞으면서도 가수들의 노래가 끝날 때마다 우레와 같은 박수를 아끼지 않았다. 그들의 히트곡을 따라 부르며 관객들과 가수들은 하나가 되어 행사 분위기는 고조되어 갔다. 나는 이곳에 도착한 지 다섯 시간이 넘어 무대로 올라갔다. 심리적으로나 육체적으로 지쳐 있었지만 생소한 나에게도 사람들의 많은 호응이 있어 주기를 바라며 마이크를 잡았다.

"제가 낯설죠? 저도 가수예요. 지금 부르는 게 제 노래예요. 저도 서울 최고의 녹음실에서 녹음했어요. 큰 돈 들여서 15년 만에 낸 소중한 앨범이거든요. 흘려듣지 마시고 제 노래에 귀를 기울여 주세요"

나는 환하게 웃었다. 공주처럼 예쁘게 보이려고 입 주위 근육에 경련이 일도록 웃었다. 새벽 한 시가 넘어 도착한 집. 피곤함이 돌덩이처럼 무겁게 떨어졌다.

무대 복 보따리를 집어 던지고 식탁에 앉았다. 마른 밥 한 숟가락에 김 한 장을 구겨 넣으며 그래도 노래를 또 틀었다.

그렇게 또 앨범을 안고 잠드는 밤이다.

강원도 행사장에 오후 일곱 시까지 도착해야 한다. 가을 산들은 그야말로 수채 물감으로 칠해 놓은 듯 한 폭의 그림이다.

강원도 굽이굽이 산길을 돌아 비록 차창 밖으로 보는 풍경이지만, 이 절정의 아름다운 단풍들을 놓치고 지나가는 가을은 억울해 진적이 많았다. 나는 눈을 부라리고 단풍을 가득 담았다.

매번 쌀쌀한 밤 날씨를 경험하며 짧은 반바지나 초미니 스커트 선택을 후회하면서도 오늘도 역시 엉덩이를 억지로 덮고 있는 짧은 반바지를 후회하게 하는 차가운 추위가 나를 기다리고 있었다.

나는 음향 부스로 가서 다소곳이 인사하고 MR을 건네주고 차로 왔다. 검정색 밴이 속속 무대 입구까지 진입하고 있었다. 멋지다. 부럽다. 폼이 난다. 부러우면 진다했지만, 지금 내가 타고 온 차랑 비교해서 어떻게 안 부러워하고 안 질 수 있겠는가. 져도 방법 없이 부러운걸. 새까맣게 썬팅된 차로 몰려드는 팬들의 아우성에 가수들은 안 먹어도 배부르고 행복감에 젖어 드는 것이다.

나는 창문을 열지 않은 채 그들을 부러운 눈초리로 바라보다 이동했다. 아무도 내 차를 볼 수 없는 곳으로.

오늘 행사 진행을 맡은 김 씨는 내가 영주 밤업소 다닐 때부터 잘 아는 친구다. 김 씨는 진행을 맡고 나는 노래를 부르니까 우리는 낮 행사장에서 종종 마주칠 수 있었다. 서로 살아가는 모양이 비슷한 처지라 말 한 마디라도 따뜻하게 오가며 그렇게 지냈던 친구였다.

세월이 흐르고 입담이 좋았던 김 씨는 서울로 올라가 모 케이블 방송의 전속 엠시를 맡으며 동네 동창회 무대에서 벗어났다. 첫 앨범을 낸 나에게 그는 축하 메시지를 보내 주며 그래도 옛날을 잊지 않았다.

김 씨가 불러 준 케이블 방송 행사에 출연 하는 것이 벌써 여러 번이다. 출연료를 받지 않은 터라 그 먼 전라도 행사라도 갔다 올 때면 돈이 한두 푼 깨지는 게 아니었다. 그래도 나는 고마운 마음이 앞섰다.

공중파는 아니더라도 카메라가 돌아갔으니까. 언제 어느 날 방송되는지도 모르면서 카메라가 돌아간다는 자체만으로 나는 무조건 달려갔다. 오늘도 마찬가지다. 출연료는 없다.

인기가수 ○○○ 씨의 노래가 들려올 때 즈음 나는 멀찌감치 세워 놓은 차에서 내려 무대로 뛰어갔다. 김 씨는 엠시 자리에서 벗어나 음향 부스 옆에 서 있었다. 나는 활짝 웃으며 악수를 청했다.

"춥지? 수고가 많다. 고마워, 가수가 천진데 이렇게 신경 써 줘서!"

김 씨는 성형한 쌍꺼풀이 아직 자리를 잡지 못해서 눈두덩이 시퍼렇게 부어 있었다.

"고맙긴. 참 내일은 원주에서 녹화 있는 거 알고 있지? 중요한 방송이야. 나니깐 그래도 무명인 널 방송에 넣어 주는 거라고."

"그래, 고마워. 여기 끝나면 원주로 내려가서 자고 오후에 녹화장으로 바로 갈게."

무대에서 노래 부르고 있는 가수가 앙코르 곡 끝 소절을 부르고 있다. 김 씨는 무대 올라갈 준비를 하면서 넥타이를 가다듬었다.

"이화야 이따 마치고 같이 가자. 오늘밤 우리 둘이 소주 한잔 해야지."

"난 술 못하는 거 알잖아. 낼 행사도 있는데 일찍 가서 쉬어야지. 언제 밥이나 먹자!"

"에이 왜 이래 아마추어 같이. 날이 추워 일찍 끝날 것 같아. 먼저 가면 안 돼! 오늘 너와 한잔하면서 같이 있고 싶어."

김 씨는 말을 툭 내뱉고 번개같이 무대로 올라갔다. 내 소개가 이어졌고 나는 무대로 올라갔다.

표정 관리가 전혀 안 되었다. 저런 말을 할 사이가 아닌데, 서울 올라가서 잘나가는 엠시가 되어서 축하해 줬는데……

이렇게 되면 한 번씩 출연했던 케이블 녹화마저도 못 하게 되었으니 걱정이 앞섰다. 편집이 되든 안 되든 인기 가수들과 한자리에 설 수 있는 무대이건만.

나는 복잡한 머릿속 때문에 결코 무대를 즐기지 못하고 내려왔다. 반주(MR) 시디를 가지러 음향 부스로 갔다. 다음 가수를 소개하고 김 씨가 내게로 다가왔다.

"오늘 멋졌어. 가지 말고 기다려. 꼭 같이 가! 앞으로 내가 너 행사 더 많이 신경 쓸 거니까."

나는 MR을 받아 들고 후다닥 가운을 덮어 쓰고 멀리 세워 둔 차로 뛰어왔다. 원주로 향했다. 밤길에 기분 나쁜 증상이 나타났다. 머릿속이 갑자기 하얗게 되면서 손발이 저려왔다.

나는 비상깜박이를 켜고 차를 세웠다. 약 한 봉지를 털어 넣고 또 침으로 우물거려 삼켰다. 마음이 급해지면 물을 찾고 마시고 할 겨를이 없다. 일단 목구멍으로 빨리 약을 넘기는 게 우선이기 때문이다. 벌써 몇 해나 되었는가. 나를 물고 늘어지는 공황 장애는 내 삶의 일부분이 되어 있지만, 이렇게 낯선 길에서 한 번씩 기분 더러운 증상이 나타날 때면 등골이 오싹해지고 피가 마른다. 의자를 뒤로 젖혀 머리를 눕히며 호흡을 가다듬었다. 그리고 나만의 응급 처치법. 온몸에 힘을 풀고 뒷목만 힘을 주어 약간 허공으로 들어 올리고 있는 것이다. 정신이 혼미해지고 팔다리에 힘이 풀리며 몸은 자꾸만 가라앉고 있다. 미친 듯이 뛰는 가슴을 안정시켜 주는 약이 놀랍고 또 고마울 따름이다.

먼 옛날 이조 시대로 거슬러 올라가서 이런 공황 장애라는 병이 만약에 존재했다면 모두들 죽었을 것이라고 어느 의사가 말했었다. 이렇게 심장과 맥이 제멋대로 날뛰는 것을 단박에 안정시켜 주는 약에 감사할 따름이다. 예기 불안과 동반되는 손발 저림, 오한, 금방이라도 곧 죽을 것만 같다. 심장 뛰는 소리에 놀라 거기서부터 심장이 더 빨리 뛰기 시작한다. 바쁘게 몰아쉬는 호흡은 자제력을 잃는다. 잠시 죽음의 순간을 정면으로 맞닥뜨리는 순간은 소름 끼치도록 머리끝이 삐쭉 선다. 그러나 이 증상은 늘 내 몸속에 도사리고 있고 나와 함께 숨을 쉬며 살고 있다. 약간 주춤했던 증상이 언니의 간암 소식을 접하며 요즘 들어 시도 때도 없다.

전화벨이 울렸다.

"이화 어디야? 행사장 다 둘러봐도 없던데?"

"난 원주 거의 다 왔어. 여기서 자고 낼 바로 녹화장으로 갈게."

김씨는 목소리가 높아졌다.

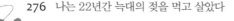

"내가 기다리라고 그만큼 말했는데 아직 행사 안 끝났으니까 차 돌려서 이리로 와!"

"못 가! 원주야. 우리 하룻밤 같이 잘 사이 아니거든. 내일 봐."

"너 그럼 모텔 잡아 가지고 이름 호실 문자로 찍어 줘. 내가 그리로 갈 게. 다른 생각 하지 마. 오늘밤 나와 무조건 같이 보내야 하니까. 응? 앞으로도 방송 출연 해야지 이화야."

전화를 끊었다. 나는 당장에 집으로 달려가고 싶지만 덮친 공황에 두려움, 늦은 밤 운전할 기력도 없었다. 더 솔직한 심정은 내일 있을 원주 행사에 미련을 떨치지 못했기 때문이다. 한 번이라도 카메라에 내 얼굴을 더 비치고 싶으니까. 원주에 도착해 모텔에 숙소를 잡았다.

거울 속에 비친 내 모습이 시장판을 떠돌다 온 광대처럼 초췌해 보인다. 침대 위에 처박히듯 몸을 눕혔다.

전화벨이 울렸다.

"여보세요? 너 어디니? 모텔 이름과 호실 말해. 지금 원주로 가고 있어."

"그러지 마. 내일 행사장에서 만나자. 나 내일 녹화 끝내고 더 이상 너가 부르는 행사에 가지 않을 거야. 전화 끊을게."

곧바로 전화는 또 울렸다.

"이화야, 너 내일 녹화 지금 취소시키고 싶거든! 내가 널 밀어 넣었으니까 취소도 가능하지. 이왕 의상 챙겨 온 거 그래도 카메라 앞에 낯짝은 들이밀고 가는 게 너희 같은 무명에겐 영광 아니겠니. 나는 내일 너와 웃으며 녹화하고 싶은데."

나는 침대에서 벌떡 일어났다.

"왜 이러는데 나한테? 난 접대부가 아니야. 오늘 하룻밤 품을 여자가 필요하다면 술집으로가. 왜 돈 아깝나? 그럼 내가 여자를 사 줄까. 난 너와 절대로 자지 않아. 그 꼴난 방송을 미끼로 나한테 왜 이래. 그렇지만 내일 녹화는 하고 갈 거야."

김 씨는 온 밤 내 그 맺음을 얻기 위해 애쓰다가, 떼쓰다가, 결국엔 뜻을 놓으며 천하디 천한 그 끝을 보여 주었다.

"이런 씨발년! 꼴난 방송이라니! 너 같은 하찮은 무명 주제에 꼴난 방송? 야 이년아. 너것들이 몸 파는 년들과 다를 게 뭐 있어. 가수? 가수 좋아하고 있네. 가수 하고 싶으면 이 바닥 돌아가는 흐름부터 파악하고 시작해. 그래도 측은해서 인기 가수들 틈바구니에 끼워 줬더니 까불고 있어. 보지에 금테라도 둘렀냐! 뭐 원주 행사 갈 거라고? 누구 맘대로 가는데! 너 같은 무명 세울 무대 없거든. 다시 말하는데 몸뚱아리 돌리는 연습부터 재대로 배워 가지고 돌아다니라고."

나는 듣다듣다 전화를 끊고 배터리를 뺐다. 이런 게 아니었는데……

자판기 원리에 대한 조언

서울로 향한다. 우는 아이 떡 하나 더 준다고 하지 않았던가. 생활 터전이 서울 혹은 서울 근교인 가수들에 비해 내 조건은 확실히 불리했다. 지방에서의 활동과 중앙에서의 활동은 두드러진 차이점을 보였기에 나는 더 노력해야 했다. 방송국에 도착하니 오전 열 시였다.

가요를 틀어 주는 방송실은 하나도 빼놓지 않고 인사를 하며 돌았다. 많다. 너무나 많다.

인기 가수들, 앨범을 오랜만에 낸 옛날 가수들, 오래 전부터 방송에 띄엄띄엄 나오지만 늘 제자리인 가수들, 앨범을 갓 낸 어린 신인 가수들, 주름을 다 당겨 올렸지만 검버섯이 손을 다 덮고 있는 신인 아닌 가수들…… 방송국 이곳저곳에 수두룩했다.

도대체 이 많은 가수들은 어디서 어떻게 숨어 있다가 왜 하필 내가 앨범을 내고 돌아다니는 시점에 이렇게들 쏟아져 나왔을까? 내심 신경질과 질투가 올라왔지만, 저들도 나처럼 숨죽인 채 그저 꿈만 가슴에 안고 세월만 기다렸던 것이다. 이 넓은 하늘 아래 어디 나만 이 꿈을 가지고 살아 왔겠는가.

다들 밤무대 수십 년을 뛰면서 온갖 설움을 묵묵히 삼키며 언제가 될지

모를 나의 노래, 나만의 앨범을 갖기 위해 숱한 밤을 애태웠는지도 모른다. 내가 그랬던 것처럼.

그래서 우리들은 한꺼번에 튀어 올라온 것만 같다. 나눠서 튀어 올랐어도 이렇게 균형 안 맞는 수요와 공급의 법칙이 적용되지는 않았을 텐데.

아무리 케이블 방송이 생겼다 한들 프로그램의 한계가 있는 것이고, 이 수많은 가수들이 골고루 다 설 수 있는 기회를 모두에게 부여하기란 피디의 가슴은 하해와 같이 넓지 않고, 우리들의 피붙이도 아니건만.

매니저와 나는 스튜디오 이곳저곳에 들어가서 무작정 피디 또는 관계자라고 보이는 사람 앞에 가서 꾸벅꾸벅 인사를 했다. 피디가 다른 일을 하고 있다든지 전화를 받고 있어 섣불리 '안녕하세요 이화입니다'라는 말을 꺼낼 수 있는 분위기가 아닐 때면, 그가 나에게로 눈길을 돌려 줄 때까지 바보처럼 사무실 한 쪽 귀퉁이에 서서 기다려야만 했다. 그러면 마지못해 인사를 받아 주는 이도 있었지만, 끝까지 애써 눈길을 외면하며 밖으로 나가 버리는 관계자들이 허다했다. 그래도 그 뒤통수에 대고라도 '안녕하세요 신인 가수 이화입니다' 하고 시디를 가슴팍에 안고 90도 인사를 하며 나와야 했다. 또 옆방을 기웃거리다가 누군가 책상 앞에 앉아 있으면 냉큼 들어가 꾸벅~ 인사했다.

어느 관계자는 고개조차 돌리지 않았다. 그래도 또 인사했다. 한 번 더 하면 고개를 돌려 줄까 봐. 역시나 본체만체 들은 척도 하지 않았다. 땅으로 떨어져 있는 내 머리가 너무나 부끄럽고 민망했다.

물론 고맙도록 따뜻하게 인사를 받아 주는 저들도 있다. 그러나 거의 다 지극히 사무적이다 못해 찬바람이 쌩 하고 불 정도로 냉하게 나왔다. 저들은 차가웠다. 아니 응대하지 않으려 했다. 머리에 똥이 찬 연예인 지망생들이 이곳을 지나쳐 다니는구나, 너희 같은 가수 아닌 가수들이 너무 많아 우린 몸서리난다고. 이렇게 생각 하는 것처럼 보였다. 딱딱하게 굳어 있는 저 한 명 한 명에게 어느 끝까지 다가가 머리를 처박으며 엎어져야 하는지.

두드려도 끝내 열릴 것 같지 않는 문.

나는 커다랗게 '껌 사세요 성냥 사세요'이렇게 써서 목에 걸고 서있는 성냥팔이 소녀 같다. 빚진 사람처럼 밑도 끝도 없는 눈치를 봐 가며 인사를 해야 한다는 비참함은 차라리 비굴해진다. 방송국에 올 때마다 왠지 내 선천적인 생리와는 안 맞는 일이라는 위험한 생각이 자꾸만 들었다.

나는 매번 뻘쭘해지는 나 자신에게 화가 나서 한 라디오 방송실 앞에 섰다.

"매니저님 혼자 들어가서 인사하고 오세요."

"그래도 이화가 얼굴을 내밀어 놓는 게 도움이 되지 않을까?"

우린 또 굽실굽실하며 들어갔다. 피디는 굉장히 신경질적이었다.

"귀찮다고 했잖아욧!"

나는 뒷걸음질로 문 앞으로 역행했다. 매니저는 그래도 끝까지 옆에 붙어 서서 뭐라 뭐라 굽실거리다가 그 피디한테 발로 차였다. 매니저는 나를 밖으로 밀어내며 문을 닫고 나왔다.

"아니, 저 사람이 왜 발로 차고 그러는데요? 뭘 어쨌다고!"

"모르지 뭐. 집안에 안 좋은 일이 있는지……"

매니저는 몸을 굽혀 무릎을 비볐다. 노래가 라디오나 방송을 타든 안타든 끝없이 저들의 차가운 등을 두드려야 하는 일은 앨범을 내고 난 후 나에게 가장 큰 장벽으로 다가왔다.

"왜 저 사람들 인사도 받아 주지 않는 거죠?"

"그러게. 워낙 많은 가수들이 들락날락, 매니저들이 들락날락하니까 저 사람들도 신물이 난다는 얘기겠지 뭐."

"인기 가수들에게도 저러나요?"

"인기 가수들에게 저러진 않겠지."

나는 이런저런 생각을 하면서 앞서 걷고 있는 매니저를 따랐다. 온 방송국을 다 돌고 다시 모 방송국 1층 로비로 왔다. 매니저는 누군가와의 약속 장소를 여기로 정했다고 했다.

나는 자리를 비워 줄 마음으로 방송국 구석구석도 구경할 겸 이 층으로 올라갔다. 복도에서 아무라도 마주칠 때면 나는 반사적으로 꾸벅 인사를 했다. 스튜디오에서 누군가 녹음하는 모습도 봐 가며 그렇게 돌아다녔다. 복도 코너길 끄트머리 즈음에서 내 손이 자동으로 입을 틀어막았다.

쓰레기장.

내 키보다 훨씬 높게 쌓인 시디들. 나는 그곳으로 뛰어갔다. 버려진 시디들이 방송국 천장에 닿을 듯 무수히 많았다. 시디들이 처량하게 서로를 짓누르며 한쪽 구석에 처박혀 있었다.

나는 설마 내 앨범이 이곳에, 하는 생각에 팔을 걷어 올리고 그 속에 파묻혀 앨범을 찾기 시작했다.

나는 이제 갓 내고 시작하는 단계인데 설마, 아니 벌써 쓰레기통으로 던져졌다는 건 말도 안 돼. 그러나 그것은 내 생각이었다. 오래 뒤지지도 않았다. 내 얼굴이 보였다. 뽀얗게 먼지를 덮어쓴 내 얼굴이 보였다.

몇 장씩 걷어 내자 파묻혀 있던 내 앨범들이 더 나왔다. 나는 높다랗게 쌓인 앨범들을 다시 뒤적거리며 쓸어내렸다. 역시나 구석구석 내 앨범들이 버려져 있었다.

나는 내 앨범을 모조리 주워들었다. 이런 젠장! 이게 나에게 어떤 것인데. 빌어먹을. 이게 어떻게 해서 만들어진 앨범인데. 내가 평생을 염

원하며 기도했던 내 노래들인데. 나는 큰 웅덩이에 빠진 듯 앞이 보이지 않았다.

이유가 뭐지? 피디 책상이 그렇게 복잡하단 말인가. 아무리 복잡한들 이것들을 다 소각시킨단 말인가. 나는 이때 복도를 닦으며 지나가는 청소 아줌마에게 물었다.

"저기요, 이 앨범들을 다 버리는 이유가 뭔지 아세요?"

아줌마에 눈길은 복도 바닥에서 떨어지지 않았다.

"내가 어찌 알겠수. 하루에도 몇십 개 몇백 개씩 올라오는데…… 저 양반들이 뭐 그리 소중하고 귀하게 여길까 봐…… 들어 보는 거 같지도 않더구만. 하루가 멀다 하고 찾아오는 가수들 노래도 안 들어 볼 판국인데 멀리서 택배로 보내는 시디들. 저 사람들 그거 일일이 듣고 자시고 할 만큼 한가하지 않아. 쯧쯧. 얼마나 날아온다고 노래들이. 다 돈 들여서 만들었을 텐데……"

나는 버려진 앨범들로 다시 눈이 갔다. 비닐이 안 벗겨진 앨범들이 수두룩했다. 죽도록 고생해서 죽을힘을 다해 노래 불러서 이곳으로 올라왔을 텐데 정작 들어보지도 않고 버리다니. 버려진 앨범들은 그걸로 끝이지 않는가. 다들 끝내 목적은 방송국에서 내 노래가 울려 퍼지길, 그래서 사람들의 귀로 전해져 친숙하게 다가가 끝내 누구의 입들로부터 흥얼거림으로 남게 되기를 그렇게 바라며, 상상하며 이곳으로 보내는 앨범들인데 말이다. 겉 비닐을 뜯어보지도 않은 채 많은 앨범들이 버려지다니 정말이지 충격이었다. 나는 앨범 더미 앞에서 발길이 쉽게 떨어지지 않았다. 다른 방송국들도 마찬가지일 것이라고 생각하자 뭘 어떻게 해야 하는 건지 알 수가 없었다. 큰 바위에 도저히 빠져나갈 구멍 없이 부딪힌 것 만 같았다.

나는 내 앨범들을 가득 안고 1층 로비로 내려왔다. 내일은 역시나 라디오 녹음이 있다. 내 노래가 라디오를 타기 위해서는 매니저가 방송국 발품을 팔아야 하고 라디오 녹음 스케줄을 잡아야 한다. 내가 주는 월급 때문이다. 간혹 라디오를 타며 흘러나가는 노래 값은? 일반인들이 알면 헉? 그렇게나 많이? 하고 자빠질 금액이다. 그러나 노래를 세상에 알리려면 사람들 귀에 들려줘야 하니까 돈으로 매니저를 살 수 밖에 없었다. 나 혼자 백날 불러봐야 나만 아는 노래가 될 뿐이니.

여의도를 빠져나오는 내 기분은 엉망이다. 의기소침해져서 들어선 모텔 방. 나는 가방에서 내일 입을 옷을 꺼내 옷걸이에 걸어 놓고 묵념하듯 한 시간째 눈을 감고 앉아 있다. 아까 버려진 시디를 본 충격에서 쉽게 빠져나오지 못하고 있는 나 자신. 나는 앨범을 내고 인기 가수가 되고자 노력하면서 유명한 가수로 향하는 길을 알려줄 온갖 조언과 격려와 지혜를 찾기 위해, 팔방으로 노력하며 온 신경을 집중시켰다. 그러나 메아리처럼 여기저기서 들려오는 소리들은 한결 처 럼 돈이 앞장섰다.

"돈이라야 해. 돈 없이 무슨 가수?"

"노력? 웃기고 있네!"

"아님 빽이 있든지."

"스폰서가 무조건 필수라구."

"돈을 팍팍 찔러줘 봐. 뜨고 못 뜨고는 팔자겠지만 텔레비전엔 자주 나가지."

"기적? 그건 별들에게 물어 봐."

"조금의 돈이 다라고? 그럼 돈만큼만 나가게 될 거야."

"실력? 좋은 노래? 웃기지 마. 그 ○○ 씨가 실력 있어 몇 십 년 동안 십대 가수하나."

이런 이야기들이 끊임없이 내 머리와 귀를 혼란스럽게 했지만 나는 내 마음만을 믿고 뜻이 있는 곳에는 분명 길이 있으리라 그렇게 위로하며 순간순간을 넘기는 데 급급했다.

나는 라디오에서 내 노래가 흘러나올 때마다 말 그대로 살맛나는 것 같았다. 그래서 라디오를 틀어 놓고 하루를 차에서 다 보낸 적도 많다. 혹시나 노래가 나올까 봐.

그런데 너무나 아이러니한 일들이 생기고 있다. 나는 앨범을 내기 전에도 크든 작든 남의 노래를 부르며 여기저기 팔려 다녔다. 돈을 안 받고 가는 행사는 없었다. 특별히 봉사 활동을 제외하고는. 그래서 앨범이 나오면 남의 노래를 부를 때하고는 다른 대가가 당연히 따라올 줄 알았다.

어느 정도는 내가 화려해질 줄 알았다. 그러나 인기가 있거나 없거나 점점 그 반대가 되어 갔다. 큰돈을 들여 앨범을 낸 진짜 가수인데, 방송이라는 타이틀 앞에 나에게 돌아오는 대가는 단 십 원도 없었다. 매번 전라도나 경기도나 강원도로 향할 때면 도로 경비며 기름 값 등 내 주머니에서 돈이 나가야 하는 상황이 된 것이다.

방송이 아닌 일반 행사에서도 내 노래를 부를 수 있는 무대를 제공해 준다는 것에 유세 아닌 유세를 부리는 이벤트 업체들. 그것은 납득 할 수 없는 횡포였다.

행사비 지급을 구렁이 담 넘어 가듯 차일피일 미루다 끝에는 떼먹고 마는 경우가 허다해졌다. 내 노래가 있어 대우받고 더 많은 행사비를 받고 한 단계 레벨 업 될 줄 알았건만 그것을, 즉 내 노래가 있다는 것을 역이용해 그 노래를 부를 수 있는 무대를 우리가 제공한다는 식의 도무지 말이 되지 않는 양아치이론이 앞장섰다.

그러나 나는 좀 더 기다려보자고 스스로를 설득해야만 했다. 금방 노래를 내놓고 모든 것을 비관적으로 생각한다는 것은 위험한 발상이라고. '돈을 좀 떼이면 어때. 주는 사람들도 있잖아, 일단 내 노래를 전국으로 부르고 다니는 게 어딘데. 좀 참아 봐' 이렇게 말이다.

다음날 오전 일찍 라디오 녹음이 끝났다.

조금 전 라디오를 진행했던 가수 ○○○ 씨와 엘리베이터 앞에 같이 섰다. 나에게는 하늘같기만 한 이 가수가 녹음하는 동안 조언과 친절을 아끼지 않았다. 물론 노래가 나가는 틈에 그저 열심히 하라고, 수월하지 않는 길이니 최선을 다하란 말이 전부였지만.

느리게 올라오고 있는 엘리베이터 층 숫자를 바라보던 가수 ○○○ 씨가 대뜸 말했다.

"이화 시골에서 집이 부잔가 봐?"

뜬금없는 물음에 나는 어물쩡 답했다.

"네? 부자 아니에요……"

그는 팔짱을 낀 채 내려오고 있는 엘리베이터 층 숫자에 계속 시선이 머물러 있다.

"여긴 말이야, 이곳 방송국! 자판기하고 같은 곳이야. 자판기에 돈 넣어야 커피가 나오잖아. 돈 안 넣고 백날 두드려 봐. 커피가 나오나. 방송국도 자판기랑 마찬가지야. 돈 떨어지면 노래는 안 나와……"

이때 엘리베이터가 우리 층에 섰다. 모든 것은 다 내 스스로가 깨우치고 헤쳐 나가야 하는 일이었지만, 그저 잘나가는 저 가수의 인기와 명성 앞에, 그런 그의 입에서 나오는 소리들은 다 교과서일 것만 같았다.

"전 돈도 없고 **빽**도 없고 아무것도 없어요. 그럼 제가 무모한 짓을 하고 있나요?"

"힘들어…… 힘들 거야. 돈 있어야 돼. 그리고 그 돈으로 된다는 보장

또한 어디에도 없어. 그러나 어떡해? 아무것도 없으니까 열심히 해 보는
수밖에……"

　가수 ○○○ 씨는 엘리베이터에서 내리자마자 손을 흔들며 멀어져 갔
다. 매니저는 아무 말이 없다. 우리 계약은 곧 끝날 것이다. 나는 밑천이
바닥났으니까.

　내가 서울에서 같이 살며 저 사람의 일거수일투족을 매일 지켜볼 수도
없는 노릇. 나를 위해 얼마만큼 발로 뛰고 있는지 알 길은 없다. 그냥 믿
고 가는 게 전부였다. 그래서 가수들이 자기 피붙이들이랑 다니는 경우
가 태반이라는 사실 또한 나중에 알았다. 매니저가 돈 없이, 아무런 댓가
없이, 내 성공을 빌 일이 없다. 우리는 남이지 않는가.

　그러나 나는 저 사람과 돈으로라도 그나마 관계를 만들어 놓았기 때문
에 이렇게 오늘처럼 라디오 녹음도 할 수 있고 내 노래를 들으며 흥분하
는 일도 생긴 것은 사실이다. 허나 이제 자판기에 넣을 수 있는 돈은 달
랑거린다. 자판기. 자판기. 방송국은 자판기.

이유 없는 굴복

　고독했던 가을이 언제부터인가 사람들에게 설레는 계절로 다가왔다. 지방자치제로 인해 가을은 점점 거대한 축제의 계절로 바뀌었다. 칸이 모자랄 정도로 빼곡하게 축제를 알리는 현수막들은 어디를 가더라도 한눈에 띌 만큼 거리 곳곳에 널려 있다. 지역마다 누가 이기나 다들 특산품들을 앞장세우고 내건다. 내가 내 노래를 알리고 싶은 심정처럼 면, 읍, 군 할 것 없이 내 고향 먹을거리, 볼거리들을 세상으로 알리고 싶은 사람들의 마음일 것이다.

　오늘은 감회가 새로운 날이다. 풍기 모 축제가 열리는 날이면서 내가 그 무대에 올라가는 날이기도 하다. 앨범을 내고 처음 서는 고향 무대.

　나는 이 축제에 서기 위해 무명인 나를 석연찮아 하는 관계자에게 애원하며 구걸하듯 매달렸다.

　"그곳은 제 고향이기도 하고요. 제가 앨범을 내고 고향 무대에 한 번도 서 보지 못한 것이 너무 부끄러워요. 최선을 다하겠습니다. 출연을 허락해 주세요. 저도 서울에 매니저를 두고 노래 홍보하는 가수예요. 인기 가수들이 내려와 축제 분위기를 살리는 것도 좋지만, 거긴 제 고향이라 저를 반겨 주는 사람들도 엄청 많을 거라 생각해요. 부탁 또 부탁드립니다."

나는 22년간 늑대의 젖을 먹고 살았다

어떤 무대보다 큰 설렘이 나를 정신 못 차리게 만드는 날이다. 보수는 커녕 번듯하게 캐스팅되어서 서는 무대도 아니지만, 고향 사람들에게 멋진 가수로 보이기 위해 백댄서 둘을 데리고 행사장으로 향했다.

짧은 기간, 이들과 춤 연습을 하며 고향을 향한 내 마음은 커져만 갔다. 동창들, 선후배들, 언니 오빠들에게 전화해서 행사장으로 와 달라는 극성을 부리기도 했다. 홍삼에, 사과에, 인견까지 나에게는 친숙한 것들이지만, 오늘따라 이 모든 것이 자랑스러워 보였다. 사람들은 전국각지에서 몰려와 인산인해를 이루었다.

세계로 뻗어가는 고향의 특산품들이 그 옛날에는 단순히 먹고사는 수단에 불과했지만, 세월이 흘러 그 가치가 돈으로 따질 수 없을 만큼 올라가고 있다는 것에 가슴 뿌듯해지는 날이기도 하다. 이런 날, 이렇게 좋은 날.

행사 관계자에게 매달려서 가까스로 무대에 서게 된 것을 아는 사람이 아무도 없다는 것이 그저 천만다행이다. 정식 출연 제의를 받고 정식 출연료를 받으며 근사하게 고향 마당에 초청되어 온 가수로 기억할 것에 위태로운 위안을 삼았다.

무대 뒤 간이 대기실 천막 밖에는 선배, 후배, 고향 친구들이 나를 직접 보겠다는 기대감으로 한가득 몰려들었다.

"영아야!"

"영아 언니!"

오랜만에 들어보는 내 이름이다. 나는 화장을 고치고 옷매무새를 가다듬고 표정을 최대한 밝게 하고 천막을 걷어 올렸다. 나에게 몰려드는 사람들에게 둘러싸였다. 정말 최고의 가수가 된 것만 같다.

"멋져!"

"너 꼭 가수가 될 줄 알았어!"

"넌 근사해!"

"돈도 많이 벌겠네? 가수니까."

"라디오에서 언니 노래 들었어요!"

"으메 자가 뉘집 딸래미더라. 그래 맞다. 진주 다방 딸래미. 출세했뿟 랬네. 가수 돼가지고."

"뭐시? 쟈가 누구라고?"

"이놈의 여편네 귀가 먹었나. 거 왜 장터에 살던 역 앞 다방 집 딸래미라고 안 카나!"

"그랴? 촌바닥에서 용났네 용났어. 거 어른들 좋겠쿠먼. 딸래미가 설가서 가수 되었으니."

"왕청스럽긴 망할 여편네. 쟈가 부모가 어딨어. 벌써 다 간 지가 언젠데."

언니 오빠들도 멀찌감치서 사람들에게 둘러싸인 나를 보며 미소 지었다. 나는 천막 안으로 다시 들어왔다. 이때 스태프 옷을 입은 여자가 들어왔다.

"이화 씨"

"네?"

그는 큐시트(행사 진행 장부)를 뒤적거리며 말했다.

"이화 씨는 노래를 딱 한 곡만 하셔야 돼요. 딱 한 곡."

무대로 올라갔다. 잠을 설치며, 제일 아끼던 드레스를 입고 신부화장에 가까운 메이크업을 하고 올라선 무대. 가슴이 떨린다. 사람들의 끝이 보이지 않는다. 노래 반주가 나오면서 눈에 들어오는 한 사람. 작은언니. 언니가 병색을 감추며 환하게 미소 짓고 앞쪽에 서 있다. 웃음은, 저 환하고 밝은 웃음은, 순백의 부드러운 꽃가루를 확 퍼뜨리는 듯한 모습을 떠오르게 한다.

무대 좌측 편 강변 아파트와 내가 서 있는 무대의 직선거리는 몇십 미터 내외이다. 아빠가 산소 호흡기 줄을 귀에 걸고 베란다로 나와 서서 창을 열고 나를 보고 있는 것만 같았다. 짧은 한 곡을 부르는 동안에도 아파트 베란다로 자꾸 시선이 갔다. 울컥 올라오는 눈물 속에는 지금껏 보내 왔던 모든 숨 가빴던 지난 시간들이 들어 있다. 지금은 내 곁에서 영원히 떠나고 없는, 아빠가 지내던 아파트 껍데기만 보고서도 이러해지는 감정은 죄책감인지, 나 정말 가수가 되었다고 말하고 싶은 건지, 둘 중 하나일 것이다.

노래는 끝났다. 환호성과 박수가 고맙게도 크게 터져 나왔다. 나는 정신이 아찔했다.

"앵콜! 앵콜!"

내 머릿속에는 아무것도 떠오르지 않았다. 내가 죽어도 가수라는, 오직 이 순간만이 존재할 뿐이었다.

조금 전 스태프가 강조했던 딱 한 곡을, 그 딱 한 곡을 정말로 잊어버린 순간이었다. 내가 뛰어놀던 정든 시골길, 언니 오빠들의 함박 미소, 친구들의 박수 소리, 그리웠던 동네 아줌마 아저씨들의 환호성을 들으며, 만감이 교차하는 가운데 '딱 한 곡'을 잊어버렸다. 내가 정말 기억하고 있었다면 나는 한 곡을 더 부르는 실수를 죽어도 하지 않았으리라. 왜? 나는 관계자한테 잘 보여야 살아남을 수 있는 무명 가수니까.

강변이 떠나갈 듯한 앙코르 소리에 나는 무대 밑으로 내려가며 겁 없이 2번 트랙을 틀어 달라고 마이크에 대고 말했다. 이 한곡을 더 부르는 것이 씻을 수 없는, 돌이킬 수 없는 큰 죄가 된다는 것을 모르는 채.

나는 관객들 사이사이로 스며들며 노래 불렀다. 악수하며, 눈인사 하며, 다시 관객들 사이에서 빠져 나올 때쯤 아차…… 생각났다. 딱 한 곡. 그 딱 한 곡이 생각난 것이다. 내 표정은 일순간에 일그러졌다. 걱정으로 꽉 찬 내 얼굴은 무대 옆에서 나를 기다리고 서 있는 여러 고향 사람들에게 환한 미소를 지어 보이지 못한 채 나는 뛰었다. 잘못했다고 찾아가서 머리를 조아리고 빌어야 하니까.

　속살을 다 드러내 놓고 나는 정신없이 뛰었다. 발 디딜 곳 없이 복잡한 행사장. 너무나 많은 사람들. 어디가 어디고 관계자는 어디에 있는지 찾을 길이 없다.

　잘못했다고, 죄송하다고, 깜빡 정신줄을 놓았다고, 한 번만 봐 달라고, 집 앞이고, 고향이라서 흥분했었다고, 그러니까 한 번만 용서해 달라고, 두 번 다시 이런 일은 죽었다 깨어나도 두 곡 부르는 이런 무례한 일은 절대로 없을 것이라고…… 그래야 다음 방송 행사에 또 나갈수 있으니까.

　많은 인파 속에서 결국은 관계자를 찾지 못했다. 나는 휘청거리며, 나는 쩔쩔매며, 나는 어쩔 줄 몰라 하며 차키를 돌렸다.

　"영아, 무대에서 내려오자마자 왜 그렇게 온 행사장을 뛰어다니노? 보기 흉하게 가수가……"

　작은언니였다.

　"……."

　"너만 왜 두 곡밖에 안 부르노? 동네 사람들 모두 좋아서 난리였는데. 다른 가수들은 꽤 여러 곡을 부르고 내려 가두만. 너도 좀 더 불렀으면 좋겠던데. 왜 음악 반주를 더 안 챙겨 와서 그런 거라?"

　나는 머리를 끄덕였다.

　"그러게 그런 건 미리미리 챙기고 다녀야지. 오늘 같은 날 다른 가수들

나는 22년간 늑대의 젖을 먹고 살았다

처럼 노래를 많이 부르면 얼마나 좋아. 고향에 가수났다고 난린데. 앞으로 그런 건 꼼꼼하게 챙기는 습관을 들여. 그리고 무대가 끝나면 행사장 돌아다니지 말고 옷부터 갈아입고."

나는 또 머리를 끄덕였다.

언니는 외투에 달린 모자를 덮어 쓰며 사람들 사이로 걸어갔다.

행사장을 빠져 나오는 길은 갈대처럼 휘청거렸다.

그날 이후. 나는 각종 지방 행사에 가지 못했다.

"까치 축제 안 와?"

"솜사탕 축제 안 와?"

"구름 축제 안 와?"

나에게로 향한 사람들의 질문에 내 거짓말은 몇 년째 똑같이 이어졌다.

"응. 난 다른 스케줄이 있어서……"

바깥을 내려다보았다. 커피 한 잔의 여유 속에서 발버둥 치며 스쳐 지나간 시간들이 겹겹이 밀려왔다. 처음 방송국에 갔던 날, 잠긴 문을 칩 없이 힘으로 열려던 순간도, 방송 토크쇼에 나가 아빠에게 몇 번씩이나 머리끄덩이 잡혀 집으로 끌려왔었던 이야기를 하며 코끝이 찡했던 그 순간도.

영아 대신 이화라는 낯선 이름에 문득 문득 놀라면서도 태연하게 적응하던 그 순간도, 하나둘씩 생긴 팬들의 격려 글을 간혹 인터넷에서 발견하며 가슴 뭉클했던 그 순간도, 이래도 되는 건지, 내가 이렇게 행복해도 되는 건지, 한편으로는 두렵고 한편으로는 희열을 느꼈던 그 순간도…… 결국 오래가지 않았다.

매니저는 만족스럽지 못했고 끝이 났다. 라디오에서 가끔씩 나오던 노래들도 가수 ○○○ 씨의 말처럼 돈 끊기고 나자 자판기처럼 멈추었다.

늘어나지 않는 수입에 비싼 월급을 주며 버틸 재간이 없었다. 한 번씩 행사를 갔다 올 때면 늘 빈손이다. 의상비에 기름 값에 되레 돈을 더 쓰고 와야 했다. 모순이다.

인기 가수들 틈에 끼여 숨죽이며 올라서는 무대였지만, 내 노래를 부르는 3, 4분의 행복감은 쓰러지는 자존심을 올려 세우기에 충분하다고 나는 믿었었다. 인기 가수들에게 행사 시작 몇 달 전부터 지급되는 행사비가 부러웠지만, 오직 무대 선다는 기쁨 하나로 후불도 아닌 떼이는 방식의 비참함을 감수했다.

하루 몸값이 뭇사람들 연봉에 가까운 인기 가수들의 행사비는 두말없이 척척 지급되었다. 우리 같은 무명 가수의 얼마 되지도 않는 쥐꼬리만한 행사비는 고무줄처럼 시간을 끌 때까지 그들은 끌었다. 마지못해 거지 동냥하는 양 기름 값도 안 되는 돈을 보내 주는 것이 하루 이틀 일이 아니었다. 행사 관계자나 이벤트 업계 사람들은 거의 다가 그러했다. 그러다 보니 행사를 끝내고 돈 받아 내는 일이 너무나도 큰 곤욕이었다. 한두 달은 기본으로 기다린 후 전화해야 하고, 내가 일을 해 놓고도 큰소리치지 못하며, 모기만 한 소리로 돈 얘기를 꺼내며 엄청난 스트레스에 시달려야 했다.

그래도 그 사람들은 똥배짱이 더 커지기만 했다. 이 가수가 아니면 저 가수, 저 가수가 아니면 이 가수. 다들 무대를 원하니까. 다들 입만 떨어지고 벌어지면 가수니까. 손톱만큼 돌아오는 행사비에도 다들 꿀 먹은 벙어리처럼 아무 말 하지 못하고, 오히려 더욱 더 무대에 서지 못해 안달했으니까. 무대에 서기 위해 이벤트 사장들한테 몸도 줘야 할 판에 행사비를 빨리 달라고 떼쓴다는 것은 곧 이 세계의 매장을 의미했다.

이러려고 가수를 한 게 아니었는데…… 그러나 가수 ○○ 씨도, ○○

294 나는 22년간 늑대의 젖을 먹고 살았다

씨도 쉰이 넘은 나이에 빛을 보았으니까 나는 이를 악물어야 했다.

이제 서울 방송국을 돌며 나를 위해 발품을 팔고 다니는 매니저도 없으니까 나는 더 발로 뛰어야만 했다. 경남에 있는 ○○엔터테인먼트 박 사장에게 전화가 왔다.

그를 만난 것은 작년 늦가을 충남 행사장. 무대에서 막 내려오는 나에게 다가와 명함을 내밀었다. 지방에서 작은 엔터테인먼트 회사를 차려놓은 상태라고 말했다. 가수를 찾고 있는 중이라며 그는 나에게 관심을 보였다.

내가 앨범을 가지고 있는 가수였기에 박 사장은 큰 관심을 보인 것이다. 엔터테인먼트 사업에서 돈이 많이 드는 앨범 만드는 작업을 뛰어 넘고, 바로 노래 홍보만 하면 되는 가수라는 생각은 박 사장의 구미를 당길 수 있었기에.

아직 뚜렷하게 박 사장과 계약한 것은 없다. 다만 내가 어린 가수가 아니라는 점에서 박 사장은 좋은 조건을 제시하지 않으며 2대 8이라는, 즉 수입에서 8은 박 사장이고 2가 나라는 기준으로 밀어붙이고 있는 상태였다. 거기다 계약 기간은 10년을 말하고 있어서 선뜻 답할 수가 없었다.

그냥 도장 찍고 일단 내가 벌어들이는 행사비로 어쨌든 끌고 나갈 심사인 듯했다. 내 나이가 몇인데…… 계약 조건은 위험했다. 그것도 지방에서 몸값이 제법 나가는 가수를 키워내는 일은 결코 쉬운 일이 아니기에.

그에게 전화가 왔다.

매번 그랬듯이 지역 방송 행사라는 소리에 나는 또 간다고 답했다. 그날 먼저 받아 놓은 행사가 있어서 무리일 것이라고 말했지만 박 사장은 좀 늦더라도 최대한 시간을 나누면 되지 않겠냐고 해서 가기로 했다.

토요일 행사 당일. 88고속도로가 걱정스런 날이다. 추월선이 없기 때문에 지체되면 큰일이라는 생각에 서둘렀다.

박 사장에게 오후 다섯 시에 무대 올라간다는 전화를 한 통 더 받고 마음이 무거워졌다. 한 달 전에 먼저 잡혀 있었던 구미 공단 행사를 끝내고 나자 두 시였다. 역시나 88고속도로는 심하게 정체되고 있었다.

꼬리에 꼬리를 문 끝이 보이지 않는 차들의 행렬에 애간장만 태우며 창밖으로 고개를 내밀었다. 차들은 움직일 기미가 없다. 마음은 바빠지고 도저히 이 길을 뚫을 방법이 없었다. 전용 헬기라도 있었으면 얼마나 좋을까 하는 바람이 들 정도로 몸과 마음이 다급해졌다.

방송, 지방 방송이지만 그래도 동창회 운동장 행사보다는 놓치고 싶지 않은 마음이 앞선다는 것을, 이 바닥을 조금만 이해하는 사람이라면 내 심정을 알 것이다.

나는 꽉 막힌 고속도로에서 공황 발작을 예상 못 했던 바는 아니었지만, 손발이 저려 오기 시작했다. 차 시동을 아예 끄고 내려서서 담배를 피우는 사람들이 한둘씩 보였다. 그 사람들을 보자마자 내 자율 신경이 마음대로 움직이기 시작했다. 빠져나오지 못할 터널에 갇힌 듯한 불안감이 엄습해 왔다. 공황 장애의 가장 교과서적인 증상이다. 내가 탈출할 수 없을 것만 같은 곳에 갇혔다는 느낌을 받는 순간 공황 발작은 극으로 치닫는다.

나는 일단 약을 한 봉 먹었다. 아니나 다를까 그 기분 나쁜 증상은 머리를 쳐들었다. 그렇다. 공황 장애를 가진 사람들은 집 밖으로 한 발짝도 내딛지 못하는 사람이 있는가 하면, 폐쇄된 듯한 지하철 안, 엘리베이터는 물론, 명절날 정체된 고속도로를 비롯해, 비행기를 탄다는 것은 꿈같은 이야기다.

그러나 나는 다행스럽게도 집요하게 나를 괴롭히는 공황으로부터 순간

순간을 벗어나는 노하우를 어느 정도 터득하고 살아 왔다. 더군다나 전국을 돌아다녀야 하는 직업이기에 공황을 누르지 못 한다면 손을 놓고 집에 들어앉아야 했기에.

나는 기를 쓰고 이것을 이겨 내기 위해 노력했다. 늘 준비되어 있는 검은 비닐봉지를 코에 갖다 대고 내호흡이 빠져나가지 않게 귀 뒤로 묶었다.

내 입과 코로 빠져나온 이산화탄소를 다시 흡입하여 빨라지는 호흡을 조절하기 위해서다. 나만의 응급 조치였다. 오늘은 이 방법마저도 말을 잘 듣지 않는다. 나는 다시 숫자 100에서부터 7씩 빼가며 정신을 다른 데로 돌리기 위해 손가락을 폈다 오므렸다 했다. 박 사장에게 전화가 계속 왔다.

"빨리 와요! 빨리!"

"내가 88고속도로를 끼는 길은 시간 맞추기가 쉽지 않다고 몇 번이나 말했잖아요. 항상 이렇게 주먹구구식으로 날 행사에 집어넣은 게 벌써 몇 번짼지 아세요?"

"빨리 빨리 밟아요! 결국 이화 씨를 하늘높이 띄울 장본인은 나라는 걸 아셔야지요."

나는 허리춤에 맨 안전벨트를 확인하고 비상깜박이를 틀고 고속도로 갓길로 차를 올렸다. 아슬아슬하게 달리고 있는 내 옆으로, 차들이 움직이며 달리기 시작했다. 멀리서 응급 사이렌 소리가 들려왔다. 앞쪽에 사고가 나서 길이 더욱 정체된 것이었다. 집채만 한 트럭들이 내 옆을 지나치며 소리 지른다.

"죽고 싶어 환장 했어!"

내가 살짝만 핸들을 돌려도 돌이킬 수 없는 사고로 바로 이어지는 위험 천만한 질주다. 목숨을 건 곡예다. 그러나 나는 죽어도 차선을 바꿀 수는 없었다. 방송이 날 기다리기에.

고속도로를 빠져나오자 저만치 무대가 보였다. 차에서는 검은 연기가 굴뚝처럼 시커멓게 올라왔다. 걸어가기에는 멀 것만 같은 행사장으로 뛰었다. 양쪽 귀 뒤로 묶어 놓은 비닐봉지가 한쪽 귀에만 걸린 채 바람에 펄럭이며 매달려 있는 것도 모르고 뛰어갔다. 무대 스태프와 맞닥뜨렸을 때 시계는 정확히 다섯 시 3분을 가리켰다.

"죄송합니다. 정말 죄송합니다. 차가 막혀서……"

"안 됩니다. 늦었어요. 거 3분만 빨리 오시지……"

나는 행사 관계자에게 20여 분을 그렇게 매달렸다. 이 매달리고 있는 시간 동안이면 무대에서 3분짜리 노래 한 곡이 아닌 긴 시조를 읊고도 남을 시간이건만.

이렇게 행사장에서 필사적으로 매달려 보기는 처음이었다. 목숨을 걸고 왔는데, 정말 힘든 길이었는데, 공황 약을 막 털어 먹으며 달려왔는데, 도저히 그냥 돌아서려니 발길이 떨어지질 않았다. 나는 또 머리통을 수그리며 간절하게 애원했다.

"죄송합니다. 3분 늦었는데 봐 주시면 안 될까요? 변명 같지만 고속도로가 주말인데다 사고까지 겹쳐서요. 갓길로 왔는데도……"

"거 참 안 된다니까요! 말귀를 못 알아듣네. 그냥 돌아가세요."

관계자는 단호하게 안 된다고 못을 박으며 휙 등을 돌려 몇 발자국 걸어가다가 멈칫 서서 고개를 돌렸다.

"거 귀에 비닐 봉다리는 왜 매달고 다니나요?"

나는 후다닥 귀에 걸린 비닐봉지를 벗겨 냈다. 그러고도 나는 무대 미련을 떨치지 못하고 머리를 수그리며 사정하는 틈에 방송 관계자는 저만치 돌계단까지 내려가 있었다.

인기 가수 ○○ 씨를 마중하러 내려간 것이다. 화려한 드레스 끝자락을 양손으로 들어 올리며 올라오고 있는 가수를 향해 행사 관계자는 꾸벅 인사하며 돌계단을 부축해서 올라왔다.

가수 ○○ 씨가 말한다.

"어머, 제가 좀 늦었죠? 88고속도로가 오늘 사고도 나고, 얼마나 차가 막히는지 죽는 줄 알았다니깐요."

그녀는 웃음 지으며, 치맛자락을 끌어 올리며, 진한 향수 냄새를 풍기며, 내 곁을 스쳐 지나갔다.

뒤에 따르던 행사 관계자는 너그러운 미소를 띠고 말했다.

"아닙니다. 오늘 토요일이라 길이 많이 막혔을 겁니다. 곧 사물놀이가 시작되니까 천천히 차 한 잔 하시고 무대 올라갈 준비를 하시면 될 것 같습니다."

수치심을 이루 말할 수 없다. 모멸감은 하늘을 찌른다. 희뿌연 먼지를 덮어쓴 내 구두가 너무나 처량 맞다. 저 멀리 검은 연기를 내뿜고 있는 내 자동차는 처참하게도 아파 보인다. 내려오는 길에 박 사장과 마주쳤다. 박 사장은 이곳으로 나를 불러 놓고 뒷짐만 지고 있었던 것이다. 나는 박 사장을 지나치며 말했다.

"여기 있으면서도 날 바보 만드는 이유가 뭔가요? 내가 여기까지 어떻게 온 줄 알기나 하세요!"

박 사장은 뒷짐을 지고 서서 먼 하늘만 쳐다본다.

산속 물 맑고 공기가 너무나 깨끗한 어느 사찰의 산사 음악회!

방송 녹화라며 또 박 사장의 전화를 받았었다. 물론 박 사장이 매번 나를 골탕 먹이려고 행사를 잡은 건 아니었다. 무엇이라도 나에게 보여 줘서 계약을 성사시키려는 목적을 가지고 있었기 때문이다.

하늘이 파랗고 구름이 아늑한 날이다.

음악회를 보려는 신자들로 깊숙한 산골짜기 길은 좁기만 했다. 인기 가수들 틈에 끼여 카메라 앞에 폼을 잡고 서서 또, 열심히 노래 부르고 내려왔다. 나를 이 음악회에 넣기 위해 모 스님의 담배 심부름, 술심부름에, 장작도 패고, 고무신까지 빨았다는 박 사장 말에 스님에게 합장하며 깍듯이 인사했다. 스님이 말했다.

"이화? 이름이 이화라……"

"네, 스님."

"노래 잘 들었어요. 그래 열심히 해 봐요. 내가 도와줄 일이 있다면 도와줄 테니까. 목소리가 내가 좋아하는 가수와 닮았어. 어때? 오늘 여기서 자고 가요. 나와 이런저런 이야기도 나누며……"

"……."

박 사장과 산사를 빠져나오는 길은 또 그렇듯 발길이 무거웠고 내 표정은 어둡기만 했다. 박 사장이 한숨을 길게 쉬고 말했다.

"가수 ○○ 씨도 자고 가고, △△ 씨도 자고 간다고 하던데……"

"시끄러워요! 내가 행사도 끝났는데 저기서 왜 자야 하는데요?"

"그래야 앞으로 스님께서 이리 저리 도와줄 것 아닙니까. 발이 넓은 사람인데……"

"이런 데 더 이상 날 끌고 다니지 마세요. 그리고 오늘 녹화, 언제 방송 나가는지 확인해 보세요."

나는 그날 분명 카메라가 나를 비추는 것을 똑똑히 보면서 노래 불렀다. 일주일 후 방송 시간대에 텔레비전 앞에 앉았다. 그날 함께 녹화했던 가수들이 순서대로 다 나왔다. 나를 제외한 모든 가수들이 다.

2008년. 나는 슬펐다. 두려움 없이 꿈을 꾸역꾸역 모으던 나는 슬펐다. 눈보라가 몰아친다. 창문을 뜯어갈 것처럼 흔들어댄다.

두 번째 앨범을 가득 담고 있는 박스가 겉 테이프도 뜯어지지 않은 채 베란다를 다 채우고 있다. 아무짝에도 쓸모없는 나 같기만 하다. 내 한숨처럼 쌓인 앨범들을 보며 도저히 맨 정신으로 앉아 있을 자신이 없다.

잠 못 이루는 밤이 많아졌고, 못 마시는 술이지만 한두 잔씩 입에 대는 버릇도 생겼다. 두 번째 앨범 피알을 철썩 같이 책임지겠다던 박 사장도 끝내 나에게 실망만 안겨 줬다. 베란다에 쌓인 앨범 박스 위에 털썩 주저앉았다.

"넌 대체 뭔데? 있는 노래도 히트시키지 못하면서, 또 한곡을 녹음해서 앨범을 만들었니?"

나는 다른 박스로 옮겨 앉아 시디 한 장을 꺼내들었다.

"어쩌자고 집구석에 시디만 한가득 채울 작정이니? 여기가 무슨 레코드사도 아닌 것을. 이영아 정신 차려. 니 노래에 관심 가져 줄 세상과 사람은 없다고. 송충이가 솔잎을 먹고 살아야지. 주제에 가수는 무슨 가수야. 야! 너 혼자 정의 사회 구현 차원에서 돈도 안 주고, 몸도 안 주고, 무작정 고물이 떨어질 때까지 기다리니? 이영아 정신 차리고 뜬구름 잡지 마! 이쯤에서 끝내!"

나는 집밖으로 나가지 않았다. 내가 넌더리를 치며 던져 놓은 앨범들은 소파, 책상, 침대 밑바닥으로 흐트러져, 좌절하고 있는 내 내면의 혼란을 그대로 드러내고 있었다.

나는 몇 달 동안 가만히 틀어박혀서 숨 쉬는 것 외에는 아무것도 하지 않았다. 가끔씩 창문을 열고 하늘을 올려다봤지만, 소망을 빌지는 않았다. 머리를 쓴다는 자체가 다 귀찮았다.

문득, 내 마음속 이 불협화음을 일으키는 날들의 균형을 바로잡을 수 있는 것은, 일단은 어디로든 떠나는 것이었다. 하루 종일 마주치는 앨범 더미들이 내 눈앞에 안 보이는 곳으로 도망치고 싶어졌다.

계곡에 얼음이 녹았다. 논과 밭에도 초록빛이 새록새록 번지고 차가운 땅을 뚫고 새싹들이 올라온다. 강물 위에도 봄은 왔다. 물위를 둥둥 떠다니던 흰 얼음 덩어리들이 푸른 물로 풀어헤쳐 강물이 되었다.

나는 밤업소로 나갔다. 앨범을 내고 난 후, 영원히 이별이라고 다짐했던 밤업소로 다시 나섰다.

대구 ○○ 나이트클럽. 업소에 다시 적응하는 일은 쉽지 않았다.

나는 짐을 싸 가지고 갔지만, 여러 명이 같이 지내야 하는 숙소 생활에 자신이 없었다. 그래서 거의 출퇴근을 하며 지냈다. 예전에 같은 업소에 일했던 가수 정재 오빠와 오랜만에 만나 점심을 먹고 난 후 오빠가 내 팔을 잡아당겼다.

"나 요 밑 희망 병원에 좀 태워 주고 가면 안 될까?"

오빠는 병원 주차장에서 또 내 팔을 잡아당겼다.

"영아야, 같이 좀 올라가자. 나 금방 나올 테니까 병실 앞 복도에서 잠깐만 기다려 주라. 나와 친한 동생이 입원해 있거든."

정재오빠는 병실 문 앞에 앉아 있는 내게 금방 나오겠다고 말하며 들어갔다. 잠시 후 오빠가 병실 문을 열었다. 열린 틈으로 굵은 체인이 보였다. 남자의 다리도 보였다. 체인과 남자의 다리와 침대가 같이 묶여 있었다. 남자가 상체를 들어 올리며 나와 눈이 마주쳤다. 번호4321. 푸른 수의. 그는 죄수였다. 나는 자리에서 슬며시 일어났다.

"영아야, 내 동생 석이야. 인사해."

정재 오빠는 열려진 문틈 사이에서 남자와 나를 인사시켰다. 남자의 눈빛은 찰나였지만, 나를 자세히 또렷이 바라보았다.

어디선가 본 듯한 눈매. 그때 병실에 있던 교도관이 정재 오빠에게 인상을 쓰더니 문을 스르르 닫았다. 문이 닫히는 가운데도 남자는 나에게서 눈을 떼지 않았다. 그로부터 십여 분 정도가 지나 정재 오빠가 병실에서 나왔다.

"영아 너 혹시 내 동생 석이 아나?"

"아니. 보아 하니 죄수 같은데 내가 그런 사람을 어떻게 알아. 그리고 오빠 친한 동생이 입원해 있다더니, 뭐야, 죄수였어?"

"으응. 그건 그렇고 쟤가 너 안면이 있대. 혹시 노래 부르는 가수 아니냐고 묻더라."

"그래서?"

"맞다고 그랬지"

"그랬더니?"

"뭘 그랬더니야. 그게 다지. 근데 너 진짜 석이 모르는 거 맞아?"

"그렇대두."

"그럼 널 티브이에서 본 모양이다."

"내가 그깟 티브이에 몇 번 나갔다고."

"그럼 이상하네……"

"오빤 저런 사람을 어떻게 동생 삼고 병원까지 와?"

"나 음주 삼진 아웃에 끽 해 가지고 통에 잠깐 들어갔었잖아. 그때 알게 됐어. 쟤 저래도 멋진 놈이야. 작업실 대 빵 이더라고. 내가 빵에서 안 터지고 살아남으려고 석이한테 찰싹 붙었지 뭐. 자식 역시 이런 동네 양아치가 아니라 대형 동네 건달이라서 그런지 잘해 주더라고. 완전 사나이지. 근데 아무래도 이상해. 널 아는 것 같아. 내 느낌이지만……"

"쓸데없는 소리 하지 마. 그럴 리가 있겠어?"

어둠은 저마다의 이런 저런 사연들을 싣고 사는 수많은 집들의 언저리로 내려앉았다. 출근하는 내 발걸음이 천근만근 무겁기만 하다. 다시 모든 것이 원점인 것 같다.

내가 집에서 잠시 벗어나자고 마음먹었던 것과는 다르게 생각의 정리는커녕 업소 생활은 머릿속을 더 복잡하게 만들었다. 오래도록 해 왔던 밤업소 생활, 충분히 단련되어 있을 세월인데 왜 이렇게 가슴이 터질 것만 같은지, 왜 이렇게 감옥처럼만 느껴지는지.

오늘은 업소에 가수 ○ 모 씨가 오는 날이다. 한 달 전부터 거리 전봇대를 비롯해 봉고 트럭은 가수 ○ 모씨 얼굴로 도배를 해서 노래를 틀고 골목골목 돌아다녔다. 내심 저 봉고 트럭을 온통 감고 있는 가수 ○ 모 씨 얼굴이 내 얼굴이라면 얼마나 좋을까 하는 바람이 드는 것은 아직도 인기 가수의 집착에서 벗어나지 못했음을 보여주는 것이었다.

앨범을 내고 내가 일하는 밤무대에서 인기 가수와 한 무대에 서는 것은 처음이다. 언제나 그랬듯 클럽에서는 장사가 안 되거나 경기가 안 좋을 때 가끔씩 이름 있는 가수를 초청해서 업소를 선전한다. 그때마다 사람들에게 터질 듯한 갈채를 받는 가수들이 부러웠다. 나도 언젠가는 앨범을 내서 멋지게 초대 가수로 업소를 들락거리리라 마음먹고 지내왔었기에. 그런데 지금 변한 것은 아무것도 없다.

오늘 업소에 출연하는 ○ 씨와는 방송국, 행사장에서 자주 만나 아는 사이가 되어 있어 나는 더 속이 아리기만 했다. 행여 그녀가 이 업소에 있는 날 보면 어쩌나 하는 생각은 출근길을 망설이게 했었다.

업소는 사람들로 꽉 찼다. 두 명의 남자로부터 경호를 받으며 무대 옆으로 걸어오는 ○ 모 씨. 그녀는 겉 가운을 여유 있게 벗어 남자에게로 건

넨다. 그리고 손을 흔들며 무대로 올라갔다.

나는 구석자리에서 그녀를 잠시 훔쳐보다 업소 밖으로 나왔다. O씨 말고도 크고 작은 무대에서 나와 함께 섰던 가수들은 점점 사람들 속으로 파고들어가 이름을 알리고들 있는데 나만 낙오자가 된 것 같았다.

처음 앨범을 내고 방송국에 인사하러 다닐 때 모 방송국 국장이라는 사람은 나의 인사에 늘 반가움을 표시했었다. 첫날 인사에 내 머리를 쓰다듬었고, 두 번째 인사에는 내 어깨에 자연스럽게 손을 올렸고, 세 번째 인사엔 거의 기습 포옹을 했다. 그러면서 매번 모 프로에 출연시켜 줄 것을 미끼로 잠자리를 노골적으로 말해 왔다. 나는 버벅 버벅 거절하며 방송국 로비에서 매번 매니저와 마찰을 빚어야 했다. 그 프로에 나가면 행운인데 나더러 줘도 못 먹느냐며 매니저는 답답해했었다. 나는 술자리를 매번 거절했고 그는 결국 나의 인사에도 등을 돌렸다. 오늘 업소에서 노래하고 있는 저 ○ 씨가 그 국장의 입김이 작용하는 프로에 단골로 출연하는 것을 보았다. 둘은 각별한 사이가 되었을까?

보름 전 점심을 같이 먹었던 정재 오빠에게 전화가 온 것은 집으로 올라가는 퇴근길이었다.

"응, 오빠."

"내일 시간되면 나랑 차 한 잔 하자. 전해줄 것도 있고."

다음날 커피숍.

"잘 지냈지 오빠. 할 얘기가 뭐야?"

정재 오빠는 하얀 편지 봉투를 내 앞으로 내밀었다.

"영아야, 그때 병원에서 봤던 석이 말이야. 깁스하고 있던 내 동생이라는 놈."

"응 근데?"

"편지가 왔어. 나한테로 왔지만 너한테 쓴 거야. 읽어 봐."

내가 노래 연습을 하던 날 밤. 피 흘리며 내 차로 뛰어들었던 그 남자였다.

〈억수같이 비 오던 밤에 아가씨 차로 뛰어들었던 날 기억하는지요. 그날 많이 미안하고 많이 고마웠습니다. 내려가면서 마음이 사실은 안 편했습니다. 그때 본인 노래 연습 중이라고 했었는데 기어코 가수가 되신 것을 축하드립니다. 형님한테 얘기 들었습니다. 형님이 좋아하는 동생이라며 아가씨 자랑을 하더군요.

노래가 잘되었으면 좋았을 텐데…… 그날 명함을 줬었는데 혹시 가지고 있다면 전화를 한 번 해 보는 건 어떨까 싶어서요. 제가 도움이 될 수 있다면……〉

편지를 다 읽고 정재 오빠에게 물었다.

"오빠 이 사람한테 내 얘기 어떻게 했어? 뭐라고?"

"뭘 뭐라고야. 너에 대해 꼬치꼬치 묻길래 그대로 말했지. 앨범 두 장이나 내고도 잘 안 돼서 다시 밤업소 나간다고 했지."

"뭣 하러 쓸데없는 얘길 다 했어. 그런 사람한테!"

"그러지 마라 너. 걔 그래도 발 무지 넓고 완전 남자 중에 남자야. 너에게 관심이 많은 것 같더라. 도와주려고 그러면 도움을 받아. 어차피 이판사판 지금 니가 뭐 따질 때가 아니잖아. 나이는 자꾸 먹어 가는데. 석이가 평생 빵에서 썩는 것도 아니고, 나오면 너에게 힘이 되어 줄 것 같아, 내 생각엔. 자식 의리 빼면 시체지."

나는 집으로 와서 그날 받았던 명함을 찾기 시작했다. 버린 기억은 없었으니까. 나는 몇 날 며칠 고민 끝에 명함에 찍힌 전화번호를 눌렀다. 지푸라기라도 잡는 심정으로.

전화를 받은 사람은 친절했다. 이미 석이라는 남자로부터 이야기를 전해들은 듯. 그는 서울 모 엔터테인먼트로 전화를 해서 나와의 미팅을 주선하겠노라 말했다. 이틀 후 서울에서 내려온 사람들과 커피숍에서 만났다.

"이화 씨라고 하셨지요?"

그들은 아주 깔끔하게 차려입고 서류 가방 같은 걸 들고 왔다.

"네."

"알다시피 이 트로트 시장은 어린 댄스 가수 지망생들 교육 시켜 키우는 과정보다 결코 쉽지 않아요. 어린 가수들은 춤 노래 몇 년 바짝 연습시켜 방송에 미친 듯이 내보내면 반응이 빨리 오거든요. 그러면 돈도 좀 되고, 근데 이 트로트 가수는 속도가 엄청 느리다는 게 문제예요. 어른들이 젊은 아이들처럼 인터넷 검색하고 누구 좋아 누구 멋있어 하면서 호들갑을 떨지 않는다는 거죠. 천천히 늦게 반응이 와요. 그러니까 우리로서는 더 힘이 들고 더 오래 투자해야 하고 하다못해 뒷돈 대 줄 스폰서를 구해야 한다는 결론까지 나오는 거지요."

남자 둘은 교대로 이야기했다.

"지금 잘나가는 가수 ○○ 씨도 하루아침에 된 게 아니에요. ○○ 씨도 마찬가지고요. 가수란 끝까지 밀고 나가는 뒷심! 이게 제일 중요해요. 생각 있으시면 일단 서울로 연고를 옮겨야…… 지방에서 사실 인기 가수 된다는 게 쉽지 않거든요."

그들은 자기들 소속사에 많은 트로트 가수들이 있다고 했다.

△△ 씨, ○○○ 씨 모두 자기네들 소속이라고 말했다. 남자들은 명함을 내밀며 언제든 연락하면 태우러 오겠다는 말을 남기고 갔다. 나는 반신반의하며 밤업소로 무거운 발걸음을 떼며 지냈다. 늘 마음이 갈대처럼 흔들렸다.

나는 앨범을 내고 난 뒤 마치 방송을 다 아는 것처럼 혼자 상념에 잠길 때가 많아졌다. 노래에 관련된 모든 것들에서 진정 떠날 수 없는 아집들로 점점 힘들어졌다. 집착의 얽매임에서 도무지 빠져나올 기미가 보이지 않았다.

둥지를 틀지 못하고 늘어지는 이 방황의 끝은 어디인지. 나는 이 업소에 올 때 나를 소개했던 동생한테 내가 앨범을 낸 가수라는 말을 하지 말라고 당부했었다. 앨범이 있다고 따라오는 예우가 있는 것도 아니고 팀원과의 관계에서도 괜스레 불편해질 게 불 보듯 뻔했기 때문이다. 앨범을 냈다고 격려해 주며 용기를 주기보다는 앨범 한 장을 못 낸 밤업소 가수들의 시기와 질투가 먼저 떠올랐다.

이 세계는 중앙이건, 지방이건, 무조건 노래 부르는 나 아닌 다른 누군가를 누르고 이겨야 한다는 맹목적인 이기심이 두드러지기 때문이다. 그리고 보니 나는 참 어정쩡한 기로에 서있다. 인생이 울지도 웃지도 못하는 지점에 머물러 있다. 방송 뒤편 무대에서는 인기 가수들 틈에 끼여 작아져만 가는 무명 가수이며, 밤업소 틈바구니에서는 앨범이 있다는 이유만으로 시샘과 눈치를 받으며 겉돌아야 하는 가수이기에. 내가 서야할 자리를 잃어버렸다.

낮 행사장 또한 판은 완전히 바뀌었다. 지방 행사장에는 큰 축제를 제외하고 다 고만고만한 무명 가수들만이 무대에 설 때가 많다. 무명 가수들은 돈에 신경 쓰지 않으며 무조건 불러만 주십사 하는 식으로 이벤트 업계 사람들의 콧대를 점점 올려주고 있으니 설 자리가 없어졌다. 비싼 돈 들여 앨범을 내놓고 돈 못 받고 다닌다는 게 도저히 자존심이 허락하지 않았다.

물론 행사를 주관하는 단체에게 이벤트 업계 사람들은 우리들의 몸값을 정확하게 견적에 올린다. 당연히 행사를 하는데 가수들 몸값 견적은 필수니까. 그러나 이벤트 업자들은 우리들에게 주는 돈 액수를 그대로 올리지 않는다. 두 배 세 배 올려 적고 우리들에게는 마지못해 기름 값 정도를 지불하거나 떼먹는다.

지방 동창회나 행사장 뒤편에서는 우리들, 즉 무명끼리 이러한 말들로 스스로 무덤을 판다.

"쟨 누구야 쟤도 가수야? 안 돼! 내 출연료를 더 내릴 거야!"

"저년은 또 언제 이벤트 사장을 꼬셔 가지고 이 무대에 섰지?"

"사장님 저 가수는 뭐예요? 나만 부른다 해 놓고."

나는 이 더러운 밤무대도 낮 무대도 견디지 못하겠다. 하물며 지방 행사장 엠시를 맡은 그네들도 무명 가수를 관객들에게 소개시키는 데 인색하기 짝이 없다. 아무것도 모르고 앉아 있는 노인네들 앞에서 무명 가수를 잘나가는 가수처럼 부풀려 소개해 주면 어디 사기죄로 법에 저촉될 일도 아니건만.

'향토가숩니다' 했다가 '여기서만 활동합니다. 아직 이 가수의 노래를 들어 본 적 없지만' 했다가…… 무대 올라가기도 전에 김이 팍 센다. 딱히 그네들이 그렇게 소개하는 데 특별한 이유는 없다. 그냥 무명이니까 깔보고 누르고 싶은 게 전부다. 그러다 인기 가수 순서가 오면 마치 밤새 한숨도 안자고 멋진 멘트를 외우고 온 듯 난리법석을 떤다. 그 인기 가수와 한 번씩 차를 마시는 자리가 생기는 것이 아니라 우리 같은 무명들과 늘 부딪히며 지내는 그네들이건만 엠시들 머릿속이 가끔씩 궁금해질 뿐이다.

나는 두려웠지만, 이 나이에 왠지 두려웠지만 얼마 전 나에게 명함을 내밀었던 그 서울 사무실로 가기로 마음먹고 전화했다.

"제가 지낼 집은요? 피알, 부분은요? 계약서는요? 밤무대를 서울에서 돌아야하나요?"

"모든 것은 만나서 차근차근 이야기 합시다 일단 데리러 갈 테니까 무대복, 앨범, 엠알 다 챙기시고 같이 고생 좀 합시다. 스타…… 말 그대로 하늘의 별인데, 그 별 따는 게 결코 쉬운 일 아닙니다. 그럼 내려가서 뵙겠습니다."

은밀한 엔터테인먼트

7월이 시작되는 서울! 도착한 곳은 서울 외곽의 지하 1층과 지상 2층의 건물이었다. 지하와 1층을 여기서 쓰고 2층은 학원이었다. 현관 입구에 들어서자 높게 쌓인 맥주 박스가 맨 먼저 눈에 들어왔다.

이곳은 다방 아가씨들 숙소처럼 많은 옷가지들이 정신없게 벽을 가득채우고 있었다. 내가 들어서자 두 명의 아가씨가 브래지어와 팬티 바람으로 술 냄새를 풍기며 부스스 일어났다. 방이 세 개인 이곳은 거실에 큰 소파와 티브이가 있고, 여느 가정집 같은 분위기였다.

나는 어리둥절하게 그녀들과 인사를 나누었다. 키가 작고 빵빵한 김 부장이 아가씨들에게 고함을 쳤다.

"이것들이 지금 시간이 몇신데 아직도 자빠져 자고 있어? 어서들 씻고 준비해!"

한 명은 담배를 물고, 또 한 명은 화장실로 들어갔다. 분위기가 가수를 키우는 엔터테인먼트 회사라고 하기에는 석연찮아 보였다. 숙맥같이 서 있는 나를 본 김 부장은 운전을 하고 올라 왔던 장 기사에게 지하로 데리고 가라고 말했다.

"뭐해, 장 파리! 이화 씨 지하1층 연습실(스튜디오) 구경시키지 않고."

나는 장 기사를, 아니 장 파리를 따라 지하로 내려왔다. 어두침침한 지하에 들어서자 눈에 먼저 들어오는 것은 역시 큰 테이블과 소파였다. 그리고 방음 장치가 된 자그마한 방 하나. 그 안에는 엘프 기계(노래반주기) 한 대에 작은 스피커 두 개. 몇 권의 노래책이 있었다. 장 기사는 여기가 연습실이라며 여기서 노래 연습을 하면 된다고 했다.

한쪽 벽면에 걸린 칠판엔 지방 행사 스케줄이 몇 개 적혀 있고, 미팅이라는 글자는 날짜마다 가득했다. 출연 가수들의 이름은 생소했다. 모든 분위기가 어설펐지만, 이렇게 된 이상 믿고 가 보는 수밖에 없었다.

나처럼 지방에서 짐 보따리를 들고 올라온 아가씨는 나를 합쳐 세 명 이었는데, 이들을 몇 번 보지 못했다. 정확히 여기 소속사에 가수들이 몇 명인지 알 수 없었다. 가수랍시고 워낙 많은 아가씨들이 들락거렸고 여기서 먹고 자는 아가씨들은 수시로 바뀌었다. 수입 분배와 피알 부분에 대해서는 차차 이야기하자며 그들은 시간을 끌었다. 자꾸만 불길하고 미심쩍었지만, 이불을 푹 덮어쓰고 밤마다 내 불길한 짐작들을 누르려 애썼다.

어차피 혼자라도 뛰어야 할 판에 일단 서울에서 차로 날 태워 방송국이며 각 이벤트 업체로 인사시키는 것만 해도 어딘데, 나 혼자 독립군처럼 돌아다니는 것보다 백배 낫다고 생각하기로 하며 그들과 함께 움직였다.

세 명이서 지방 행사를 다녀온 날 저녁이었다. 이네들은 이곳저곳 지방 행사 팀들과도 연결이 되어 있어서 우리를 무더기로 그 행사에 집어넣기도 했다. 먼 길을 다녀온 우리는 지하 연습실에 모여 앉아 음료수를 마시고 있었다. 김 부장이 뭐가 못마땅한지 골이 나서 들어왔다. 기절이 고운 가수 종희를 손가락으로 가리켰다.

"서종희 너! 며칠 있으면 방송 녹화날인 거 알지!"

종희는 음료수병을 만지작거리며 나즈막이 대답했다.

"……네."

"거기 너 쑤셔 넣으려고 조 사장이 돈 퍼부은 거 알아 몰라?"

"……네."

"오늘 저녁에 확실히 해야 돼! 원하는 대로 다 해 주란 말이야! 또 밥맛이니 싫다니 하면서 지랄 털지 말고. 앞전에 갔었던 호텔에서 기다린다 했으니까 오늘 긴 밤을 보내주란 말이야. 종희 가수님. 인상 펴. 고상하고 로맨틱한 사랑은 연속극 보면서 대리만족해. 이 바닥에 그런 백마 탄 왕자님 없거든. 다 돈 먹고 몸 주지."

"휴……"

종희는 대답 대신 한숨을 쉬었다. 나는 무슨 내용인지 알 것 같았다. 김 부장은 나와 얘기 좀 하자며 1층으로 올라갔다.

"이화 씨, 이화 씨도 오늘부터 슬슬 스폰서를 구하러 움직여 봐야 안 되겠어요?"

"스…… 스폰서를…… 요?"

"아니 이렇게 있는다고 어디, 누가, 방송 여 있다 하고 불러 줍니까. 스폰서를 잡아 가지고 돈을 빼내야 방송국하고 이벤트하고 두루두루 우리가 삶고 다니지요. 아까 종희 봐요. 영감 하나 우리가 붙여 줬더니 바로 케이블이라도 나가게 되잖아요. 방송국 쐐를 가지고 다녀야 먹히지, 맨날 박카스 한 통으로 눈치만 보인다니까요."

"아니, 그럼 스폰서가 있어야 피알을 하신다는 말인가요? 그럼 여긴 엔터테인먼트가 아니잖아요. 첨에 올 땐 앨범이 있으니까 피알을 신경 쓰고, 나머지 내가 행사 뛰는 걸로 로비를 할 거라고 말씀 하셨잖아요. 필요하다면 전 밤업소를 나간다고도 말씀 드렸고요."

김 부장은 노골적으로 인상을 구겼다.

"거 참 답답네…… 말이 통해야 뭘 해 먹지…… 일단 오늘밤은 저희들 이랑 강남으로 좀 나갑시다."

이때 김 부장의 휴대 전화가 울렸다. 김 부장은 대뜸 욕부터 했다.

"야 미친년아! 지금 며칠째인데 아직도 안 나오고 있는 거야! 쪽발이 첩 자리라도 꿰찬 거야 뭐야! 너 당장 나와! 니가 한 번 주고 간 그놈이 너 스폰서 하겠다고 눈 벌겋게 뜨고 기다리고 있잖아 이년아. 그 가라오케 일주일만 노래 불러 주고 나오라 했는데 지금 한 달이 다 되어가잖아. 쪽 발이 밑구멍 핥고 있나!"

이때 방문을 열고 들어서는 남자는 큰 키에 거구였다. 세 명의 남자가 뒤를 따라 들어왔다. 김 부장은 휴대 전화를 후다닥 끄면서 벌떡 일어섰 다. 깍듯이 인사를 하며 거구의 남자가 이 기획사 대표 이사라며 나에게 인사를 하라고 말했다. 나는 엉거주춤 일어나 인사했다.

"안녕하세요. 처음 뵙겠습니다."

그는 바로 내 어깨를 토닥였다.

"아가씨가 이화 음…… 그래 시골에서 고생 깨나 했다는 소리 들었어 요. 열심히 해 봐요. 이 바닥은 무조건 발로 뛰고 열심히 해야 돼요. 우 리나라에 이화 씨 같은 가수들이 9만 명이 넘어요. 앞으로도 계속 더 늘 어날 테고……"

나는 머릿속이 복잡해졌다. 김 부장, 장 기사 그리고 기획사 대표 이사 를 따라 들어온 남자들 모두, 전화기에 매달린 손들은 얌체 같은 흥정을 하는 듯, 가수의 하룻밤이 얼마고, 걔는 방송을 요즘 타고 있어 많이 비 싸고, 걔는 외국으로 나가야지만 되고……

김 부장이 전화 통화를 끝내자마자 내 옆에 바짝 붙어 앉았다.

"참 이화 씨. 앞전 유명 가수(나최고) 매니저였던 나선수씨에게 이화 씨 앨범을 한 장 줬는데 한번 만나보고 싶다고 해서 내일 약속 잡아 놨어요."

이날 저녁 강남의 룸살롱. 나와 현이(무명 가수) 이렇게 둘이 룸으로 들어갔다.

네 명의 남자들 중 젊은 두 명은 거만스럽게 앉아 있었다. 나이가 어려 보이는 두 명의 남자. 그들은 유명 외제 브랜드 티셔츠와 청바지 차림으로 첫눈에도 어느 부잣집 아들쯤으로 보였다. 하룻저녁 룸 술값 정도는 껌 값에 불과하다는 듯 마담이며 웨이터들에게 거침없이 막말을 했다.

나머지 두 명의 남자. 한 사람은 얼룩말 무늬 정장을 입고 있었지만 늙어 보였다. 또 한 사람은 귀 옆머리를 정수리까지 억지로 쓸어 올려 딱 붙여 놓았지만 환갑도 훨씬 넘어 보였다.

젊은 두 명의 남자 중 뚱뚱한 남자가 술잔에 들어있는 얼음을 손으로 빙빙 돌리며 말했다.

"이집 잡년들 싸가지 없는 거 알지. 오 마담! 뭐 다 대학생들이라며? 내가 데리고 나갔던 년들 중에 대학생은 딱 한 명밖에 없었어. 확실히 해! 앞으로 술집 바꿔 버리는 수가 있어."

나와 같이 들어간 김 부장과 장 기사는 그 젊은 남자에게 머리통을 바짝 수그렸다. 잠시 후 청바지 차림의 아가씨 두 명이 들어왔다. 진짜 대학생 같은 복장이었다.

그녀들은 각자 젊은 남자 옆으로 가서 다리를 꼬고 앉았다. 앉자마자 담배를 거뜬하게 문다.

현이와 나는 둘이 같이 앉아 있었다. 우리는 저 나이 든 남자 둘의 파트너가 될 것 같은 분위기인데 아직 저들은 누구를 옆에 앉힐지 고민하고 있는 것 같았다. 곧이어 밴드들이 팀으로 들어왔다. 룸에 드럼, 기타, 오르간 합주 팀이 들어오는 것을 보고 여기가 그 말로만 듣던 강남이란 생각이 들었다.

뚱뚱한 남자가 나를 먼저 가리켰다.

"거 아가씨 초면인데 노래 한 곡 들어 봅시다. 김 부장이 멀리서 왔다고 하던데 내가 노래를 한 번 들어 봐야지."

손목에 찬 금장시계를 흔들며 남자는 웃통을 불룩한 뱃살이 나오도록 걷어 올렸다. 이때 인기 가수 △△ 씨가 모자를 눌러 쓰고 추리닝 차림으로 들어왔다. 그리고 뚱뚱한 젊은 남자와는 친한 듯이 장난을 쳤다. 아까부터 점잖게 앉아 있던 정수리를 귀 옆머리로 감싼 남자가 내게로 손짓했다. 나는 바로 김 부장을 쳐다봤다. 김 부장은 옆에 가서 앉으라는 고갯짓을 했다.

"아가씨 ○○ 노래자랑에 나가 봤나?"

양주잔을 나에게 건네며 남자가 물었다.

"아니요."

늙은 남자는 건배 제의를 하며 다시 말했다.

"거기를 나가야지. 다른 잡 방송 다 필요 없어. 거기가 최곤데. 거기를 아직 못 나갔다니…… 어때? 오늘밤 나와 함께 있을 수 있겠지?"

나는 건배한 잔을 입에 슬쩍 갖다 대기만 하고 밴드들이 있는 쪽으로 시선을 돌렸다. 인기가수 △△ 씨가 마이크를 잡았다. 룸 분위기가 삽시간에 무르익었다. 그녀는 테이블로 올라가서 춤을 추며 노래 불렀다. 금장시계를 찬 젊은 남자는 턱이 땅으로 빠질 것처럼 웃었다. 나 또한 잘 노는, 너무나 잘 노는 그녀를 넋을 놓고 쳐다봤다. 밴드들은 어깨를 들썩거리며 라이브 반주를 했다. 김 부장이 내 옆으로 와서 귓속말을 했다.

"오늘 무조건 접대해야 해요. 이화 씨 옆에 저 사장 거물이에요. 돈 진짜 많아요. 방송국 사람들 꿰차고 있거든요. 기회는 자주 오는 게 아니니까 오늘 확실히 좀 합시다."

그래, 나는 분명 앨범을 내고 지하 세계에서 벗어났다고 생각했지만, 그것은 내 행복한 공상에 지나지 않았다. 지하 세계를 벗어난 것이 아니고 집처럼 생활의 터전이었던 지하 밤무대를 벗어 난 것뿐이었다.

도대체 희망이라곤 보이지 않는 것만 같다. 룸에 앉아 있는 동안 마음속에서 끝없이 삐그덕거리며 갈피를 잡지 못하는 내 자신과 싸워야 했다. 나에게 마이크가 돌아왔다. 나는 생의 한 새벽에 외로운 노래를 불렀다. 그리고 내 속에서 나를 지켜보며 끝내 나를 놀리고야 마는, 또 다른 나로 말미암아, 저들을 향해 쓴웃음을 짓고 있던 나 자신을 발견하고 룸 밖으로 나왔다.

새벽이다. 그러나 아직도 서울 중심의 거대한 유흥은 구부러진 밤을 다 펴고야 말겠다는 듯 네온은 욕심 가득 출렁인다. 술에 취한 김 부장이 룸 입구에 쪼그리고 앉아 있는 내게로 비틀거리며 다가왔다.

"이화 씨 이래 가지고 씨팔 가수는 무슨 가수야! 저 사장 오늘 하룻밤 자 보고 돈을 대든지 스타를 만들든지 하겠다는 말에 기척도 없고 도대체 뭐야! 이화 씨가 나이가 어려? 그렇다고 얼굴이 미스코리아야? 나이 더 먹으면 스폰서는 고사하고 노래 인생 끝이라고 끝!"

숙소로 왔다. 거실 테이블 위에 맥주병들이 수두룩했다. 나는 화장실 문을 열었다. 아가씨가 욕조에 몸을 담그고 있다. 나는 문을 다시 닫았다. 그런데 순간 불길한 예감이 들었다. 얼핏 이었지만 욕조에 담긴 물빛이 발그스름했다. 나는 다시 화장실 문을 열었다.

벌겋게 피로 물든 욕조에 온몸을 늘어트린 채 여자가 죽어 있는 것 같았다. 나는 놀라 벽에 딱 붙어 몸서리를 치면서도 여자의 얼굴을 살폈다.

나는 욕조 가까이로 가지 못하고 최대한 팔을 길게 뻗어 여자의 흘러내린 긴 머리를 쓸어 올렸다. 표정이 없다. 가수 종희였다. 욕조의 붉은 물은 종희의 가슴 밑까지 차올라 있다. 세면대 위에 예리하게 생긴 면도칼이 보였다. 나는 뛰쳐나와 119를 부르고 김 부장, 장 기사에게 전화했다. 혼미해진 정신을 가다듬고 다시 화장실로 들어갔다. 축 늘어진 종희를 죽을힘을 다해 들어 올리려 했지만 꿈쩍도 하지 않는다.

욕조에 물은 점점 그 색이 아주 진하게 붉어지고 있다. 나는 핏물에 잠겨 있는 종희 팔을 들어 올렸다. 패인 손목에선 피가 계속 흐르고 있었다. 나는 수건으로 손목을 둘둘 말았다. 욕조 물마개를 빼자 핏물이 꾸루룩꾸루룩 소리를 내며 작은 구멍으로 빠져나갔다. 심장에 귀를 갖다 대보고 나는 어쩔 줄 몰라 갈팡질팡했다. 곧이어 새벽 정적을 사정없이 깨는 사이렌 소리가 들려 왔고, 장 기사와 김 부장이 차례로 들어왔다.

나는 그 순간 종희가 죽지 않게 해 달라고 빌고 또 빌었다. 지방 행사를 갔다가 서울로 올라오는 길에 종희는 심각한 얘기를 했었다. 죽고 싶다고. 남자는 밤마다 자기를 가만히 내버려 두지 않는다고. 싫다고 지옥보다 더 싫은 이승이라며. 돈이 없고, 빽이 없고, 아무것도 없어서, 가수를 못하게 될까 봐 이곳으로 왔지만 너무 힘들다고 말했었다. 들것에 실려 나가는 종희의 얼굴은 여전히 표정이 없다. 나는 119가 서 있는 길에 맨발로 따라 나가 종희가 어떠냐고, 위험하냐고, 죽었냐고, 계속 소리쳤다. 김 부장과 장 기사는 나에게 전화하겠다며 119 뒤를 따랐다.

텅 비어 버렸다. 내 머릿속은 아무 회전을 하지 않는다. 나를 다그쳐 봐야 아무 정답이 없다. 고스란히 나의 몫인 곳에서, 내가 선택한 곳에서, 내 발로 나가지 않는 한, 나는, 너는, 우리는, 굴림을 당할 것이니까.

나는 거실에 우두커니 앉아 전화기만 붙잡고 있다. 기다려도 오지 않는 전화에 불안해서 견딜 수가 없다. 종희가 죽었을까 봐. 나는 김 부장에게 전화를 했다.

김 부장은 목숨에는 지장이 없다고 했다. 다만 손목을 너무 깊게 베어 피를 많이 쏟았다며 수술실로 들어갔는데 수술이 좀 까다로울 것 같다고 말했다. 수술이 까다로울 것이라는 말이 이해가 잘 안 되었다. 어떻게 까다롭다는 건지. 아무튼 목숨에 지장이 없다는 말은 안 까다로운 말이니까 안심이 되었다.

나는 거실, 목욕탕 청소를 하고 소파에 누었다. 머리가 빙글 빙글 돈다. 이때 누군가 현관문을 두드렸다. 그리고 열었다. 중년의 남자가 다짜고짜 종희 어디 있느냐고 물었다. 나는 그 남자를 노려봤다. 남자는 아침부터 나에게 욕을 했다.

"야! 서종희 어디 있냐고 묻잖아! 환장하겠네! 지금 너 날 노려보는 거야, 뭐야? 이 싸구려 같은 년들이 노래깨나 부른다고 오냐 오냐 해 줬더니 자기들이 진짜 가수라도 되는 줄 알고 날뛰고 있네. 나 참 더러워서."

남자는 밤새 종희를 기다리다가 콧구멍을 실룩거리며 여기로 온 것처럼 보였다.

"종희 없어요."

남자는 현관에 걸터앉았다. 그리고 거실 쪽으로 머리를 죽 빼서 나를 빤히 보았다.

"야, 넌 뭐냐? 너도 가수냐?"

"전 가수 아니에요!"

"그럼 여기 왜 와 있어?"

"처, 청소하러요."

나는 방으로 들어와 문을 잠갔다. 남자는 현관문을 발로 차면서 말했다.

"야! 종희 그년 들어오면 2집이고 10집이고 다 없던 걸로 한다고 전해라. 얼마 전 싱가포르 갔다 올 때 사다 줬던 가방이랑 까르띠에 시계 당장 내놓으라고 꼭 전해! 싸가지 없는 년들 같으니라고!"

갑자기 내가 여기까지 오게 된 계기를 만든 그 죄수가 생각났다. 그렇지만 그를 원망할 아무런 이유는 없다. 내 발로 왔으니까. 그가 결코 여기가 어떻게 돌아가는지 알고 소개한 것은 아닐 것이라고 믿었다.

나는 좀 더 참아 보기로 했다. 어차피 집으로 내려간들 별 뾰족한 수도 없고, 겨우 지방 동창회 행사만 기웃거리다가 세월만 보낼 것 같았기 때문이다. 앞으로 내가 행복해지려면 지금 행복하지 않은 것쯤은 충분히 감안해야 한다고 말이다.

다음날 오전. 왕년에 너무나 잘 나갔었던 가수 나최고 씨의 전 매니저 나선수 씨와 만나기로 약속되어 있다는 종로 다방으로 장 기사와 함께 왔다. 몇십 년은 된 듯한 낡은 다방 구석 자리.

나선수 씨는 자외선을 막기 위함인지, 피부의 잡티를 커버해서 젊어 보이고 싶었는지, 비비 크림을 듬뿍 바른 얼굴이었다. 목과 얼굴의 경계가 거의 흑인과 백인이다. 커피 잔이 비어 있는 것을 보니 먼저 와서 지루하게 기다리고 있었던 것 같다. 나를 보자마자 아주 크게 웃으며 손을 내밀었다.

내가 자리에 앉자마자 함께했었다던 가수 나최고 씨 욕을 거품 물고 하기 시작했다. 그러다가 내가 별 재미없어 하는 눈치를 챘는지 차 주문을 하자며 자기 것도 한 잔 더 시켰다. 그는 찻잔을 들고 내 옆으로 자리를 옮겼다. 장 기사는 다방에 같이 들어 왔지만 보이지 않는다.

"거두절미하고 이화 씨 앨범 받고 몇 번씩 반복해서 쭈욱 들어 봤는데 상당히 좋아. 이 노래는 밀어야 해. 잠재우기엔 아까운 노래들이더라고. 해서 말인데 6개월만 일단 나와 계약 동거를 하는 건 어떨까? 오피스텔을 얻을 테니까 나와 같이 지내면서 노래 피알을 해 보지 뭐. 어때? 내 인맥 가지고 밀어붙이면 다 되게 되어 있어. 한 곡만 뜨면 인생 논스톱이란 거 알지?"

나는 영감의 얼굴을 쳐다보지 않았다. 계약 동거 이야기를 꺼내 놓고 난 뒤부터는 오로지 성 이야기만 끊임없이 했다. 가수가 되기 위해서는 서울에서 지내는 것이 필수 조건이라고 생각하며, 어쩌면 늦었을 수도 있는 나이지만, 그래도 정말 더 늦기 전에 무언가 꼭 이루어 보자는 다짐으로 이곳으로 올라왔는데 모든 만남 뒤에, 돌아오는 마지막 이야기는 다 몸이었다.

가수, 유명 가수에 혈안이 된 우리들을 붙잡고 저들은, 그저 끈적끈적하게 몸을 부대끼며 숱한 밤을 섹스와 더불어 보내고 싶은 욕망으로 중무장한 가짜들이다. 만만한 날은 없다. 수월한 날은 없다. 역시 진실한 날도 없는 것만 같다. 늙은 영감은 나에게 인기 가수의 대열로 들어서게 해 주겠다고 말한다.

늙은 영감은 역시나 섹스를 좋아하냐고 물었다. 늙은 영감은 팔뚝을 들어 올려 안 나오는 알통을 만들려고 몸을 부르르 떨었다.

여름이 무르익어 간다.

이곳에 온 지 한 달이 되었지만 뚜렷한 것은 아무것도 없다. 가슴이 먹먹하기만 하다. 힘 빠져 너덜너덜해지고만 있던 내 열정들을 다시 일으켜 세우려 이곳으로 왔는데.

충남 행사장.

나보다 어린 가수 한 명과 장 기사 이렇게 셋이서 충남으로 향했다. 물론 얼마의 행사비를 받았는지 우리는 알지 못한다. 먹여 주고, 재워 주고, 어쨌든 우리들을 위해 용쓰는 것 같아서 입을 떼지 못했다.

행사장 어딜 가나 비슷비슷한 그림들이다. 하늘 높이 떠 있는 애드벌룬. 주차 정리를 하고 있는 의경들. 늘 앞자리 한 줄은 가슴에 꽃을 단 지역 유지들로 채워지고 천막을 치고 자리 잡은 많은 상인들, 각설이패들의 입담은 구수한 된장찌개처럼 들려왔다.

대기실에는 가수로 보이는 여자가 화장을 고치며 앉아 있었다. 장 기사와 나랑 같이 온 가수는 차에 가 있겠다며 대기실에서 나갔다. 나는 여자에게 목캔디를 건넸다. 잠시 후 그녀는 어색한 침묵이 우리들을 불편하게 만들기 전에 먼저 말을 걸어 왔다.

"반가워요. 저는 ○○ 예요 이름이?"

조곤조곤한 목소리 천상여자였다.

"네, 전 이화예요."

우리는 짧게나마 얘기했다. 행사장에서 만나는 가수들은 눈인사 정도로만 끝내든가 아님 아는 척 하지 않고 냉랭한 기운만 감도는 것이 보통이다. 아무튼 운명이었는지 우리는 서로 얄밉게 의상을 곁눈질 한다거나 시샘하는 눈초리로 서로를 노려보지 않은 짧은 얼마의 시간이 마음을 트게 된 계기가 되었다. 여자는 고향이 남해라고 했다. 나보다 세 살 더 많다고 했다.

여기서 이 여자 가수의 이름도 성도 거론하지 않고 그냥 남해 언니라고 호칭을 써 나가겠다. 짧은 시간에 주고받은 말들 속에서 남해 언니와 나는 많이 닮아 있었다. 밤업소 생활 오래도록 해서 앨범을 낸 지 꽤 여러 해 된다고 말했다. 스무 살에 서울로 올라와서 죽을 고생을 했다는 이야기를 스스럼없이 하는 그녀가 왠지 정이 갔다. 나도 내 이야기를 늘어놓으며 잠시나마 우리는 가슴에 묻고 사는 답답함을 죽이 척척 맞아 이야기했다.

우리는 부드러운 얼굴로 대화했지만 그녀의 얼굴은 내 얼굴처럼 그늘이 드리워져 있었다. 그녀와 나는 전화번호를 주고받았고 서로 여자 가수가 필요한 행사에 연락하기로 했다.

한 시간 가량 기다린 끝에 남해 언니가 먼저 무대로 올라갔다. 나는 천막을 걷어 올리고 그녀의 노래에 귀를 기울였다. 노래는 생소하지 않았다. 이 노래를 부른 가수의 얼굴을 몰랐을 뿐이지 귀에 익은 노래였다.

연륜이 느껴지는 세련된 무대 매너, 그녀가 무대에서 연기하는 손짓, 몸짓이, 왠지 모르게 측은해 보였다. 마치 나를 보는 듯이. 나는 노래를 다 듣고 천막을 내렸다.

서울로 올라가는 차 안. 나와 같이 온 여자 가수는 앞 조수석에 앉아서 끝없이 누군가와 통화를 한다. 내가 알기로는 아직 본인 앨범이 없는 걸로 알고 있다. 이곳 사무실에서 스폰서를 구해서 앨범 작업을 하자는 말을 들었다.

지하에서 노랫소리가 들려왔다. 여기 숙소에 들르는 남자들은 지하로 내려가 꼭 노래 몇 곡씩을 부르고 갔다. 숙소에는 낯선 남자가 아까부터 혼자 거실에 앉아 맥주를 홀짝홀짝 마시고 있다.

나는 화장실이 가고 싶지만 저 남자가 나갈 때까지 참고 있느라 방광이 터질 것만 같다. 김 부장이 부르는 소리에 거실로 나왔다.

"이화 씨 지하로 좀 내려갑시다. 노래 한 곡만 부르고 올라와요."

"전 그냥 있으면 안 될까요?"

김 부장 인상이 슬쩍 돌아갔다. 그리고 혼자 맥주를 마시고 있는 남자에 빈 잔을 채우려는 듯, 두 손으로 공손히 맥주병을 들었다.

"이사장님 조금만 더 기다리세요. 지금 꽃님이 행사장에서 막 출발했답니다."

앉아 있던 남자는 시큰둥하게 말하면서 자리에서 일어났다.

"몇 시간 기다렸는데 뭐야 이거! 전에 그 호텔에 가 있을 테니까 오면 그리로 바로 보내."

김 부장은 꾸벅꾸벅 인사하며 그 남자가 거실 바닥으로 날리듯 던져 주는 수표를 냉큼 붙잡았다. 나는 김 부장을 따라 지하 녹음실로 내려왔다.

그때 강남 룸에서 자리를 함께했었던 젊은 남자 두 명이 좁은 연습실에서 문을 열고 나왔다. 테이블 위에는 술판이 벌어져 있고 무명가수 두 명이 앉아 있었다. 그녀들은 노래를 부르고 나온 남자들의 팔짱을 끼며 각자 짝을 맞춰 다시 자리에 앉았다. 뚱뚱한 남자가 뻘쭘하게 서 있는 나에게로 오징어다리를 씹어 돌리며 말했다.

"어이 시골 가수님 잘 계셨수? 노래 한 곡 불러 봐. 김수희 노래 말이야."

나는 노래를 부르고 싶지 않다고 말했다. 뚱뚱한 남자 옆에 앉아 있던 아가씨, 아니 가수가 나에게 빈정거리며 말했다.

"뭐야, 우리는 노래 다 부르는데 왜 혼자 잘난 척이야! 잘나가는 가수도 아니면서!"

나는 폭발하듯이 욕이 튀어 올랐다.

"그럼 잘나가는 니년이 계속 쳐부르면 되잖아!"

뚱뚱한 남자의 팔짱을 끼고 있던 여자가 벌떡 일어섰다.

"어머, 이 쌍년 말하는 것 좀 봐. 우리 오빠가 노래 한 곡 듣고 싶다는데 뭐가 어쩌고 어째?"

옆에 잠자코 앉아있던 뚱뚱한 남자가 아가씨 옷자락을 잡아당겼다.

"야야 그래도 저 가수가 너보다 훨씬 언니 같은데 니가 말대꾸를 하면 쓰나."

풍풍한 남자는 오징어를 질겅질겅 씹으며 두 다리를 테이블 위로 올렸다.

"아가씨 우리 며칠 있으면 제주도로 뮤직비디오 찍으러 가는데 우리 아가들 빤스 가방이라도 들고 같이 따라 갈 생각 없나?"

김 부장이 내 팔을 끌며 1층으로 올라가자고 했다. 남자의 가슴팍에 안긴 여자는 콧소리로만 했다.

"나 진짜 뮤비 찍는 거 맞지 자기야? 뮤비에 인기 개그맨 김○○ 도 부르고! 이○○ 도 데리고 가면 좋겠다아!"

"그래 그래. 이년아 씨팔 내 좆만 잘 빨아 봐라 내가 뭐는 못 해주나. 네년 노래 실력은 강남 룸살롱 오 마담보다 훨씬 좆같지만, 내가 네년을 예뻐하니까 어거지라도 짜깁기해서 녹음을 한 거라고 이년아. 술 따라 가아득!"

1층 숙소로 올라왔다.

아까 남자 혼자 마시고 간 맥주병들이 테이블 위, 거실 바닥을 채우고 있다. 나는 한 병을 주워 들고 벌컥벌컥 마셨다. 전화가 울렸다. 정재 오빠였다.

"영아!"

"응…… 왜?"

"어때, 잘 지내? 일은 잘 진행되고 있는 거냐? 소식이 없어서…… 내 동생 석이 면회 갔더니 널 묻더라. 서울로 간 후 연락이 잘 안 된다고 했지. 걔 얼마 안 있으면 출소하거든. 셋이 밥이라도 한 끼 하면 좋을 텐데……"

"시끄러 오빠. 출소고 나발이고 이런 곳에 사람을 소개시켜 놓고 무슨 소리야. 내가 술집 아가씨지 가수냐고. 난 다 싫다고 다아……"

"무슨 말이야 그게? 거기 엔터테인먼트가 아니야? 왜 그래 무슨 일이야. 서울 놈들 얍삽하다더니 널 어디 먼 곳으로 팔아넘기기라도 할려 그러든?"

나는 맥주 한 병에 혀가 꼬이기 시작했다.

"됐어! 엔터테인먼트는 무슨 엔터테인먼트! 끊어!"

내게 있어 이곳은 꿈을 펼치는 공간이 아닌 것 같다. 늘 그래왔듯 방랑의 한 장소에 지나지 않을 것이라는 부정이 시커멓게 내려앉는다. 내가 행사장에서 만났던 남해 언니의 전화를 받은 것은 그로부터 열흘이 지나고 나서였다. 그리고 오늘 언니와 여의도 커피숍에서 만나기로 했다.

남해 언니는 혼자서 방송국을 다 돌았다며 높은 하이힐을 벗으며 발을 주물렀다.

"언니 매니저는요? 그날 행사장에 매니저분과 같이 오셨잖아요."

"헤어졌어요. 내 형편도 어렵고 해서…… 혼자 다니고 있어요. 매니저가 있으면 편한 것도 있지만 전 혼자도 익숙해요. 참 이화 씨는 소속사에 있다면서 일은 잘 되어 가요? 방송도 많이 잡아 주고?"

나는 특별히 할 말이 없는 것이 부끄러웠다.

"아니요. 아직은 잘 모르겠어요. 좀 더 있어봐야 할 것 같아요. 지금은 그냥 어리둥절해요."

"이화 씨 잘 알아보고 계약해요. 워낙 눈 뜨고 있어도 코 베어 가는 사기꾼들이 수두룩해서 위험하다니까요. 수입 배분부터, 월 라디오 횟수, 방송 횟수, 확실하게 집고 가야 하는 거 알죠?"

"네, 언니. 고마워요. 참 말 놓으세요. 그리고 제 본명은 영아예요, 이영아."

이날 저녁, 김 부장이 서류를 들고 와서 우리는 지하 연습실로 내려갔다.

"이화 씨. 이제 계약을 하고 일을 해야 안 되겠습니까. 밤업소 자리는 영등포 시장 쪽으로 두 군데 잡아 놨으니까 내일 같이 가 보기로 하고, 일단 계약서에 사인을 먼저 좀 합시다."

그가 펼치는 서류를 한 줄 한 줄 읽어 내려갔다. 내용의 요지는 각종 행사와 밤업소 등 내가 벌어들이는 수입으로 피알을 하며 그 기간은 십년으로 하자는 이야기였다. 그전 박 사장이 제시하던 계약 조건에서 크게 나아진 것이 없었다. 어떻게 노래를 피알할지 구체적인 얘기 또한 없는 그저 계약을 하기 위해, 사인을 얻기 위해, 펼쳐진 종이 쪼가리에 불과했다. 나는 오늘 꼭 사인을 해야겠냐며 며칠 생각해 보고 결정하겠다고 말했다.

그러자 김 부장은 혀를 차며 말했다.

"이화 씨, 뭘 몰라도 정말 모르네…… 누가 요즘 신세대 가수도 아닌 트로트 가수를 위해 손해 봐 가면서 피알 한답니까? 언제 메아리가 돌아올지도 모르는데. 그렇게 복잡할 게 뭐 있어요? 도장 찍고 우리가 움직이라는 대로 움직여서 스폰서 하나 잡으면 끝나는데. 결국 돈 아니겠어요? 학교종이 땡땡땡도 계속 카메라 앞에 대고 부르면 최신 유행가 된다니까요. 장고 하지 말고 우리가 하라는 대로 그냥 해요. 방송 관계자 새끼들 사돈의 팔촌까지 경조사 다 챙겨야 되지, 골프 같이 치러 다니며 수발해야지, 외국 나간다 하면 퍼스트 클래스 석으로 비행기 표 끊어 줘야지, 이거 돈 덩어리라고요."

나는 며칠 더 시간을 달라고 하며 1층으로 올라왔다. 내가 늘 잠자던 방문을 열었다. 어느새 들어왔는지 여자와 남자가 뒤엉켜 골아 떨어졌다. 나는 옆방 문을 열었다. 여자가 금방 샤워를 했는지 머리의 물기를 닦아낸다. 물론 남자가 옷을 벗고 누워 있다.

마지막 방 하나. 나는 문을 열지 못했다.

"불 끄고 해요."

"불 켜고 해야 더 오른다고."

"그래도 꺼 줘요."

"난 보면서 하는 게 더 좋아."

나는 거실에서 새우잠을 잤다. 집으로 돌아가야 한다고 마음 한 켠 끝없이 나를 부추기지만, 잡혀 있는 행사들이 내 발목을 잡고 있었다. 가끔씩 방송국을 돌 수 있는 현실 또한 내 발목을 잡고 있었다.

그래 조금만 더 버텨 보고 돌아가자고, 나는 내 인내력을 실험해 볼 심사였다. 김 부장과 함께 내가 일하게 될 영등포 나이트클럽으로 향했다. 구석 자리에 앉아 마스터가 내려올 때까지 교대로 무대에 올라서는 가수들을 바라봤다.

연예인 쇼가 끝나고 팀 마스터가 내려와서 우리는 레퍼토리와 악보, 시간 등에 대해 짧은 이야기를 나누었고, 그는 다시 무대로 올라갔다. 그리곤 낯선 남자가 홀 입구에서 두리번거리자 김 부장은 쏜살같이 달려가서 그 남자를 테이블로 데리고 왔다. 딱 붙은 면 티셔츠를 입은 남자의 젖꼭지가 징그럽게 툭 튀어 올라와 남자의 얼굴보다 더 빨리 내 눈에 띄었다. 번쩍거리는 조명이 남자의 가슴에 가서 붙었기 때문이다. 김 부장은 내 귀 가까이로 입을 가져왔다.

"오늘밤 이 새끼 잘 구워삶아 봐요. 종로 지하상가 건물 몇 채씩이나 가지고 있는 놈이니까. 오늘은 좀, 제대로! 제대로 합시다."

남자는 별 말 없이 술을 넙죽넙죽 마시고 내 가까이로 엉덩이를 붙였다. 그리고 손을 내 허벅지에 아주 오래된 연인처럼 올려놓았다. 음악 소리 때문에 무슨 말을 하는지 잘 알아들을 수는 없었지만.

"애인 있나요. 가수 하려면 첫째 팬티를 잘 벗어야 가수가 되지. 얼굴 좀 반반하게 뜯어 고쳐 가지고 배실배실 웃으며 텔레비전에 자주 나가 주고…… 나도 그 바닥을 좀 알거든요. 나와 알고 지내서 덕이 되면 되었지, 해가 될 일은 없을 테니 앞으로 친하게 지냅시다."

남자는 작정하고 왔는지 손을 잠시도 쉬지 않고 내 허벅지에서, 내 손으로, 또 내 허리로, 내 뺨으로…… 마치 푸짐한 잔칫상을 앞에 두고 어디부터 젓가락을 가져가야 할지 군침 흘리는 배고픈 걸인 같았다. 나에게 지금은, 굴욕이라기보다 고문이다. 나는 남자의 질긴 손을 막다 막다 차라리 딴생각을 하기로 했다. 이곳은 가수를 키우는 기획사가 아니라 하룻밤 성을 소개시켜 거기서 떨어지는 고물을 주워 먹고 사는 포주 집단 같기만 하다.

종희는 그 뒤로 소식을 모른다. 종희와 가까이 지냈었다던 아가씨가 그랬다. 종희는 자살을 포기하지 않을 거라고. 평생 가난하게 살아왔다는 종희의 꿈은 가수였단다. 최고의 인기 가수. 가수가 못 될 바에는 죽어 버리는 편이 낫다고 늘 말했었지만, 모르는 남자들과의 성관계는 진짜 죽는 연습을 하게 만든다고 했다고.

나는 며칠 뒤부터 바쁘게 있을 지방 행사며, 기타 방송 관계자들과의 인사를 다 포기해야 할 것 같다. 하루만, 하루만, 하면서 참고 지내온 나날들에 비해 앞으로 여기 지내면서 더 나아질 무엇은 도저히 없을 것 같기 때문이다.

스폰서를 잡고, 성을 상납하고, 그러면 그 스폰서가 내 뒤를 밀고, 이런 이야기들로부터 수없이 많은 유혹과 간접적인 것들을 보고 듣고 여기까지 왔지만, 내가 음반을 내고 난 후 경험하는 최고의 추잡함과 더러운 부딪힘임이 확실했다. 연예계 뒷골목을 배회하고 다니는 뭇 양아치들의 확실한 먹잇감! 그것은 죽어도 스타가 되겠노라는 꿈을 꾸고 있는 우리 모두들이었다.

다 모두 다, 성에 눈 먼 발정난 개들 같다. 저들의 돈푼 장난에 내 꿈을 저당 잡혀 개 목줄 묶어 놓은 것처럼 이리 저리 끌려 다니고 그러다 내가 고분고분해지지 않는 어느 한순간이 오는 날에는 가차 없이 저들은 가면을 벗어 던지고 길길이 날뛰며 본색을 내비칠 게 뻔한데……. 그런 위험 천만한 정사를 하며 연예인이라는 도도한 타이틀 앞에 너도 나도 도박을 거는 이 세계 생리는 나하고 맞지 않는다는 생각이 깊어졌다.

순탄하게 살아가도 휘청거릴 내 나이인데, 나는 왜 하늘에 별로 이어지는 구름다리를 만들 수 있다고 허망한 애를 쓰는 것일까. 매일 매일 추락하면서도.

내가 어릴 때 막연하게 따라 부르던 그 노래가 들려와 무대 쪽으로 고개를 돌렸다. 사람들은 한물간 이 여자 가수의 화려했던 지난날을 기억하지 않는 듯 등을 돌려 나간다. 내가 어릴 적 밥 먹다 말고 밥상 위로 올라가 숟가락을 들고 저 가수를 흉내 내며 불렀었던 이 노래. 옛 노래가 되어 있다. 어느 고물상집 넓은 마당 뒤쪽에 밀어 놓은 쓸모없는 구닥다리 가전제품처럼 노래는 사람들 발밑으로 허무하게 흩어져 내린다.

세월을 이기기 위해 당겨 올린 한물간 여가수의 얼굴 위로 떨어지는 붉은 조명은 차라리 서럽다. 나는 술잔을 정신없이 털어 넣었다. 어차피 오늘도 빗나간 하루. 나는 갈 때까지 가 보자는 식으로 술잔을 털어 넣었다.

진동으로 해 두었던 휴대 전화가 아까부터 쉬지 않고 드르륵거린다. 정재 오빠였다. 내가 이곳으로 온 후 걱정이 되었는지 전화가 무척 자주 온다. 시끄러운 상태에서 대화가 잘 안될 것을 알면서도 전화를 귀에 갖다 댔다.

"영아야, 너무 시끄럽다! 조용한 곳으로 전화를 좀 들고 나가 봐!"

"됐어 오빠. 그냥 말해. 말하라고! 왜 자꾸 전화해?"

"궁금하고 걱정돼서 그래. 일은 잘 되가는 거냐?"

"내가 무슨 가수야. 이놈 저놈 접대하는 접대부지. 난 지금 돈 많은 사장님 접대중이라 오래 통화 못해 오빠. 여기서 시키는 대로 접대 하다 보면 곧 스타가 돼서 뜨는 날이 오겠지. 끊어!"

나는 또 정재 오빠에게 화풀이를 해댔다. 남자가 잔을 채우기가 무섭게 나는 눈을 감고 쭉쭉 들이켰다. 나는 지루하면서 약이 오른 끝에 취했다. 김 부장의 부축으로 클럽 밖으로 나왔다. 나를 길가 전봇대 옆에 세웠다. 나는 땅에 그냥 주저앉았다.

"이화 씨, 어떻게 할 건데요? 아니 이기지도 못하는 술을 오늘 같은 날 이렇게 마시면 어떡합니까. 임 사장 기다리고 있는데. 눈 질끈 감고 따라가요. 앞전 거 왜 한창 방송 좀 타던 가수 ㅁㅁ 씨도 저 임 사장이 돈 대 가지고 한동안 방송 나간 거잖아요. 물론 지금은 저사장이 돈줄 끊자 완전 가라앉았지만. 이화 씨가 나이가 어리나 뭘 그리 아낍니까?"

나는 김 부장을 잠시 맥없이 쳐다보다 조금 전 마신 술을 다 토해내고 말았다. 나는 정신이 오락가락했지만 그냥 숙소로 가겠다고 말했다. 뒤에 서 있던 남자가 느린 걸음으로 내가 한가득 토해 낸 오물 앞까지 와서 섰다.

"김 부장. 가수님 오늘 술이 과하신 거 같은데 그냥 숙소로 같이 가서 거기서 한잔 더 먹던지."

숙소엔 역시나 맥주 파티가 벌어졌던 모양이다. 아무도 없다. 마시고 치우지 않아 난장판이 되어 있는 거실에 나는 그대로 꼬꾸라졌다.

순간순간 맥주병 따는 소리, 노랫소리가 들려왔다. 갈증이 나서 몇 차레 뒤척거렸는데 가슴과 다리가 어떤 눌림으로부터 묵직하게 느껴져 눈을 떴다. 클럽에서 내 옆에 앉아 있던 남자였다. 내가 입고 있던 블라우스 단추는 다 풀어져 있고, 브래지어 끈도 벗겨져 있다. 남자의 손은 내 가슴을 움켜잡고 있다. 사방으로 코고는 소리가 난다. 나는 끙끙거리며 남자를 밀쳐 내려 힘을 썼지만, 남자는 팬티바람의 다리로 나를 짓누르고 골아 떨어져 있다. 나는 주위를 두리번거렸다.

김 부장은 주방 쪽 냉장고 앞으로 머리를 두고 있고, 언제 들어 왔는지 모를 장 기사는 소파에 웅크린 채 자고 있다.

나는 남자의 팔, 다리를 억지로 밀어내며 벌떡 일어났다.

"아니, 지금 도대체 무슨 짓을 한 건데요! 옷을 벗기고 자는 사람 가슴에 손을 넣고! 기가 막혀서!"

남자는 천천히, 흐리멍텅하게, 눈을 뜨고 비비더니 휙 돌아누우며 허벅지를 벅벅 긁었다.

"씨팔 되도 않게 비싸게 구네! 나이 처먹은 년이! 떼 씹도 하는 판에 그깟 떡을 한 번 친 것도 아닌데 호들갑을 떨고 난리야. 앞으로 방송도 잡아 주고 신경 좀 써 주려고 했더니."

나는 나에 참을성이 한계에 다다른 것을 느끼며 말했다.

"나가! 나가라고! 저질스럽게 누구 맘대로 옷을 벗기는데! 방송이고 뭐고 다 필요 없으니까 여기서 나가요. 당장 나가!"

나는 이리저리 천지로 깔려 있는 맥주를 들고 나발 불었다. 이때 김 부장이 냉장고 앞쪽으로 두고 있던 머리를 쳐들었다.

"씨발년 보자보자 하니까 웃기는 년이네. 야! 여기가 우리 숙소지 니 숙소야? 니년이 뭔데 우리 손님한테 가라니 마라니 아가리를 처놀려! 촌년이 썩어 빠진 자존심은. 이년아 그따위로 할 거면 니년이 당장 여기서

나가! 우리는 그래도 촌년 가수 시키려고 팔방으로 힘쓰고 있구만. 어디
라고 술 처먹고 악 쓰며 덤벼들어!"

나는 숨이 턱에 닿았다. 넋을 잃은 사람처럼 서 있다가 천천히 입을
열었다.

"그래 가지. 이 창녀촌에서 당장 사라져 줄게."

김 부장은 머리맡에 있던 라이터, 담뱃갑을 나에게 던졌다.

"빨리 꺼져 이년아! 확 죽여 버리기 전에!"

이때! 내 등 뒤에서 뭔가 누르는 듯한 무겁고 힘 있는 목소리가 들려
왔다.

"이봐, 개새끼들 다 일어나 일어나라고!"

나는 뒤를 돌아봤다. 남자는, 양손을 바지에 집어넣은 채 열린 현관 앞
에서 담배를 피워 물고 서 있었다. 얼떨결에 남자를 본 나는 그저 이 구
덩이에 속한 한 명쯤으로 생각했다. 남자가 신발을 신은 채 거실로 들어
왔다. 그리고 담배를 거실 바닥으로 집어 던지고 현관 입구 옆에 있던 화
분을 들어 올리더니 바닥으로 내리쳤다.

"이런 양아치 새끼들 간판은 그럴싸하게 처걸어 놓고, 여자들 불러 모
아 성교육 시키냐? 이 개새끼들아! 가수 되겠다고 개고생해서 여기까지
올라온 아가씨들이 가엽지도 않나? 이 생양아치 새끼들아!"

남자는 팬티 바람 남자의 뺨을 몇 차례 후려쳤다. 그러자 김 부장이 싱
크대에 있던 식칼을 꺼내들었다. 남자는 칼을 보고도 겁먹지 않았다.

"야 좆만아 칼 치워라. 그 칼에 니 창자가 튀어 나오는 수가 있어. 그
걸로는 사과나 깎아 처먹고 새끼야!"

남자는 칼 든 김 부장의 손을 발로 순식간에 걸어찼고, 김 부장은 소파
에 떨고 앉아 어디론가 전화를 하고 있는 장 기사에게로 엎어졌다.

남자와 눈이 마주쳤다. 석이라던 그 남자였다. 얼마 전 정재 오빠와 통화할 때 이 남자가 교도소에서 나왔다는 소리를 얼핏 들었던 것이 떠올랐다. 나는 쪽팔리고 부끄러워 고개를 돌렸다.

"짐 챙겨서 여기서 나가요. 밖에 차가 있어요."

"저 여길 어떻게……?"

"거 블라우스 단추부터 좀 채워요."

나는 훤히 내놓은 가슴을 후다닥 막으며 단추를 채웠다.

"빨리 짐 싸서 밖으로 나가요."

이때 김 부장이 남자에게 맥주병을 던졌고 남자는 날아오는 병을 막으면서 손에 피가 흘러내렸다. 그리고 남자는 성난 사자처럼 변했다. 나는 방으로 들어가 짐 가방을 챙겨서 밖으로 나왔다. 문 앞에서 두 명의 남자와 마주쳤다. 그들은 문을 부술 듯이 열며 숙소로 들어갔다.

도로 앞에 시동이 걸려 있는 검은색 승용차 한 대가 보였다. 차 안에서 검정색 정장을 입은 남자가 나오더니 나에게 깍듯이 인사하며 내 짐을 받았다. 나는 남자에게 저 안에서 싸움이 벌어지고 있다고 말했다. 남자는 바로 차 트렁크에서 야구방망이 같은 걸 꺼내 들고 숙소로 들어갔다. 난 혹시나 석이 그 사람이 나로 인해 심하게 라도 다칠까 불안해서 숙소로 뛰어갔다.

그때 한 남자가 티셔츠를 입으면서 밖으로 튀어 나왔다. 팬티 바람으로 나를 누르던 남자였다. 남자는 옆도 뒤도 돌아보지 않고 큰길가로 줄행랑을 쳤다. 나는 숙소 현관 앞에 서서 머리를 안으로 내밀었다.

남자는, 석이는 무서웠다. 늦게 들어간 두 명의 남자가 병과 칼을 휘둘렀지만 석이는 웃어가며 그들을 제압했다. 내 짐을 받아주던 남자 등 뒤로 김 부장이 병을 또 날렸다. 석이는 병을 걷어차며 그 병에 허벅지를 스쳤다. 피가 바지 겉으로 금방 번져 나왔다. 석이는 쓴 웃음을 지어보이며 천천히 흰 남방을 걷어 올렸다.

그리고 고개를 좌우로 두 번 까딱 하더니 맥주 한 병을 집어 들었다. 병따개도 집어 들었다. 그 병따개로 맥주를 툭 소리 나게 땄다. 다시 몸을 구부려 컵을 들었다. 컵에 반쯤 들어있던 김빠진 맥주를 아무렇게나 바닥으로 휙 부었다. 그리고 그 잔에 들고 있던 맥주를 가득 부었다. 컵을 입으로 가져갔다. 맥주 반 컵 정도를 벌컥 마셨다. 그리고 바로 눈 깜짝할 사이에 김 부장의 얼굴에 먹던 술잔을 퍼붓고 잔은 바닥으로 내리쳤다. 그리고 석이는 맹수처럼 사납게 바뀌었다.

김 부장과 남자들은 순식간에 날아오는 석이의 손과 발에 꽥꽥 거리며 다들 쓰러졌다. 석이는 인정사정없이 저들을 갈겼다.

나는 눈을 질끈 감았다. 주둥이가 터지고 쌍코피가 터진 김 부장과 장기사, 머리가 깨지고 눈탱이가 풍선처럼 부어 오른 늦게 들어간 남자 둘, 모두 무릎 꿇고 고개를 푹 수그리고 있다.

석이는 담배를 피워 물고 그들을 내려다보고 서 있다. 같이 온 남자가 수건으로 석이의 손에서 흐르는 피를 지혈한다. 석이는 이번에도 담배를 아무렇게나 던지면서 말했다.

"너희 같은 양아치 새끼들 때문에 세상이 좆같이 썩어 돌아가는 거라고 새끼들아! 좆 차고 태어나서 겨우 하는 짓거리가 여자들 등이나 치고 피빨아 먹고 사는 거! 어이 눈탱이 쪽팔리지도 않나! 너희 같은 똥파리들은 빗자루로 그냥 다 쓸어야 돼! 어이 대가빨이! 대가리가 너무 길어 명색이 연예인 사업하는 데 외모에 신경 좀 쓰고 다녀! 어이! 노랑대가리, 쌍코피, 여기 엔터테인먼튼지, 빠구리 테인먼튼지, 하는 우두머리한테 처음이자 마지막 경고라고 전해라."

남자는 여유 있게 나왔다. 현관 앞에 숨어 있다가 남자와 눈이 마주쳤다.

"차에 가 있으라니까 뭘 그렇게 숨어서 보고 있어요. 한두 살 먹은 애도 아니고 이런 곳인줄 알았으면 빨리 보따리 싸서 집으로 가야지, 왜 여기에 이러고 있었어요?"

남자는 역시나 한손을 바지에 집어넣은 채 차로 걸어간다. 그 뒤를, 내 짐을 받아 주었던 남자가 따라 간다. 그리고 그 뒤를 나는 또 천천히 따랐다. 고속도로로 차를 올리기 전에 병원 응급실로 들어가 남자는 찢어진 손등을 몇 바늘 꿰매고, 허벅지도 소독하고, 나와 함께 차 뒷좌석에 탔다. 남자는 미안하다는 말을 반복했다. 이런 곳인 줄 모르고 소개시킨 자기 불찰이라며 너무 미안하다고 말했다. 남자는 손등의 통증을 느끼며 아픈 표정을 짓다가 잠들었다. 깊은 어둠이 내려앉은 여름 밤 고속도로.

저곳에서 보냈던 시간들이 머릿속에서 잠시의 반란을 일으키며 스쳐 지나간다. 참으로 바보스러운 나에게, 나 자신도 할 말을 잃었다.

멍청하게 어두운 창밖을 봤다가, 잠자고 있는 남자를 쳐다봤다가, 휴대 전화를 만졌다가 죽령재 터널을 지나칠 때 즈음, 남자가 물을 찾으며 눈을 떴다.

운전하던 남자는 물병을 건네줬다. 나는 물병을 다시 남자에게로 건네줬다. 남자는 물병을 잡는 것이 아니고 내 손을 잡았다. 남자가 물었다. 그렇게 가수가, 인기 가수가 되고 싶으냐고. 나는 대답하지 않았다.

남자는 그냥 시집이나 가서 아기나 순풍순풍 놓고 살지 왜 힘든 길을 가려 하냐고 물었다. 나는 사랑하는 사람이 생기면 그렇게 할 것이라고 말했다. 남자는 지금부터라도 노래보다는 착실한 신랑감을 찾기 위해 노력하라고 말했다. 나는 그런 것까지 신경 쓰지 않아도 된다고 말했다.

남자는 부모님이 가수의 길에 대해서 어떻게 생각하고 있느냐고 물었다. 나는 찬성할 것 같다고 말했다. 물론 하늘에 대고 물어봐야 한다는 말을 덧붙였다.

남자는 머쓱했는지 바로 화재를 바꾸었다. 신랑감으로 자긴 어떠냐고 물었다. 나는 깡패는 싫다고 말했다. 남자는 크게 웃었다. 남자는 더 나이 들면 정말 갈 데가 없으니까 잘 생각해 보라고 말했다.

나는 이 일을 이루기 전에는 아무것도 할 수가 없다고 말했다.

남자는 내 손을 잡은 채 눈을 감았다.

불꺼진 무대

어김없이 행사 시즌 가을이 성큼 다가왔다. 행사 홍보 플랜카드가 거리 곳곳에 걸려 있다. 서울 기획사를 갔다 온 지도 벌써 한 달이 넘었다.

석이라는 남자와는 그날 이후로 딱 한 번 통화를 했었다. 몸과 마음을 추스르는 시간을 가지길 바란다는 그런 형식적인 전화였다. 그리고 지금, 휴대폰의 진동이 울렸고 석이 이름에 벌떡 일어났다.

"어떻게 잘 지내고 있습니까?" 처음 말을 슬쩍 놓을 땐 언제고 그는 존댓말을 했다.

"네 잘 지내고 있어요."

"지금 이 순간부터 허락 맡고 말을 좀 놓겠습니다." 남자는 또 호탕한 웃음소리를 냈다.

"우리 만나서 차라도 한 잔 해야 하는 거 아니야?"

돌아오는 주말에 부산 호텔 행사가 잡혀 있는데 이 남자한테 차마 행사가 있어 부산으로 간다는 말이 나오지 않았다. 서울에서 그 꼴을 해서 내려와 놓고 행사 간다는 말을 꺼낸다는 게 입이 떨어지질 않았다. 그 행사장에는 인기 가수 ○○ 씨도 온다는 소리를 들었기 때문에 내가 초라해 보일까 봐 더더욱 말을 할 수가 없었다.

남자는 노는 스타일처럼 목소리도 당당했다.

"오늘 시간이 괜찮다면 내가 당장 올라갈 수 있는데 보고 싶기도 하고……"

보고 싶다는 말에 나는 얼굴이 확 달아올랐다. 말해 놓고도 민망한지, 쑥스러운지, 남자는 헛기침을 한 번 했다.

"아니요. 오늘은 약속이 있어서……"

나는 오늘 할 일도, 약속도 없다. 개뿔, 여자의 자존심이었다. 어떤 남자에게 볼품없이 괜한 끌림을 받는다는 게 창피해지기도 해서 그냥 한 번 튕겨 본 것뿐인데, 한 번만 더 올라온다고 말한다면 그렇게 하라고 말하려 했다 그러나.

"그럼 조용할 때 전화 주고. 날씨가 좋은데 가까운 산이라도 올라 가. 끊을게."

이런.

분주한 아침이다. 늘 그랬듯이 행사 당일은 어수선하게 눈 뜨면서부터 몸보다 마음이 더 바쁘다. 오늘은 부산으로 가야 하기 때문에 서둘러 미용실로 향했다. 머리 세팅을 마칠 때 즈음 정재 오빠가 미용실로 들어왔다.

"오빠!"

"그래, 영아. 요즘 도통 연락도 없고 잘 지냈나?"

"응, 오빠. 머리 자르러 왔구나?"

"그래. 넌 이 시간에 새색시처럼 머리를 하고. 너 오늘 행사 있구나?"

"응. 부산 ○○ 호텔 행사가 있어."

"부산? 그럼 가서 석이 만나고 오지 왜?"

"됐어. 일하러 가는데 석이는 무슨 석이야. 오빠 나 바빠서 먼저 간다.

통화하자 우리."

나는 행사 시간에 늦을세라 서둘러야 했다. 저녁 여덟 시 행사였는데 삼십 분 일찍 도착했다.

호텔 입구로 들어서는데 검정색 리무진 몇 대가 줄줄이 서 있다. 오늘 행사장에 인기 가수는 한 명만 온다고 들었는데…… 나는 주차장에서 나와 호텔 바깥에 주차하고 차에서 옷을 갈아입고 내렸다.

"안녕하십니까!"

굵직한 목소리들! 단체로 검정색 양복을 입은 남자들이 나를 향해 90도로 인사를 했다. 나는 깜짝 놀랐다. 이 사람들이 도대체 누구지? 나는 이들이 고개 숙이고 있는 중간 길로 걸어가면서 고개를 들지 못했다. 이 남자들이 나를 인기 가수 ○○ 씨로 착각하고 이러는 건지, 영문도 모르고 인사를 받으며 호텔 입구로 들어왔다. 한 남자가 내 앞으로 바짝 다가와 섰다. 또 나에게 90도로 인사했다.

"저, 그 가방 주십시오. 제가 들겠습니다."

덩치가 산만 한 남자는 말을 해 놓고도 계속 90도를 유지하고 서 있다.

"누구신가요? 지금 절 다른 사람으로 착각하신 것 같은데."

남자는 고개를 들면서 내가 들고 있는 가방을 스르르 뺏어들었다.

"아닙니다. 영석이 형님께서 잘 모시라고 하셨습니다."

정재 오빠에게 부산으로 간다고 했던 말이 떠올랐다. 나는 호텔 로비로 들어섰다. 역시나 남자들은 2층 행사장으로 올라가는 계단에 두 줄로 나란히 서서 무슨 장관이라도 맞이하는 양 고개 숙이고 있다. 나는 부끄럽고 무안해서 계단을 뛰어올라갔다. 행사장 출입문 앞에서 그들에게 말했다.

"이렇게 찾아와 주신 건 고마운데 행사장엔 저 혼자 들어갈게요."

남자들은 다 같이 똑같은 톤으로 고개를 들지 않고 말했다.

"괜찮습니다. 형님께서 행사가 끝날 때까지 모시라고 하셨습니다."

내가 무슨 조폭 마나님도 아니고.

행사장에는 호텔 행사답게 원형 테이블 위로 하얗게 깔린 테이블보, 고급스런 와인에 음식들, 우아하게 차려입은 사람들로 가득했다.

한편 나를 따라서 들어온 깍두기 남자들은 일렬종대로 행사장 입구 벽에 나란히 뒷짐을 쥐고 서 있는 것이 아닌가. 혹시 석이란 남자가 있나 싶어 두리번거렸지만 그는 보이지 않았다.

그리고 보니 오늘 내가 꼭 무슨 영화의 주인공이라도 된 것만 같다. 그러나 문 앞을 지키고 서 있는 저 남자들이 부담스러웠다. 테이블에 도란도란 마주앉아 행사시작을 기다리는 사람들은 수근 거리는듯했다. 뒷짐 쥐고 서 있는 저 초대받지 않은 손님들은 도대체 누군지 의아해하는 눈빛으로 고개를 돌려 쳐다보다가도 남자들과 눈이 마주치면 다시 테이블로 스르르 고개를 돌렸다. 행사가 시작되었다. 벽에 기대고 서 있던 남자들 중 서너 명이 내 옆으로 와서 고개를 숙이고 있다. 내 가방을 든 채. 내 가운을 든 채. 나는 이러지 말라고 몇 번이나 말했지만 저들은 막무가내였다.

잠시 후 인기 가수 ○○ 씨가 경호를 받으며 무대 옆쪽으로 왔다. 엠시가 무대로 올라갔다. 내가 있는 쪽으로 곁눈질을 하면서 얼어붙은 표정을 감추려 애쓰는 것 같았다. 엠시가 인기 가수 ○○ 씨를 소개했다.

"요즘 최고의 인기를 누리고 있는 가수 ○○ 씨를 소개……"

이때 내 가방을 들고 있던 남자가 무대 쪽으로 가까이 다가가며 작게 말하면서도 눈썹이 울그락불그락거렸다.

"어이 거. 아나운서 아니 앵커! 내가 아까 이화님부터 소개하라고 말했는데 니미 벌써 치매라!"

엠시는 목을 가다듬으며 다시 소개하겠다는 사인을 보냈다. 옆에서 듣고 있던 가수 ○○ 씨의 매니저가 내 가방을 들고 있는 남자에게 화를 냈다.

"이거 보세요~ 우리 가수 스케줄 바쁜데 지금 뭐하는 겁니까! 여기 빨리 끝내고 다른 무대로 이동해야 하거든요. 이름 없는 무명들은 배려를 하는 게 기본이죠, 기본."

매니저는 시계를 보면서 가수 ○○ 씨의 눈치를 봐 가면서 따지듯이 물었다. 나는 미안하고, 부끄럽고, 민망해 죽을 지경이다. 내 가방을 들고 서 있던 깍두기 남자는 양쪽 검은 눈동자가 모두 위로 올라갔다. ○○ 씨 매니저 앞으로 바짝 다가섰다.

설레발이는 내 참 더러버서…… 이봐 형씨 아니 짐발이! 우리 가수도 지금 스케줄 억수로 빠듯하거든예. 광안리, 해운대 다 가야 되거든예. 늦게 왔으면 저쪽에 가서 공짜 부패나 한 접시씩 푸짐하게 처드시고 기다리라고예. 짖지 말고!"

매니저는 더 이상 대꾸하지 못하고 가수 ○○ 씨에게 귓속말을 하며 무대 뒤로 갔다. 가수 ○○ 씨는 나를 몇 번씩이고 흘기며 갔다. 나는 어찌해야 할지 모르겠다. 식은땀이 났다.

이때 진행자가 나를 소개했다.

"이, 이 시대 최, 최 최고의 가수. 섹시한 허, 허, 허스키보이스 이화 씨를 여러분께 소, 소개합니다."

엠시는 이마에 송글송글 땀이 맺혀 있었다. 나는 무대로 올라갔다. 노래가 한 곡 두 곡 끝날 때마다 저 남자들은 솥뚜껑 부딪히는 듯한 박수를 쳤다. 나는 행사장을 빠져 나와서는 뛰었다. 호텔 출입문을 열고 바깥으로 나왔다. 도로 앞 검정색 외제 승용차 한 대가 정면으로 보였다. 그리고 회색 스웨터를 걸친 한 남자가 차에 기대어 담배를 피우고 있었다. 그 남자는 석이였다.

그를 보자 말자 나는 뛰어가며 목청을 높였다.

"아니, 이러면 어떡해요. 사람들이 나보고 뭐라고 하겠어요? 무명 주제에……"

그는 내 입을 자기의 입술로 막았다. 뒤에 우르르 따라 나왔던 남자들은 박수를 쳤다. 석이는 나를 껴안았다. 나는 눈을 감았다. 그는 한참이나 입술을 내게서 떼지 않았다.

나는 그를 밀어내고 다시 말을 하려고 입을 열었다.

"이봐요. 사람들 많은 길거리에서……"

남자는 쉿 하면서 다시 입술을 가져 왔다. 뒤에 고개를 숙이고 서 있던 남자들에게 석이는 내게서 입술을 떼지 않은 채 가라는 손짓을 했다. 남자들은 뒷걸음질로 인사를 꾸벅꾸벅 하며 사라졌다.

석이는 나를 꼭 껴안은 채 나를 불렀다. 그리고 말했다. 자기를 사랑할 수 있냐고. 그의 뜨거운 키스와 속삭임에 나는 얼굴 가득 홍조를 띠었고, 그지없이 눈물이 흘렀다. 내 안에서 오래도록 잠자고 있던 감미롭고, 모호하고, 생뚱맞은 두근거림의 감정들이 행복한 혼란을 일으키는 순간이었다. 내 목소리가 바깥으로 새나오지는 않았지만, 나는 끊임없이 말하고 있었다.

"난 지쳤어요…… 난 아무리 울어도 눈물이 마르질 않아요. 난 늘 행복한 노래를 부르며 살고 싶었어요. 그러나 세상은 행복한 노래를 부를 만큼 결코 행복하지 않았어요……"

해운대 바닷가. 가고 싶은 곳이 있느냐고 묻길래 해운대라고 답했다. 한여름이 지나간 바닷가지만 아직도 많은 연인들의 깔깔거리는 웃음소리가 들려왔다.

석이는 스웨터를 벗어서 내 몸을 감싸 주었다. 나는 지금 이 순간 행복이 차올라 까르르 웃음보따리라도 곧 터질 것만 같다.

그러고 보니 저녁 약을 먹지 않았다. 스스로 공황을 조절하고 있지만, 혹시나 이런 곳에서 증상이 나타나 내가 안절부절 하게 되면 석이가 당황할 것이 걱정되었다. 가방에서 약을 꺼내 털어 넣었다.

석이는 약 먹는 나를 무심코 바라보더니 약 봉지를 가로챘다.

"무슨 약이야? 어디가 아픈 거야?"

남자는 약 봉지를 이리 저리 보았다. 내 약 봉지에는 약 이름과 약 용량까지 적혀 있어서 읽으면 무슨 약인지 대충 알 수도 있었다. 석이는 약간 목소리가 높아졌다.

"이거 신경 안정제잖아? 왜 이런 약을 먹어? 이런 건 몸에 내성이 생겨서 안 좋은데, 이 약을 먹는 이유가 뭐야?"

"……."

나는 설명하기가 싫었다. 아니 곤란했다. 내가 말해도 이해 못 할 것 같았고, 의지 나약, 정신력 결핍 등등 말이 나올 것 같았다. 공황 장애는 설명이 쉽지 않다.

석이는 계속 물었다.

"말해 봐! 무슨 약인지 어디가 어떤 건지 말해 보라니까!"

"저 그게 말이 길고, 얘기해도 잘 모를 것 같고……"

"말하라니까. 내가 아는지 모르는지 왜 그걸 본인이 판단하지?"

"공황 장애에요."

남자는 말이 떨어지기가 무섭게 잠시 바다를 바라보다가 담배를 꺼내 물었다.

"거 봐요. 뭔지도 모르면서 묻긴 왜 묻는데. 진짜 기분 나쁘네."

남자는 내 이마에 가볍게 키스했다. 그리고 구부리고 앉아 있는 내 어깨를 뒤로 젖히듯이 쫙 폈다.

"자, 복식 호흡 한다. 따라 해 봐. 숨을 마실 때 배를 내밀고, 숨을 내실 때……"

나는 반대로 했다. 석이는 내 배에 손을 갖다 대고 복식 호흡을 똑바로 하도록 알려 줬다.

"틈 날 때마다, 증상이 나타날 때마다, 배에 양손을 가지런히 올리고, 복식 호흡 할 수 있겠지? 약에 의존하는 거 천천히 끊어야 해. 그리고 노래, 그 노래 말이야, 노래가 본인 인생의 전부라고 생각하나?"

이 남자는 보기보다 어른스러웠다. 교도소에서 도를 닦고 나왔는지 어른스러운 면이 있었다. 그리고 공황에 대해서 많은 것을 알고 있는 이 남자가 믿음직스러웠다. 석이와 나는 날이 샐 때까지 많은 이야기를 주고받았다. 물론 내가 거의 이야기를 하는 편이었다. 나는 모든 것을 다 털어놓고 싶어졌다. 어떻게 자라서, 가수가 되어서, 지금까지 살아왔는지를.

석이는 밤새 내 얘기에 귀를 기울이며 내 머리를 쓰다듬고 내 눈에 키스했다.

"지금부터 노래보다 본인 자신이 먼저라는 걸 잊으면 안 돼. 그리고 한 남자가 널 위해 간절히 기도하며 살아간다는 거 또한 잊으면 안 돼."

부산 행사를 다녀온 뒤 혼자서 히죽거리는 일이 잦아졌다. 올가을도 여지없이 바쁠 것만 같아서 업소일은 올겨울이나 내년으로 미뤄 놓기로 했다.

택배가 왔다. 보낸 이는 석이였다. 공황 장애에 관한 책들이었다. 나는 그에게 전화를 했다.

"이렇게 많은 책을……"

"소설처럼 읽기만 하면 안 됨. 읽고, 받아들이며, 인지하고, 노력하고, 그래서 극복하기!"

그로부터 한 주일이 지나고 또 택배가 또 왔다. 이번에는 박스가 세 개나 되었다.

열어 보니 기장 미역에, 파래에, 김에…… 역시 석이가 보냈다.

또 그에게 전화를 했다.

"미역을 이렇게나 많이…… 저걸 언제 다 먹어……"

"미역은 피를 맑게 하고 여자 몸에 좋아. 체질을 바꾸어야 영아가 걱정하는 암에서 해방되지!"

그리고 얼마 안 있어 또 택배가 왔다. 나는 박스를 열었다. 요리책이 가득 들어 있었다. 궁중 요리부터 시작해서 서양 요리, 우리나라 전통 요리까지.

다시 그에게 전화를 했다. 그러나 그는 전화를 받지 않았다. 나는 문자를 남겼다.

〈이 요리책에 있는 음식들을 다 할 줄 알려면 상당히 오래 걸리겠다 그치만 꼭 한 두 가지는 배워서 맛있는 요리를 직접 해 줄게 기대 하세요〉

수탉들의 이른 새벽을 알리는 울음소리가 들려 와 눈을 떴다. 서울 그 기획사를 갔다 온 지도 벌써 2년이 다 되어 간다. 이렇다 하게 이루는 일 없이 보내는 나날들은 놀랍게도 시간을 수월하게 삼켰다. 석이에게 보낸 문자의 답은 그해 해를 넘기고 1월에 편지로 날아 왔었다.

〈직접 한 요리를 먹어 보고 싶었는데…… 미안해. 옆에서 지켜주지도 못하고, 복식 호흡 하고 있는 거지?〉

나는 그 이후 역시나 밤업소 일을 하며 지내 왔다. 여러 업소들을 돌며 가수로 향하는 내 꿈을 잠시 마음 한구석으로 밀어 놓았었다. 지난 가을 도 각 지방 행사로 바쁘게 보냈고, 가을 행사를 핑계 삼아 업소 일을 잠 깐 쉰다는 것이 해를 넘기고도 몇 달이나 지났다.

첫 앨범을 내고 나서 일 년도 훨씬 지난 어느 날, 작곡가 사무실에 들 렀다가 갓 만든 노래를 듣고 그 자리에서 테이프에 담아 들고 내려 왔다. 그리고 버릇처럼 데모 테이프를 꺼내 틀었었다.

결국 혼자 끊임없이 듣던 노래들은 수차례의 망설임 끝에 다시 녹음으로 이어졌다. 물론 언니 오빠를 비롯해 주위에서는 내가 또 녹음을 한다고 하니 하나같이 나를 나무랐다. 내 머릿속에는 아무것도 들리지 않았다.

몇 년 동안 내 귀에서 아른거리던 노래가 내게서 떠날 생각을 전혀 하지 않고 있었기 때문이다. 신곡 낼 돈으로 차라리 노래 피알을 하겠다는 언니, 오빠들 이야기도 귓전에 들어오지 않았다. 나는 욕심쟁이였다. 다 가지고 있으면 되는 줄 알고.

인기 가수들도 신곡 한 곡을 내놓고 그 노래를 히트시키기 위해 십여 년도 마다 않고 한 곡만 부르고 다니는데 건방지게 아무것도 이루어 놓은 것 없는 내가 또 녹음을 한다고 하니 주위에서 말릴 만도 했다.

하지만 몇 년 동안 가지고 있었던 미련을 떨쳐 버리지 못하고 나는 세 번째 앨범 녹음을 했다. 분명 가수 본인이 좋아하는 노래와 대중이 좋아 하는 노래는 다를 때가 많다. 나는 내가 좋아하는 노래를 선택했다.

어쨌든 나의 새로운 이야기는 2010년 초에 세상 밖으로 나왔다. 물론 매니저도 없고 피알에 대한 뚜렷한 계획을 세워 놓은 것도 없다. 이 자빈 으로 이름만 또 바뀌었다. 인터넷 카페 카페지기가 선물해 준 이름이다.

내가 태어날 때 부모님이 예쁘게 지어 준 내 이름은 또 뒤로 밀려났다.

늘 용감무쌍하게 살아온 것처럼 또 겁 없는 용기가 망설임을 누르고 새 노래가 나온 것이다. 처음 앨범을 낼 때처럼 많은 돈이 들지는 않았다. 어차피 있는 곡들 위로 올려 지는 노래들 이었으니까.

녹음을 마치고 난 후 앨범을 등록하라는 작곡가의 이야기가 떠올라서 아침 일찍 서둘러 음원 협회로 올라간 건 사월 봄이었다.

올라가는 도중 많은 생각들이 스쳐지나갔다. 그러고 보니 내가 늘 다운 받아 친구 또는 지인들에게 보내 주는 벨소리 컬러링 요금이 어디로 흘러 가는지 모르고 있었다. 휴대폰을 밤새 주물럭거려 연달아 10번, 20번씩 내 노래를 다운 받을 때마다 한 곡당 5백 원 6백 원씩 썼던 걸로 기억되는 그 돈이 어디로 흘러가는지 나는 정말 몰랐다.

기획사에 소속되어 만든 앨범도 아니고 내가 직접 만든 앨범인데, 그렇다면 컬러링이나 벨소리, 음원에서 떨어지는 수입이 비록 얼마 되진 않더라도 내 통장으로 입금되는 게 맞는데. 나는 첫 앨범을 내고 난 후부터 그 수익금이라고는 십 원짜리 하나 구경해 본 적이 없고, 궁금했었지만 그저 무지하게 넘어갔었다.

내 실명으로 만든 통장을 그때 매니저와 계약할 당시 건네주었던 적이 있었다. 라디오 게스트로 나가면 얼마의 출연료가 나온다고 그는 말했었고, 통상적으로 그 돈들은 매니저의 활동비로 쓰는 게 그쪽의 흐름이라고 말해서 나는 카드를 건네주었다. 그리고 우리의 계약이 끝난 후 나는 은행으로 가서 통장의 비밀번호를 바꾸면서 매니저에게 카드를 폐기하라고 말했었다. 나는 이 통장으로 얼마의 음원 수입금이 들어와 있으리라 생각했었다. 물론 통장 정리를 해 본 결과 들어온 돈은 없었다.

그때 나는 그 매니저를 의심하지 않았고, 그저 내 노래가 인기가 없으니까 당연히 음원 수입이 발생하지 않는다고 생각을 접었던 것이다.

묻힌 내 노래들을 누가 다운 받을려구…… 나나 다운받겠지 하고 생각했다. 만약 아주 적은 돈이 들어온다손 치더라도 휴대폰 회사에서 벨 제공료로 먹겠지, 대충 이렇게 넘겼었다.

그 당시 첫 앨범을 낼 때만 해도 음원 협회가 있다는 사실조차도 전혀 알지 못했다. 지금 생각해보면 나는 너무나 어리숙했던 것이다.

"앨범을 등록하러 왔는데요."

사무실로 안내한 남자는 내가 들고 간 앨범을 앞뒤로 몇 번씩이고 보고 또 보더니 대뜸,

"이거 누가 제작한건가요?"

의심스런 눈빛으로 물었다. 나는 기분이 나빴지만 내가 만든 앨범인데 무슨 문제 있느냐고 말했다.

"이자빈이라 음…… 이화라는 가수와는 같은 인물?"

"네, 제가 이화예요."

남자는 잠깐만요 하고 나가더니 앨범을 한 장 들고 다시 사무실로 들어왔다. 남자가 들고 온 것은 내 1집 앨범이었다. 그리고 내 앞으로 앨범을 내밀면서 하는 말,

"이화 1집이라고 써 있는 이 앨범은 전 모 씨가 제작자로 올려 져 있는데 어떻게 된 건가요? 지금 들고 오신 앨범에 수록된 노래와 중복되어 있잖아요. 제작자가 누구란 말인가요?"

나는 망치로 머리를 얻어맞은 것처럼 멍해졌다. 전 매니저는 자신이 제작한 것이라며 자신의 이름으로 내 앨범을 등록해 놓았던 것이다. 세상은 내가 생각하는 것보다 훨씬 농도 짙게 사악했다. 그동안 내가 5, 6백 원씩 내며 노래를 다운받고, 우리 가족, 친구, 지인들이 내 노래를 다운받는 대가로 치르는 돈이 어디로 흘러갔는지를 이제야 알았다.

몇 장의 내 앨범들. 제작자가 나로 된 앨범은 단 한 장도 없었다. 눈뜬 장님인 나에게 그 누구도 음원 협회가 있으니까 앨범을 등록하라고 말해 준 이 아무도 없었다. 내 앨범은 모두 다른 사람의 이름으로 올려져 있었다. 앨범들을 내가 다 제작하고 만들었다는 것을 밝히고, 그 앨범을 내 이름으로 다시 등록하는 데 몇 달이 걸렸다. 내 권리를 내가 찾는 데도 힘겨운 시간들을 보내야만 했다.

갓 나온 앨범을 들고 그것을 등록하러 올라간 음원 협회에서 나는 너무나 치 떨리는 배신감과 나의 무지에 큰 충격을 받았다. 지금껏 앨범을 내고 본격적인 가수로 시작하는 출발점에서부터 그동안 마음고생, 몸 고생한 것을 모두 합쳐도 이날만큼 속상하고 뼈저린 자괴감을 느껴 본적은 없었다. 야박하고 눈속임만 일삼는 이 생양아치 바닥.

나는 내 앨범도 하나 재대로 관리하지 못하는 나 자신으로부터, 노래하고 있다는 것에 대한 후회와 회의가 지독하게 밀려들었다. 보잘 것 없는 몸뚱아리, 항상 먹고 살기 위해 동분서주했던 지난날들과 비해 아무것도 달라진 것 없고, 뚜렷하게 이루어 놓은 것 없는 지금의 나였지만, 이를 악물어야 했다.

나를 위해 알게 모르게 뒤에서 끊임없는 응원을 해 주고 있는 사람들에게 또 이대로 주저앉는 모습을 보여 준다는 게 말이 되지 않았다. 내일을 믿으며, 또 내일에 속을지언정, 그래도 내일로 가야 하니까.

안 짚어 보고 안 건너고는 죽어도 지나칠 수 없는 내일이니까. 책장처럼 소설처럼 건너서 그 끝을 먼저 이해하려 들래야 들 수 없는 진짜 삶이니까. 내 세 번째 앨범도 방송국, 전국 연예 협회로 다 보냈다. 모든 것은 원점이지만, 그 원점에서 또다시 시작해야만 했다. 바보 같지만.

지방 녹화 방송이 있는 날. 물론 그동안 쌓아온 인맥으로 가게 된 행사였다. 새로 나온 노래, 바뀐 이름을 어디라도 가서 알려야 했던 터라 보수가 없다는 걸 알면서도 먼 길을 재촉해서 달려갔다.

비가 내리는 가을날 행사장. 우의를 입고 우산을 쓴 사람들로 발 디딜 틈 없이 북적였다. 가늘던 빗방울은 점점 굵어졌고, 장엄하게 세팅된 무대 위, 무대 옆 스피커들은 두꺼운 흰 비닐로 무장되었다. 비바람은 행사장 주위를 빼곡하게 싸고 있는 전시된 특산품들 위에 쳐 놓은 천막들을 내려앉힐 듯 흔들어댔다.

관중들 틈에 우뚝 솟은 카메라도 비닐로 덮어져 있고, 우의를 입은 카메라맨의 손에 들린 우산이 한 겹 더 카메라를 덮고 있다.

줄기차게 퍼부어 대는 비를 의식하지 않는 엠시의 넉살스러운 입담과 함께 행사 시작을 알리는 팡파르가 울려퍼졌다. 차에서 내린 가수들은 우산을 받쳐 든 매니저와 함께 무대 옆으로 뛰어가고 있다. 세 번째 앨범을 준비하면서 나와 같이 다니고 있는 친구 숙이에게 엠알을 주고 내 순서를 확인해 달라고 말했다.

끝도 없는 기다림. 천둥번개를 동반한 비바람이 차를 들어 올릴 것처럼 거세기만 하다. 무작정 기다리라는 담당 관계자의 말에 숙이와 나는 차 안에서 그렇게 몇 시간을 기다렸다. 인기 가수들의 무대가 굵은 빗줄기 속에서도 무르익어 갔다. 사람들은 우의를 입고서도, 어긋나는 박수를 치며 어깨춤도 춘다.

내 순서는 정확하게 정해지지 않았기에 숙이가 음향 부스로 몇 번씩이고 발걸음 한 끝에 내 순서라는 사인을 받고, 나는 무대로 올라갔다.

약간 수그러들었던 비바람이 다시 거세졌다. 마이크를 잡고 관중들 가까이로 걸어가던 나는 휘청거렸다. 바람에 떠밀려 무대 턱 밑까지 가서 섰다. 의상을 찢어 버릴 듯한 비바람이 불었다.

무대가 어둡다. 처음에는 안 좋은 내 시력 탓이려니 생각했는데 몇 번 씩이고 무대에서 넘어 질 뻔했다. 반짝거리며 나를 둘러싸야할 무대 조명이 전혀 보이질 않았다. 오히려 무대 앞 관객들 쪽이 훨씬 밝았다. 사방으로 서 있는 가로등 불빛으로 인해 떨어지는 빗줄기도 선명하게 눈에 들어왔다. 발전기가 나간 건지, 날씨 탓에 무대가 어두운 건지, 방송으로 나가는 쇼 프로가 이렇게 조명하나 없이 녹화를 해도 되는 건지…… 모든 것이 이상했다.

빗물을 흠뻑 머금은 두 눈에 무심코 들어왔다. 관중들 사이에 우뚝 솟아 있던 카메라 설치대엔 사람이 없었다. 카메라를 둘러싼 흰 비닐 위로 그저 빗물만이 떨어져 내릴 뿐.

무대 올라오기 전 노래를 많이 불러도 좋다는 관계자의 말이 떠올랐다. 방송 무대에 노래를 많이 불러도 좋다는 이야기를 한 관계자는 지금껏 한 명도 없었으니까. 나는 무엇인가에 쫓기 듯 깜깜한 어둠속에서 노래를 끝내야 했다.

관객들에게 꾸벅 인사를 하며 내려오는 순간 무대가 환하게 밝아지며 조명이 들어왔다. 무대 밑에 서 있는 인기 가수와 눈이 마주쳤다. 비 맞은 생쥐 꼴을 한 나에게 수고했다는 인기 가수 ○○ 씨의 말이 귓전을 스쳤다.

그리고 그 옆에 서있던 스태프의 말을 듣고 나는 뛰었다.

"이제 잠시 휴식이 끝났고 2부 방송 시작입니다. 비가 많이 오는데 수고해 주세요."

1부 순서가 끝나고 스태프들이 휴식하는 막간을 이용해서 내가 무대로 올라간 것이다. 온몸으로 맞은 비보다 더 지독한 모멸감이 가슴을 적셨다. 나는 부끄럽고 창피해서 막 뛰었다.

불 꺼진 무대에서 노래 부르고 내려왔다는 걸 관중들에게 들킬세라 뛰었다. 불 꺼진 무대에서 노래 부르는 장면을 고스란히 다 보여 주고 난 뒤인데도, 감출 그 무엇도 없는 다 끝난 뒤인데도, 나는 뛰었다.

멀리 멀리 주차장을 벗어나 큰 나무 뒤에 숨었다.

"숙아. 날 이 행사에 왜 불렀을까. 행사 쉬는 시간 관객들 자리 뜨지 말라고 날 갖다 세웠어. 차라리 원숭이 한 마리 올려놓고 쇼를 하지. 돈도 받지 않고 이 먼 길을 달려왔는데, 제일 예쁜 옷 골라 입고 와서 몇 시간을 기다렸는데. 이렇게 전화가 왔어야지. '△△ 방송 출연 어떤가요? 물론 방송이라서 지급되는 돈은 당연히 없습니다. 행사 순서는 1부, 2부로 나눠지고 1부 끝나고 막간을 이용해서 올라갑니다. 관객들 자리 뜨지 않게 붙잡고 있어 주는 게 이자빈 씨 역할입니다. 무대 전원은 꺼집니다. 조명 기사가 쉬어야 하니까요. 많이 어둡겠지만, 노래는 실컷 부르세요. 가수 ○○ 씨가 도착할 때 까지만요. 참 본인은 텔레비전으로 나가지 않는 건 알고 오시길 바랍니다.' 이렇게 전화가 왔어야지 이렇게…"

허탈한 웃음이 나온다. 이 우울한 되풀이는 멈출 기미가 없다.

나는 행사를 다녀온 뒤 지독한 감기 몸살로 보름 가까이 앓아누웠다. 남해 언니가 떠올랐던 것은 무심코 틀어 놓았던 모 방송에서 언니 모습이 나왔기 때문이다. 내가 지방에 있기 때문에 언니와 만남을 자주 가지지는 못했지만, 가끔씩 통화를 하며 지내왔다.

얼마 전 이 근처 행사를 왔다가 가는 길이라며 남해 언니에게 전화가 왔었고, 라디오 공개 녹음이 있다고 시간까지 알려 줬는데 듣지 못했다. 안부를 전할 겸 언니에게 전화했다.

전화기를 타고 흘러나오는 언니의 노래…… 슬픈 가사는 가수의 인생과 닮았다고 들었는데, 노래 따라 인생이 흘러간다는 말이 있는데, 노래가 슬프고 아름답게 들려왔다. 알려지지 못한 좋은 노래들은 밟히는 먼지처럼 많다. 들려지는 노래들만 들려지고 있으니까.

"언니, 저예요!"

"그래 영아! 잘 지내고 있지?"

"네, 언니도요? 그날 라디오 제가 못 들어서 어쩌죠?"

"아니야. 그날 나 라디오 녹음 못 나갔어."

"아니 왜요? 언니."

"그게 말이 길어. 어떻게 신곡 피알은 잘 되어 가고 있는 거야?"

이때 옆에서 이야기하는 아줌마 목소리가 들려왔다. ○○ 대학병원인데, 난소가 어쩌고… 그러고 보니 언니 목소리가 힘이 없고 어딘가 아픈 사람 같았다.

"언니, 어디 아픈가요? 지금 병원 같은데……"

"아니야……"

"언니 병원 맞죠? 어디가 아픈가요?"

언니는 서울 ○○ 병원이라며 울먹였다.

월요일에 방송국도 갈 겸 서울로 향했다. 여의도로 바로 가지 않고 남해 언니가 입원해 있다는 병원으로 먼저 갔다.

언니가 알려 준 병동은 산부인과 병동이었다. 4인실 맨 끝에서 언니는 수척해진 얼굴로 링거를 꽂은 채 창밖을 바라보고 있다.

"언니 어디가 어떻게 아픈데요?"

나는 병실 환자들 중, 곤히 잠든 사람도 있다는 걸 생각지 못하고, 목소리를 높인 것에 놀라 입을 틀어막았다. 병원 휴게실.

"언니 어떻게? 여긴 산부인과 병실이잖아요."

"나 자궁 외 임신이었어. 조금만 늦었어도 위험할 뻔했대."

"어떡해요. 지금은 괜찮은 거죠? 아저씨가 많이 상심 하셨겠어요."

"아저씨는 무슨…… 이 바닥 돌아다니다가 만난 놈이지. 방송 쪽에 일하는. 참 맞기도 많이 맞았어. 변태 같은 놈이었지. 지금은 신인 가수 키운다며 또 데리고 살아."

남해 언니는 지쳐 보였다. 아니 괴로워 보였다.

"영아, 난 너무 오래 속으며 살아온 것 같아. 얼마 전 라디오 공개 녹음 있다고 얘기했었지? 개새끼 그걸 미끼로 또 나에게 돈을 뜯어 갔어. 이젠 진절머리나. 밤무대부터 시작해 지금까지 되돌아보면 난 참 바보였어. 가수로서의 입지는 고사하고 무엇 하나 제대로 갖추지 못하고 그저 행사장이든, 방송이든, 그들의 눈 밖에 날까 봐 숨소리도 못 내고 지내온 시간들 솔직히 후회스러워. 내 정체성은 저 멀리 우주로 실종 된지 오래야. 나 이제 모든 거 다 내려놓고 고향으로 갈까 봐……"

나는 마치 내 이야기를, 내가 걸어온 길을 나 아닌 누군가로부터 필름을 되돌려 다시 보고 듣는 것처럼 착잡해졌다. 입이 바짝 마른 언니를 보고 정수기 옆에 달린 종이컵에 물을 받아 언니에게 건넸다.

"영아, 우리 엄마 불쌍해. 집, 동네 할 것 없이 아무 데서나 똥 싸고, 오줌 싸며 돌아다니는 오빠랑 단둘이 사는데, 이제 허리 디스크가 심해서 오빠 보살필 힘도 없대. 나는 성공하고 싶었거든. 집이 죽도록 싫었어. 아니 가난이 죽도록 싫었어. 서울 오면 내 꿈을 이룰 수 있을 거라고 믿었거든. 내 육신이 이렇게 너덜너덜해질 줄 모르고. 첨엔 가수시켜 준다고 해서 몸 주고, 다음엔 행사 많이 준다 해서 몸 주고, 그다음엔 방송 잡아 준다 해서 몸 주고, 난 바보 멍청이야. 결국 남은 것은 상처뿐이야. 이젠 이 굴레에서 빠져 나갈 거야. 이 더러운 굴레에서……"

언니는 천천히 떨어지는 링거액을 조금 더 빨리 떨어지게 해 달라고 했다.

"미안하네. 김빠지는 얘길 해서. 이건 내 인생일 뿐이야. 오해하진 마. 영아 인생은 알 수 없잖아. 널 처음 봤을 때 이 바닥 온갖 때 묻어서, 사람 냄새 안 나는 꼬리 아홉 개 달린 여우같은 년들하고는 달라 보였어. 왠지 모를 친근감이 느껴졌지."

나 또한 같은 일을 하고 있는 사람을 만나 이런 따뜻한 교감을 느낀 것은 언니가 처음이었다. 우린 화장실을 갔다 와서 다시 똑같은 자리에 앉았다.

"언니, 저 겉으론 강한 척 하고 다니지만 속으론 그게 아니에요. 저도 이 생활 더럽고 아니꼽고 비굴해서 죽어 버리고 싶을 때도 많았어요. 초대 가수랍시고 행사장에 불러 놓고 하루 종일 대기시키고, 출연료는 닭 모의 주듯 찔끔찔끔 주지요. 거의 떼먹는 게 태반이지만. 두 번만 불러주면 바로 스킨십 들어와요. 다른 걸 원하는 거지요. 말이 가수지 행사장 도우미 같다는 생각이 수없이 들었어요."

"영아야, 명심할 게 있어. 돈으로, 몸으로 절대 어떤 것도 이룰 수 없다는 걸 잊으면 안 돼.

이 세계는 돈을 휘두르는 만큼 널 돈으로 볼 뿐이야. 몸을 돌리는 만큼 몸만 탐할 뿐이고. 돈 떨어지면 더 이상 우리들을 돈으로도, 사람으로도, 보지 않아. 새로운 몸들은 쉬지 않고 올라오지. 앞으로 더하면 더했지 덜하진 않을 거야. 사람들은 외면으로 보이는 화려함에 더욱 더 목숨 걸 테니까. 몸을 준다고 얻어지는 건 없어. 몸을 주는 동안만이 계약 기간일 뿐이야. 아무것도 보장되지 않은 하루살이 같은 계약. 물론 이 하루살이 같은 계약에 갑은 늘 저 양아치 새끼들이지."

집으로 돌아오는 길에 나는 줄곧 틀고 다니던 음악을 틀지 않았다. 목각 인형을 진짜 사람으로 바꾸려는 꿈을 내가 꾸고 있는 것일까?

나는 고개를 저었다. 나를 둘러싼 그 모든 것들이 마치 내가 목각 인형을 진짜 사람으로 바꾸려는 말도 안 되는 꿈을 꾸고 있는 듯이 나를 몰고 가고 있을 뿐이었다.

마지막 콘서트

내일은 충북 행사장. 물론 녹화 방송이다. 지인으로부터 신곡을 알릴수 있는 좋은 기회라며 한 달 전에 연락을 받았다. 나는 걸음을 떼지 못할 만큼 지쳐 있었지만, 방송무대에 또 다른 기대를 품었다.

내일을 준비하기 위해 늦은 시간 반쯤 내려진 셔터를 밀어 올리고 단골옷가게로 들어갔다.

"옥아, 내일 녹화하러 가. 제일 예쁜 옷으로 골라 줘. 방송 예정일 나오면 알려 줄게. 다른 애들에게도 선전해서 텔레비전 꼭 봐!" 아침 일찍온 친구 숙이는 보온병에 따뜻한 물, 소금물, 의상 등. 한 가방이나 챙겨놓고 나를 깨웠다. 먼 여행이라도 가는 것처럼 짐이 많은 날이다.

나에게는 늘 어렵사리 이루어지는 방송 무대. 물론 제대로 방송을 몇번 탄 적도 없지만 또 천 리 길을 마다 않고 달려간다.

"숙아, 내가 꼭 방송 행사라고 먼 길을 나서기만 하면 날씨가 안 좋을까? 오늘 무대 은근히 긴장 되네. 인기 가수들이 많이 출연한다던데……그래도 기죽지 말고 불러야지. 내 무대만큼은 내 시간이니까!"

나는 또 어제를 잊고 마는 까마귀다. 엉덩이에 검은 똥 딱지를 한가득묻힌 소 떼들을 태운 트럭은, 겁에 질려 큰 눈을 껌뻑이며 눈물 흘리는 소들의 아우성에 무신경 한듯 겁나게 나를 추월해 지나간다.

철장 속에 갇힌 닭들의 비명을 들으며, 도로로 순식간에 뛰어든 놀란 노루도 피해 가며 굽이굽이 산길을 돌고 돌아 한참을 올라왔다. 이윽고 행사장 안내 푯말이 보였다.

아직 해는 먹구름 드리워진 틈새로 희미한 빛을 띠고 있다. 서쪽 하늘 너머로 그 빛을 완전히 감출 때까지 한 두 시간 더 지나야 할 것 같았다.

행사장에는 사람들의 발걸음이 보이지 않았다. 무대 뒤편에 행사 관계자들의 차량과 대형 방송용 탑 차가 두 대 보였다.

나는 방송용 탑 차를 보자 살짝 긴장되면서도 기분이 좋아졌다. 정말 무대에서 멋지게 하고 내려 와야겠다는 마음에 바로 차 오디오 볼륨으로 손이 갔다.

이때 숙이가 행사장 주위를 한 바퀴 돌고 와서는 가쁜 숨을 내쉰다.

"영아, 카페 회원님들 무대 건너편 쪽에 벌써 와 있더라. 최신 고급 카메라에, 일산, 수원 할 것 없이 저 멀리 전라도에서 뉴욕의 밤안개님도 오셨더라. 내가 너무 고맙다고 인사했어. 거 봐. 너가 카페에 행사 일정 올리지 말라고 했지만, 내가 올리길 잘했지? 널 묻 길래 차에서 대기하고 있다고 했어."

나는 이곳까지 찾아준 회원님들에게 고마움과 미안함이 같이 밀려왔다. 그렇게도 끊임없이 내 노래의 대박을 기원해 주며 백두산까지 올라가서 내 사진과 현수막을 펼쳐 들고 용기를 북돋아 준 고마운 사람들인데, 조촐한 모임 한 번 가지지 못해 미안함이 더 커졌다. 어떻게든 근사하게 방송 출연이라도 몇 번하고 난 뒤 그들과 만나고 싶었기 때문에 미루고만 있었다. 하지만 우선 고마움에 인사라도 해야 할 것 같아서 차에서 내렸다.

"영아, 그냥 차에 타고 있어. 회원님들이 급하게 모여서 오느라 꽃다발도 하나 준비 못해 왔다며 시내 내려갔다 온다고 하더라. 아직 행사 시작이 멀었다는 것도 알고 있더라고. 그래서 내가 녹화 끝나고 기념사진도 찍고 조촐하게 저녁 식사라도 하자고 말했어."

"그럼 이따가 무대 끝나고 정식으로 인사하지 뭐."

나는 다른 날과 다르게 가슴이 뛰고 설레었다. 규모가 큰 무대도 무대지만 동안 온라인상에서만 인사를 주고받던 그들과 오프라인에서 이렇게 만나게 된 것에 기분이 새로웠던 것이다.

무엇하나 뚜렷하게 보여 준 것 없는 무명 가수인 내 노래를 좋아해 주는 저 사람들에게 오늘 최선을 다하는 모습을 꼭 보여 줘야 할 것 같았다. 무대 뒤편에서 숙이가 손짓을 하며 헉헉거리고 달려왔다.

"빨리! 빨리! 지금 너 올라간대!"

"아니 숙아. 아직 행사 시작이 아니잖아. 사람들도 아무도 없고. 무대 쪽에서 마이크 소리도, 음악 소리도 나지 않았잖아."

"글쎄, 내가 인사하고 엠알 주니까 바로 데리고 오라고 하던데? 올라가야 한다고."

나는 무대 쪽으로 걸어가면서 리허설이라고 생각했다. 그런데 아무리 리허설이라지만 영 찜찜했다. 뼈대만 세워진 무대에 이제 막 합판을 깔고 누군가는 합판 위에서 망치질을 하고 있고 코러스도 없고, 연주자들 의자도 준비 안 된 그야말로 무대 세팅 중인데…… 이상했다. 심지어 무대 밑 관객들이 앉을 플라스틱 의자마저도 보이지 않으니 말이다. 그러나 무명이라서 리허설일 것으로 생각하며 무대 쪽으로 나가는 통로를 찾기 위해 두리번거렸다.

건물을 등지고 세우는 무대라서 그런지 몇 개의 문을 이리저리 열어보며 헤매다가 억지로 통로를 찾았다. 그새 무대 위 모든 것들이 세팅되어 있나 싶어 머리를 무대 쪽으로 내밀어 보았지만, 여전히 무대는 급하게 세팅하는 사람들의 망치 소리가 들려왔고, 관객은 한 명도 없었다. 나는 무대에 올라섰다. 꿰다 놓은 보릿자루처럼 멍청하게 서 있었다. 누군가가 나타나서 마이크를 줘야 할 것 아닌가. 이때 방송 책임자가 늦은 걸음으로, 아니 귀찮아하는 걸음으로 다가왔다. 나는 그래도 정중하게 인사를 몇 번씩이고 했다. 인사를 받는 건지, 안 받는 건지, 턱을 위로 두 번 쳐올렸다. 나를 똑바로 보지도 않은 채. 그것은 노래하라는 사인이었다.

나는 순간 자존심이 무너져 내렸지만, 일단 물었다.

"마이크는요?"

남자는 역시나 작은 스피커 위에 올려져있는 무선 마이크를 턱으로 가리켰다. 나는 당황스러움을 감추기 위해 마이크를 집어 들고 무대 앞쪽으로 후다닥 걸어갔다.

"마이크가 제대로 나오는지 테스트 좀 해 봐요."

관계자는 시큰둥하게 바지주머니에 양손을 찔러 넣고 무대에서 사라졌다. 리허설…… 리허설도 전문 엠시가 가수를 소개하고, 무명이니 유명이니 할 것 없이 같이 이루어지는 보통 본무대에 준하는 상황으로 치르는데…… 망치질하는 사람들이 왔다 갔다 하는 이 무대에서 노래를 부르라는 것이 이해되지 않았다.

나를 단숨에 날려 버릴 것 같은 거센 바람이 또다시 불기 시작했다. 나는 울지도 웃지도 못하는 상황에서 양손으로 마이크를 잡고 섰다. 그리고 시키는 대로 몇 번이나 아 아 아 마이크 테스트를 했다. 그러자 반주가 바로 흘러나왔다. 노래 부르는 중간 중간 음향 시스템을 확인하는 듯 음악 소리, 마이크 소리가 올라갔다 내려갔다를 반복했다. 그렇지만 철

석같이 리허설이라 믿고 손짓 발짓 해 가면서 노래 불렀다.

무대 밑 관중석으로 스태프들이 플라스틱 의자를 겹겹이 쌓아서 들고 왔다. 무대 양 옆으로는 이제 막 도착한 코러스들, 연주자들, 백댄서들의 움직임이 눈에 들어왔다. 무대 위는 금세 분주해졌다. 나는 얼떨결에 노래를 부르고 있다. 물론 내 노래를 들어주는 이 아무도 없다.

먼 산과 나무들, 비바람을 타고 을씨년스럽게 허공으로 돌아다니는 낙엽과 눈 맞춤하며 노래는 끝났다. 나는 먼 산에게 인사를 꾸벅했다. 마이크를 건네줄 그 누군가가 없다. 마이크를 든 채 두리번거리다가 무대 한 귀퉁이에 살며시 내려놓고 출구 쪽으로 나왔다. 출구 앞에는 많은 사람들이 의상 가방, 메이크업 가방을 들고 웅성거렸다.

오프닝 무대를 장식할 일반 아마추어 에어로빅 팀들 같았다. 저네들도 이제 행사장에 도착했는데 나 혼자 리허설을 했다는 게 계속 꺼림칙했다.

그 많은 시선들과 내가 마주쳤다. 아무것도 준비 안 된 무대에서 노래를 덜렁 부르고 내려오는 내가 누군지 모두들 의아해하는 시선으로 나를 보았다. 나는 갑자기 쥐구멍이라도 찾고 싶은 심정이다. 나도 모르게 한 손으로 얼굴을 가린 채 출구 문을 열고 나왔다. 내 뒤를 쫓는 많은 사람들의 시선에 떠밀린 내 발걸음은 점점 빨라졌다.

리허설. 그래, 나는 리허설을 한 것뿐인데 왜 창피해하는 건지. 나는 차 안에서 숨을 고르고 손거울을 꺼내 들었다. 잠시 후 있을 녹화 방송에 헝클어진 머리와 날아가 버린 메이크업으로 올라갈 수는 없으니까.

이때 숙이가 손에 엠알을 들고 창문 사이로 화장을 고치는 나를 힘없이 바라보고 서 있었다.

"숙아 그 엠알을 벌써 찾아오면 어떡해. 아직 본방송을 하지도 않았는데."

숙이는 고개를 돌려 한숨을 쉬었다. 그리고,

"너 다 했대. 오늘 그게 너 무대였대. 돌아가라면서 엠알을 주더라."

나는 후다닥 차에서 내렸다. 눈을 크게 떴다.

"너가 잘못 들었겠지. 그럴 리가. 너도 봤잖아. 아까 나 노래 부를 때 개미 새끼 한 마리 없는 거. 그건 리허설이었다고. 그래, 물론 난 무명이라서 시간을 맞추다 보면 방송에 편집되는 경우는 종종 있어도 이렇게 거지같이 노래 부르고 간 적은 없었어. 설마, 아무도 없는 허허벌판에 날 마이크 테스트하려고 세웠으려고?"

나는 숙이의 양손을 잡고 흔들었다. 다시 양팔을 잡고 흔들었다.

"영아야, 나 사실은 방송 행사 있다는 소릴 너에게 듣고, 여기 저기 너 자랑을 했었거든. 그들 중 이쪽으로 좀 아는 사람이 있었어. 나더러 친구 이 방송에 돈 얼마 주고 나가냐고, 여기 책임자 돈 안 주면 절대로 무대 세워 줄 사람 아니라며 자세히 다시 알아보고 가라 했었어……"

나는 흙바닥에 주저앉았다. 날카로운 쇠꼬챙이에 가슴이 찔린다 해도 이보다 더 아플까. 여기 올 때까지만 해도 잠깐 행복했는데 다시 삶이 차가워진다. 지금껏, 오래도록, 질기게, 나를 휘둘렀던 잔인한 불한당 같은 모진 풍파들은 결국 오늘의 예고편이었다.

〈나는 입이 달려 있어도 저들 앞에 말 못하는 벙어리다. 나는 얼굴을 달고 다녀도 저 들 앞에 표정을 바꿀 수 없는 마네킹이다.〉

나는 휴게소 한적한 곳에 잠시 차를 세우고 내렸다. 손가락을 감고 있는 반지, 목걸이, 귀걸이를 빼서 저 멀리로 힘껏 던졌다. 내가 걸치고 있는 허황된 이 모든 것들의 정체가 내 자신을 향해 애꿎은 칼질을 해대는 무기들이었다. 무심히 모르고 살아가도 될 저 사람들에게 허구한 날 상처를 입고, 비굴한 인사를 하며, 이유 없는 굴복을 해 왔다. 돌아보면 정작 세상의 관심이 온통 과장된 몸짓과 화려한 명성에 집중되어 있는 것에 내 눈이 멀어 있었다.

사람들 앞에 몸, 허리 라인을 드러내고 의미 없는 눈짓과 몸짓으로 겉을 치장해야 주목받는 삶이라고 생각했던 내 가치관이 역겨워졌다.

진정 어디에 혼을 기울이고 무엇에 관심을 가져야 하는지도 모르고 살아온 내 인생, 내 앞에 펼쳐진 소중한 날들을 내가 다시 무의식의 어둑한 세월로 만들어 나를 배반하고 괴롭히며 살아 왔다.

내 입가에 알 수 없는 웃음이 번졌다. 화려한 조명 속에서, 카메라 앞에서, 나를 내세우고 노래 부르는 것만이 진정 전부일 것이라 믿었던 내 지난날 허상에 대한 비웃음은 아닐는지.

내 순수했던 열정을 죄로 만든 건 바로 나 자신이었다. 풍기에 도착해서 숙이를 내려 주고 작은 언니 집으로 차를 돌렸다.

"언니야, 감기 기운이 있었는데 이 따뜻한 차를 마시고 나면 뚝 도망가겠다."

"오늘 녹화는 잘했나?"

"……으응."

나는 뜨거운 찻잔을 입에 대고선 마시지도, 내려놓지도 못하고 있다.

"밤중에 왜 안경은 시커멓게 쓰고 있노 어지럽게. 여기가 남의 집이라."

충혈된 눈과 얼룩진 얼굴을 들킬까 봐 언니 집 앞에 와서 썼던 선글라스가 답답해 보였는지 언니는 안경을 벗겼다.

"너 울었구나. 얼굴이 왜 이 모양이로? 오늘 녹화장에서 무슨 일이 있었나. 어휴 눈이 충혈 되어서 벌겋네. 안 되겠다 안약이라도 좀 넣자."

"언니야, 눈이 시려 조금만 넣어."

언니 무릎을 베고 누워 보는 게 얼마만인가. 그리운 엄마의 온기가 느껴지는 듯했다.

"너무 좋다. 이렇게 언니 무릎을 베고 있으니 말이야. 옛날 어릴 적 생각도 나고."

시린 눈을 떠서 언니를 올려다봤다. 수술 뒤 건강을 되찾았다고는 하지만 예전 같지 않은 언니의 안색, 나는 다시 언니 무릎에 머리를 묻었다.

"언니, 옛날 생각나. 형부가 막무가내로 언니 꽁무니를 따라다닐 때가 말이야. 담 너머 우리 집 마당으로 불쑥불쑥 고갤 내밀면서 미숙아 미숙아 부를 때 사실은 비밀이었는데 지금 말해 줄게. 그때 내가 형부한테 막 욕했었다. 언닐 뺏길까 봐. 그래서 혼자 있게 될까 봐. 그런데 속 깊은 형부를 만나서 향이도 낳고, 인이도 낳고, 버스 운전으로 빠듯한 생활이지만 언니를 변함없이 사랑하고 아끼며 사는 형부가 고마워."

독한 병마와 싸우며 이겨 내고 사는 언니에게 말로 다하지 못할 고마움이 올라왔다. 나는 사실 언니에게 매달려 소리라도 지르며, 너무 힘들었다고 말하려 했는데. 매번 깨지고, 부서지고, 당하면서 살아온 지난날들이 서러워 죽겠다고. 답답하고 안개 속 같은 거리를 낙엽처럼 떠돌다가 내 마음은 수세미처럼 지쳤다고 한바탕 울 작정으로 왔지만, 언니 얼굴을 마주하자 아무 말도 나오지 않는다.

언니는 천천히 말했다.

"힘들지? 말 안 해도 알아. 언니가 돼가지고 여태껏 그 외롭고 힘든 길을 가고 있는 너에게 제대로 뭐 하나 도와준 게 없네. 어릴 적부터 넌 우리 형제들 힘든 일엔 제일 많이 울고 아파했지만, 정작 너 자신에게 일어나는 어떤 아픔도, 힘겨움도, 심지어 외로움까지도, 우리들에게 내색하지 않고 살아가는 너를 난 알아. 어찌되었건 넌 혼자잖아. 물론 큰언니도 있고 오빠들도 있지만, 널 대신 살아 줄 수는 없잖아. 노래도 좋고, 인기도 좋고, 스타도 좋지만, 너 스스로 쳐 놓은 복잡한 올가미에 너를 가두지 말았으면 좋겠어."

눈물이 흘렀다. 그저 부딪히며, 넘어지며, 홍수처럼 밀려오는 흙탕물속에서 용케도 견디며 살아온 세월들이 한꺼번에 참아 왔던 숨소리들을 터트리는 것처럼, 끝이 보이지 않는 미로 속에 갇혀 헤매다 가까스로 빠져 나와 엄마의 품속으로 뛰어든 어린 아이처럼, 그렇게 눈물이 흘렀다.

"그래, 울고 싶으면 맘껏 울어. 니가 울어도, 니가 웃어도, 니가 아파도, 내가 니 곁에서 바라보고 매일 같이 해 줄 수 없는 현실이 그저 미안할 뿐이야. 충동적인 속도로 달려가는 널 볼 때 마다 난 왠지 불안해질 때가 많았어. 니가 자꾸만 다치고 넘어질까 봐. 사실은 겁나기도 했어. 생각해 봐. 지금껏 충동적으로 달려오면서 상실한 모든 것들…… 그래서 말인데 지금부터라도 행복한 노래를 부르면 안 될까? 노래를 부름으로 인해서 마냥 행복해지는 거 말이야. 많은 사람들이 너 노래를 못 들으면 어때. 노래하면서 너 스스로 행복한 삶을 살아가면 그걸로 충분히 값진 인생이잖아."

언니의 눈가도 흥건하게 젖었다. 나는 언니의 두 손을 꼭 잡았다.

"언니, 그래 이제는 내 자신을 찾을 거야. 선택 당하며 노래하지 않을 거야. 내가 선택해서 노래할 거야. 그들에게 굴하지 않을 거야. 앞으로 모든 것은 내가 선택해. 그 어떤 화려한 스포트라이트가 나를 비춰 주고, 번쩍이는 큰 무대가 날 감싸 줄 거라고 유혹해도, 내 영혼을 팔고, 자존심을 팔며, 그래서 그들 앞에 이유 없는 굴복을 해야만 한다면, 죽어도 그런 곳으로 가서 썩어지는 노래를 부르지 않을 거야. 한 사람이면 어때, 조명이 없으면 어때, 내 노래를 들어 주고, 나를 사람으로 바라봐 주는데…… 그래, 언니 말처럼 내가 행복해지는 노래를 부를 거야. 어릴 적

단순히 노래 불러 행복해졌던 것처럼."

눈을 떴다. 아직 이른 시간이다. 나는 박스를 들고 옷 방으로 들어왔다.

한 방 가득 채우고 있는 의상들과 자질구레한 액세서리들. 책상 서랍 한가득 쌓여 있는 전국 모든 가요 프로그램 주소들을 하나하나 정리해 나가며 오전 시간을 보내고 있다.

전화벨 소리에 몇 시간째 굽히고 있던 허리를 폈다. 남해 언니였다.

"그날 녹화 잘했어?"

"⋯⋯아뇨."

"왜, 왜⋯⋯ 그날 행사장에서 나와 통화했었잖아."

"언니⋯⋯ 그게⋯⋯"

"편집시키데? 그냥 털어 버려. 절대 평등할 수 없는 것이 이 바닥이야. 박사가 많으니 박사대접을 못 받듯이, 귀해야 귀한 대접을 받지. 기회? 돈 주고 몸 줘야 간신히 한 번 올려 세워 주지. 모두가 그 굴레에서 벗어나 자아를 보호하며 당당하게 살아가는 것만이 그 횡포를 뜯어 나갈 수 있는 첫걸음이 될 텐데⋯⋯ 한 명 두 명 나아가서 많은 가수들이나 연예인을 꿈꾸는 모든 이들이 더 이상 그들 앞에 굴하지 않았으면 좋겠어. 우리가 우리의 가치를 스스로 높이며 보듬는 것만이 저들로부터 영원히 자유로워질 수 있을 테니까. 모두 다 소중하게 꿈을 안고 태어난 사람들이잖아. 난 그저 안타까울 뿐이야. 지금도 꿈을 품고 사는 사람들이 겉으로 보이는 허영과 사치와 화려함에만 매혹되어 진정 내면에서 상처 입고, 일그러지는 어두운 그림자를 인식하지 못한다면 결국 돈 줘야 보리 주는 그 악순환의 굴레는 쉽게 끊어지지 않을 거야."

"언니, 저 마음이 지금 너무 편안해요. 지금 날아갈듯 가벼워요. 마치 평생 걸치고 있던 무거운 누더기를 벗어 던진 그런 느낌이에요. 진작 누더기 훌훌 벗어 던지고 가볍게 다닐 걸 그랬어요."

"그래, 우리 이제 자유롭게 사는 거야. 다시금 포근한 자궁 속에서부터 첫 꿈을 꾸듯……"

전화기를 타고 시끌벅적한 노랫소리가 들려왔다.

"언니 어디예요? 주위가 시끄러운 것 같은데."

"응. 나 고속도로 휴게소야. 집으로 가는 길. 내 고향 남해로 말이야."

"언니……"

"그래. 나 고향으로 아주 내려가. 이제 얼마 살지 모르는 엄마랑 따뜻한 밥도 같이 먹고, 오빠 약도 챙겨 주며 바닷가에 나가 맨발로 모래도 밟아 보며 그렇게 살아 봐야지!"

"언니 노래는요?"

"노래, 노래 매일 매일 불러야지. 여름엔 엄마 손을 꼭 잡고 원두막에 누워서 부르고, 겨울엔 밀려오는 파도를 바라보며 부르고, 풀인지 나물인지 구분 못하고 뜯어 먹는 오빠 귀에 대고도 쿵짝쿵짝 불러 주고 그렇게 말이야. 영아, 카메라 보고 부르는 노래만이 노래가 아니라는 걸 나 스스로 느끼는데 25년이라는 세월이 걸렸네. 참 지독한 세월이었지. 카메라 앞에서 뽀얀 화장으로 내 참 얼굴을 가리고, 참 표정을 가리고, 반짝이 드레스로, 내 겉을 포장한 채 3분, 6분 서 있기 위해 나는 몸뚱아리를 수백 번도 더 돌려야 했고, 사악한 그놈들의 사타구니에 머릴 처박아야 했어. 늑대들의 젖을 먹으며 가까스로 목숨 부지를 하며 살아 왔지. 스포트라이트를 받으며 아찔한 스타 의식 속에서 살아가는 것만이 전부인 줄 알고 말이야."

비록 짧은 만남에 아직도 못다 한 우리의 이야기들은 산처럼 많이 쌓여 있지만, 먼 훗날 언니와 내가 만나, 아니 내가 남해 바닷가로 내려가서, 볕이 좋은날 청명한 하늘을 이고, 꿈결처럼 펼쳐진 파도 위에, 우리들의 비밀스러웠던 지난날을 고스란히 풀어헤치리라. 그리고 노래 부를 것이다. 행복한 노래를.

내 지난날과 비슷했던 과거를 그 누군가와 같이 공유하며 살아간다는 것 이것 또한 백 번 천 번 감사한 인연이지 않는가. 남들은 태어나 옷 한 벌을 건졌다 치면 나는 그 옷 한 벌 위에 내 노래 한 곡을 더 건졌으니 덤으로 감사한 인생이다.

환상적인 무대, 방송용 카메라가 내 얼굴 전체를 화면 가득 실어 안방으로 흘러 보내는 것도, 이제는 결코 부럽거나 동경하지 않는다. 돈 봉투를 앨범 속지에 감아 넣어 굽실거리며 건네주어야만 불안하게 돌아올 수 있는 메아리. 그건 내 꿈을 펼치며 사는 것이 아니라, 꿈이 죄가 되어, 그 죄로 말미암아, 쓰러지는 슬픈 노래를 매일 품고서 등짝의 식은땀을 아무도 몰래 닦으며 살아야 하는 스스로의 올가미였던 것이다.

그렇다.

때론 용감하게 복잡한 세상과 이별할 줄도 알아야 내 참모습을 만날 수 있다는 진리를 얻는 데 치른 대가는 혹독했다. 인간 본연이 선택적으로 가질 수 있는 특권 중의 특권은 [꿈]이라고 했다. 그 수없이 많은 꿈 중에서, 대중의 사랑을 먹고 살아야만 하는 연예인을 꿈꾸고, 가수를 꿈꿨다는 이유 하나만으로, 굴복할 수 밖에 없는 먹이 사슬의 굴레. 운명처럼 우리는 스무 살을 관통하는 꽃다운 시절에서부터 지금껏 같은 목적지를 향해 달려왔다.

그동안 내 안에서, 너의 안에서, 우리의 안에서, 온갖 험한 것들과 부딪히며 충돌하다, 끝내 상처 입은 검은 그림자가 비틀거리며 튀어나와 참았던 눈물을 터트리니, 비로소 우리들은 교묘하게 도취되어 있던 소리 없이 우는 숲에서 빠져 나왔다.

구질구질한 잡동사니들로 온통 어지럽혀져 있던 내 삶. 스타가 되어야만 행복할 것이라고 믿고 살았던 내 삶에 나는 마침내 쉼표를 찍었다.

"영아!"

"아…… 네, 언니."

"너 내가 몇 번이나 불렀는데, 다른 생각했지?"

"언니, 이제 출발하려구요?

"좀 쉬었으니 출발해야지. 우리 엄마가 읍내까지 나와 있을 거야. 아마도."

"언니, 우리 한 번씩 만날 수 있는 거죠? 언니 집에 꼭 한 번 가 보고 싶어요."

"물론이지! 언제든지 대환영이야. 근데 우리 집에 올 때 무대 복 몇 벌 들고 와야 한다. 가수 동생 온다고 동네 사람들 모여들 게 뻔 하거든. 그러면 너랑 나랑 콘서트 한 번 해야지. 숲 속에서 빠져나온 마지막 기념 콘서트!"

"그래요, 언니. 우리 둘이 세상에서 가장 멋지고 행복한 콘서트를 해요"

나는 남해 언니와의 통화가 끝난 후 한참이나 전화기를 들고 서 있다가 진정 언니가 행복해지길 바라는 마음을 더하며 다시 옷 정리를 위해 방으로 건너왔다. 오래도록 나와 함께 했던 의상들이 박스 속으로 구겨져 들어갔다.

마지막은 내 휴대 전화. 휴대 전화에 저장되어 있는 행사 관계자, 혹은 각 방송 관계자를 비롯해 매니저, 비양심적인 이벤트 기획사들의 전화번호를 다 지울 차례다. 그러면 얼마 되지 않는 단축 다이얼이 남겠지만,

그 어떤 아쉬움이나 미련은 없다.

남아 있는 단축 다이얼에는 진심으로 나를 바라봐 주고, 진정으로 내 노래를 들어 주고, 크든 작든 진실한 무대로 나를 불러 주는 그들이 있기에.

이제는 자유롭게! 당당하게! 세상 앞에 나설 수 있을 것이다.